明鏡高懸

卖报小郎君 / 著

大奉打更人

【第六卷】
天人之争

DAFENG GUARDIAN

人民文学出版社

图书在版编目(CIP)数据

大奉打更人.6,天人之争/卖报小郎君著.—北京:人民文学出版社,2023
ISBN 978-7-02-018174-2

Ⅰ.①大… Ⅱ.①卖… Ⅲ.①长篇小说—中国—当代 Ⅳ.①I247.5

中国国家版本馆 CIP 数据核字(2023)第 140859 号

策划编辑	胡玉萍
责任编辑	黄彦博
装帧设计	李思安
责任校对	杨益民
责任印制	王重艺

出版发行	人民文学出版社
社　　址	北京市朝内大街 166 号
邮政编码	100705
印　　刷	北京盛通印刷股份有限公司
经　　销	全国新华书店等
字　　数	292 千字
开　　本	680 毫米×960 毫米　1/16
印　　张	21.5　插页 3
版　　次	2023 年 9 月北京第 1 版
印　　次	2023 年 9 月第 1 次印刷
书　　号	978-7-02-018174-2
定　　价	49.00 元

如有印装质量问题,请与本社图书销售中心调换。电话:010-65233595

目录
CONTENTS

第 297 章　洛玉衡的震惊 / 1

第 298 章　两场谈话 / 9

第 299 章　丹书铁券 / 15

第 300 章　赴会 / 23

第 301 章　钩心斗角 / 28

第 302 章　严以律己 / 39

第 303 章　可怕的厄运 / 49

第 304 章　令人安心的队友 / 55

第 305 章　墓中 / 68

第 306 章　迷宫和重逢 / 73

第 307 章　诡异 / 81

第 308 章　你来啦 / 91

第 309 章　惊！墓穴主人现身 / 100

第 310 章　不灭之躯 / 106

第 311 章　信息量太大，脑子宕机了 / 114

第 312 章　真乃神人也 / 121

第 313 章 　情报换丹药 / 131

第 314 章 　许新年会作诗？ / 139

第 315 章 　科举舞弊 / 146

第 316 章 　办法 / 155

第 317 章 　如何破局 / 161

第 318 章 　姊姊和王小姐的隔空交手 / 174

第 319 章 　浮出水面的幕后黑手 / 182

第 320 章 　一人挡群臣 / 194

第 321 章 　收徒 / 207

第 322 章 　兑现承诺 / 214

第 323 章 　坑 / 220

第 324 章 　李妙真入京 / 226

第 325 章 　苏苏：小朋友，我是鬼 / 233

第 326 章 　尸体身份 / 239

第 327 章 　苏家往事 / 247

第 328 章　殿试 / 254

第 329 章　战书 / 261

第 330 章　许七安：没人能薅我羊毛 / 269

第 331 章　他来了 / 283

第 332 章　神功小成 / 291

第 333 章　出乎意料的手段 / 302

第 334 章　复命 / 310

第 335 章　问题 / 314

第 336 章　初见端倪 / 323

第 337 章　草蛇灰线 / 329

第 338 章　密信 / 335

第 297 章

洛玉衡的震惊

你也选择了他吗?这一刻,这位坐镇京城五百年、大奉子民心目中的"神",于心底喃喃自语。

"哈哈哈!"元景帝仰天长啸,双手负后,站在大奉第一高楼里,听着子民们的欢欣鼓舞,这是大奉的胜利,也是他的胜利。

这回佛门在他脚下。

"好一个不跪啊,"元景帝感慨道,"多少年了,京城多少年没出现一个这般优秀的青年俊杰。"

"啊啊啊啊!"二公主临安爆发出刺耳的尖叫,激动地跺脚,"赢了,怀庆,他赢了,他是我的人,是我的人!"

怀庆望着昏迷不醒的许七安,盈盈眼波中似有痴迷。

她是极出彩的女子,高贵矜傲,即使是状元,在怀庆看来也就尚可;京城俊杰无数,真正能让怀庆公主钦佩的,只有魏渊一人;院长赵守是值得敬重的长辈,却不足以让她钦佩。

此时此刻,怀庆回忆起许七安的种种事迹。税银案初出茅庐,暗中设计铲除户部侍郎公子周立,彻底消弭隐患。随后加入打更人,刀斩银锣,入狱,临危受命,调查桑泊案……几乎独立完成了云州案的调查,随后在四百叛军中战死,回京,奉命调查福妃案。其间,隔三岔五就有一首传世佳作问世,让大奉儒林倍受鼓舞。

再到现在,代替司天监与佛门斗法。两次出刀,硬生生把京城百姓的信心给打了回来;一次论道,度化了菩提树下老僧执念,让堂堂二品罗汉顿悟,明悟大乘佛法;随后,清光天外而来,他一击轰塌法相,击毁罗汉法宝。

怀庆公主从来没见过这么出彩的男人,从来没有。

女眷们欢呼着,文武官员们大笑着……

在爆炸般的欢呼声里,许平志瘫坐在椅子上,像是被抽空了力量。差那么一点点,他一手带大的孩儿就被佛门抢走了。

在京城百姓沸腾的欢呼呐喊声中,正主许七安反而无人问津,许二郎默默地走过去,背起大哥。

终究是我一个人扛下了所有,许二郎心想。他背着许七安往一众打更人方向走,目光瞥见许七安手里紧紧握着的刻刀。

这是什么东西,一把刻刀?看外形,似乎是古时候的读书人使用的"笔",那会儿还没有纸张,文字载于竹简,读书人手握刻刀,在竹简上展现经天纬地的才华。哪来的刻刀……等一会儿没人注意,偷偷从大哥这里顺走!许二郎有些眼馋,这种古物对读书人诱惑很大。

度厄罗汉失魂落魄地站在原地,并非心疼法器金钵损毁,他这是懊悔如此一位天生慧根的佛子,没能皈依佛门。

"师叔祖,"净尘和尚望着许二郎的背影,望着他肩膀上的许七安,沉声道,"许施主乃上天赐予佛门的天才,大乘佛法的开创者,师叔祖一定要把他带回西域。"

度厄罗汉沉吟许久,长叹一声:"罢了,缘分未到。"

净尘和尚不甘心,他似乎想到了什么,回头望了眼观星楼,张了张嘴,最终还是选择了沉默。

佛门与司天监的斗法结束了,但这场精彩绝伦的盛会,余韵还在继续。

某座酒楼里,一位穿着破旧蓝衫的中年人,拎着空荡荡的酒壶,跨过门槛,进入一楼大厅,径直去了柜台。

"掌柜的,听说只要与你说一说斗法的事,你就免费给一壶酒?"

蓄着山羊须的掌柜微笑点头:"你也可以边喝边说,小店再赠送一碟花生米。"

中年人犹豫了一下,他本来想带着酒回家喝,但掌柜的给得实在太多,道:"好,那就在这里喝,快,拿花生米。"

掌柜招招手,唤来小二,给穿破旧蓝衫的中年人奉上一壶酒,一碟花生米。蓝衫中年人喝了口酒,又捡了两粒花生米丢嘴里,缓缓道:"那佛门罗汉把金钵往地上一扔,顿时风云变色,雷霆交织,天空幻化出一片佛境。这佛境里面啊,共有四关,第一关叫八苦阵,此阵了不得,据说是佛门高僧磨砺佛心所用……这第二关,叫金刚阵。掌柜的,你可知坐镇的金刚是何许人也?"中年人睥睨着掌柜。

"不就是南城那个小和尚嘛。"店小二嗤笑一声。

"就是,不就一个小和尚嘛。"边上一桌的酒客附和。

"你们都知道啊……"蓝衫中年人一愣。

"还不是被我们许银锣一刀斩了,什么金刚不败,都是纸老虎,呸!"说话的酒客神色中充满了京城人的骄傲。

搁一天前,提及净思小和尚,他们是咬牙切齿地说着:"大奉高手如云,难道连一个小和尚都解决不了?"只有无能狂怒。但现在,提及那尊金刚小和尚,哪怕是市井百姓,也骄傲地挺直胸膛,不屑地嗤笑一声:"不过如此。"

这都是许七安在斗法过程中,一点点挣回来的颜面,一点点重塑的信心。

蓝衫中年人愕然地看向掌柜:"你早就知道了,那还定这个规矩?"

"不同的人,看到的不同,查漏补缺嘛。"掌柜的笑眯眯道,"今日我守着酒楼,没能去看斗法,人生一大遗憾啊。只能事后反复品味,再喝点小酒,便能把遗憾变成一桩快事。"

蓝衫中年人点点头,继续道:"……那位许银锣出来后,一步一句诗……"

"等等。"掌柜的忽然喊停,道,"海到尽头天作岸,武道绝顶我为峰。你确定有这句诗吗？前头好些人与我说过这一段，但都没有提到诗。"

蓝衫中年人用力点头："有的，有这一句，我读了十几年的书，几句诗会记不住？"

"嘶……这就奇怪了。"掌柜的皱眉。

这时，一位江湖人士咳嗽一声，低声道："掌柜的，与你说这些的，都是些江湖侠客吧。"

掌柜的反问："有问题？"

"咳！"江湖人士摆摆手，"你们普通人倒是无所谓，说便说了，但作为习武之人，谁敢在大庭广众之下说这种话？不是找死，就是找揍。"

掌柜的恍然大悟，武夫好勇斗狠，最见不得有人嚣张，常常因为对方说了几句不妥帖的话，便拔刀相向。这种事即使在规矩森严的京城也时有发生。

"又收集到一句好诗，这可是许诗魁的诗啊。快，快给我准备纸笔！"掌柜的激动起来，吩咐小二。

翰林院。

翰林院归属内阁，负责修书撰史，起草诏书，为皇室成员侍读，担任科举考官等。朝中最清贵的三个职位，都察院的御史、六科给事中、翰林院。若论地位，翰林院排在首位，因为翰林院还有一个称呼——储相培育基地。

大奉历任首辅，都是从翰林院出来的，换而言之，只有翰林院里的清贵，才能入内阁，成为大学士，甚至官拜首辅。唯一的例外，就是勋贵或亲王可以直接越过翰林院，入内阁执掌相权。不过，文官是做不到这样的，文官想入内阁，必须进翰林院。而翰林院，只有一甲和二甲进士能进。

此时此刻，元景帝寝宫里当值的宦官，正站在翰林院的大厅里呵斥清贵们。

"这场斗法的胜利，难道不是陛下用人唯贤？难道不是朝廷培养许银锣有功?瞧瞧你们写的是什么,一个个的都是一甲出身,让你们撰史都不会。"宦官把书往地上一掷,"重写!"

在场清贵们脸色一变,这是他们回翰林院后,连饭都没吃,凭着一股意气,挥墨撰写的。

今日这场斗法,必将载入史册,流传后世,这是毋庸置疑的。但该怎么写,里头就很有讲究了。凡是这样扬国威的大事,史书上必定是正面记载,象征着荣誉和光辉。当权者,也就是元景帝,想蹭一蹭也是当然,别的皇帝遇到这样的机会,也会做出和元景帝一样的选择。

一位年轻的编修沉声道:"人是监正选的,斗法是许银锣出力,这与陛下何干?我们身为翰林院编修,不仅是为朝廷撰写史书,更是为后世子嗣写史。"

宦官冷笑一声,阴阳怪气道:"几位能进翰林院,是陛下的恩赐,将来入内阁也是迟早的事,日月照耀,前途无量。若是惹陛下不开心,把你们分配到外头,啧啧,这大好的前途,别说日月,连星光都没了。陛下的意思是,篇幅不变,详写斗法,以及陛下选贤的过程,至于对许银锣的歌功颂德,他毕竟年轻,将来有的是机会。诸位大人,明白了吗?"

那位年轻的编修抓起砚台就砸过去,砸在宦官胸口,墨汁染黑了蟒袍,宦官闷哼一声,连连后退。

"你敢打咱家?"宦官大怒。

"打的就是你!"那编修指着宦官喝骂,"此次西域使团入京,先有金刚于南城坐擂,北城法师讲经;后有法相降世,质问监正。而后司天监与佛门斗法,许诗魁力挽狂澜,挫败佛门锐气。若没他,朝廷这次将丢尽颜面,凭什么不能歌功颂德,凭什么要缩减笔墨。少年豪杰,本官心里钦佩,他若是读书人,我便拜他为师。给本官滚出去,翰林院不是你这阉狗能撒野的地方。"

"滚出去。"其他清贵抓起身边能抓的东西,一股脑儿砸过来,笔墨纸砚书本笔架……

宦官狼狈逃窜,离开翰林院。

灵宝观。

穿着华美宫装,裙摆拖曳在地,头戴珍贵首饰,蒙着面纱的女子来到内院。她举止端庄,声音温婉,吩咐道:"你二人且先下去,我有话与国师说。"

随行的两个丫头退出院子。

女子一下子活泼起来,拎着裙摆,小跑着进了静室,嚷嚷道:"国师,今日斗法时怎么没见你,你看到今日斗法了吗?"

静室里,穿玄色道袍,戴莲花冠,头发整齐地梳着,露出光洁额头和倾城容颜的洛玉衡盘坐在蒲团,望着大大咧咧闯进来的女子,淡淡道:"没兴趣。"

"那你可错过好戏了。"蒙面纱的女子来到案边坐下,道,"今日斗法可精彩了,比戏班子唱戏还有趣,我与你说说……"她叽叽喳喳,把斗法的过程绘声绘色地讲给洛玉衡听。

"你说,他一刀破了八苦阵?"洛玉衡皱眉。

"是啊,可厉害了,怎么了?"蒙面纱的女子问道。

是监正在帮助他,还为他调动了众生之力……洛玉衡沉思片刻,说道:"你继续。"

蒙面纱的女子再给她讲许七安一刀斩破金刚阵,洛玉衡没有表态,听到与老僧说佛法,并让度厄罗汉顿悟时,女子感慨道:"虽然我还是没听懂大乘佛法有什么了不起,但听着就好厉害的样子。"

大乘佛法……他竟有如此悟性?洛玉衡美眸里闪过震惊之色。

"这些都不算什么,最精彩的是第四关,当时金身法相出现,逼迫那个登徒子下跪,这时候,最有意思的一幕出现了……"蒙面纱的女子眸子亮晶晶的,给自己咚咚咚灌了一口茶。

洛玉衡笑道:"慢慢喝,南柯啊,你有没有发现一件事?"

"什么事?"

"你以前来我观里,总嚷嚷着无聊,想出去玩。可现在,你已经不说无聊了,非但不说,与我说起的事情里,三言两语都会扯到许七安身上。"

蒙面纱的女子一愣,她盯着洛玉衡看了片刻,收敛了活泼气质,又成了矜持端庄的贵妇,并带着淡淡的疏离,语气平静地问:"你什么意思?"

洛玉衡笑着摇头:"就是想提醒你,你是有夫君的。你夫君是淮王,三品武者。淮王镇守边关,不在京城,但京城有很多淮王的心腹和耳目,你莫要与那许七安有太多牵扯,否则就是害了他。"

蒙面纱的女子嗤笑一声,语气骄傲:"我怎么可能与一个成日出入教坊司的登徒子有牵扯,你在埋汰我吗?"

"那便好,"洛玉衡颔首道,"其实你不说,我也知道后面发生了什么,无非就是法相无故破碎,或者,监正出手了?"

适才,她又察觉到一股众生之力膨胀而起,继而一切风平浪静。要么是监正暗中相助,要么是他光明正大出手。毕竟在京城里,元景帝气运不足,修为又弱,能调动众生之力的唯有术士。术士一品,监正!

"不是。"蒙面纱的女子摇头,语气冷淡。

这小气的女人,动不动就摆脸色。洛玉衡笑了笑,端着茶杯,问道:"不是?"

"是一道清光从天而降,破了金身法相,破了佛境。"她小声道,"我当时离得近,看得一清二楚,那是一把刻刀。"

刻刀?!

耳边仿佛有一道霹雳,洛玉衡手一抖,温热的茶水溅了出来,她秀美的脸庞倏然凝固。

不是监正……监正不可能支配儒家的刻刀。洛玉衡沉声道:"刻刀,刻刀在哪儿,后面发生了什么,你仔细说!"

她的语气里透着急切,以及一丝无法掩饰的激动。蒙面纱的女子从未见过洛玉衡有这般丰富的情感波动,奇怪地问道:"你怎么了?"

"你快说!"洛玉衡身子前倾,竟喊了出来。

"……就是刻刀破了法相啊。"

"刻刀是破了法相之后遁走,还是留在了现场?许……许七安他有没有触碰刻刀?"洛玉衡目光灼灼地盯着她,似乎这一点很重要。

"有呀,他一刀捅破了寺庙里的法相。"女子抬起右臂,做了一个往前捅刀的手势。

洛玉衡呆住了。

"国师,国师?"蒙面纱的女子喊了几声,发现洛玉衡面容呆滞,眼神涣散,像一尊玉美人,美则美矣,却没了灵动。蒙面纱的女子伸手去推,却被一道气墙挡了回来。

第 298 章

两场谈话

外城,某座小院。

一道常人无法捕捉的幽光降临,落在院中,化作身穿玄色道袍,头戴莲花冠的美艳女子。她杏眼桃腮,五官绝美,秀发乌黑靓丽,宽松的道袍也掩盖不住那玲珑有致的身材。

洛玉衡推门而入,看见一位头发花白的老道躺在床上,面容安详。她凝神感应了一下,于宽松道袍中探出素手,骤然一抓。几息后,一道略显虚幻的人影自远处归来,被她摄入掌心,袖袍一挥,打入老道肉身。

金莲道长睁开眼,盘身坐起,无奈道:"我已经在赶回来的路上了。"

说着,金莲道长审视着洛玉衡高挑的身段,道:"师妹连阳神都出窍了,如此急切,是有什么要紧的事?"

洛玉衡没有废话,直截了当地问:"今日斗法你看了?"

金莲道长颔首。

"儒家刻刀出现了?"

金莲道长略作迟疑,微微点头。

"我问你,许七安究竟是什么人?"洛玉衡跨前一步,妙目灼灼。

"一个普通人。"金莲道长的回答竟有些迟疑。

"一个普通人能使用儒家的刻刀?"洛玉衡冷笑。

金莲道长皱眉不语。许久后,他缓缓道:"当初我遇到他时,看出他是有大福缘的人,便将地书碎片赠予他,借他的福缘躲避紫莲的追踪。事后,我对他的身份做了调查,觉得有些奇怪,不管是李妙真、楚元缜还是其他人,我将地书碎片赠予他们时,他们差不多都已经起势。唯独许七安是炼精境,家世更是平平无奇,何来福缘?呵,福缘要么行善积德,要么祖先庇佑,他两个都不占。"

洛玉衡耐心地听着,没有打断。

"后来发生一件事,让我意识到他的情况不对。有一次,这小子在地书碎片中自曝,说他天天捡银子,想知道原因何在。"

听到这里,洛玉衡忍不住了:"这不是福缘吧。"

金莲道长凝视着她,眸光深刻且明亮,一字一句道:"这是气运,泼天的气运。"

尽管有所猜测,但得到金莲道长的亲口确认,洛玉衡瞳孔倏地收缩。

许七安幽幽醒来,浑身疼痛,尤其是脖颈,传来一阵火辣辣的痛感。他转动眼睛,扫了一眼周围的景象,白色的床帐,绣着荷叶的锦被,简单却雅致的陈设……外厅的圆桌边坐着一位穿儒衫的老者。

儒衫老者花白的头发凌乱垂下,儒衫松垮,花白的胡子许久没有修剪,整个人透着一股"丧"的气息。

这犬儒是谁?许七安心里闪过疑惑。

"你醒了,"犬儒老者起身,含笑道,"我是云鹿书院的院长赵守。"

云鹿书院的院长……辞旧说过,书院的院长是儒家三品立命境!许七安立刻直起身,拱手道:"原来是院长,院长气质不凡,儒雅内敛,真是一位德高望重的长辈。"顿了顿,他才问道,"院长为何在我房里?"

院长赵守没有回答,目光落在他右手,许七安这才发现自己始终握着刻刀。他先是一愣,旋即有了猜测:这把刻刀是云鹿书院的?也对,除了云鹿书院,还有什么体系能裹挟浩然正气。

"这把刻刀是我书院的至宝,你一直握在手里,谁都取不走,我只好在这里等你醒来,顺便问你一些事。"赵守说完,又看了一眼古朴刻刀,那眼神仿佛在说:还握着?小后生一点都不懂事。

许七安双手奉上。

赵守没接,而是看了眼桌子,心领神会的许七安把刻刀丢在桌上,哐当一声。赵守眉头一挑,连忙作揖,朝着刻刀拜了三拜,这才从袖中取出一只木盒,将刻刀收了进去。

"许大人可知刻刀是何来历?"赵守微笑道。

许七安心里微动,大胆猜测:"亚圣的刻刀?"

赵守摇头:"这是圣人的刻刀。"

圣人的刻刀……是那个圣人吗,是超越品级的圣人吗?

那个,刻刀能让我再摸一会儿吗,我还没拍照发朋友圈!

许七安张着嘴巴,喉咙却像是失声,说不出话来。

"自从亚圣逝去,这把刻刀沉寂了一千多年,后人纵使能使用它,却无法唤醒它。没想到它今日破盒而出,为许大人助阵。"赵守凝神望着许七安,沉声道,"有些话,还得当面提点许大人。"

许七安心里一沉,有所预感,从床上起身,躬身作揖:"请院长指点。"

"不可能,不可能……"洛玉衡不停地摇头,两条精致修长的眉毛紧皱,反驳道,"我与他接触过许多次,如果他身怀气运,我不可能察觉不到,我人宗怎么可能察觉不到?"

金莲道长反问道:"如果被屏蔽了天机呢?而今你再去看许七安,一样察觉不到他有任何异常。"

"你是说监正?"洛玉衡深吸一口气,皱眉的姿态也美不胜收,随着眉心皱起,眸光锐利如刀,"你不是调查过许七安吗,他小小一个银锣,祖上没有经天纬地的人物,如何承担得起气运加身?"

"抱歉,这件事我没有想通。"

金莲道长从床榻上起身,走到桌边坐下,倒了两杯水,示意洛玉衡入座。

女子国师不理,她现在哪有闲心喝茶。

洛玉衡思考许久，突然说道："如果是术士屏蔽了天机，按理说，你根本看不到他的福缘。监正布局草蛇灰线，他不想让别人知道，别人就永远不知道，这就是一品术士。"

"你能想到的事，我自然想到了。"金莲道长喝着茶，语气平静，"前段时间，我发现他的福缘消失了，特意过去看了看，原来是监正屏蔽了天机，掩盖了他的特殊。我当时就知道此事不同寻常，许七安这人背后藏着巨大的隐秘。那天我离开许府，走着走着，便走到了观星楼的八卦台，见到了监正。"

"他说了什么？"洛玉衡美眸眯起。

"井水不犯河水。"金莲道长沉声道。

身段玲珑有致的洛美人，寂然许久，咬着银牙贝齿，气道："王朝气运大跌，果然与司天监脱不了干系。"

金莲道长皱了皱眉："什么意思？"

洛玉衡终于在桌边坐下，端起茶杯，娇艳的红唇抿住杯沿，喝了一口，说道："前些年，魏渊曾来灵宝观，指着我鼻子呵斥红颜祸水。他说陛下修道二十年来，大奉国力日衰，各州的税银、粮食时常收不上来，百姓困苦，贪官横行。这一切都是因为我为了自身的修行，蛊惑陛下修道，害陛下怠政引起。"

难道不是？金莲道长心里腹诽了一句。

"那时起，我突然意识到王朝气运开始流失，钝刀割肉，让人难以察觉。若非魏渊有治国之才，熟悉民政，最先察觉，并给了我当头棒喝，恐怕我还要再等几年才会发现端倪。"

听完，金莲道长颔首，提醒道："别说那么多，这里是监正的地盘，说不准我们的谈话内容一直被他听着。"

"不至于，"洛玉衡撇撇嘴，颇为自信地说，"他听不到。"

这不是他听不听得到的问题，而是我不想参与这件破事的问题……金莲道长充满智慧地岔开话题："如果，我是说如果，许七安真的有气运加身，你会与他双修吗？"

洛玉衡的表情再次凝滞。

"你知道圣人刻刀为何破盒而出？为何除了亚圣，后世之人只能使用它，却无法唤醒它？"赵守连问两个问题。

我只是个粗鄙的武夫啊院长……许七安摇头，表示自己不晓得。

院长倒也没有卖关子，沉声道："气运不足。这把刻刀是圣人用的，圣人用它，刻出《春秋》，刻出《礼》《乐》《易》等。非凝聚人间大气运者，不能用它。"

院长的这段话，终于为许七安解开了困扰多时的疑惑，他的古怪运气，其实就是气运。每天捡银子，这可不就是气运之子嘛，从一天捡一钱，慢慢变成一天捡三钱，一天捡五钱……还是个会升级的气运。

不，与其说升级，还不如说它在我体内慢慢复苏了……许七安心里沉甸甸的。他会这么想是有原因的，随着他的品级提升，运气变得越来越好，乍一看好像是运气在升级，可这玩意儿怎么可能还会升级？唯一的解释是，他体内的气运在慢慢复苏。

可我只是一个京城普通人家的孩子，我许家只是一个普通人家，二叔和生父是粗鄙的武夫出身，大头兵一个，除非我不是许家的崽。

这个怀疑以前有过，因为在皇宫里有一条灵龙，非常讨好他。金莲道长说，灵龙只喜欢紫气加身的人。

许七安当时心说，哎哟，完了完了，我还惦记着怀庆呢，我不会是皇室哪位亲王在民间的私生子吧？但许七安"整容"前的脸，与许二叔颇为相似，从遗传学角度分析，两人是有血缘关系的。他许七安就是许家的崽，是许平志兄长的子嗣，就算是许平志在外的私生子，也还是许家的崽，本质不变。

那么，哪来的气运？

院长赵守温和地道："这气运玄而又玄，却又真实存在。九州与气运相关事物，有三者。一，儒家；二，术士；三，人间帝王。第三者并不局限于大奉，巫神教和西域佛门亦然。

"至于南北蛮族，前者部落分散，未曾统一，后者族人数量稀疏，都无法凝聚气运。"

儒家多半与我无关,不然院长不会跟我说这些……那么,我气运加身的原因就只有两个:皇室和司天监。

如果我是皇室子嗣,那完蛋了,临安和怀庆就是我姐。但是,灵龙的态度说明我不太可能是皇室子嗣,相比起一个流落民间的私生子,根正苗红的皇子皇女不是更应该巴结吗。

再说,我也没见临安和怀庆天天捡银子啊。我现在和临安关系稳步增长,与怀庆处得也不错,自身又成了子爵,将来再把子爵提到伯爵,我就有希望娶公主了。

我无论如何都不能和皇室有什么血缘牵扯啊。

结合监正以往的态度、表现,许七安怀疑此事多半与司天监有关,不,是与监正有关。

见他似乎想通了什么,院长赵守笑呵呵地说:"还有什么想问的?"

许七安摇摇头:"没了,多谢院长解惑。"

赵守点头:"宫里的宦官在外头等待多时了,请他进来吧,陛下有话要问你。"

宫里的宦官?

许七安略一沉吟,便知道宦官寻他的目的。斗法期间,他两次大发神威,斩破"八苦阵"和"金刚阵",这都是超越他实力极限的爆发,虽然有些"聪明人"会猜测是监正暗中相助,但例行的询问是不可摆脱的。

而且……许七安看了眼赵守,前两刀尚可把锅甩给监正,书院这把刻刀出现,击碎佛境,这就不是监正能控制的了。

元景帝是个掌控欲很强的皇帝,他不会对这些细节视而不见……如果应对不好,我可能会有麻烦,暴露一些不该暴露的东西,比如,刻刀是受了我的召唤。

许七安穿好衣衫,戴好貂帽,与院长赵守前往大厅。

第299章

丹书铁券

"怎么？若是如此，师妹平息业火，踏入一品，那就指日可待了。"金莲道长笑眯眯道，"难道不应该是天大的喜事吗？"

这样一来，我灭魔也指日可待了……道长在心里补充了一句。

洛玉衡淡淡地道："即使许七安有气运加身，难道比元景帝更强？比未来储君更强？我与他双修，监正会同意？"她的问题直指要害，让金莲道长无法反驳。

金莲道长颔首："师妹道心澄澈，确实比你父亲更适合成为道门一品，陆地神仙。"

洛玉衡不置可否。

金莲道长想了想，又道："师妹介不介意有一位道侣？"

见女子国师瞪眼，他笑呵呵道："有气运加身，修的又是武道，许七安将来成就会极高。你若是要与他双修，也非一朝一夕的事，可以先双修，再培养感情。人宗传到你这一脉，不管如何，你将来都是要诞下子嗣的。以你的性格，与人双修之后，还能再与其他人结道侣？"

洛玉衡冷哼道："陆地神仙寿元无穷，何需子嗣。"

金莲道长笑而不语。

虽然陆地神仙逍遥天地，寿与天齐，但难免也会发生意外，因此需要子嗣来传承衣钵。不过，人宗师妹虽是道首，终究是女子，修的也不是天宗那太上忘情的路子，偶尔会有些小性子。

"早些抽身而退，史书上，或许会把你写得好些。"金莲道长笑眯眯地说。

洛玉衡讥讽道："自古史书只会说红颜祸水，祸国殃民，殊不知问题症结出在男人身上。那些没骨气的笔杆子不敢触怒君王，便将罪责都归结到女子身上，实在可笑。元景帝修道是为长生，他想做一个久视的人间帝王，纵使没有人宗，他依旧会修道，与我何干？

"魏渊这狗东西，说我蛊惑君王，这些年我常与元景帝说，丹药用处已然不大，可他依旧一季一大丹，一旬一小丹，半分不理我的劝告。蛊惑君王？从何说起。"

"师妹说得有理，"金莲道长先是赞同洛玉衡的话，然后中肯评价，"你人宗要借帝王气运修行，压制业火，虽是迫不得已，但确实为元景帝的修道提供助力，难免要被迁怒。"

你跟我和稀泥？洛玉衡定定地看了他几秒，起身告辞，走到门槛时，回眸道："元景三十六年尾，地宗道首残魂飘落京城，不思修道，整日附身于猫，与群猫为伍，不亦乐乎……我要在人宗《年代纪》里添上一笔。"

说罢，她化作幽光遁走。

师妹，有事好商量啊！金莲道长冲出房间，朝着天空，伸手做挽留状。

"真是个小气又记仇的女人。"金莲道长嘀咕道。

许府。

许七安离开房间，经过内厅时，看见许铃音在厅里欢快地奔跑，褚采薇在后面追她。许铃音一边跑，一边发出拖拉机般的笑声。婶婶在一旁摆弄她的盆栽，许玲月安静地坐在椅子上喝茶，看着妹妹与黄裙少女嬉戏。

这个女人又来我家了，一看便是惦记着大哥的……许玲月默默地给褚采薇打上标签，但她不表现出来，偶尔在褚采薇看过来时，还回以温婉的笑容。

许七安先朝院长赵守拱手,踏入厅中,问道:"采薇姑娘,你怎么来了,是被玉树临风的我吸引过来的吗?"

"大哥,你醒了?"许玲月大喜。

婶婶也从她心爱的盆栽里抬起头,观察着倒霉侄儿。

许七安昏迷了大半天,她们早已把激动兴奋的情绪沉淀,不像之前那般担惊受怕。

"噢,我是替老师传话的。"褚采薇停止追逐,环顾周围,招手道,"你过来。"

许七安依言过去,被黄裙少女拉到角落,她附耳低语:"老师说,你可以向陛下要一块铁券。"

铁券?许七安用了几秒才反应过来铁券是什么东西。铁券正规名叫"丹书铁券",俗称:免死金牌。

我要那玩意儿干吗,我换几千两黄金,然后加官晋爵,不是更香吗……许七安心说。

"我明白了。"他颔首。

见到两人低头谈话的亲密姿态,许玲月鼓了鼓腮,招手唤来许铃音:"铃音,去找采薇姐姐玩。"

许·马前卒·铃音迈着小短腿冲向褚采薇,一头撞到她的翘臀:"采薇姐姐我们继续玩啊……"

见状,许七安只能走人,与赵守去了前厅。

"院长,监正让我向陛下求一块铁券。"许七安把这件事告诉赵守,然后观察他的反应。

只有智者才能对付智者。

赵守缓缓点头:"不错,丹书铁券,除谋逆外,一切死刑皆免。然免后革爵革薪,不许仍故封,但贷其命耳。"

"不许仍故封,但贷其命耳。"这句话什么意思?许七安脸色一滞,而后恢复如常,颔首道:"原来如此,原来丹书铁券是这个意思。"

换一个免死金牌也成,监正特意让褚采薇过来嘱咐我,不会没有理由……嗯,我是阉二代,政敌众多,也算多个保障。

许七安其实不怕元景帝,如今修为越来越高,他的底气也越来越足,若是再遇到刀斩银锣的破事,大不了以后远走江湖呗。

唯一舍不得的就是家人。

谈话间,两人来到外厅,厅内主位坐着蟒袍宦官,是位面白无须的中年人。许二叔和许二郎陪在下座,与蟒袍宦官有一搭没一搭地说着话。

"宁宴醒了?"许二叔耳郭一动,看向影壁后方。

许七安和赵守并肩出来。

"院长!"许二郎忙起身作揖。

面对许二郎和许二叔时颇为倨傲的宦官,见到许七安出来,脸上立刻堆满笑容:"子爵大人醒了,身体状况可好啊?若是需要调养身子的药材,尽管跟咱家开口,咱家回宫给您拿。"

"宁宴,这位是司礼监的陈公公。"许二叔不知不觉地挺直腰杆,说话也硬气起来了。

"多谢陈公公关心,本官无碍。"许七安颔首。

"那便好,那便好。"陈公公热情地笑着,把自己的主位让了出来,给了许七安和院长赵守。

"咱家是代表陛下来探望许大人,许大人为朝廷立下汗马功劳,陛下一定会重重奖赏。"

"其实都是陛下的赏识,给了卑职一个机会。所谓养兵千日用兵一时,正是朝廷的培养,卑职今日才能为朝廷立功。"许七安诚恳地说,"所以,请公公转告陛下,卑职不敢居功,请求陛下赐予丹书铁券。"

听到这句话,许二郎和许二叔的内心活动完全不同。

许二郎心说,大哥倒是挺有自知之明,丹书铁券的用处,绝对比金银玉帛更大。金银只能让大哥在教坊司花得更潇洒,绫罗绸缎则让娘和妹妹身上的华美衣裙越来越多,但都是鸡肋。

许二叔则满脑子都是"荣誉"两个字,自古以来,非功臣不赐丹书铁券。

陈公公一愣,道:"咱家会转达许大人的话。嗯,陛下有几件事颇为好奇,命我来问询一二。"

来了……许七安面不改色地笑道:"陈公公请问。"

"许大人在斗法中两次出刀,名震京城,不过那两刀委实超出了大人您的极限。陛下很好奇,您是如何做到的?"陈公公脸上依旧挂着笑容,但双眼一眨不眨地盯着许七安。

"说来惭愧,是监正赐予了我力量。"许七安言简意赅地解释。他没有具体详说,因为这样更符合监正的人设,说得太清楚,反而不对劲。另外,他不怕元景帝找监正求证,这点默契,监正那老狐狸应该还是有的。

陈公公缓缓点头,似乎对此并不意外,继而问道:"儒家的那把刻刀……"

许七安斟酌了一下,正要开口,便听赵守淡淡道:"云鹿书院四百年前能灭佛,今日一样可以。"

许七安当即道:"多谢院长相助。"

陈公公看了眼院长赵守,笑了起来:"原来是书院帮忙。"

其实这算斗法作弊了,不过,佛门自己也不磊落。破金刚阵时,净尘和尚出言警醒净思,第三关时,度厄罗汉亲自下场,与许七安论佛法。所以,佛门认输认得很干脆,没有死揪着刻刀的事不放。

"咱家知道了,那就不打扰许大人休息了。"陈公公说罢起身离开。

皇宫。

服食了丹药,打坐吐纳的元景帝听见了细微的脚步声,他没有睁眼,淡淡道:"何事?"

老太监低声道:"去翰林院传话的奴才回禀,说那群书呆子不肯改文,还把他打了一顿。"

"这群狗东西。"元景帝睁开眼,皱眉道。

论玩弄权术,元景帝炉火纯青,但对付那些油盐不进的清贵,"暴力"打压是最好也是唯一的手段,你要跟他们玩权术打机锋,他们只会捂着耳朵说:不听不听,王八念经。

"罢了,慢慢磨吧。"元景帝道。毕竟只是想蹭一蹭,还不至于大动干戈,那样对他名声影响太大。说完,他看了眼没走的老太监,问道,"还有事?"

老太监点头:"许银锣醒了,司礼监的陈公公带回话来……"他当即把许七安的回答转述了一遍。

"丹书铁券?"元景帝神色微微错愕,接着,嗤笑一声,"放着加官晋爵、金银玉帛不要,却要一张丹书铁券?"话虽这么说,不过老皇帝在心里权衡许久,没有答应,也没拒绝。

老太监低声笑道:"许大人倒是心里通透,知道这是陛下知人善用,是朝廷栽培有功,没有居功自傲。他若是提出把爵位往上抬一抬,陛下可就有的烦咯。"

这小子的觉悟比翰林院那帮书呆子强多了……元景帝顿时没再犹豫,沉声道:"准了。"

大伴所言不错,确实如此。短期内接连封爵,只有在战乱时代才有这样的先例,加官容易晋爵难。

刻刀的出现是院长赵守相助的原因?元景帝沉吟片刻,出于一股直觉,他结束打坐,吩咐道:"摆驾灵宝观。"

灵宝观。

"国师,本次斗法大胜,扬我大奉国威,相信再过不久,南疆蛮族和北方蛮族,以及巫神教都会知晓此事。一个银锣出面斗法,会让各方猜忌、怀疑,忌惮我大奉国力,效果远胜杨千幻出面。国师,国师?"

洛玉衡恍然回神,美眸从涣散恢复灵动,蹙眉道:"陛下说什么?"

元景帝定定地审视着美艳动人的国师,狐疑道:"国师心不在焉,有什么心事?但说无妨,朕一定帮国师解决。"作为人宗道首,道门二品,元景帝几乎没见过洛玉衡这般心事重重的模样,从来没有。

是天人之争让她感觉到压力了?这个女人,为何就是不肯与朕双修,朕的长生大计就卡在这里……

念头闪烁间,他看见洛玉衡摇头:"多谢陛下关心,无妨。"

　　元景帝点点头,不再追问,说出了本次来灵宝观的目的:"国师可知,斗法时,云鹿书院的刻刀出现了。朕知道那是圣人遗物,是书院至宝,此番现世,是否还有内情?"

　　"陛下为何有此疑惑?"洛玉衡反问。

　　"圣人刻刀非一般人能用,那赵守是三品立命,未必使得了。"

　　元景帝见识还是有的,尤其云鹿书院曾经执掌朝堂,儒家的资料,朝廷这里不缺,一些相关隐秘也有。

　　洛玉衡略作沉吟,不甚在意地笑了笑:"赵守虽是三品,不过书院里还有三位四品君子境,联手催使刻刀,不难。况且,儒家与佛门素来有怨,当年灭佛正是书院一手主导,云鹿书院会出手是意料之外,但在情理之中。"

　　"朕还是很信国师的。"元景帝再无疑虑。

　　打发走元景帝,洛玉衡走出静室,坐在凉亭里,直愣愣地发呆。

　　许七安去了趟打更人衙门,向魏渊汇报自身情况,进浩气楼时,有种伸脖子一刀缩脖子一刀的感觉。

　　心里打好腹稿,把谎言变得愈发圆满。

　　谁知魏渊竟没有过问,得知他的身体状态良好,便安心地点头,留他喝了一杯茶,说了些琐事。

　　离开浩气楼,许七安松了口气。

　　魏公毕竟是普通人,不修武道,理论知识扎实归扎实,却看不出其中门道……再加上他是聪明人,认为自己早已看透一切,我的爆发是监正暗中相助,刻刀的事是云鹿书院的原因。

　　想着想着,许七安嘴角挑起。

　　除了监正,其他人都在第二层,而我在第五层看着他们。

　　黄昏,许七安心情颇为轻松地回府,穿过外院,他闻到一股浓郁的鲜香。

婶婶让厨房做了一桌子的美味佳肴,甚至还有从外边酒楼买回来的大菜,这些自然是为了犒劳许七安。

席间,婶婶抱怨道:"这么一大家子都要我一个人操持,忙里忙外的,累死个人。"

随口一句抱怨,没想到被许玲月抓住机会了,她说道:"那娘就把账给我管吧。"

这个账,包括家里的"库银"、绫罗绸缎,以及外头的田地和商铺,现在都是婶婶在"管"。不过婶婶不识字,许玲月充当助手身份,活儿没少干,但大权依旧握在婶婶手里。婶婶说今天给家里人添衣衫,那就添衣衫,婶婶不同意,大家就没衣服穿。

"你管什么管,就算要管,将来也是交给大郎或二郎的媳妇,哪有你的份儿。"婶婶把女儿"谋逆"的心思打压了回去。

就算是大郎和二郎的媳妇,也休想夺我的权,婶婶在心里补充了一句。

吃完晚饭,许二郎放下筷子,突然说道:"大哥,你随我来书房,我有事要与你说。"

许七安看了眼小老弟,见他脸色严肃,眉头微皱。

又发生什么事了?许七安心里嘀咕,跟着许二郎去了书房。

第300章
赴会

进入书房,关上门,许新年神色古怪地盯着大哥看,脸色怪异但并不焦虑。

不是急事,许七安做出判断,自顾自地在圆桌边坐下,倒了杯水,缓解味精吃多后的干渴,语气随意地笑道:"二郎啊,男人不能吞吞吐吐,有话直说。"

许二郎走到书桌边,拿起一份请柬,啪嗒的轻响中,请柬准确地落在许七安面前。许七安展开请柬,一眼扫过,知道许二郎为何表情古怪了。

这份请柬的内容是邀请许二郎参加文会,上面有句话很有意思:携妹同往。邀请人是当朝首辅王贞文。

"你是春闱会元,邀请你参加文会,合情合理。"许七安分析道。

许新年只有两个妹妹,文会这种场合,自然不是请幼童。堂堂王家,这点规矩会不懂?

至于女子参加文会,大奉虽然依旧是三从四德那一套,不过由于修行体系的存在,女子中亦有翘楚。因此女子地位虽在男人之下,但也不会那么低,不用裹小脚,出门不用戴面纱,想出去玩便出去玩。比如婶婶和玲月,隔三岔五会带着扈从出门逛逛首饰铺。

文会上有女眷参加,并不稀奇。

"愚蠢!"许新年冷笑道,"官场如战场,或许有很多昏聩的蠢货窃居高位,但庙堂诸公不在此列,王首辅更是诸公中的翘楚。他的一举一动,一句话一个表情,都值得我们去深思,去咀嚼。不然,怎么死的都不知道。

"大哥是魏渊的人,王贞文和魏渊是朝堂上的两头猛虎,水火不容,他请我去府上参加文会,必然没有那么简单。"

许二郎一边在屋中踱步,一边思考。

我许新年堂堂会元,前途无量,王首辅忌惮我,想在我成长起来之前将我扼杀……不对,即使我金榜题名,荣登一甲,王首辅想要对付我,也是轻而易举的事,我与他的地位差距悬殊,他要对付我,根本不需要阴谋诡计。

那么,他邀请我真的只是一场普通的文会而已?这样的话,就把对手想得太简单,把王贞文想得太简单……

苦恼的许二郎看向许大郎,皱眉道:"大哥,你说句话啊。"

我觉得你脑补太多了吧,许七安皱眉道:"这样,你去问问其他中贡士的同窗,看他们有没有收到请柬。如果有,那么这只是一场简单的文会。如果没有,独请了你一位云鹿书院的学子,那其中必有蹊跷。"

"这个我自然想到了,可惜没时间了。"许二郎有些着急,指着请柬,"大哥你看时间,文会在明日上午,我根本没时间去求证……我明白了。"

"明白什么?"许大郎问道。

"王首辅这是根本不给我反应的机会。我若是不去,他便将我自视甚高目中无人的做派传出去,污我名声。我若是去了,文会上必定有什么阴谋诡计等着我。"许二郎倒抽一口凉气,"姜还是老的辣。"

被他这么一说,许七安也警惕了起来,心说我老许家好不容易出了一位读书种子,那王贞文竟这般不当人子。

随后他察觉到不对,皱眉道:"你刚才也说了,王首辅要对付你,根本不需要阴谋诡计。纵使你中了进士,你也只是刚出新手村罢了,而人家差不多是满级的号。"

许新年茫然道:"何为新手村,何为满级的号?"

"若是不去,你骄傲自大的名声就传出去了,若是去了,可能有阴谋诡计……二郎自己定夺吧。"许七安拍着他肩膀,安慰道。

"大哥几时与铃音一般笨了?"许二郎不悦道,"我说了这么多,你还没明白我意思?我是想让大哥与我同去。"

"不,我不能与你同去。你是我兄弟,但在官场,你和我不是一路人,二郎,你一定要记住这一点。"许七安的脸色变得严肃,沉声道,"你有自己的路,有自己的方向,不要与我有任何干系。"

许二郎是聪明人,默然片刻,嗯了一声。

大哥其实是在告诫他,不要与魏渊有任何牵扯。有朝一日,就算魏渊倒台了,大哥受牵连是在所难免。但魏渊倒台,和他许新年没有关系,他的身份只是许七安的兄弟,而不是魏渊的下属。

这个想法,许新年是认同的。

历史上那些钟鸣鼎食的豪阀中,家族子弟也不是一条心,分属不同势力。这样的好处是,哪怕折了一翼,家族也只是伤筋动骨,不会覆灭。

次日,许七安骑上心爱的小马,在青冥的天色中,哒哒哒地赶往打更人衙门。点卯之后,宋廷风几个相熟的同僚过来找他,大家坐在一起喝茶吃花生米,吹了一会儿牛皮,然后开始怂恿许七安请客去教坊司。

"滚滚滚……"许七安啐了他们一通,骂道,"成天就知道去教坊司,不都看过我斗法吗,那净思小和尚怎么说的,美色是刮骨刀,要不得。一天天的就知道嫖,对得起自己身上的差服?你们自己去就算了,偏要拉上我,呸!"

大家都知道他是什么样的人,一点都不怕,骂道:"咱们衙门里,谁比你嫖得更多?"

许七安振振有词:"我又不给钱,怎么能是嫖?大家熟归熟,你们这样乱讲,我一定去魏公那告你们污蔑。"

打发走同僚,没多久,一位吏员进来,道:"许银锣,姜金锣让我来问你,还需要准备烹煮的药材吗?您的修为,可以尝试淬体了。"

老姜问这事应该是对金刚不败感兴趣,但又不好意思……许七安回应道:"不需要了。"

"好的。"吏员退走。

这时,许七安在堂口里,又迎来了韶音苑的侍卫。

侍卫说:"二公主召您过去。"

"知道了,我手头还有事,晚些便去。"翻看卷宗的许七安坐在书桌后没动。

侍卫拱手离去。

大概一刻钟后,许七安把卷宗放下,松了口气。

"拥入京城的江湖人士越来越多了,等斗法消息传出去,只怕会有更多的武夫来京城凑热闹。如此虽然大大促进了京城的经济,但坑蒙拐骗甚至入室抢劫的案件也会频出不断。再这样下去,要解决这方面的事,就得从两个方面入手……"

许七安招了招手,唤来吏员,吩咐道:"你写个折子……"

每一位银锣的堂口都安排了至少三名吏员,充当秘书角色,毕竟银锣们砍人可以,写字的话,许银锣这样的,属于平均水准。

许七安给魏渊提了三条建议:

从京城下辖的十三县里抽调兵力维持外城治安。

向陛下上奏折,请禁军参与内城的巡逻。

在这期间,入室偷盗者,斩!当街抢劫者,斩!当街寻衅滋事,造成路人受伤、摊主财物受损者,斩!

前两条是为第三条做铺垫,重刑之下,贼人必定走极端,因此需要大量兵力、高手镇压。这或许会造成贼子铤而走险,犯下杀孽,但如果想快速肃清歪风,恢复治安稳定,就必须用重刑来威慑。

吏员写完折子后,又有侍卫进来,这一回是德馨苑的侍卫。

"怀庆公主请许大人入宫一叙。"

许府。

许二郎穿着儒雅的浅白色袍子,用玉冠束发,腰上挂着美玉,自己的、父亲的、大哥的……总之把家里男人最值钱的几块腰玉都挂上了。

"大哥和爹是武夫，平日里用都不用，我看搁着也是浪费。"许二郎是这么跟婶婶还有许玲月说的。

王首辅举办的文会，必定才子如云，算是这个时代最顶层的聚会，许二郎觉得自己务必要穿得体面些。

婶婶上下审视，很是满意，认为自己的儿子绝对是文会上最靓的崽。

"你参加文会便去吧，为何要带上玲月？"婶婶问。

许铃音一听"文会"，一下子昂起头。

"请柬上是这么写的，就当带玲月去长长见识。"许二郎说。

婶婶顿时拉着女儿的手，兴奋地说："去了文会，你多看看，瞧中哪家的公子，回来要跟娘说，以咱们许府现在的声势，把你嫁入豪门是不成问题的。"

"娘你说什么呢，我不去了。"许玲月不开心地侧过身。

许铃音见缝插针，扑向许新年："姐姐不去我去，二哥带我去，带我去！"说着，整个人就挂在许二郎的腿上。

许新年抖了几下，居然没把她抖开，这小丫头力气大得吓人。

"行吧，但你得去换漂亮裙子，不然不带你去。"许二郎说。

"嗯！"许铃音开心地点头。

然后在婶婶的带领下回了屋子，十几分钟后，小豆丁把头发梳成大人模样，穿上一身"帅气西装"，可是二哥和姐姐已经走了。

嗷嗷嗷嗷……杀猪般的哭声回荡在院子里。

……

春日融融的阳光里，马车抵达王府。

第301章

钩心斗角

怀庆也要见我?！嗯,以我和两位公主的关系,斗法之后,理当是要见的……不过,我到底是先见怀庆,还是先见临安?

许七安稍作沉吟,便有了答案:先见怀庆。

他这么选是有理由的,并不是说更在乎怀庆,不在乎临安。许七安的选择依据与两位公主的智商息息相关。怀庆太聪慧不好糊弄,而且心思深,对你心怀不满也不会表现出来,说不准什么时候就坑你一下。临安相对来说比较单纯,她娇蛮又任性,时常无理取闹,但其实不记仇,发完脾气就揭过了。

"好,本官这就随你入宫。"

许七安让吏员去浩气楼送折子,自己则随着侍卫,骑马进了宫。

走完相应的流程,许七安踏入德馨苑,在雅致干净的大厅里见到怀庆。她穿着贴合性格的白色宫装,秀发用金簪简单绾起,垂下一缕缕青丝,清冷如画中仙子,而垂下的青丝则让她多了几分慵懒的烟火气。

"身体无恙?"怀庆浅浅一笑。

"没有大碍,卑职体壮如牛,这点小伤,睡一觉就好了。"许七安笑道。

怀庆放心地点头,招呼他入座,道:"本次斗法胜出,朝廷必定嘉奖。不过加官容易晋爵却难。如果许大人不缺银子,可以向父皇提一提要求,你的前程也便有了保障。"

以后谁能娶到怀庆,就如大耳贼得了诸葛孔明啊!许七安心里感慨。这确实是一个绝妙的点子,适当地牺牲一点利益,换取二郎的前程,为小老弟的首辅之路铺路。

"卑职已经向陛下要了丹书铁券。"许七安惋惜道。

"丹书铁券?"怀庆秀眉微蹙,道,"你要这东西做什么?虽然有时候它能收获奇效,但也有可能一无是处。"

她的意思是,这玩意儿的解释权都在皇帝身上,元景帝没信用,这东西一无是处。怀庆能跟我说这种话,算是掏心掏肺了。

许七安淡淡一笑:"也有可能收获奇效呢。"

怀庆不再纠结,继续道:"金刚神功你真的学会了?"

许七安伸出手掌,血肉迅速凝结出金漆,整条手臂流转着淡金色的光芒。

怀庆见状,并不高兴,低声道:"你可知,这金刚不败让多少武夫眼馋?"

许七安心里一凛,没有说话。

怀庆喝了口茶,道:"你现在声势正隆,不会有人明着对付你,身边的人看紧了。另外,自己也要注意些,不要给人抓住破绽。"顿了顿,她补充道,"魏公不是无敌的。"

以我在斗法时展现的强大战力,京城里的江湖人士即使垂涎欲滴,也不敢把主意打到我头上,而江湖大佬不会来凑天人之争的热闹,自然也就不知道斗法的事,怀庆的意思就很明显了。

京城里能觊觎我金刚不败的有多少人?

文官或许会觊觎我的金刚不败,虽然他们不需要,但可以给府上养的死士和心腹。不过,这毕竟不是直接利益和必需的利益,所以文官不会太热衷。

是勋贵和军方!

"多谢殿下提醒。"许七安诚恳地道。

又闲聊了几句,怀庆语气随意地说道:"上次你给我的话本,我身边的丫鬟们看了,据说还挺有意思。本宫虽然不看那些东西,但架不住她们多次请求……后续呢?"

"殿下想要,过几日我再给您送来。"许七安笑道。

怀庆矜持地点头:"也不用急,就是几个婢子想看。嗯,就明天吧。"

你这是不急吗?你这是急爆了……行吧,今儿回去就找工具人钟璃码字,许七安心里腹诽。

闲聊几句后,许七安找了个借口,辞别怀庆公主。他先返回宫城外,等羽林卫通传后,才重新进宫,去了前往韶音苑的路线。

"许大人留步!"侍卫抬手拦住他,道,"临安公主有命,今日不见客,请回。"

"是临安公主邀我来的,你去通传便知。"许七安提醒他。

岂料侍卫刚得很,摇摇头:"许大人不要为难卑职,请回吧。"

在宫里殴打侍卫是大罪,你小子运气真好……临安这是生气了啊,知道我先去了怀庆的德馨苑。

许七安念头转动间,已有应对之策,生气道:"明明是殿下邀请我来的,你不去通传,我拿你没办法,就在外头等着便是。"

造型普通的马车停在王府外,许新年掀开帘子,踏着车夫准备好的木凳下车,回身,朝着清丽的妹子伸出手。许玲月在二哥的掌心撑了一下,稳稳下车,兄妹俩把请柬递给看门的下人,在对方的带领下进了府。

"二哥,这一路心事重重,是因为紧张吗?"许玲月低声道。

"你二哥我便是见了当今圣上,也不会紧张。"许新年淡淡道,他脸色严肃,眉头微皱,压低声音与妹子说,"进了席间,多听多看少说话。你只是随行女眷,不会有什么事,至于我……"

至于我,说不定就要会一会当朝首辅了。

其实,别的不说,单是这份胆魄和斗志,许二郎就是当之无愧的同辈翘楚。

王府极大,兄妹俩随着下人走了许久,穿廊过院,终于来到一处花园,假山绿水,衬着吐新的绿叶,以及含苞待放的花骨朵,景色颇为宜人。宽敞的花园里,传来清朗的吟诵声,以及莺莺燕燕的娇笑声。

穿出长廊,许二郎和许玲月见到两拨人列案而坐,左边是十几位穿儒衫的读书人,个个都是精神抖擞,器宇轩昂。右边则是一群穿着各色罗裙、年轻貌美的姑娘。许家兄妹登场的瞬间,气氛明显一滞,少年俊杰和花季少女们的目光纷纷一亮。

许二郎眉头皱了皱,这和他预料中的文会有些不同。在他想象中,这场文会将由王首辅主持,参加文会的贡士略显拘谨地在首辅面前阐述自己的理念,展示自己的才华。若是能得首辅看中,将来入朝堂便有了靠山。没想到文会的气氛竟如此轻松,美酒佳肴,还有新鲜瓜果,再就是……竟有这么多的妙龄少女。

"许公子,许小姐,快请入座。"

一位五官姣好、气质落落大方的女子起身,盈盈施礼。她身段高挑,略显圆润的脸庞文静秀美,一双眼睛甚是明亮,笑起来时,既有大家闺秀的落落大方,也有一丝丝的狡黠。

许新年和许玲月还了一礼,前者略一打量,便走向左侧的席位,挑了一个空位坐下。

"许会元,久仰大名。"甫一入座,周围的贡士们纷纷举起酒杯。

果然,除我之外,没有云鹿书院的其他学子,这些人都是国子监的学生……许新年心里一凛,表面笑容镇定,举杯回敬。他与贡士们畅谈了片刻,这些人礼貌得让他有些意外,没有出现绵里藏针,或公然挑衅的事件。

以王首辅的权谋智计,公然挑衅实属低端……许新年微微颔首,不愧是王首辅,人未至,便已让我如临大敌。

另一边,许玲月被安排在王小姐身边,后者荡漾起温和的笑容:"许小姐今年多大了?"

许玲月细声细气道:"十七。"

王小姐立刻说:"姐姐十九,就喊你一声玲月妹妹,可好?"

她是谁,一副主人翁的姿态……许玲月微笑道:"听姐姐的。"

王小姐笑容愈发热情,道:"那你就叫我思慕姐姐吧。"

聊了几句后,许玲月知道这位温婉可亲的女子是谁了,竟是首辅王贞文的嫡女。

"玲月妹妹可有婚配?"王小姐突然问道。

许玲月微羞地低头:"尚未婚配。"

换成是男子问她这个问题,许玲月肯定生气,但周围都是女子,说话声音又低,最重要的是,对方是王家嫡女。

王小姐诧异道:"家里的哥哥们想必都订婚了吧,妹妹也得抓紧呀。"

许玲月看了她一眼,摇头道:"两位兄长尚未成亲。"

尚未成亲……王小姐不动声色道:"以许家两位公子的才华,想必早有婚约在身。"

周围的少女们悄悄竖起耳朵。不管是俊美无俦的许新年,还是英姿勃勃的许七安,尤其是后者,刚刚经历过一场斗法,京城贵族女眷们对他的"好奇心"无比旺盛。

王小姐嫣然一笑。

不过,凡事都有例外,就有一个穿紫衣的少女阴阳怪气道:"许家算是鱼跃龙门了,那许七安原本只是长乐县的一个快手,许平志也不过是御刀卫百户,这样的家庭,许小姐将来嫁个商贾之家便算是万幸。而今呢,说不准能嫁入豪门呢。"

许玲月捉摸不透这位少女的背景,于是做出委屈的姿态,低着头。

见状,其余千金小姐对紫衣少女产生了些许不悦。

王小姐眯了眯眼,柔声道:"阎儿,好好说话。玲月妹妹,阎儿是刑部尚书的侄女。"

刑部尚书的侄女,许玲月心里一动,记起了当初户部侍郎的公子周立串通刑部,把大哥锁进刑部大牢的遭遇。原来是冤家。

"阎儿姐姐心直口快,说得也没错的。"许玲月摇摇头,一副强迫自己压住委屈、露出笑容的模样,"我大哥一介武夫,二哥也无官无职。"

叫阎儿的少女一时语塞,要是接这个话题,她就得在大庭广众之下继续嘲讽许七安和许新年,一位就在席上,另一位声威正隆。

"行了,喝茶喝茶。"王小姐强行结束话题。

文会照常进行,贡士们从诗词聊到国家大事,偶尔和大家闺秀们互动几句,场面还算快活。

许新年发现自己谈得竟颇为愉快,便找了个借口,说花园景色不错,端着酒杯去了一旁,思考王首辅究竟有何阴谋。

"花期将近,却枯萎了?"他盯着一池枯萎的荷叶发呆。

这时,身后传来温柔的声音:"这是青州的红莲,隆冬季节才盛开,开春了便凋零枯萎。不过,京城气候与青州相差甚大,红莲长势不好,观赏价值不大。"

回头望去,是那位五官姣好的女子。许新年现在已经知道她的身份了,作揖道:"王小姐。"

"叫我思慕。"她说。

"……"许新年道,"思慕小姐。"

王思慕嫣然一笑,目光望向离开席位、各自赏景游园的才子佳人们,柔声道:"许公子那首《行路难》,思慕裱在房中,日日观赏。"

"论及诗词,还是我大哥最好。"许二郎说完,矜持道,"不过文章本天成,妙手偶得之,我亦有妙手偶得之时。"

用大哥的东西来人前显圣,许二郎心安理得。一家人不说两家话,大哥的东西就是我的东西。

许玲月坐在池边,迎着微风,无聊地观赏景色。

文会没什么意思,她不是那个圈子的人,而娘说的"青年才俊",确实也都不错,只是他们和大哥二哥比起来,就有些摆不上台面,即使这些人都是贡士。

"哼!"身后传来冷哼声。紫衣少女走了过来,狠狠剜了许玲月一眼,骂道:"小贱人,你刚才装什么可怜?"

许玲月昂起头,弱弱地道:"阎儿姐姐说什么?我、我几时装可怜了。"

紫衣少女冷笑道："就你那点伎俩,也敢在我面前献丑,装没装你自己心里不清楚?一个粗鄙武夫家出身的贱丫头,配坐在这里吗,配与我同席吗?立刻给我滚出王府,以后别让我看见你!"

许玲月皱了皱眉："阎儿姐姐讨厌我,是因为我大哥?"

紫衣少女嗤笑着,骂道："你倒是有自知之明。"

那个与叔父为敌的许七安当然是一个原因,另一个原因是,这个小蹄子刚才故意装可怜,博取姐妹们的同情,让她碰了个软钉子,很丢脸。

紫衣少女就没受过这种委屈。想到这里,她愈发恼怒,更嫉妒许玲月的美貌,恶狠狠地道："像你这样的小贱人,也就那点拿不上台面的花样,长得一副狐媚子模样,信不信姑奶奶把你卖到青楼去,让你尝尝人间疾苦。"

许玲月顿时很委屈："文会是二哥带我来的,王府的邀请,我怎可中途离场。要不,姐姐帮帮我?"

紫衣少女闻言皱眉。

这时,许玲月隐蔽地伸出手,狠狠掐了一把紫衣少女的小腰,紫衣少女疼得脸色发白,下意识地伸手推她,许玲月就顺势往后一倒,落入池水。

"救、救命!我不会游泳,二哥,二哥救我……"许玲月哭喊着。

尖叫声传开,吸引了一众才子佳人的注意。

"落水了,有人落水了!"

"快救人呀,来人啊!"

惊呼声不断响起,众人迅速围拢过来。听见呼救声的许新年循声望去,看见许玲月在水中沉浮,一副溺水模样。他脸色大变,来不及和王小姐打招呼,疾步奔了过去。

扑通!他纵身跃入池水,揽住许玲月的腰肢,把她托出水面,在王小姐等人的帮助下,将许玲月拉了上去。

"快,快去屋子取我的大氅来。"王小姐急忙吩咐丫鬟。

俄顷,丫鬟取来大氅,王小姐亲自给许玲月披上,后者依偎在二哥怀里,嘤嘤地哭泣。

众人围在边上，静看事态发展。

许新年脸色阴沉，扫了眼紫衣少女，低头问道："玲月，怎么回事？"

许玲月抽着鼻子，秀发贴着清丽的脸，柔弱又可怜，抽抽噎噎道："我、我不知道。这位姐姐让我滚出王府，说我不配与她同席。我不理，她、她便推我下池。"

众人瞬间看向紫衣少女，贡士们看了眼楚楚可怜、叫人怜惜的许玲月，又看看刁蛮跋扈的紫衣少女，暗暗皱眉。

"我没有。"紫衣少女气得脸色通红，指着许玲月，骂道，"贱人，你敢害我，明明是你先掐我的。你们别信她，是这个小贱人在害我，是她自己故意下水的！"

一位千金皱了皱眉，低声道："阎儿虽然刁蛮了些，但不至于做出推人下水的事。"

紫衣少女朝闺蜜投去感激的目光，然后很配合地指着许玲月："就是她自己做的，她自己故意跌下水的，还想陷害我，这小贱人心坏得很。"

众人狐疑地看向许玲月。许玲月对周遭目光置之不理，泪水啪嗒啪嗒向下滚落，哀泣道："二哥，大哥是不是得罪了什么人？这位阎儿姐姐说大哥常与她叔父作对，她拿大哥没办法，却可以将我偷卖进青楼。"

卖进青楼！许新年怒火瞬间烧到头顶，定定地看着紫衣少女："倒是不知姑娘是哪家的？"

王小姐有些愧疚，低声道："阎儿的叔父是刑部孙尚书。"

众贡士恍然大悟，一脸"原来如此"的模样，身为贡士，将来必定入朝为官，他们对朝堂有一定的了解。刑部孙尚书和许七安的恩恩怨怨，他们还是听过的，最有名的是那首《桑泊案·赠孙尚书》，至今还被人津津乐道。以许诗魁而今的名声，这首诗必定流传后世，孙尚书也将遗臭万年。如此一来，今日这位阎儿姑娘推许诗魁妹妹下水的动机就很充足了。

"你……"紫衣少女再次语塞，这些话她确实说过，本想否认，但看周围士子的神色,她知道自己辩解也毫无意义。

"你说我妹妹掐你,掐你哪里?"许新年问道。

"我的腰。"紫衣少女眼里怒火欲喷。

许新年缓缓点头:"姑娘好计策,知道读书人非礼勿视,无法验证,什么都凭你一张嘴来解释。"

紫衣少女一愣,突然明白这小贱人掐她腰的原因,这下,有理也说不清了。

"我们可以验。"一位少女说道。

许新年点头:"回头自己掐一下,便有瘀痕了,我妹子人笨嘴笨,百口莫辩。"

这……紫衣少女和她相熟的闺蜜被许二郎怼得说不出话来。

许新年冷笑道:"今日你不给我一个交代,此事绝不与你干休。"

紫衣少女气得眼眶通红,指着许新年怒骂:"你别太嚣张,你区区一个会元,算什么东西,你敢把我怎么样?"

啪!许新年反手一个巴掌。

紫衣少女趔趄几步,脸颊瞬时间一片红肿,她捂着脸,难以置信:"你、你敢打我?"

众人都惊呆了,完全没想到许新年如此果决,打起女人来毫不犹豫。

"今日之事,诸位都是见证,我现在就绑她去见官,回头请诸位当个证人。"说完,许新年盯着紫衣少女,冷冰冰道,"不是去刑部也不是去府衙,许某请姑娘去一趟打更人衙门。"

众人脸色大变。打更人衙门是什么地方?进了里头,就算是刑部尚书的话都不好使,真要计较起来,推人下水,判个蓄意谋杀,打更人完全可以做到。即使刑部尚书竭力援救,出来后,姑娘家的声誉就没了,将来还能嫁个门当户对的人家?

紫衣少女眼里闪过恐惧,她疾步走到王小姐身边,哭道:"思慕姐姐,救我,我不要去打更人衙门……"

王思慕立刻看向许玲月,后者不动声色地撇开头。

这女子也不是善茬儿……王小姐心里浮现这个念头,而后看向许新年,低声道:"许公子,阎儿只是无心之失,我让她道歉,赔偿玲月妹妹相应的损失,可否看在小女子的分上,就此揭过?"

她也很为难,文会是在她家府上举办,出了这事,让许新年带走人,那么刑部尚书与父亲必生嫌隙。阻止许新年,又彻底得罪了他……这是王思慕不想看到的,所以打算私底下解决纠纷,不报官。

"行,看在王小姐的面上,我可以不报官。"许新年道。

当下,王小姐领着许家兄妹进了偏厅,磋商赔偿以及道歉事宜。

"阎儿性格刁蛮任性,做出这等错事,理当赔偿道歉……五百两银子如何?"王小姐美眸凝视。

"银子只是小事,主要是看个态度。"许新年淡淡道。

王思慕看了眼紫衣少女,后者憋屈地低头道歉。

许新年这才点头,道:"一千两,少一文就是蓄意谋杀。"

"……成。"王思慕笑容温婉,和颜悦色,"许公子快些带玲月妹妹回去换干净的衣衫,莫要着凉了。"

随后,王小姐让人取来一千两银票,千恩万谢地交给许新年,并亲自送兄妹俩出府。

马车里,许新年把一千两银票递给许玲月,道:"妹子,银票收好,将来就是你嫁妆的一部分。"他伸手按住许玲月的肩膀,悠然道,"热血沸腾,风邪不侵。"

许玲月感觉一股暖流从体内涌来,驱散了寒意。她舒服地吐出一口气,低声道:"二哥,是我不好,害你提前离席。"

许新年摆摆手:"早些离席也好。说实话,我没多大信心与王首辅斗争,趁他还没来,早早离开,这叫趋利避害,君子所为。"停顿一下,继续道,"倒是那个王小姐,不简单啊。"

许玲月道:"王小姐气度非凡,做事井井有条,能压得住场。"从头到尾,都是她在处理事情,明明不关她的事,"认错"态度却非常好,有领袖之风。

许新年哂笑道:"这只是其一,你落了水,她却不留你在府上换衣,这既是做给刑部尚书家的死丫头看,也是做给我和你看的。玲月,是你自己主动跌入水中的吧?"

许玲月细声细气道:"二哥,你知道为什么大哥比你更讨人喜欢吗?"

许新年顿时被激起了好胜心:"我从来都比他更讨人喜欢!"

许玲月摇摇头:"换成大哥,他现在一准儿对我嘘寒问暖,自责没有保护好我。他心里什么都明白,但他不会说出来。"

许新年脸色倏然僵住。

"哭什么?"王小姐手里捏着帕子,给紫衣少女擦眼泪,笑道,"你是嫡女,自小在府上耀武扬威,没人敢惹你。有些事你看得明白,但自幼养成的脾性,让你更喜欢直来直往,这是不对的。将来嫁了人,有你好受。"

"就是那小贱人自己落水的!"紫衣少女委屈地大叫。

"这些不重要,大家怎么想才重要,他们觉得是你推的,那就是你推的。"王小姐笑道。

"姐姐,你都不帮我。"紫衣少女气道。

"我可斗不过那两兄妹。"王小姐笑吟吟道。

她心情很好,收获满满。

第一,许辞旧并未成亲,也没婚约在身;第二,摸清了许家妹妹的脾性;第三,虽然交流短暂,但许新年的性格、脾性,很对她胃口。

长得好看、性格强势、聪明、有主见有心机,更重要的是,他愿意为家人得罪刑部尚书。自古雄才伟略的男人数不胜数,聪明的、阴险的、狠辣的……这些人统统没意思,因为他们眼里只有自己的雄图霸业,极少有把家中女眷摆在第一位的。

能教出这样一对有心机的子女,培养出一个惊才绝艳的侄子,许家那位当家主母,想必是个了不得的人物。

王小姐眼里闪过犀利的光,充满了斗志。

第 302 章

严以律己

许七安这一等,就是一个时辰,整整一个时辰。

幸好来的时候没喝太多水,不然就尴尬了……日头不够烈啊,完全衬托不出我的悲凉感。

他极有耐心地等候,不抱怨不催促。不过,许七安有发现,每隔一刻钟,就会有一个宫女鬼鬼祟祟地站在院内朝门口张望。许七安假装没发现。

阳光灿烂,春风暖人。开春后,韶音苑的后花园开始苏醒,渐渐展露出它艳丽妩媚的一面。

同样有着桃花眼、气质妩媚多情的二公主临安,气鼓鼓地坐在凉亭里,指挥两个贴身宫女下五子棋,棋下多了,她开始喜欢教人下棋。两个宫女一点游戏体验感都没有,但又不敢忤逆气头上的二公主。

"公主,许大人还在外头等着呢。"小宫女定期过来汇报。

临安矜持地嗯了一声,便没了后续。

小宫女退后。过了一刻钟,她又过去查看情况,见许七安还在那里,心里有些感动。

咱们公主总是闹脾气,这不是把许大人这样的俊杰往怀庆公主那里赶吗……念头闪过,她看见许大人突然身子一晃,直挺挺地倒地,昏迷了过去。

"哎呀!"小宫女大急,飞奔过来查看情况,只见许七安脸色发白,痛苦地皱紧眉头。

"许大人,许大人?"小宫女焦急地推搡他,一副快要哭出来的样子。

许七安"幽幽"转醒,他捂住胸口,咳嗽几声,摆手道:"没事,我没事,就是斗法时受伤太重,刚才站得太久,伤势复发了,休息一会儿便成。"

小宫女又心疼又感动,劝道:"许大人,您还是先回去吧,二公主正在气头上呢,不会见您的。"

"殿下在气头上?"许七安大吃一惊,问道,"殿下怎么了,是哪个不长眼的惹了殿下生气?"

小宫女一时语塞,心说那个惹殿下生气的人不就是你吗。她低声道:"韶音苑的侍卫看见许大人进了宫,去了德馨苑。"

许七安沉默了。

小宫女见他不解释,顿时有些失望,叮嘱道:"许大人回吧,改天殿下气消了您再来。"

说完,她撇下许七安进了院子。一路疾走,来到内院的凉亭里,语气急促道:"殿下,许大人刚才晕倒了。"

临安霍然抬头,愕然和紧张的表情在脸庞闪过,随后压住情绪,淡淡道:"昏迷?"

"许大人说是站了太久,昨日斗法受的伤又复发了。"小宫女低着头,说道。

"我也没让他等……下棋都不会下,你们两个蠢货。"临安烦躁地骂了一声,转而对小宫女说道,"没走的话,请他进来吧。"

许七安被带到偏厅,喝了口热茶,等了许久,才看见那袭红衣进来,圆润的脸蛋,秀美的五官,冷着脸,那双妩媚的眸子强行装出冷漠的眼神。

"本宫不是说了不见客吗?你们让他进来做甚。"临安此地无银三百两地斥责了一声,目光随即落在许七安身上,一番打量后,似乎松了口气,吩咐道,"许大人为朝廷出力,本宫也不会白让你受伤,红儿,把东西搬进来。"

大宫女退下,俄顷,带着苑里的当差进来,手里捧着一些丹药和滋补的药材。

"这些药材、丹药是本宫从御药房取来的,许大人带走吧。"临安矜持地说。

"都是殿下求了许久,陛下才忍痛割爱的。"红儿补充。

"要你多嘴!"临安柳眉倒竖,深吸一口气,"红儿,送客。"

许七安不走。

双方僵持了片刻,许七安厚着脸皮说:"我研究了许久的五子棋,得出一套秘诀,杀遍天下无敌手,殿下可敢应战?"

临安果然中套,点头应战。

于是她让丫鬟搬来棋盘和棋子,和许七安在厅里大战三百回合,许七安三战三败,无奈认输。

"殿下果然聪慧绝顶,卑职叹服。"许七安顺势送上马屁。

临安微微抬起下巴,很矜持地嗯一声,忽然想起这是个养不熟的白眼狼,又哼道:"棋也下完了,本宫就不留许大人了。"

"别急,卑职又想到一个新的玩法,殿下如果有兴趣,卑职可以教殿下。"许七安的套路,就是一套接一套。

安静的韶音苑忽然热闹起来,临安指挥着苑内的侍卫伐木,许七安则把砍下来的木头,再砍成一截一截。

"你去取染料……你去取刻刀……"临安指挥完侍卫,又开始指挥宫女,眼角眉梢带着笑意,干劲十足。

两个宫女领命离开,边走边交流:"殿下不久前还生气地摔杯子,气得眼圈都红了……你说这许大人真有本事,连好话都没说,殿下竟然就原谅他了。"

"殿下只是发脾气,又不是真的恨许大人,我与你说啊,他要是走了,那殿下才真伤心呢。"

咳咳！男人低沉的咳嗽声从身后传来，两宫女吓得受惊小鹿似的跳了一下，回头看去，原来是许七安。

"许大人好生过分，吓奴婢一跳。"红儿抱怨道。

许七安随口与两个清秀宫女俏皮了几句，然后切入正题："本官问你们一件事，那些丹药价值连城，殿下什么时候准备的？"

"那些丹药是陛下自己服用的，补气养精，据说一炉丹药只有二十四颗，二十四炉才成功一炉呢。昨儿殿下在陛下那里闹了许久，陛下忍无可忍，才赏了一颗。"荷儿说。

"然后今早便立刻派人去请许大人您啦，谁想……"另一个宫女补充。

"去吧！"许七安冲她们咧嘴一笑，把两个宫女赶走。

他若无其事地返回，做着自己手头上的活计，把一截截的木头雕成扁平的圆形，然后在上面刻着。过程中，临安也在帮忙雕刻，她好歹是读过书习过武的，虽然文不成武不就，但基础还算扎实，把木头雕刻成扁平的圆形不成问题。

不知不觉，日头西移，许七安的新棋做好了——象棋！

看着自己和许七安亲力亲为，一起制作的两副象棋，临安露出了由衷的笑容，刹那间百花失色。

"时辰不早了，我给殿下说说规则，差不多就该出宫了。"许七安说完，把宫女挥退。

临安看了眼日头，笑容渐渐收敛，嗯了一声。

许七安认真地讲解象棋规则，但二公主听得心不在焉。

她今天本是很生气的。临安承认，当初硬拉拢许七安，纯粹是为了抢怀庆的东西。可慢慢地，她越来越喜欢这个人，变着法子送他银子，掏心掏肺地对他好，从不奢求他为自己做什么，只要抽空过来陪她玩耍，二公主就很开心。

但她心里一直有根刺，那就是许七安和怀庆始终保持"不正当"关系。明明答应为她效劳，摆脱怀庆，私底下却还是和怀庆来往，可不就是"不正当"关系。

她假装看不见,一次两次三次……到今天终于爆发了,为了求丹药,被父皇呵斥怒骂,她厚着脸皮硬扛过来了。第二天派人去请许七安,喜滋滋地等待着,等来的却是侍卫的一句话:他去了德馨苑。

　　有那么一瞬间,临安觉得自己尊严丧尽,觉得自己死皮赖脸,其实许七安根本没把她当回事,不,把她当傻子对待,心里难过得直想哭。

　　"唉!"突然,许七安长长叹息一声,低声道,"殿下,我刚才先去了趟德馨苑。"

　　临安脸色瞬间垮下去,撇过脸去:"我不知道什么德馨苑,你进宫后就来了我这里。"

　　"不,我就是先去见了怀庆公主。"

　　"许七安!"临安大喊一声,回过脸来,眼圈微红,他连我自欺欺人都要拆穿吗,就不能考虑一下我的感受?

　　许七安再次长叹,目光眺望挂在西边的太阳,眼神变得深邃而隽永,仿佛藏着无数故事和人生经历。他一字一句,缓缓地道:"殿下,不知道你有没有听过一句话?"

　　临安默然。

　　"人生会遇到很多风景,也会遇到很多人,但你最后做出的那个选择,才是内心最想要的。"

　　临安一愣,怔怔地看着他。

　　"今日殿下和怀庆公主同时邀请我,我没有任何犹豫,就去见了怀庆公主,为何?并不是她在我心里远胜殿下啊。"许七安站了起来,神色有些激动,"若是先来了韶音苑,我必然无法久留,说不了几句便要告辞,去德馨苑见她。呵,难道怀庆公主邀请,我可以视而不见?可若是先去了德馨苑,我就可以在这里一直陪殿下到宫门关闭。殿下和怀庆在我心里孰轻孰重,难道还不明显吗?"

　　临安的眼神渐渐软化,表情也从冷淡转为温柔。

　　许七安重新坐下,用刚才看落日的隽永目光,深深地凝视着临安,柔声道:"因为我知道,殿下需要的是陪伴。"

　　这句话戳中临安内心最柔软之处,是的,她是孤独的,寂寞的。

太子哥哥禁闭之后,母妃成天找她哭诉,给她灌输皇后的居心叵测。兄弟姊妹们的态度也日渐冷淡。父皇依旧是父皇,临安却不再是以前的临安,至少她意识到,父皇宠爱自己,完全是因为自己人畜无害。

一个外表妩媚的、骄傲的公主,心里却住着寂寞孤独的女孩。

许七安扫了眼四周,确认挥退的宫女不在附近,便大胆地握住临安柔软的小手,语气诚恳:"殿下,我会一直陪着你的。"

手背传来的温度有些滚烫,临安脸颊羞红,心里仿佛有一股暖流化开。时间静静溜走,许七安握着她的手,没有松开,一股暧昧的气氛在两人之间发酵,酝酿。

"殿下,时候不早了,卑职先回去。您若是想天天见我,可以搬到临安府,不必住在宫里。"许七安低声道。

夕阳的余晖里,许七安牵着小马,哒哒哒地走在皇城中。

"小马,根据我多年泡妞的经验,这次能牵临安的手,下次就能抱她……女孩子嘛,就是要追的,不追她就不是你的。

"我以前听过一个笑话,某个渣男对女朋友说,你父母对你好是因为你是他们女儿,只有我对你好,才是真正的爱你、疼你。

"虽然是歪理,可我觉得歪理也是理。临安对我好,是真的就是对我好,没有掺杂太多的利用和利益。当然,后者也许才是成年人的世界。虽然她有些蠢,是一个漂亮的花瓶,可这个花瓶把自己掏空了来对你好。

"要说谁最适合当媳妇,还是褚采薇,她的软饭吃起来最香,最没后遗症,临安和怀庆,危险太大了。"

说到这里,小马用脑袋拱了他一下,打了两个响鼻。

王府,散值回府的王贞文用过晚膳,照例进书房看折子,到了他这个年纪,女人已经可有可无。

或许是受了元景帝白发转乌发的刺激,朝堂诸公都不怎么近女色,很讲究养生。不过元景帝有人宗指导修行,有人宗为他炼丹药,这是朝堂诸公享受不到的待遇。

王思慕端着滋补养颜的汤进来,然后借着整理书桌为由,偷看父亲的折子、批注,有时候还大逆不道地问东问西。

"听府上下人说,今日文会,那位云鹿书院的会元来了?"王贞文问道。

"嗯,还与孙尚书的侄女起了冲突。"王思慕把事情的经过,原原本本地转述给父亲,哼了一声,"爹,我见那许会元是个人才,才邀请他的,谁想是个感情用事的家伙,不懂隐忍,是个庸才。爹,你要好好教训他,为阎儿妹妹泄愤。"

王首辅看事没有那么肤浅,沉吟道:"云鹿书院出身的学子,走了儒家修行体系,秉性倒是差不到哪里去。能以云鹿书院学子的身份,中得会元,的确是不可多得的人才。至于你们小辈间的冲突,上不得台面。"

王小姐嘴角一挑,立刻说:"那看来女儿的想法与爹不谋而合,那爹觉得有没有拉拢他的可能呢?"

"拉拢他?为何要拉拢他,纵使是个人才,也没有非他不可的必要,为此得罪国子监出身的文官们,不智。再说,你爹我是一朝首辅,文官表率。"王首辅摇头。

"正因为爹是文官表率,所以您出面拉拢,阻力反而最小。女儿觉得,如果能将他招揽入麾下,既可打击云鹿书院的气焰,又能得一良将,两全其美。"王小姐一副"我在分析局势同时为爹着想"的模样。

"没有特殊理由,招揽此人弊大于利。"王贞文摇头。

王小姐想再说几句,但被父亲瞥了一眼,立刻打消了念头。

点到即止。没有特殊理由……正好,我也要多考察他一段时间。王思慕心情愉悦地想。

南城,养生堂。

柴房里,金光缓缓熄灭,净尘和尚安抚了"黑狗",让他陷入香甜的梦乡中。

"阿弥陀佛!"耳垂肥厚的中年僧人面带慈悲,沉声道,"这孩子能活到现在,简直是个奇迹。"

"司天监的术士为他治过病,是……走了许大人的关系。"恒远在身边说道。

"这些年游历红尘,看过无数悲欢离合,众生皆苦。贫僧常常会想,为何有佛灯万盏,却始终照不透世间层层黑暗。直到昨日了悟大乘佛法,才知追求品级,追求罗汉和菩萨果位,是度己,是小乘,度苍生才是大乘佛法。若人人心怀慈悲,世间还需要佛灯吗?不需要了。"净尘和尚感慨道。

恒远颔首,双手合十:"许大人真乃神人也。"

净尘和尚双手合十:"是与生俱来的佛子,是上天赐予佛门的厚礼。贫僧相信,他有朝一日,必将大彻大悟,遁入空门。"

"贫僧无比期待那一天。"恒远心头火热。

净尘和尚点了点头,接着说:"这孩子体质虚弱,灵智受损,短期内无法恢复正常。经不起舟车劳顿,贫僧的建议是,将他送去青龙寺吧。至于你,该西行了。你也知道了,八品之后是三品,三品叫金刚,你若不修金刚神功,便永远不可能成为金刚。"

恒远犹豫许久,缓缓摇头:"刚才师叔您还说,度己是小乘,度众生才是大乘。"

净尘一愣,惭愧地低头合十:"师叔祖说得没错,你果然更有慧根。也罢,也罢。"

虽然了悟大乘佛法,但度己是几十年来的思想惯性,没有那么容易改变。这便是顿悟与没有顿悟的区别,度厄罗汉顿悟了,他不会再有类似的思维惯性。

"明日师叔祖要带我们回西域了。"净尘和尚道。

"这么快?邪物的事,不追查了?"

"邪物脱困已有数月,不急于一时。师叔祖想先回西域,弘扬大乘佛法。"净尘和尚解释。

送走了净尘和尚,恒远正要转身,忽然看见一个老道站在院子的黑暗中,微笑地看着他。

"金莲道长?"

许府。

落日在西边只剩一角,将落未落,彤红的晚霞瑰丽多彩。

许七安骑着小马回了府,把马缰丢给看门的下人,踏入府中,时间掐得很准,正是用晚膳的时候。

餐桌上,许新年说起今日参加文会的事,简单地提了提玲月被人推到水池里的事。

"什么?玲月落水了?"许七安端详着妹子,嘘寒问暖,"身子怎么样?有没有头疼脑热,会不会感染风寒?"

许玲月细声细气道:"没有,大哥别担心。我回府后喝过药了,不会感染风寒的。"

"怎么回事?"许七安瞪着许二郎,"你怎么看护妹子的?参加个文会都能落水,要你何用。"

许二郎看了眼许玲月,后者忙说:"也不怪二哥,二哥总不能时刻盯着我,而且落水后,二哥第一时间救我上来了。推我下水的人是刑部尚书的侄女,已经道歉赔偿了。"

刑部尚书侄女……许七安眉梢一扬,冷笑道:"行,回头我派人去孙府蹲点,等他侄女出来,便驱车冲撞,撞死她算了。"说完,一脸愧疚地看着玲月,"妹子,是大哥连累了你。"

许玲月鼓了鼓腮,不悦道:"大哥说什么呢,一家人还这么见外。"

这妹子真好!

吃过晚饭,许七安开始了漫长的修行之路,吐纳,观想,参悟心剑,参悟养意,以及参悟金刚不败神功。这让他有种回到读书时代,课业繁重的感觉。

突然,眼前云雾弥漫,他看见了层层雾霭,来到了神殊和尚的世界。

穿过雾霭,来到一座破旧寺庙,看见了盘膝而坐的俊秀和尚。

神殊和尚目光温和地望着他，道："我即将沉睡，短期内无法苏醒，便顾不到你的生死，再赐你一滴精血，用来修行金刚不败。"

他的血能修行金刚不败？许七安一愣。

神殊和尚笑道："你该明白我这不灭之躯，是以什么为基础。此功于旁人来说，修行艰难，进展缓慢，但于你而说，短期内便可达到高深境界。这样，你就有了足够的自保能力。"说完，他弹出一滴精血，撞入许七安眉心。紧接着，许七安被弹出了迷雾世界，于房中睁开眼睛。

咔咔咔……身体发出爆豆般的巨响，许七安的皮肤上一块块肌肉凸显，一条条血管暴突，然后，它们都染上了一层金漆，在烛光的照耀中，灼灼醒目。

许七安脑海里闪过一个大大的惊叹号。金刚神功已经登堂入室了！现在，让他和净思和尚对擂，谁输谁赢还不一定呢。

当然，不能把这件事暴露在佛门眼里。

许七安散去金刚不败，坐在桌边，捏着茶杯，陷入沉思。

神殊和尚是佛门中人，不死不灭般的存在……那么，他必然也修炼了金刚不败，而监正同意佛门斗法，指名道姓让我代表司天监参加……监正为什么要给我铺路？还做得这般明显？不，我怎么感觉他是在养韭菜啊……

这时，房门被轻轻敲响。

"谁？"

许七安起身，打开房门，夜色中，站着一位头发花白的老道士，手里挽着拂尘，面带微笑。他身后是青衫剑客楚元缜，魁梧高大如"鲁智深"的恒远和尚。

"你们？"许七安愕然，他们怎么突然来我家了。

"我有一位小友出事了，想请许大人帮忙。"金莲道长说道。

第 303 章

可怕的厄运

一位小友出事了?是伍号,还是金莲道长认识的其他晚辈?

许七安适当地做出疑惑表情:"道长的那位小友身在何处,需要我调动朝廷人马?"

金莲道长摇头道:"她在襄州。"

襄州在京城的南边,路程大概四百公里,不近也不远。许七安皱眉道:"道长有事,本官责无旁贷,不过我得先去衙门请个假,毕竟此去路途遥远。"

金莲道长颔首:"你让府中下人明日代为请假,咱们今夜就出发,抓紧时间。对了,那位预言师呢?想要寻人的话,必须要有望气术的帮助。"

"她在司天监。"许七安吐出一口气,以玩笑的口吻道,"行吧,我去她娘家把她找过来。"

这个预言师一定是个女子,陆号恒远以及肆号楚元缜心里同时给出猜测。三人旋即进屋等待,而许七安则从后院牵来小马,骑着它赶往司天监。

司天监的灯火彻夜不熄,许七安进了一楼大堂,问爆肝做研究的药师们:"哪位师兄去通传一下,我找钟璃师姐。"

气氛一下子僵硬,药师们交换了眼神,然后说:"钟璃师姐在地底一层,您稍等……"

一位白衣进了里头,几秒后,传来大吼声:"钟璃师姐,许公子来找你了!"

说罢,那名术士急匆匆地跑出来,速度之快,仿佛后边有大虫追赶。大堂里,其他白衣纷纷抛下手头工作,冲向楼梯。转瞬间,大堂里静悄悄的,除了许七安,一个人都没有。

又过了几分钟,钟璃从里头出来,披散着头发,穿着粗布长袍,微微低着头。很标准的丧女打扮。

"我要离京办点事,很快就回来,需要你的力量。"许七安没有客气,直截了当地开口。

"噢。"钟璃言简意赅地点头,很有一个工具人该有的乖巧。

两人并肩离开司天监,许七安骑马,钟璃步行,速度并不比小马慢。不多时返回了许府,与金莲道长为首的天地会三人会合。

楚元缜道:"内城中不宜飞行,我们去外城,劳烦许兄带我们出城。"

若是他一人的话,在内城飞天遁地倒也无妨,城中高手看在人宗的分上,不会出手阻拦或者攻击。但人数多了,就无法睁只眼闭只眼,徒增麻烦。

当下,许七安带着三人出府,有许七安这位银锣带路,不管是打更人还是御刀卫,只做例行盘问,没有多加阻拦。

路上,金莲道长看着许七安,沉声道:"伍号失踪了。"

楚元缜顿时看向许七安。

许七安茫然道:"道长你在说什么?嗯,道长今天怎么没附在猫上。"

金莲道长不动声色道:"伍号是地书碎片持有者的序号,这个你应该清楚,当日救恒远还多亏了你。嗯,你说猫怎么了?"

许七安哦了一声:"没什么,是我记错了。"

金莲道长满意地点头。

许七安也满意地点头。

楚元缜先看了看眼前的二人,再看一眼恒远,笑道:"是桑泊案时救的恒远大师?"

恒远道长双手合十:"当初多亏了许大人。"

恒远确实被卷入了桑泊案,当初他在地书碎片里说过,能从打更人衙门脱身,全是许七安的功劳……如今看来,此事背后还有内幕,金莲道长通过叁号联络上了许七安,也就是说,许七安知道天地会和地书碎片的存在。

如此,我更确信了一个猜测,金莲道长虽然把地书碎片给了云鹿书院的学子许新年,但他其实两个都要。

楚元缜笑而不语。

到了外城,楚元缜一拍后背,那柄人宗的法器连剑带鞘飞出,悬在半空。金莲道长从怀中取出一只纸鹤,轻轻一抛,纸鹤瞬间化作体长七尺的大鸟,振翅盘旋。

"道长我跟着你!"许七安连忙说。

这个傻子都会选,楚元缜这边是站票,金莲道长这边是坐票。

恒远与楚元缜跃上剑鞘,咻一声破空而去。

许七安和金莲道长坐上白鹤后,才发现位置不够,钟璃没有座位了。

"术士会飞行吗?"许七安朝着下方的"丧女"问道。

"不会,瞬移阵法得四品才能施展。"钟璃摇摇头。

许七安环顾周身,看了看自己的大腿。

"无妨!"金莲道长摘下木簪,丢给钟璃。

钟璃握住木簪,在它的带领下,咻一声蹿向高空,紧跟着楚元缜的飞剑。

道长,你这路就走窄了呀……许七安心说。

白鹤振翅飞行。

飞剑、纸鹤和木簪越来越高,慢慢地,地表的景物开始模糊。

呼……云雾破开,一剑一鹤冲破了云层。夜空蔚蓝如洗,挂着一轮弦月,脚下云海凝固,一动不动,世界瞬间变得寂静。

"咱们进平流层了。"许七安传音道。强风吹得他睁不开眼,声音从嘴里说出来,立刻会被强风扯碎,交流只能传音。

金莲道长同样闭着眼,用元神代替了眼睛,收到许七安的传音后,诧异道:"平流层?"

"我随口胡诌的,道长,说说伍号的情况吧。"许七安传音过去。

"上次天地会内部交流结束,伍号没了回应,那会儿我还能感应到地书碎片的位置在襄州,第二天,突然失去了与碎片的感应。"金莲道长沉声道。

"伍号遭遇地宗妖道了?"许七安脸色微变,给出猜测。

"有这个可能。"金莲道长点头。

所以你才邀请了我、恒远,还有楚元缜一起行动……道长求生欲还是挺强的。许七安点点头,评估了一下己方的战力。

表面是武夫体系,实则修人宗剑道的楚元缜,真正的战斗力应该有四品,即使没到,也差不了太多。

表面是佛门体系,实则是武夫的陆号恒远,这个不好判断,毕竟没有交手过,恒远的战斗履历也很少。

再就是金莲道长,记得当初他被四品的紫莲追杀,一路逃进京城,金莲道长的实力水平应该是不比四品弱。理由是,他并非被紫莲打伤,是被那个入魔的地宗道首给击伤。即便如此,依旧能在四品紫莲的追杀中逃脱。

如果是遭遇了地宗妖道,那么,三品以下,我方稳如老狗。许七安心想。

一个时辰后,金莲道长给众人传音:"到了,身下方圆百里区域,应该就是伍号消失的地方,我依旧没有感应到地书碎片。"

众人降下云端,朝地面俯冲。

地表从模糊到清晰,许七安在东边看到一座大城的轮廓,而以大城为核心,分散着许许多多的村落、小镇。四人在一处山林中降落,金莲道长和楚元缜盘膝打坐,恢复气机。

恒远为他们护法,许七安则一个人在山林间溜达,打了两只野鸡,一只獐子。返回打坐地盘,许七安问道:"你们谁带锅了?"

"我带了。"楚元缜睁开眼,刚想起身走到附近的林子里,取出铁锅,转念一想,许七安既然知道地书碎片的存在,那就没必要遮遮掩掩。于是掏出地书碎片,取出铁锅,四人烧了两堆篝火,分别用来炖肉汤和烧烤。

不管是哪个体系,消耗过后,都得补充能量,身体不可能凭空诞生力量。

"我这里还有酒。"楚元缜又取出两坛酒,配着烤肉和肉汤食用,解释道,"走南闯北的时候,两样东西一定要带着,一是锅碗瓢盆,二是厕纸。"

许七安扬了扬瓷瓶,扬眉笑道:"现在多了第三样,鸡精。"

楚元缜立刻点头赞同,许七安是个妙人,有趣!

楚元缜毫无破绽,但我不能放弃,一定要想办法让他"社死"。

两人相视一笑。

酒足饭饱后,金莲道长随手摄来一根枯枝,把花白的头发束起。然后,他脸色突然一僵,问道:"那个预言师呢?"

听到这话,许七安脸色顿时僵硬,钟璃呢?

"我记得降落时,她还在身侧,后来,不知怎么就忘记她了。"许七安脸色发白。

"应该就在附近,大家一起找找,一定要仔细,赶紧的。"金莲道长沉声道,"这比救伍号还要紧迫,伍号或许没事,但预言师的话,去晚了可能就……"

恒远不懂术士体系,问道:"就如何?"

许七安沉声道:"就凉了。"

金莲道长无声地点头。

四人迅速散开,一刻钟后,许七安找到了钟璃。她降落时,坠落在了一处深坑里,然后这个女人就蹲在深坑里不动了,直到许七安找来,听见他的声音,钟璃才爬出来。

篝火边,钟璃背对着众人,抱着膝盖坐在地上,双肩瘦削,背影孤单。

"我真不是故意忘记你的,别生气了好不好。"许七安又道歉又解释,"我就是,就是……一不小心就忘了。"

钟璃抱着膝盖坐在那里,不理他。

楚元缜喷了一声,笑眯眯地看戏。

恒远大师双手合十,不解道:"周围并无危险,钟施主为何不自行出来?"

"对你没危险而已。"钟璃低声道,"根据我以往的经验,遇到这样的情况,待在原地等待救援是最安全的办法。如果我出来,就会遇到各种各样的危机,也许是陨石从天而降,也许是遇到路过的大妖、邪修等。厄运是无法窥探的,也无法占卜,它随时都可能发生,就比如……"

话没说完,篝火突然啪嗒一声,溅起一串火星子,点着了钟璃的头发。

"小心!"恒远脸色微变,下意识地端起滚烫的肉汤,朝钟璃泼了过去。

当是时,许七安挡在钟璃面前,挥舞气机,将滚烫的肉汤尽数扫开。

钟璃抱着许七安的大腿,瑟瑟发抖。

楚元缜目瞪口呆。场面一下子安静了。

沉默的气氛中,恒远双手合十,怜悯道:"钟施主,世间纵有佛灯万盏,也照不透你身边的黑暗。阿弥陀佛。"

金莲道长和楚元缜,跟着双手合十,怜悯道:"阿弥陀佛。"

道长你一个道门大佬,念什么佛号……虽然钟璃很惨,但我还是有点想笑,许七安心里吐槽。他伸手摸了摸钟璃的脑袋,以示安慰。

"刚才,刚才降落时,我发现附近的风水有问题,南边群山底下,有一座大墓。"钟璃小声说。

第 304 章

令人安心的队友

"大墓?"

许七安闻言,扭头朝南边山脉望去,黑夜中,群山静静蛰伏,彼此簇拥,轮廓仿佛一朵绽放的莲花。只是看了几眼,完全不懂风水的许七安便收回目光,却发现金莲道长和楚元缜,还有恒远,看得极为认真,专注凝望。

相比起他们,我的根基还是太浅薄,也怪武夫体系太 Low,不懂风水……哎,不对啊,看风水不是术士的专长吗?

想到这里,许七安开口问道:"你们,能看懂那边那片山脉的风水?"

金莲道长收回目光:"不懂。"

楚元缜和恒远跟着摇头。

不懂你们还看得那么认真,一个个比我还会装……许七安嘴角一抽,然后听见金莲道长皱眉说:"虽然不懂风水,但地脉之势略知一二,即使那片山脉是风水宝地,可也未必就有大墓吧。"

对啊,道长说得有理,风水师只能看风水,难道连底下有墓地都能看到?许七安看向钟璃。

"大墓被人掘开了,阴秽之气冲霄。"钟璃眼里闪着清光,一边观测地势,一边说道,"状如莲花,主峰朝东,接纳紫气,背面是一条河,想必地底会有暗流,底部得黑水滋养,是三花聚顶地势。如果山中再有铁矿,那便五行俱全了。"

五行俱全了吗?许七安心想,嘴里问道:"所以?"

"能选中这种风水宝地,墓中之人绝非凡俗。"钟璃说。

"其实我挺好奇的,除术士之外,其他体系都不懂风水,那么,这墓是谁选的?"许七安挠头。

钟璃有问必答:"除术士外,巫师略通风水,道门也懂一些。"

术士脱胎于巫师体系,巫师懂一点皮毛,倒是可以理解……道门也懂风水?许七安忍不住看向金莲道长。

其他人同步看去。

金莲道长摇头:"地宗不学这种东西,天宗和人宗倒是有所涉猎。准确地说,天宗是因为修行到高深境界,与天地同化,感应万物,因此自带这种能力。人宗修行,业火缠身,需依附帝王,所以是主动研究风水这方面。不过没有术士精通。"

院长赵守和我说过,与气运相关的事物有三种:儒家、术士、朝廷!人宗修行也要依附帝王,可为什么不在此列?许七安心想。

钟璃继续说道:"此墓中或有异宝,但也伴随着大凶。"

她直勾勾地盯着南边,又向往又忌惮。

许七安和天地会的几位成员交换了个眼神,金莲道长摇头道:"先找人吧,下墓以后再说。"

找到伍号就回京城,就当没有这回事。

恒远看了眼钟璃,颔首道:"逝者已矣,没必要再去打扰人家。"

楚元缜表示很赞:"而且我们准备也不充分,下墓之事从长计议。"

大家的求生欲都好强,都是让人心安的队友,没有事儿妈和杠精,真好……许七安欣慰极了。

至于如何找人,众人商议了一番,决定从三个方面入手:

一、许七安利用打更人的身份,调动官府的官差、乡镇民兵搜索。

二、金莲道长和楚元缜可以御剑(物)飞行,负责主城周围的镇子和村落。

三、恒远大师在城中找江湖人士、市井百姓打听情况。

"伍号是南疆人,外貌特征明显,长得可爱娇俏,只要见过,应该都会记得。"金莲道长说道。

长得可爱娇俏……许七安从荷包里掏出一把碎银,递给恒远大师:"找人打听情况,最好的办法是银子,其次是拳头,恒远大师可以双管齐下。"

恒远接过银子,点点头。

襄州下辖八个州,十六个郡县,襄城是主城,有人口五十万余,虽无法与京城相比,但也算一等一的大城。

天刚亮,许七安便带着钟璃进了城,街上除了谋生的摊位,以及早起赶工的手艺人,普通百姓还没下床。倒是青楼和勾栏这些娱乐场所,早早地就开门了,嫖客们打着哈欠出来,在微冷的晨风中打个哆嗦,各自散去。

不知道襄城的勾栏和京城比起来如何,这小曲好不好听,女子水灵不水灵……许七安逮着路人问了府衙方向,郎心如铁地把青楼和勾栏抛在身后。

进了府衙,凭借银锣的腰牌,见到了襄州知府。

知府姓李,大腹便便的中年人一个,客客气气地接待许七安。

许七安喝着茶,道:"本官要找一个来自南疆的女子,很年轻,貌美如花,外貌特征很容易辨认。希望李知府发动人手去搜寻。一有消息,就在城门口发布公告,本官看到后,自然就会寻来。"

李知府领首:"许大人放心,本官一定照办。"

许七安这才满意地喝一口茶,继续问道:"襄城地界,近来可有发生什么异常?或者,有无古怪人物在附近战斗?"

李知府想了想,摇头道:"没有。"

等许七安走后,李知府喊来同知,将事情转述于他。

"这不是大海捞针吗,虽说南疆人士外貌特征明显,但襄城那么大,如何找啊。"同知一听,是件吃力不讨好的苦差事,有心推脱。

李知府摆摆手:"京城来的银锣,不能拒绝,你就敷衍一下便成。"说完,他忽然眉头一皱,道,"银锣许七安?总觉得这个名字和称呼颇为耳熟。你去把昨日朝廷发来的邸报取来。"

昨日府衙收到一份朝廷发过来的邸报,说是司天监与西域佛门斗法大胜,吩咐各州各府将此事张贴出去,广而告之。邸报送来后,李知府定睛一看,凝视着一行字久久不语:银锣许七安代司天监斗法。

真是这尊大神来了啊!李知府看向同知,沉声道:"这件事,你立刻去办,务必要尽心尽力。"他指头点了点邸报,"刚才离开那位银锣,就是邸报上的大人物。"

"下官一定竭尽全力。"同知连连点头。

日头渐高,许七安带着钟璃在城里转了几圈,专挑一些江湖人士打听,但一无所获。

"按理说,如果伍号真的遭遇了地宗的妖道,她恐怕凶多吉少,或者被抓住了……金连道长带我们来寻人,这不是大海捞针吗?除非他认为伍号能在地宗妖道手中逃脱,这才带我们过来,循着蛛丝马迹找伍号。

"这样的话,襄城地界内,必定留下战斗痕迹。而根据我在府衙打探到的情况,如果有人目睹过那般激烈的战斗,早就报官了,府衙不可能不知道。当然,不排除李知府隐瞒不报的可能,可我在城中打探了许久,并没有听说奇闻逸事,要知道,百姓的嘴是信息传播最快的渠道……果然还是勾栏听曲去吧。"

心里想着,许七安便带钟璃进了勾栏。

"打探了大半天,饥渴难耐,我们进去休息片刻,喝点水吃些东西。"许七安这般解释。

钟璃犹豫一下,顺从地跟了进去。

"客官里边请。"勾栏里的青衣小厮,热情地迎上来,引着许七安和钟璃往大堂走。

"挑二楼上好的雅间,准备酒菜瓜果。"许七安屈指弹出一粒碎银,语气熟练得仿佛来到熟悉的场所。

青衣小厮打量了钟璃几眼,露出暧昧笑容:"那客官楼上请。"

一般来说,像这样带着女人进勾栏的,都是纯粹地听曲看戏。但也有例外的,就是喜欢把外头的女人带来勾栏,这种女人大多来路不正,不好带回家里,才选择了勾栏。

这位客官看着俊俏非凡,没想到喜欢这种不修边幅的女子……青衣小厮心里嘀咕,腿脚却很利索,领着许七安上了二楼,推开一间雅室。

"你们要找的是谁?"钟璃一边吃菜,一边小声询问。

"是一个隐秘组织里的成员,那个组织是地宗的金莲道长创建的。"许七安并不怕工具人把自己的隐私透露出去。

钟璃小口小口地咀嚼,许七安依旧看不到她的脸,只能看见她吃东西时露出的红润小嘴,唇形还挺漂亮。

"他的元神是残缺的。"钟璃突然说。

"什么意思?"许七安一愣。

钟璃没有回答,而是说道:"与你在教坊司的相好一样,元神与肉身并不契合。"

沉默了很久,许七安点点头,以正常的语气"哦"了一声。

"你们手里的那件法宝是地书?"钟璃又问。

许七安点头。

"地书是远古至宝,据说可以追溯到远古人皇时代,是一件得天地造化的法宝,但后来碎了。"钟璃说。

"怎么碎的?"许七安来了兴趣。

"我听监正老师说过,他猜测,嗯,应该是道尊打碎的。"钟璃抿了一口酒,解释道,"司天监有一本法宝图录,专门收录了九州的法宝信息,是监正老师亲手修的。"

这件法宝很重要,关乎金莲道长清理门户的计划,如果落入地宗妖道手里,后果不堪设想,毕竟谁也没把握从一位二品道首手中抢夺地书碎片。

道长肯定急爆了,但没有在我们面前表现出来……许七安暗暗心想。

脚下踩着纸鹤,金莲道长脸色沉重地掠过下方大地,许七安猜得没错,他确实有些着急。伍号不回传书时,他已经有不好的预感,等到地书碎片失去联系,金莲道长便知出问题了。

谁能料到伍号运气竟如此糟糕,她修为不弱,纵使遇到地宗的妖道,打不过也能逃……有了紫莲的教训,地宗妖道必定不会像之前那样,持着地书碎片挨个儿寻找持有者们,很可能会一直雪藏在地宗。碎片无法集齐的话,他的大计便失败了一半。现在,只能祈祷伍号没有落入地宗之手,这样还可以把小丫头救下来。至于地书碎片……

"时也命也?"金莲道长内心长叹,露出苦涩笑容。

另一边,楚元缜踏着飞剑滑行,速度极快,以他的目力,只要扫过一眼,哪里发生过战斗,都能看得一清二楚。

"如果地书碎片找不回来,那么好不容易恢复正常传书的天地会,又得静静蛰伏,不敢出声了。这样既不利于彼此交换情报,也会让产生一定感情的成员慢慢疏离。最重要的是,金莲道长的计划很难成功,而我们答应过帮他清理门户,变相地提高了风险。"

这时,地书碎片的持有者们同时悸动。

贰:我打算去一趟江州,调查一个案子,而后再去京城,沿途铲奸除恶。嗯,天人之争延期几日吧,殿试过后,我会来京的。

殿试过后,那就是二十天以后,不算太晚……楚元缜其实心里隐约有个猜测,李妙真要突破了,所以才一拖再拖。这说明她对天人之争并没有太大的把握,这对我而言是好事。可如果她顺利突破四品,那必定是生死之争,无法避免。

陆:伍号出事了,她在襄州消失不见。金莲道长失去了地书碎片之间的感应,极有可能被地宗的妖道抓走了。

静默了十几秒,贰号的传书过来了,大段大段的:

确定是被地宗妖道抓走了吗,襄州是吧,金莲道长也在襄州?我立刻过来,一起寻找伍号。她失踪好些天了,金莲道长有找到线索吗?这姑娘怎么那么倒霉？南疆蛊族的长辈脑子怎么长的。一个涉世不深的丫头远赴他国，竟然不派人保护。

贰号老妈子似的喋喋不休，任谁都听出了她的急切。

壹：如果是在襄州遭遇了地宗妖道，那么势必发生战斗，寻找当地官府帮忙吧。

这时，金莲道长传书了：

贰号，你不必过来，没有意义。肆号和陆号也在襄州。

几秒后，金莲道长又一次传书：

尽人事，听天命。

任谁都能从字里行间看出道长的无奈，一时间，天地会众人心里沉甸甸的，既有法宝落入妖道手中的担忧，也为伍号生命安全忧心。

"咦，道长居然没提我，看来'猫道'这个身份确实让他很忌惮。就说嘛，人不能有怪癖，有了怪癖还让人知道，那就是活生生的把柄。"许七安嘿嘿一笑。接着，他看向钟璃，"吃饱了吗？"

"嗯！"钟璃乖巧地点头。

"我有个大胆的想法。"许七安旋即开口。

"我建议你藏好大胆的想法。"钟璃警惕道。

几分钟后，战战兢兢的司天监五师姐，被许七安拉到大街上。

"你随便指一条明路，用你预言师的能力，我觉得或许能让我们找到线索。"

"按照我的经验，即使有了线索，最终也会让事情走向更糟糕的结局。"钟璃提醒道。

阳光洒在她身上，秀发闪烁着七彩的光，她其实挺干净的，就是不修边幅，让人误以为是脏丫头。

"可是你别忘了，我是有大气运的人，能抵消你的部分厄运。"

钟璃被他说服了，她本身就是乖巧的女子，缺乏一些主见。她低下头，瞳孔里凸显出清光凝固的古怪纹路，几秒后，略显空洞的声音传来：

"往南走三里，会有我们想要的线索，青色衣衫……男人……惶恐不安……"

说完,她虚弱地跌坐在地。

"预言师每日只能预测一次,而后厄运会升级成天谴。若没有大气运,或特殊法阵庇佑,我活不过两个时辰。"

预言师本身就厄运缠身,泄露天机后,就直接遭天谴了?联系监正的做事风格,感觉术士这个体系简直是天生的阴谋家,暗中布局的老阴货。许七安心里吐槽的同时,背起钟璃。

"我带你走!"

三里路,走得不太平,许七安遭遇了一次当街纵马的冲撞,两次马车突然的失控,以及一位江湖人士把钟璃错认成自己跟野男人私奔的妻子,怒下杀手。

三里路怎么走出了西天取经的感觉?我的天,这女人有毒吧……许七安心里吐槽。

"对不起,是我连累了你。"钟璃说。

"都是小意思啦,我许七安什么大风大浪没见过,绝对没有怪你。"许七安说。

"我,我会望气术的……"她小声道。

许七安假装没听见,环顾四周,看见路边有一位穿青色衣衫的男子,他盘膝而坐,身前放着一块牌子,上面写着:江湖救急,诚意邀请七品以上高手相助,重金回报,非诚勿扰。

这浓浓的即视感是怎么回事……许七安靠拢过去,盯着青衣男子看了片刻,道:"兄台,遇到什么麻烦了?"

青衫男子面沉似水,看他一眼,没搭理,指了指木牌。

许七安刚想说话,忽听身后传来一声厉喝:"狗贼,你杀我全家,我今日要你血债血偿!"

回头看去,是一名魁梧的江湖客,手持一把钢刀,怒气冲冲地奔了过来。

"喝!"

钢刀劈砍而来。青衫男子脸色一变,喊道:"小心!"

岂料许七安躲都不躲，任由钢刀砍在头上，叮的锐响中，钢刀卷刃。

青衫男子瞪大了眼睛，颤声道："六、六品？！"

满目凶光的江湖客也惊醒过来，发现自己认错了，砍了一个六品的铜皮铁骨，吓得脸色发白，连忙跪地磕头："大侠饶命，大侠饶命，小的认错人了，小的有眼不识泰山。"

"滚犊子！"许七安一脚把他踢飞，然后看着青衫男子，"我这点微末伎俩，够不够帮忙？"

"够够够……"青衫男子狂喜，满脸激动，"请大侠帮忙救人，报酬好说，报酬好说。"他怀疑自己在做梦，竟能遇到一位六品的武者，天上掉馅饼也不过如此。

"大侠，我们换个地方说话。"青衫男子说道。

"还是待在原地吧。"换个地方就会遇到别的麻烦……许七安突然明白钟璃为什么不从坑里爬出来了。遇到情况不明的危机，留在原地等待救援是最好的选择，真是熟练得让人心疼啊。

"行，行吧。"青衫男子也只能照做，咳嗽一声，压低嗓音，"在下叫钱友，是后土帮的舵主。"

好名字！许七安疑惑道："后土帮？"

青衫男子有些不太好意思地解释道："我们的活计是挖掘一些古代遗迹、墓穴，让里面的物件重见天日。"

哦哦，盗墓贼，不对，摸金校尉！许七安恍然大悟。

钱友紧盯着许七安观察，见他没有反感后，继续道："大概在去年的年尾，我们帮的客卿发现襄城外有一片风水宝地，底下极有可能藏着大墓。挖掘之后，发现果然如此。但我们的副帮主说，墓穴里污秽之气甚是恐怖，怕有邪物，光是我们后土帮搞不定……"

"等等！"许七安喊停，盯着他，质问道，"你们副帮主如何得知墓穴污秽之气甚是恐怖？"

钱友骄傲地挺了挺胸膛："我们后土帮的这位副帮主是术士，江湖上罕见的术士。"

术士？！许七安愕然地看向钟璃，她的脸藏在乱糟糟的头发里，看不见表情。许七安恍然间想起以前在天地会内部询问过,术士体系虽只有六百年的时间,但六百年只是对比其他体系,显得短暂。

整个大奉的国运目前也就六百年而已。

除了司天监之外,九州是有野生术士存在的。

"什么品级啊?"许七安问道。

"七品风水师。"钱友回答。

果然,对野生术士而言,七品差不多到极限了,六品炼金术师需要依附王朝,得到百姓的"好评"反馈,这是普通术士很难具备的条件。

许七安颔首:"你继续说。"

"我们准备了足足三个月,四处招揽高手,准备工具,其中包括至刚至阳的物品,克制墓穴内的阴秽之气。直到近期才准备妥当,带人下墓,结果……"钱友脸色慢慢苍白,眼里浮现焦虑和担忧,"结果帮主他们再也没有回来,我知道他们必然出现了意外。奈何我本领低微,无能为力,只能继续招揽高手,援救他们。"

那座墓看起来大凶啊,能让这群专业人士阴沟里翻船……嗯,官府通常是不会管这些破事的,甚至还会把他抓起来,因此才在这里"摆摊"求助……等等!

许七安心里一动,连声问道:"你刚才说招揽高手,嗯,有没有招揽到一位南疆的姑娘,修为很不错的样子。"

钱友疑惑地看了他一眼:"大侠怎么知道?确实有一位南疆来的姑娘,力大无穷,从南疆千里迢迢而来,缺了盘缠,饿了三天三夜。帮主请她大吃一顿,承诺带她去京城,路上管吃管住,她便答应下墓帮我们。"

原来如此,难怪钟璃的预言指向这位老哥,原来伍号不是被抓走了,是下墓倒斗出了意外……可为什么地书碎片会被屏蔽?

为了一口饭和一点盘缠,这个傻妞竟然就跟人下墓了,这就是所谓的兽人永不为奴,除非包吃包住?

许七安满脑子都是槽。

见他久久不语,钱友忙说道:"墓中有大宝贝,只要大侠肯帮忙,不但可以得到墓中宝贝,我们后土帮还会重金答谢。"

许七安看了他一眼:"既然走投无路,其实报官更稳妥。"

"报官的话,小人第一个被抓,官差也不会急匆匆地去救人,并不稳妥。"钱友连连摇头。

"这个任务我接了。"许七安颔首。

半个时辰后,钱友随着这位六品的强大武夫出了城,去的并不是南边山脉,而是北边。钱友几次提醒走错了方向,对方也不理,只是淡淡解释说,找几个朋友相助。

一路上,钱友从信心满满,到战战兢兢,原因是,这位六品高手实在太倒霉了。一会儿被马车冲撞,一会儿被人误认为仇人,一会儿被官差误认为江洋大盗、通缉要犯,好几次差点波及自己。

"这人不会是天煞孤星吧,这种人下墓真的没问题吗,不会人没救成,反而连累到帮主他们吧……"一念及此,钱友心生退意。

"你到远处等待,尽量远些,捂住耳朵。"许七安吩咐道。

"好!"钱友应了一声,闪身进入林子,然后头也不回地离开了。这人虽然实力强大,但他实在太倒霉了,倒霉得连我都看出问题来……回城之后,换个地方摆摊吧……帮主你们一定要撑住,我一定想办法找来救兵。

钱友心情沉重,突然身后传来震耳欲聋的咆哮,滚滚音波震得密林抖动。他眼前一黑,气血翻涌,耳鸣阵阵,立刻捂住耳朵蹲下。过了好几分钟,他才缓过劲来,拍了拍疼痛的耳朵。

"怎么回事?"钱友骇然心想。

这时,听力尚未恢复的他,隐约听见尖锐的呼啸声,忍不住抬头看去,一道剑光破空而来,剑身上站着一位青衫男子。另一个方向,一只纸鹤振翅而来,鹤身上盘坐一位老道士。而他们很有目的性地朝倒霉的六品高手汇聚。

"神,神仙帮手……"钱友喃喃道。他没想到路边偶遇的高手,不但自身是六品,竟还有能飞天遁地的朋友。

简直是捡到宝了！有这几位高手相助,何愁救不了帮主和兄弟们。回去,得回去,立刻回去,抱住这条大腿,打死不放！

这个念头在钱友心里无比坚定。

地书碎片不能用,不然会暴露我的身份,还好嗓门比较大,通讯全靠吼……许七安望着疾速赶来的金莲道长和楚元缜,说道:"恒远大师还在城里,道长,你通知他一下。"

金莲道长从纸鹤背上跃下,边取出地书碎片,边急切问道:"你是不是发现什么线索了？"

楚元缜看着许七安。

"有一个好消息,一个坏消息。"许七安沉吟道,"好消息是,我知道您那位小友身在何处,她不是被地宗的妖道抓住,而是遇到了其他麻烦。"

"什么麻烦？"金莲道长连声追问。

这时候,恒远大师赶来了,他在城中听见了隐约的狮子吼,知道可能是许七安在联络众人。碍于城中百姓,不方便展示速度,耐着性子出城,才发力狂奔。得知许七安有了伍号的线索,恒远双手合十,庆幸得念诵佛号,而后,期待地看着许七安。

"她还在襄城地界,并没有遭遇地宗妖道。"许七安指着南边,沉声道,"她下墓了。"

下墓了？！

这个答案委实超出了三人的预料,他们愣了半天。

许七安遥遥看见钱友返回,脸色兴奋,连滚带爬,笑道:"正好,道长可以亲自盘问。"

一番询问后,金莲道长三人再无疑惑,接受了伍号下墓的事实。

"道长,如果伍号在墓中,那么地书碎片被屏蔽是怎么回事？"楚元缜皱眉。

"除了地宗秘法能封印地书碎片,其他手段也可以,只是比较苛刻。"金莲道长目光南眺,眯着眼,"墓中必有大阵,屏蔽了地书碎片,让她无法接到我们的传书。"

原来是没信号了……许七安心说。随后,他捕捉到了一个细节,墓中有大阵,而众所周知,司天监是专业玩阵法的。

"事不宜迟,我们赶紧下去吧。"金莲道长迫不及待。

"不行!"许七安摇头,"我刚才还说过,有一个坏消息。"

三人顿时直勾勾地看着他。

迎着他们的目光,许七安脸色严肃:"钟璃为了寻找线索,使用了预言的能力,而今处在遭天谴的状态。"

三人又直勾勾地看着钟璃。

略显沉默的气氛中,金莲道长缓缓道:"既然知道了伍号的下落,那,那也不急于一时,贫道觉得,咱们不妨稍作休整,明日再下墓。"

恒远大师双手合十:"贫僧也是这般认为的。"

楚元缜颔首:"善,大善!"

大家的求生欲都好强,都是让人心安的队友,没有事儿妈和杠精,真好……许七安欣慰极了。而后,他愣了愣,心说这句话如此熟悉,好像刚刚说过似的。

第 305 章

墓中

钟璃现在遭了天谴,肯定不能把她留在外面,许七安向来是个怜香惜玉的男人。但把她带到墓中,说不定有团灭的风险。因此,金莲道长的决定是最稳妥的,得到众人一致赞同。

当天晚上,意外频发。

钟璃盘膝打坐,身边的草丛里突然蹿出一头大野猪,给她一招野蛮冲撞;飞鸟路过她的头顶,留下一坨金坷垃;大树突然被风吹倒,哐一声砸在她头上;夜里上山狩猎的猎户射来一根流矢,险些射死她……

太惨了,太惨了,目睹钟璃遭遇的几个男人,都沉默了。

男默女泪。

终于熬到天亮,钟璃列了一份克制阴秽之气的物品清单,让钱友进城购置。

"我,我小睡片刻。"钟璃伸出小手,拽住许七安的袖子,"你别离开我。"

钱友购置清单物品返回,钟璃还在睡觉,许七安便背起她,随着金莲道长等人前往南边群山。

"嘤……"钟璃嘟囔了一声。

"你继续睡,等到了墓穴入口,我再唤醒你。"许七安轻声道。

钟璃安心地继续酣睡。

两炷香的时间后,钱友带着一行人来到一处山坳,熟门熟路地找到墓穴入口,那里用劈砍下来的树枝遮掩。钱友挪开树枝后,露出了仅容一人通过的狭小甬道。

"我们进去吧。"金莲道长说。

"嗯,好。"

楚元缜和恒远颔首,然后和金莲道长一起看向许七安。

"给我一个理由!"许七安沉声道。

"炼神境武者的神觉能提前感应到危机。"金莲道长笑道。

"金刚神功护体无双。"楚元缜补充。

"……好吧,你们说服我了。"许七安背着钟璃弯腰进了盗洞。

金莲道长四人跟在身后,没有靠得太近,保持相对安全的距离。

从口入,初极狭,才通人。复行数十步,豁然开朗。

钻出盗洞,眼前是一片宽阔的空间,跃出盗洞时,许七安踩到了砖石,想必是盗墓贼们挖掘盗洞时,墙壁上掉落的。

哒哒……他敲打着火石,点燃了准备好的火把,火把熊熊燃烧。

这个盗洞开了近三月,空气流通,墓穴内的含氧量极高……这可不行啊,会破坏墓穴里的文物的,有些东西一旦接触氧气,就会迅速变质……嘿,我又不需要过审,想这些求生欲强的台词做甚……许七安心里吐槽。

脚步声从身后传来,金莲道长等人钻出盗洞,跳入墓穴。

众人同时点亮火把,照亮黑暗的空间。

许七安低头,捡起一块砖,捏了捏,发现砖石的硬度比他预料中的强无数倍。

"这是什么砖?"他问道。

金莲道长移动火把,照了过来,凝神看了几眼:"青冈砖。"

"?"许七安看他。

"是一种比较罕见的石头,特点是坚固,不易风化。"楚元缜解释道,"我在书中读到过这种砖,不过还是第一次见到。"

许七安颔首道:"我们进入的应该是大墓的边缘,根据这些砖推测,整座大墓应该都是用青冈石的砖块砌成。这座墓的主人,比我们想象中的更加尊贵。"

不愧是破案的奇才,思维灵活,推敲分析能力强悍,楚元缜心想。

众人在墓室里搜寻了一圈,发现十二具棺材,四具尸体,他们死去已有数日,身体散发出一股极淡的腐臭味。

"三人是帮派里的兄弟,另一人是请来的高手。"钱友低声道。虽然干这一行风险极大,时常遇到危机,但他心里依旧沉重。

许七安放下钟璃,把火把递给她,蹲下来检查尸体:"脸色青黑,嘴唇乌黑,这是中了剧毒而死。"

"空气中没有毒气。"钟璃说道。

许七安点点头,快速剥光死者的衣服,发现这具尸体的手臂处,有几个细小的伤口,像是被某种昆虫咬出来的。

"它们在棺材里,这几个死者肯定动了棺材。"楚元缜忽然说。

许七安耳郭一动,捕捉到了轻微的,密密麻麻的蠕动声,都来自石棺。

石棺仿佛是养蛊的器皿,里面全是毒虫。

"要不要打开棺材看看?"恒远说着,看向了金莲道长。

金莲道长则看向楚元缜。

状元郎颔首,屈指弹出一道剑意射向石棺,石棺猛地一震,蠕动声停止。他挥了挥袖,石棺掀开,一股恶臭扑鼻而来。

在场的都是高手,不惧区区毒素,钟璃摊开掌心,捧着一粒褐色的药丸,对钱友说道:"这是辟毒丹。"

"谢谢姑娘。"钱友感激地接过,吞入腹中。

天地会的四名成员站在石棺边,审视着内里,密密麻麻的节肢毒虫被炸得稀巴烂,黑褐色的液体溅满棺壁。除了被楚元缜震死的毒虫,还有一具变形严重的骷髅,判断不出具体年代,只知岁月悠久。

可惜这个世界没有相应的技术,不然可以验出这具骸骨的年代……许七安心想。

"没有陪葬品,这间墓室里的棺材,应该是陪葬者的。"楚元缜道。

"大奉好像没有活人陪葬的制度吧。"许七安向楚状元虚心求教。

"活人殉葬的制度,自古便有,最初年代不可考证。不过,真正废除殉葬制度,是在两千一百二十三年的大翼王朝。那时儒家圣人还没出世。"楚元缜没作犹豫,自然而然地浮现相关知识,并做出回复。

"也就是说,这座大墓的年代,在两千年以上。"金莲道长道。

检查了一阵,没有收获,众人手持火把离开这间墓室,往内深入,沿途偶尔遇到一两具尸体,都是死于陷阱。又走了片刻,他们进入一座更宽阔的墓室,墓顶在黝黑的深处,前方黑暗得没有边际。

许七安挥动火把,看见地面横陈着许多尸体。他们有的是血肉之躯,死亡不过数日。有的是枯槁的尸体,穿着破烂得看不清原本样式的服装。这些枯槁的尸体没有一具是完整的,有的脑袋被撕裂下来,有的四肢被扯断,有的被砍成稀巴烂。此外,还有一具具被掀开的棺材。

可以想象,这里刚发生过一场激烈的厮杀。盗墓贼们揭开棺材,惊动了沉睡在里边的僵尸。

"这僵尸是怎么回事?我记得能操纵尸体的是巫神教,对吧?""文化水平"极低的许七安率先开口,他目光扫过远处那些没有被揭开的棺材。

钟璃摇摇头:"这些僵尸与巫神教无关,是受了阴气滋养,久而成僵。幸好这些僵尸已经被摧毁,省得我们麻烦了。"

话音方落,砰砰砰的声音在空旷的墓室中响起,那是棺材盖被推开,摔落在地的声音。黑暗中,一具具黑影站了起来,它们形容枯槁,却有锋利的、黑色的指甲,双眼碧绿,阴冷可怕。

"阿弥陀佛!"

恒远念诵佛号,大步向前,主动迎上僵尸,一拳捶爆一个僵尸的脑袋。

解决完僵尸后,他们在墓室两边的墙壁上,都发现了壁画。左侧墙壁上刻着一群穿古朴衣服,戴古怪帽子的人,他们匍匐在地,朝着一座高台跪拜。右边的壁画就很不正经,画着无数对交合的男女,他们以固定的姿势享受男欢女爱,身体上勾勒着经脉运行图。

"这似乎是上古房中术。"金莲道长沉声道。

"上古房中术?"

楚元缜对此略知一二,但了解得不多,而恒远和许七安则没有听说过。

金莲道长沉吟了片刻,娓娓道来:"道尊被誉为万法之祖,所学广博。在他传下来的道统中,以天地人三宗为主,但也有许多旁支流派。其中有一支流派,以双修为主,阴阳交汇,共参大道。这支流派最辉煌的时候,声势不比'天地人'三宗弱,香客如云,被渴望修道长生的达官显贵奉为上宾,甚至有女香客流连道观,自愿双修,据地宗典籍记载,其中包括一些身份高贵的女子。"

这支流派很会玩啊……不对不对,在他们眼里,共参大道才是核心目的,其余一切都是浮云……许七安震惊了,盯着壁画猛看,努力记下经络运行。

恒远摇摇头,目光清澈地凝视着壁画,仿佛上面的东西都是浮云,无法动摇他的佛心。

"此术倒是有利于修为精进,可惜要找双修对象太难。"状元郎评价道。

既是双修,自然要找一个同样精通此道的女子,绝不是青楼里找个女子就能修行。

"天地阴阳,幻化五行,双修术乃直指大道的正统之术。然,术法无类,人却有别。双修术进展缓慢,且须维持本心,不被欲念占据。

"渐渐地,这支流派为了速成,于双修术中创出了采补之术,由此堕入魔道。他们诓骗女香客,将她们囚禁在观内,供其采补,四处劫掠女子,惹得民怨沸腾。终于招来了朝廷的军队,以及江湖侠士的怒火……至此湮灭。

"而今道门倒是有双修术的残篇,既是残篇,用处便不大,想不到这里有完整的双修术。"金莲道长感慨。

"那,为什么这里会有完整的双修之术?"许七安提出疑问。

第306章

迷宫和重逢

"不是说那支流派曾深受达官显贵的追捧吗,这个墓穴主人的身份又明显高贵。"楚元缜分析道。

他的意思很明显,墓穴的主人是双修术的狂热崇拜者。

"能在这里见到失传已久的双修术,倒是不枉此行了。"金莲道长感慨一声。

"道长你又不近女色,这双修术于你而言,毫无用处啊。"许七安笑道。

金莲道长脸一黑。

"壁画上那些人穿的衣服有些古怪,年代久远到我竟无法确定是哪朝哪代。"相比起双修术,楚元缜对另一幅壁画更感兴趣。

许七安已经记下了壁画上的双修术,赶紧催促道:"走吧,离开这里,找伍号要紧。"这么好的东西,他要独占。

于是众人继续往前摸索,钱友全程旁听了他们的对话,知道壁画上的东西是传说中的双修术。

好东西啊。对男人来说,这简直是无法抗拒的诱惑。尤其是钱友这样的江湖人士,缺资源,缺名师指点,缺秘籍。他悄悄退后几步,等许七安等人走远了,钱友立刻转身回去看壁画。时间有限,刚才他只记下寥寥几幅图,根本无法凑成有效的双修术,相当于没用。

"等我记下来就去追他们,很快就好,很快就好……"钱友握着火把,脚步极快,空旷的环境里,只有他的脚步声在回荡。慢慢地,钱友发现不对劲,他走了这么久,还没走回壁画所在之处。

"我们没有走这么远啊,怎么还没回到壁画的位置?"他举着火把四处乱照,墓室空旷,静得可怕,不但没有壁画,连棺材都没有。

壁画不见了,石棺和僵尸也不见了……

他呆立片刻,冷汗唰地冒了出来。

钱友牙关颤抖,声音随之颤抖:"大,大侠?大侠我在这里,别丢下我!"

声音在空旷的环境里回荡,折射,变形,再传回耳中时,像是有另外的人在呼喊。

钱友脊背发凉,汗毛一根根竖起,紧闭嘴巴,再也不敢说话。他扭头往回走,企图追上许七安等人。但是,他从疾走变成狂奔,跑得气喘吁吁,始终没有追上许七安。见不到半个人影,寂静的墓室里,只有他的脚步声在回荡,让人如坠冰窖,体验到了来自地狱的阴冷。

突然,狂奔中的钱友脚下绊了一下,狠狠扑在地上,摔得闷哼一声,他惶恐地抓住火把照了过去。

那是一具尸体,准确地说,是半具尸体,它只有上半身,下半身不知道被什么东西拦腰截断,伤口血肉模糊,腹内的脏器也被掏空。

钱友啊一声惊呼出来,吓得连滚带爬地退开。

有邪物,有吃人的邪物,就在附近,我随时会遭遇它……巨大的恐惧在心里爆炸,钱友脸色一点点苍白下去。

"离开,赶紧离开这里。"钱友握着火把的手微微发抖,深吸一口气,强迫自己冷静下来。他是后土帮的老人,下过墓,经历过种种危机,但都不如眼前这个诡异,好在胆子还是有的,不至于吓得六神无主。

"火光可能会吸引来邪物,但如果没有火把照明,我可能迎面撞上它都不自知。而且,常年待在地底,眼睛必定退化,对光线不太敏感。我要做的不是熄灭火光,而是除去身上的气味。"

身为一个成熟的盗墓贼,这些东西都有。他从随身携带的包裹里取出一个瓷罐,罐里装着气味刺鼻的粉末,仔细闻的话,与尸臭味有些相似。钱友把粉末撒在身上,举着火把,小心翼翼地往前走。他已经完全没有了方向感,走到哪里算哪里。

突然,身后传来惊喜的声音:"钱友?"

手持火把前行了一阵,金莲道长忽然皱眉:"咱们是不是少了个人?"说话的同时,他往后看了一眼,老道士瞳孔微缩,身后空空如也,那个后土帮的舵主不见了。

许七安、楚元缜和恒远随之察觉到异常,脸色微变,如临大敌。

"他是什么时候不见的?我竟毫无察觉。"许七安闭目,凝视感应了一下,皱眉说道,"神觉未受影响,如果是被什么东西卷走了,我不会毫无察觉的。因为那东西既然对他有敌意,就必定会对我们产生同样的敌意,而一旦产生敌意,我的神觉会迅速捕捉,并反馈于我。"

楚元缜脸色凝重,分析道:"不止如此,脚步声少了一个,我们居然都没有发现?这本身就不寻常。"

恒远凝眉不语。

金莲道长心里一动,取出地书碎片,端详了片刻,沉声道:"地书碎片无法使用了。"

许七安、楚元缜和恒远,同时做出往怀里掏东西的动作,不过后两者成功掏出了地书碎片,而许七安及时醒悟,悬崖勒马,不带烟火气地挠了挠胸口。

"确实不能用了。"楚元缜尝试传书,失败后,脸色一沉。

伍号在襄城失联的原因弄清楚了——这座地底大墓屏蔽了地书碎片。

"我,我好像知道这是什么地方了,嗯,准确地说,知道我们的处境了。"钟璃抬了抬小手。等四人看过来,她低了低头,小声说道,"通常来说,墓穴的结构分内、中、外三层。最内层是主墓,沉眠着大墓的主人。中间是偏室和甬道,沉眠着墓主重要的陪葬人物,而外层是大墓的防御。我们现在处在最外层,也是最危险的一层。这里遍布着机关和陷阱,以及阵法……我没看错的话,咱们进入有壁画的那座墓室开始,便踏入了阵法。"

四个男人同时看她,许七安瞪眼道:"为什么不早说?"

"我忘了呀,"钟璃低下头,委屈道,"我也不知道为什么就忘了。"

闻言,四个男人都沉默了,不忍心再责怪她。

"这是什么阵法,你能看出来吗?"金莲道长问道。

"应该是一种迷魂阵,地宫的外围布局契合这个阵法,我们现在身处一个巨大的迷宫中,必须找到正确的路才能离开,否则会一直被困在这里。"钟璃说。

"快带我们离开。"楚元缜忙说道。

"我,我会把你们带入死路的。"钟璃头愈发低了。

众人:"……"

倒霉的预言师……许七安心里哀叹一声。

楚元缜眉头紧皱,看了一眼许七安,顿时从他身上找到灵感:"如果不能用常规手段破阵,那么暴力破阵是最佳选择,就像许七安在斗法时劈出的两刀。"

金莲道长否决了这个提议,脸色严肃地说道:"在没有弄清楚墓主身份之前,最好别这么做。外层全是青冈石堆砌而成,如此奢华,别说在古代,就算是现在的大奉,那位元景帝,他也拿不出那么多青冈石。

"上古双修术是那支流派的镇观秘法,等闲不会全数交出去,可墓中却有。

"我们身处的这个迷魂阵如此精妙,而它布置的年代至少两千年以上,那会儿还没有术士。以上种种,都说明此墓的主人不简单,贸然破阵,恐怕会引来不可预测的后果。呵,如果你是三品高手,那当我没说。"

楚元缜沉默地点点头。

恒远眉头紧锁:"我们眼下该如何是好?"

他是武僧,不懂这些。楚元缜修的是剑道,虽说读书人出身的缘故,博闻强识,可同样不通阵法。许宁宴一介武夫,就更指望不上了。

"道门不通风水,但对阵法之道略有涉猎,贫道可以试着带你们闯一闯。"金莲道长说道。

道门是会阵法的,当初紫莲和杨砚在城外交手,便曾布下大阵。只不过没有术士那么变态,抬脚一踏,阵纹自生。

一刻钟后,金莲道长脸色僵硬,望着前方沉沉黑暗,凝眉不语。

金莲探路失败,怀疑人生。

原来道长你也是个水货啊……许七安心里腹诽。

在场没人知道金莲道长是地宗道首的残魂,是善的一面,因此不知道他严肃的神色后,隐藏着一个沉重的事实——他们遇到麻烦了,天大的麻烦。

"术士之前,还有谁有这等强大的阵法造诣?"金莲道长沉思不语,在脑海里搜刮着"可疑目标"。

"道长也没办法吗?"

恒远和楚元缜相视一眼,都看见了彼此眼中的沉重。

太大意了,早知道应该先查一查襄城的地方志,查一查史书,寻找出大墓的蛛丝马迹,然后才考虑下不下墓……我们这支队伍的阵容,四品高手见了也得逃之夭夭,让我一时心态膨胀,疏忽大意了。楚元缜心里暗暗懊悔。

恒远低声念诵佛号,他心里则是愧疚。伍号消失了数日,身处阴暗诡异的大墓里等待救援,可自己这一伙儿才刚下来,就遭遇了摆不平的问题。

金莲道长叹息一声,看向钟璃:"你有什么意见?不必告诉我你的选择,详细阐述这种阵法的奥秘便可。"

钟璃沉吟道:"这类阵法,通常都是建立在暗室和地底,不然,入阵者只需定位方向,就能轻易分辨出正确道路。无法辨认方向的情况下,想要脱离阵法,只能靠入阵者的经验和判断。我,我的经验和判断一旦'猪油蒙了心',恐怕会引来更大的麻烦。"

这下,金莲道长也沉默了。

天地会成员们终于体会到伍号的绝望了,身在地宫,出不去,又联系不到外界,任由时间一点点流逝,身体状态渐渐下滑……

凝重的气氛里,钟璃又举了举手,小声道:"其实,还有一个稳妥的办法。"

楚元缜和许七安脸色一喜,急切道:"什么办法?"

恒远抬起头看她,眼神里饱含期待。

金莲道长心里一动。

钟璃用指头戳了一下许七安,低着头说:"让他带路,我们就可以出去,嗯,大概率可以。"

他?!

周围的视线从钟璃转移到许七安身上。

楚元缜有些难以置信地审视着许七安,心里诸多念头闪过,许宁宴只是一介武夫,不可能通晓阵法,让他破阵,还不如让我来呢。但这位司天监的预言师不会随意开玩笑,所以,是许宁宴本身有特殊之处,还是他身上有什么物品能破法阵?可是,根据许宁宴的表情来看,他似乎对此颇为错愕。

想到这里,楚元缜忍不住看了眼金莲道长,却发现他似有恍然之意。金莲道长也知道?楚元缜暗暗记下这个细节。许宁宴身上似乎有什么秘密……我对他越来越好奇了。

"许大人懂阵法?"恒远内心戏没有状元郎那么丰富,直接问出了心中疑惑。

许七安嘴角一抽:"不懂。"

钱友霍然转身,顺势抽出武器摆出戒备姿态,然后眯着眼凝视前方黑暗处,低声喝道:"谁?"

脚步声靠近,有人影靠近了火把光芒照明区的边缘,轮廓从模糊到清晰。这是一个四十多岁的中年男人,脸庞瘦削,眼眶深陷,双眼布满血丝,像极了大病一场身体被掏空的病夫,多日没有修理的下颌,长出了一圈青黑色的短须,邋遢又颓废。

"帮主?"

钱友瞪大眼睛，面露狂喜之色，他移动火把一照，发现了许多熟悉的面孔，都是后土帮的兄弟们。没想到在这里遇到了帮主他们，得来全不费工夫……钱友正要迎上去，突然脸色一变，武器指着众人，色厉内荏地喝道："别过来，全都别动，否则老子的刀可不认人！嗯，你们怎么证明自己？"

那位病夫帮主露出欣慰的笑容："很好，没有粗心大意，看来两年前在荆州地底遇到的那个人皮尸鬼让你印象深刻。"

身后的帮派成员随之怒骂："姓钱的，为什么把你留在上面你不知道吗，就你那三脚猫的功夫，下墓就是送死。"

"哈哈，真的是你们。"钱友不怒反笑，开心地迎了上去，临近病夫帮主时，他突然撒出一把朱砂。

"这破东西只能对付低等怨灵，对僵尸都没用。"病夫帮主拍打着身上的朱砂，骂道。

至此，钱友再无疑虑。

他举着火把，逐一看过去，看见了头发花白，眼窝深陷，同样憔悴模样的副帮主，那位年迈的野生术士。此时他身上的白袍已经又脏又破。

接着，他看见了南疆那位少女，少女原本圆润的脸蛋瘦了一圈，下巴都有点尖了，模样依旧俊俏，只不过双眼布满血丝，似乎很久没有睡了，神色难掩憔悴。

等他逐一看完，清点了人数，心里颇为沉重，本次下墓宫三十二人，如今只剩十二人。

"大家饿惨了吧？我给你们带了干粮和水。"钱友解开背在身上的行李，给众人发干粮。

包括那个南疆来的少女，所有人眼睛骤然亮起，盯着烧饼，就像盯着一丝不挂的绝色美人。这支队伍的食物早已耗尽，在地底忍饥挨饿了几天。

钱友在发放食物的过程中，注意到帮派的兄弟们身上都带着伤，有的甚至断了一臂，连带衣袖一起消失，伤口做了简单的包扎，隐隐透出血迹。

"帮主,你们这是怎么了?"钱友问道。

闻言,狼吞虎咽的众人同时一滞,病夫帮主低声道:"我们遇到了麻烦。"

这,瞎子也看出来了啊,钱友心说。

"这里是一座迷宫,怎么走都走不出去,我带着兄弟们下墓后,进入一个满是僵尸的墓穴,牺牲了不少兄弟才干掉那些阴邪之物。这得多亏丽娜,否则死伤的兄弟会更多。"病夫帮主扫一眼低头吃饼的少女,继续说道,"进入那座墓穴后,我们就再也没有出去过,数日来一直团团乱转,水和食物逐渐减少。为此,帮派和那些请来的高手发生了争吵……这还不是最糟糕的,有一次我们睡醒,发现'守夜'的兄弟不见了。

"从那次起,每天都有几个兄弟无缘无故地失踪。队伍陷入巨大的恐慌中,那些请来的高手与我们发生了分歧,激烈争吵后,便分道扬镳。没多久,我们就发现那些离开队伍的人,全部死了,死状很凄惨,像是被什么东西啃食过。"

钱友心里一沉,莫名地想到了绊倒自己的那具惨不忍睹的尸体。

病夫帮主喝了一口水,咽下嘴里的食物,道:"那是一个怪物,很强大的怪物,它在狩猎我们,每天吃两个人,多了不要,少了不行。"说这句话的时候,他的声音里有一丝丝的颤抖。

"我们已经两次打退它了,多亏有丽娜在,不然,也许你已经见不到我们。"病夫帮主沉声道,"但丽娜的状态越来越差,没有食物和水的补充,我们终有油尽灯枯的时刻。对了,你怎么下来了?"

第 307 章

诡异

听到这个问题,钱友顿时来了精神,他用力咳嗽几声,吸引来帮派兄弟们的注意力,说道:"帮主,各位兄弟,我为你们请来救兵了。大家放心,咱们很快就能出去。"

众人闻言大喜,激动道:"是襄州武林的公孙世家吗?还是黑水河畔的龙神堡?"

"如果是这两家的话,我们这次就能得救了。"

"是啊,公孙世家的家主是五品,手底下高手如云,不缺精通左道之术的好手。龙神堡更强。不过这两个势力吃相都不好看,恐怕墓里的东西没我们的份儿,还得给一笔天价报酬。"

"猪油蒙了心不是?命都没了,钱财有什么用。只要能救咱们出去,一切都好办。"病夫帮主吐出一口浊气,颔首道,"钱友,你做得很好。"

钱友沉默许久,神色古怪道:"我,我找的帮手不是公孙世家,也不是龙神堡。"

"什么?"

众人一阵失望,兴奋的神色消失无踪。

襄城附近的武林势力,公孙世家和龙神堡是当之无愧的执牛耳者,与襄城官府来往密切,许多江湖好手都依附他们。如果襄城还有谁能救他们,非这两个势力莫属。"

病夫帮主眼里希冀的光顿时黯淡。

穿白袍的副帮主开口问道:"不是龙神堡也不是公孙世家,那你请的帮手是什么品级,什么身份,散修,还是有门派背景的?"

副帮主叫公羊宿,是一位术士。众所周知,除司天监外,江湖上的散修术士如凤毛麟角。术士能望气,擅堪舆,简直是天生的盗墓贼。因此,公羊宿是后土帮的宝贝,虽是副帮主,但全帮上下都很听他的话。

公羊宿一开口,众人立刻安静,看着钱友。

"说来也巧,那几位帮手是我在路边偶遇,但他们似乎也正在找人。"舵主钱友看向南疆小蛮妞,感慨道,"丽娜姑娘,他们是来找你的。"

众人随之看向南疆来的少女,正努力对付烧饼的丽娜抬起头,嘴角沾着面渣,表情很蒙。

"我是第一次来大奉,族人没有跟来。"丽娜摇摇头,表示自己孤苦无依,没有朋友。

钱友解释道:"我遇到的那位是六品铜皮铁骨境的武者,模样极为俊朗,背着一个披头散发的女子。"

他还没说完,丽娜就连忙摇头:"不认识。"

"可他们确实是在找你啊,还问我下墓的人里有没有南疆来的姑娘。我寻思着,襄城近段时间,也只有你一位南疆姑娘了。"

病夫帮主皱了皱眉,他不认为丽娜会在这事上有所隐瞒、狡辩。首先,这位姑娘单纯天真,没有心机;其次,大家身处绝境,正是同舟共济之时,谁不想早点出去,这时候隐瞒这些毫无意义;最后,这丫头如果在大奉有一个六品武者的朋友,何苦挨饿三天三夜?若非自己请她吃了一顿,她都准备打家劫舍了。

想到这里,病夫帮主沉吟道:"你不是说有好几个人吗,详细说说其他几人的特征。"

钱友点头,道:"除了那一男一女,还有一位身材魁梧,长得很凶的大和尚;一位穿青衫的剑客,他能御剑飞行,当真是神仙手段啊。"

"御剑飞行?"病夫帮主大吃一惊,他从未听说过有武夫能御剑飞行的。

"你认识吗?"公羊宿看着丽娜。

南疆小蛮妞摇头:"不认识。"

真的不认识?这,这怎么可能呢,大侠和他的同伴们就是找丽娜姑娘的啊!钱友怀着疑惑,继续道:"还有一位道长,我听其他人称其金莲道长。"

"金莲道长?!"丽娜忽然尖叫一声,喜上眉梢,连连道,"认识的认识的,金莲道长是我一个很信赖的前辈。呜呜,金莲道长来找我了,金莲道长果然是大好人。"

原来认识啊!众人如释重负。

这么看来,真正与丽娜相识的是那位金莲道长,其余人是道长找来的帮手。魁梧的大光头应该是武僧恒远,也就是陆号;御剑飞行的青衫剑客则是肆号,嗯,天人之争在即,他如今就在京城;俊朗的六品武者是谁?咱们天地会有这号人物?丽娜不算聪明的脑瓜子飞快转动,把钱友口中的"朋友"对号入座,但想不出"一男一女"是何许人也。

"丽娜姑娘。"一位帮派成员脸色激动,双眼发亮地看着她,"您的那几位朋友,修为如何?"

丽娜性格单纯,有问必答:"金莲道长是地宗的高手,具体几品我也不清楚,但肯定比我强很多很多的。"

众人脑海里浮现丽娜手撕僵尸,与吃人怪物肉搏的画面,而那位金莲道长比她还要强大,顿时心头火热,充满了希望。

"光头和尚是佛门武僧,修为也很厉害。"丽娜对恒远不太了解,直接略过,接着说,"青衫剑客的话,他叫楚元缜,是天人之争的主角之一,代表人宗与天宗圣女交手。"

"什么?!"

众人惊呼出来,病夫帮主也目瞪口呆。

襄州距离京城不远,骑马三四天的路程而已,天人之争早已传遍京城地界以及周边各州。就襄城武林,便有许多江湖人士去了京城,打算一观天人之争的盛事,虽说这只是人宗和天宗小辈的殊死较量。现在,冷不丁儿听说"天人之争"的主角之一下墓来救他们,后土帮众人的心情,就仿佛田埂里的老农听说皇帝要来帮自己插秧,过于梦幻,以至于让人怀疑真实性。

可这话是丽娜说的,丽娜的性格他们都知道,一个天真善良的姑娘,没有心机,待人热忱,不会说谎。不过,这不意味她是傻子,后土帮的人曾经亲眼看见队伍里,一位招揽来共同探索墓地的江湖人士趁夜里欲玷污她,结果丽娜姑娘抡起一巴掌,那脑袋,就像西瓜一样炸了。

敢从南疆千里迢迢到京城,没几把刷子,根本走不到襄城。

"地宗的高手,佛门的武僧,天人之争中的人宗弟子……"一位后土帮的成员,狠狠咽一口唾沫,神情激动,"那,那一男一女又是什么来头?何方神圣?能与这些人同行,肯定是大名鼎鼎的人物吧,丽娜姑娘?"

一道道激动的目光看过来,期待从她嘴里听到一个耀眼的名字。

丽娜歪着脑袋,想了想,道:"不认识。"

这回答好让人失望。众人心说。

这时,钱友咳嗽一声,问道:"帮主,您刚才说有怪物在狩猎你们,那是什么样的怪物?"

"外形酷似巨大的蜥蜴,但有人脸,满嘴獠牙,行动速度极快,却无声无息。"病夫帮主眼神闪过恐惧,低声道,"它喜食内脏,但凡是被它杀死的人,四肢完好,内脏却是空的。"

这不对啊,我见到的那具尸体,下半身被一口咬断。钱友心里一沉,又问:"体型呢?"

"体长七尺左右,不算太大。"

这时,丽娜耳郭一动,于寂静的黑暗中蹿捉到了一丝不同寻常的声音,她本能地起身,喝道:"小心,它又来了!"

话音落下,一道影子从黑暗中蹿了出来,一个弹舌,卷住距离最近的后土帮成员,就要把他卷走。

砰!地砖崩裂声里,丽娜像炮弹般冲了出去,狠狠撞向黑影。

阴物被撞飞的刹那,一个甩尾,抽打在丽娜的背部,清脆的声音里,她背后的衣衫崩裂,裸露出细嫩的肌肤,沁出细密的血珠。

阴物被撞飞后,突然没了声息,仿佛就此退去。但丽娜没有放松警惕,一边凝神细听,捕捉周遭的蛛丝马迹。

"大家小心,这邪物狡猾得很,注意别让它偷袭咱们。"

病夫帮主抽出了武器,与帮众们一起严阵以待。在过去的几天里,后土帮的帮众死了一个又一个,也让存活下来的人摸清了怪物的脾性。那邪物不敢与丽娜姑娘硬抗,时常隐藏在黑暗中伺机偷袭他们,一击得手,立刻就走。

丽娜慢慢后退,劈手夺过钱友手里的火把,娇俏可爱的脸蛋满是严肃,她握着火把聆听片刻,忽然把火把投掷出去。

火光晃荡中,众人看见一只巨大的蜥类怪物,附在墙壁上,两颗灰褐色的眼睛长在两侧,略显呆滞,似乎对光线很不敏感。

钱友首次看清怪物的模样,它体长不足一丈,尾巴与身体等长,浑身覆盖厚厚的角质。

火光照到怪物的瞬间,进食后的丽娜展现出了强大的爆发力,她无声地弯曲膝盖,骤然一弹,身形在脚下青砖碎裂声传出之前消失。

附在墙壁上的怪物察觉到了异常,身子一晃,消失不见。

在南疆有着丰富狩猎经验的丽娜紧追不舍,一人一物在墓室中角逐,俄顷,传来砰砰的打斗声,以及怪物的嘶吼声,丽娜的娇斥声。

终于,一切风平浪静。

"丽,丽娜姑娘?"病夫帮主强行让自己的声音不颤抖。

死一般的寂静中,传来丽娜的呻吟声:"疼死我啦……"紧接着,她从黑暗中走了出来,手里拖着怪物的尸体。

欢呼声炸响,后土帮众成员惊喜得热泪盈眶,大吼着发泄心里的憋闷,困扰他们多日的危机,至此,终于解除。

丽娜把阴物的尸体丢在众人面前,喜滋滋地道:"它能吃吗?"

不敢吃不敢吃……后土帮的众人连连摇头。

"丽娜姑娘,此物生长在墓中,吃毒物腐肉成长,吸纳阴秽之气,对我等来说是剧毒之物。"术士公羊宿提醒道。

呼，呼呼……前方的甬道里，灌入了风声，裹挟着腥臭的风声，吹灭了火把。风声宛如呼吸，有节奏地起伏，不，这就是呼吸声。

公羊宿脸色陡然一白，嘶哑着声音说："前方有阴邪之气，有什么东西过来了。"

刚大难不死，心情喜悦的众人，一颗心幽幽沉了下去。

"去点燃火把。"病夫帮主吩咐道，接着，脸色凝重地看向丽娜，"你，还能战吗？"

钱友战战兢兢地奔到火把位置，掏出火石，咔咔咔地打火，他的手不停地颤抖，火石怎么都打不出火苗。

呼吸声越来越近，腥臭味也愈发浓重。但，唯独没有脚步声。

"快，快啊，快点啊！"钱友都快急爆了，咔咔，火石燃起微弱的火苗，点燃了火把上的油脂。呼！火焰腾起，驱散黑暗。钱友抓起火把，二话不说，朝着远处丢了过去。火把摔在地上，爆起刺眼的火星，光芒骤亮间，众人看见了甬道里的景象。

甬道里，一只巨大的阴物匍匐前行，正是狩猎时蓄势待发的姿态。这只阴物的体型是刚才那只的三倍，属于同一种类，灰褐色的眸子略显呆滞，嘴唇闭合，但上獠牙凸出。

还有？！

火把爆起的光芒只有一瞬间，下一秒，众人就看不见它了。

病夫帮主只觉一股阴风掠过，像是有一个速度极快的东西与自己高速擦过，而后，他发现丽娜不见了。

"丽娜！"病夫帮主大喊一声，霍然回身，众人与他做出一样的动作。身后，那只怪物叼住了南疆的小蛮妞，晃动着脑袋，致命摇摆。

病夫帮主目眦欲裂，吼道："救人，救人，快打死这畜生！"

黑暗中，传来丽娜痛苦的吼声。

就在这个时候，另一边的甬道里，传来喝声："退下！"

一名举着火把的青衫男子冲出甬道，竖起剑指刺入火把，火焰宛如被赋予了生命，陡然蹿起。青衫男子指尖捏着一簇火苗，骤然弹出，火苗破空而去,在黑暗中擦出笔直明艳的细线,刺入那怪物的背部。

砰!血肉炸开,焦臭味弥漫。

骤然遇袭的阴物松开了口中的猎物,回过神来,沉沉嘶吼一声,化作幻影扑向青衫男子。

一道人影从青衫男子身后闪出,迎向阴物,过程中,一点金漆从他眉心亮起,扩散全身,他沉沉低吼一声,闷头撞了过去。

当!

阴物宛如撞到铁板,整个脑袋都是一颤,前冲的身子卡壳。而那道金灿灿的身影则倒飞了出去,像一块神铁,砰地嵌入墙壁。

这个间隙里,又一道身影腾空而起,趁着阴物头晕目眩,稳当当地跃到它头顶,口中念着"阿弥陀佛",扬起砂锅大的拳头。

砰砰砰……在密集如雨的拳头里,阴物从剧烈挣扎到浑身抽搐,最后因为脑浆子被打出来,丢掉了性命。

金莲道长手持火把,最后一个出场,温和地道:"不用害怕,我们是来救你们的。"

钱友激动地狂呼:"他们是丽娜姑娘的朋友,是我请来的救兵。"

后土帮一伙人直勾勾地盯着金莲道长,只觉对方气度温和,高深莫测,完美地契合他们内心绝世高手的姿态。

"多谢道长救命之恩,多谢道长救命之恩。"后土帮众成员欢呼着。

手持火把的金莲道长微微颔首,目光扫了一圈,于远处的黑暗中看见了躺在血泊里的丽娜。金莲道长上前察看情况,她的半边身子被撕咬得血肉模糊,隐约可见脏器,伤口血肉里窜出一条条细密的银线,它们迅速地覆盖住那些可怕的伤口,止血,修复伤势。

本命蛊没有遭受创伤,蛊族的人就不会死,金莲道长松了口气。

另一边,钟璃拽住许七安的脚踝,四十五度角后仰,把他从墙壁里拉出来。许七安散去金刚不败,高声问道:"道长,你的小友情况如何?"

"受了些伤,性命无碍。"金莲道长朝钟璃招了招手,道,"钟姑娘有带疗伤丹药吗?"

钟璃嗯一声,从麻布长袍里摸出一只瓷瓶,乖巧地递给金莲道长:"一日一粒,三日便会痊愈。"

金莲道长拔出木塞,嗅了嗅,是品质绝佳的疗伤丹丸。

司天监真富有啊,贫道已经许多年没有钱炼丹了……金莲道长羡慕地想着,俯身撬开丽娜的嘴,喂了一粒。

许七安手持火把,屁颠颠地凑过来,端详着传说中的伍号。她头发黑中带褐,末梢微卷,少女的身段宛如矫健的雌豹,五官颇为精致,嘴唇薄薄的,鼻子俊挺,皮肤是健康的小麦色,很符合南疆小野妞的形象。

长得不错,五官比大奉女子稍稍立体一点……是个漂亮的女网友!许七安点点头,挺满意的。

确认伍号没有大碍,许七安和楚元缜等人挥舞火把,打量着邪物的尸体。

"这是什么怪物?"没啥文化的许七安心里说了一声,嚯!

"应该是镇墓兽。"博学多才的楚元缜解释道,"我看过相关记载,古人死后,会在墓穴里放入异兽,让它们充当守护墓穴的侍卫。这类异兽的数量刚开始会很庞大,它们想要活下去,就只有靠吞噬同伴或腐尸果腹,直到慢慢死绝。"

金莲道长补充道:"一代代繁衍下来,得阴气滋养,吞噬腐尸与墓穴的毒物,早已面目全非,与它们的祖先迥异。"

"尸体有什么价值吗?"许七安问。

金莲道长摇头。

"钟璃,她就交给你看管了,背好她。"许七安很现实地挪开目光,不再搭理邪物尸体,道,"你不要离我太远,不然我顾及不到你。"

离得太远,我隐形的翅膀护不到你!

金莲道长有些不放心这样的安排,毕竟伍号已经受伤了,再让她跟着司天监的预言师,对她未免也太残忍了些。

以这小子的气运,应该,不会出大问题……金莲道长旋即看向劫后余生的后土帮,安抚了几句,而后道:"跟紧我们,带你们出去。"说完,示意许七安带路。

一伙人持握火把，继续前行。

病夫帮主望着高手们的背影，回忆起刚才的战斗。

背剑的青衫男子，想必就是"天人之争"的主角之一。

佛门武僧好生厉害，赤手空拳打死了邪物，丽娜姑娘没有详细说他的身份，我原以为只是个帮手而已，谁想竟如此强大。

那位六品的年轻武者看起来很平常……病夫帮主心说。在他看来，六品铜皮铁骨的武者，抗揍是理所应当的，因此许七安方才表现平平，没有太出彩的操作。

至于那位披头散发的女子，古里古怪，没有出手，无法判断。

想法纷呈间，病夫帮主听见身边的下属惊喜道："走出迷宫了！"

甬道的尽头，是一座巨大的墓室，墓室中央摆着一具青铜棺椁，此外，室内还有一些陪葬品：金银、器皿、陶瓷、书籍等。在漫长的岁月中，银子已经严重氧化，呈蜡泪状，黄金保存还算完好。至于书籍和布帛，几乎一碰就碎。

这座墓并不是完全隔绝氧气啊……许七安扫了几眼，问道："这里是主墓？"

"不是，是偏室。"病夫帮主说道，"应该是众多拱卫主墓的偏室之一。"

后土帮的人兴奋地收集金银等值钱货物，对书籍等物视而不见，这并不是他们粗鄙，只认黄金，恰恰相反，后土帮是专业的。所以更加清楚，这样一座年代久远的古墓，书籍是带不出去的，它们早已朽烂。

楚元缜对书有本能的热衷，随便翻了几本，书页脆得像是灰，轻轻用力就碎了。不过，他也不是一无所获，至少知道棺椁里葬着什么人。

楚元缜道："这座墓不简单啊，是一位皇帝的墓，殉葬的是他的妃子。现在怎么办？去主墓的话，可能会遇到危险；原路返回的话，则重新进入迷宫了。"说着，看一眼许七安，"我觉得后者比较稳妥。"

虽然很想知道这座墓的主人到底是什么身份，不过，安全第一。许七安点头，赞同楚状元的提议。

除昏迷的丽娜和没有主见的钟璃,天地会成员一致认为原路返回是正确的选择。当即,他们带领后土帮的杂鱼们,返回了迷宫。

......

前行了不知多久,许七安带着众人离开甬道,进入了一座偏室。

"怎么又回来了?"病夫帮主皱眉。

天地会众成员沉吟不语。

"再走一次。"许七安看着金莲道长等人。

"好。"楚元缜脸色凝重地点头。

......

不知过了多久,许七安再次带着众人离开甬道,进入一座偏室。

"怎,怎么又回来了?"病夫帮主声音颤抖。

后土帮的其他成员脸色随之变了,有些发白,眼神惶恐。

"再,再走一次?"许七安吞了吞唾沫。

"......好。"楚元缜涩声道。

......

第三次,他们又来到这座偏室。盗墓小队死一般的寂静,许七安僵硬地扭动脖子,看向钟璃。

钟璃摇摇头。

金莲道长沉默许久,长叹道:"进去吧,不进去的话,我们恐怕永远都走不出这座墓。"

许七安和楚元缜以及恒远目光交流,咬了咬牙,道:"好。"

接着,他看向后土帮的众人,告诫道:"进入主墓后,不要乱碰东西,不要乱说话。明白吗?"

盗墓贼们虽然贪婪,可也知道性命最重要,连连点头。

这时,穿肮脏白袍的公羊宿看着钟璃,说道:"千万别在这里使用望气术。"

这老头......许七安不动声色地端详他。

钟璃低着头,点了点:"嗯。"

第 308 章

你来啦

这老头就是钱友口中说的野生术士？他似乎看出钟璃也是术士，那么，想必知道钟璃是司天监的人了。毕竟野生术士如同大熊猫，异常珍稀，不可能在襄城附近同时出现两位。许七安暗想。

"这座墓的主人不简单，呵呵，看到一些不该看的东西就不好了。这是老头子多年来掘墓的心得，你们司天监的术士不屑干这种活计，缺了点经验。"公羊宿笑道。

司天监的术士?!

后土帮的成员看向钟璃，满脸愕然，像是被惊到了。

原来是真人不露相，她竟然是司天监的术士……果然这种闷不吭声的人物往往才是核心人物之一。病夫帮主心说。

他再看向许七安，越发觉得此人地位最低。

首先，武夫身份很难在这样的队伍里成为核心；其次，刚才击杀邪物时，此人的作用就是盾牌，清晰直观地体现出了他的作用。

"嗯嗯。"钟璃点点头，表示自己知道了。她绝对不会施展任何法术，绝对不会参与任何战斗，这是一位成熟的预言师总结出来的经验。

楚元缜沉默不语，目光时而审视许七安，时而打量金莲道长。许七安很奇怪，他绝非表面上那么简单，三次都走到这间偏室里，只有两个可能，要么许七安是故意的，要么有什么特殊原因，让他不断地重返此处。

许七安身上到底隐藏什么秘密？嘶,叁号与云鹿书院清气冲霄有关,叁号是儒家弟子,而他堂兄,身上竟还有另外的秘密……道长啊道长,你藏得可真好。

众人心情沉重地进入偏室,偏室的尽头是一条甬道,通往未知的深处。

"那,那个,道长要不您走前面？我还只是个孩子。"许七安站在甬道口,望着前方的黑暗,有些踌躇。

"有感知到危险？"金莲道长神色一肃。

没有,就是有点怂,勾起了我儿时看恐怖片的心理阴影……许七安在心里回答,深吸一口气,举着火把进入甬道。

甬道狭长,两侧石壁有人为开凿的痕迹,染着橘色的光辉。他们的脚步声回荡在寂静的甬道里,谁都没有说话,凸显出众人内心的紧张。

甬道尽头是一扇高大的石门,紧闭着,尚未有人光顾。

许七安停在石门前,双手按在门上,他尝试着发力,但又未真正用力,静默几秒,没有受到来自神觉的预警。收回手,朝金莲道长点头："没有危险,嗯,至少我没感知到。"

"开门吧。"金莲道长说。

生涩沉重的摩擦声里,石门缓缓往后敞开。火把的光芒照入,只能照亮数丈范围,再往内,光芒就被黑暗吞噬了。

许七安看见火把黯淡了一下,忙说："再等等,里面没有空气。"而后又吩咐钟璃,"有辟毒丹吗？给后土帮的兄弟们分一点。"

白袍肮脏的公羊宿说道："不必客气,我们服用过辟毒丹了。"

在外头等了一刻钟,许七安半只脚踏入墓室,既没有危险预警,火把也没有黯淡,这让他松了口气,道："我先打头阵,你们跟在身后,记住,不要做多余的事。"

后土帮的成员们用力点头。到现在,不只病夫帮主,连普通成员也看出许七安的低等地位,探路打头阵,危险当盾牌。武夫,就是如此粗鄙。

我这一波操作也算出尽风头了，作用最大，道长他们都要倚仗我，许七安嘴角微挑。同时，许七安想起以前没有注意到的细节。

金莲道长果然是残魂啊，我想起来了，桑泊案时，我们潜入平远伯府，结果遭遇了被神殊附身的恒慧，道长当时的操作是，元神莽上去。当时我的"文化水平"不高，没觉得哪里不对，现在回想起来，就很奇怪。法宝呢？法术呢？金丹呢？

用元神莽上去，这就相当于用泥做的枪和别人铁铸的枪硬拼，纯粹找死。可道长如果是残魂，一切就可以解释。甚至，他喜欢附在猫身上也能解释，反正人和猫都不是自己的肉身。不过，残魂能活这么久？道门不愧是玩鬼专业户。

虽然内心戏很丰富，但许七安没有忽略周遭环境里可能存在的危机。

进入主墓后，五根火把驱散了大部分的黑暗，墓室内的场景一点点勾勒于众人眼前。

主墓空间巨大，如果把它比作房间，许七安等人现在的位置是玄关，可即使是玄关，已经给人一种进入神庙的错觉。数人合抱的立柱支撑起看不见高度的穹顶，两边的墙壁距离初步估计有二十丈，也就是说，这座主墓的宽度是二十丈（约66米）。深度未知，有待探索。

"按照墓穴的格局，中央必定是墓穴主人的棺椁，我建议先别过去，绕着墙壁摸索一圈，估测出墓室的大小，顺便看看能不能发现有价值的信息。"病夫帮主走到金莲道长身边，建议道。

老盗墓贼了……不过，领队的是我啊，为什么不找我商量？许七安心里嘀咕。

"有理。"金莲道长颔首。

许七安带领着众人往左开始探索，谨慎移动，直到看见一幅巨大的壁画。

文字出现前，壁画是用来记载事件的唯一方式，哪怕是现在，也还流行着"壁画记事"的传统。

许七安和楚元缜一前一后,高举火把,照亮壁画。壁画的内容是:一条可怕的巨蛇闯入了人类城市,它盘绕起来时,身躯比城墙还高。它的瞳孔猩红发光,狰狞可怕。这时,一位脚踏飞剑的道人从天而降,斩杀了巨蛇。城中的皇帝带领臣子们出来迎接道人,对他磕头跪拜,道人脚踏飞剑,凝于半空,俯瞰着下方的皇帝和臣子。

"这么大的蛇,是妖族?"恒远皱眉。

楚元缜摇摇头,表示自己不知道,他虽四处云游,但自从甲子荡妖后,大妖渐渐绝迹。二十年前的山海关战役,倒是有妖族出现,但楚元缜当时还是孩童。

至于许七安……他和大家一起看向金莲道长。

"确实有一些天赋异禀的妖族,体型庞大。但也不至于这么夸张。而且,如果你们知道妖族五品的时候,会凝聚妖丹,就不会认为壁画上这条蛇是妖族了。"金莲道长负手而立,一副得道高人的风范。

三人的想法各有不同。

许七安想的是,原来五品妖族凝炼的是妖丹,听道长话里的意思,凝炼妖丹后,体型会缩小?还是说妖族修行的路子并不是体型上的增长。

楚元缜则在想,既然不是妖族,那这条蛇是什么?他心里隐约有个猜测。

恒远的想法比较简单,这条蛇他打不过,是佛法暂时无法降服的妖孽。

金莲道长没有卖关子,说道:"体型庞大并不是好事,虽然会带来力量上的增长,但也会暴露很多破绽。这世间,以体型庞大著称,且实力强劲的,是远古的神魔。不过远古神魔活跃的年代,人类还处在蒙昧时期,处在部落时代。所以,壁画上这条蛇,应该是远古神魔的血裔,并非真正的神魔。"

楚元缜微微点头,道长说的与他想的一样。

"即使如此,这道人能斩大蛇,实力恐怕非比寻常。"楚状元道。

整面墙壁就仿佛画卷,他们边说边走,看到了后续的内容:皇帝为了答谢道人,为他筑了高台,率文武百官膜拜。

"这不就是我们之前看到的壁画吗。"许七安道。

群臣膜拜高台的画面,与外头那幅壁画一模一样。

接下来的壁画内容,让众人大吃一惊,那面目模糊的道长挥剑斩杀了皇帝,然后穿上龙袍,戴上皇冠,他篡位了。

这是什么神展开……许七安瞠目结舌。

楚元缜张了张嘴,同样被道长的举措震惊。

金莲道长眉头紧锁。

恒远大师皱眉道:"如此高人,应该不至于留恋权力。称帝对他而言有何意义?"

话音方落,许七安和楚元缜同时呵了一声。他们默契地相视一笑,知道对方和自己一样,想到了元景帝。

再接下来,壁画描绘的内容变成了战争,黑甲军队和白甲军队厮杀。白甲军队后方是巨人般的皇帝——那位篡位的道人。黑甲军队后方空空如也。

皇帝的军队平定了叛乱,但他似乎并没有打算做个好皇帝,皇帝高举宝座,怀里坐着赤裸的女人,身边围绕着同样一丝不挂的女人。再往后,男人和女人渐渐多了起来,无数对男男女女。

"这不就是我们在外头见到的那幅壁画吗。"许七安说完,觉得自己这句话如此熟悉。

这幅壁画,与外头那幅一样,只不过没有行气经络图。这幅壁画要传达的意思是,皇帝后来沉迷双修,成了道门双修术的狂热崇拜者,荒淫无道?不对,他本身就是道人,篡位当了皇帝!

许七安脑海里诸多念头闪过,然后听见楚元缜低声道:"道长,这位皇帝,与道门双修流派有莫大的渊源啊。"

他真正想说的是,这道长会不会是那支流派的开宗祖师?

楚状元还是很聪明的,我也是这么想的……许七安一边点头,一边看向金莲道长。

"不知道。"金莲道长的回答言简意赅。

众人缓慢走着,继续看壁画。

可能是上天也看不惯皇帝昏聩的行为,某一天忽然乌云大作,降下雷霆劈死了他。皇帝驾崩了。

"道长篡位,荒淫无度,于是上天降下雷霆劈死了他。这未免也太勾栏了。"病夫帮主摇摇头,给出评价。

"太勾栏"的意思与"戏剧性"差不多,这个时代的戏曲普遍都在勾栏里。

天地会成员的脸色极为古怪,因为他们联想到了更多的东西。

许七安从理性的角度出发,分析道:"奇怪,有些地方不符合逻辑。"

金莲和楚元缜等人知道许七安在破案方面有着异于常人的天赋,纷纷按捺住发散的思绪,聆听他说话。

"如果这座墓的主人是壁画里的皇帝,也就是道人,那么,这幅壁画就很奇怪了。"许七安沉声道,"即使是我们大奉英明神武的陛下,也知道修改史书,遮掩自己的污点。而这壁画,赤裸裸地画在这里,难道是讽刺?"

英明神武的陛下修改史书,遮掩自己的污点……许宁宴也太谨慎了吧,即使在这样的场合里,也不留下"大不敬"的把柄,楚元缜心说。

"天雷劈死了他,所以,这座墓应该是臣子、后人修建,批判他不是很正常吗?"恒远道。

"大师,您或许会为了仇人建墓,可别人未必会。"许七安摇头,说道,"如果后人憎恨着他,那么便不会修建出如此规格的大墓。反之,就不会画这样的壁画。除非壁画的内容无比真实。"

众人点头,接受了他的说法,楚元缜沉声道:"以道人的实力,等闲的雷霆劈不死他。这雷霆是不是还有别的寓意?"

这时,金莲道长说话了,一字一句,沉声道:"是天劫。"

"天劫?"

闻言,许七安等人看向金莲道长,这是一个陌生的词汇。

金莲道长缓缓点头:"在道门体系中,二品叫作'渡劫',渡过天劫,就可以成为一品的'陆地神仙'。呵呵,这可不是司天监预言师的天谴能比拟的。上一代的人宗道首,就是在天劫中,灰飞烟灭。"

原来道门二品叫"渡劫",一品叫"陆地神仙"。天地会众人颇为欣喜地记下来。

许七安一拍脑袋,道:"我想起来了,道长你说过,那个该死的地宗道首就是渡劫失败,才被魔性反噬,堕落成妖道。"当初杀死紫莲后,金莲道长夜里潜入许七安房间,与他有过一番开诚布公的谈话。

"也就是说,这位皇帝是道门二品,而且是巅峰的二品,距离陆地神仙境只差一线。"楚元缜说道。

金莲道长忽然松了口气:"死于天劫,灰飞烟灭,这座墓应该是衣冠冢。不会有太大的危险。"

其他人也松了口气,许七安颇为轻松地调侃道:"道长,过于笃定的判断,往往会招来相反的后果。"

道长这家伙,别乱插旗啊。

在许七安的带领下,他们来到了主墓的另一侧,失望地发现这里并没有壁画。主墓周边的探索到此结束,许七安手持火把,带着众人绕到中心位置,看见了一条宽阔的黑色通道。

这条通道笔直地通向最中央的高台,通道两边是浅浅的水坑,水质浑浊。

"两边都是蜡烛。"许七安移动火把,橘色的光辉照到了通道边缘,每隔十步竖立着一个等人高的烛台,一直连绵到高台。烛台上有尚未燃尽的蜡烛,赤红如血,却又晶莹剔透,宛如红宝石一般。

"这似乎是东海红龙身上提炼出的油脂,这一根蜡烛,能烧几十年不灭。"金莲道长嗅了嗅,辨识出蜡烛的材质。

说话间,许七安和楚元缜点燃了蜡烛,一簇簇烛光静静燃烧,为宽阔的主墓带来更多的光明。

许七安一边让人注意两侧的水池,防止水中藏着邪物,一边点亮通道边缘的烛台。火把无法维持太久,终将熄灭,得赶在它们燃尽前,用别的东西接替照明任务。

临近高台,许七安忽然停了下来,因为通往高台的台阶上,伫立着两列士卒,静静地注视着这群不速之客。

嚯,吓老子一跳……许七安骂骂咧咧地走过去,先侧耳聆听,确认没有心跳,接着观察这些干尸。

"只是干尸而已,大家不要胡乱触碰,跟在我身后。"

告诫了一句后,他拾级而上,踏过九十九阶,登上了高台。高台上的景物最先映入许七安眼里,中央摆放着一具巨大的青铜棺椁,高台的四角伫立着四道高大身影。这些身影手持各不相同的武器,无声地伫立着,伫立了数千年的岁月,屹立不倒。

金莲道长看了一眼青铜棺椁,挪开目光,走到高台边缘,审视着最近的一具干尸。这具干尸穿着鱼鳞甲胄,手持紫金锤,戴着青铜面具,只露出一双眼睛。一片片鱼鳞甲胄用红线串联,每一片鱼鳞上都刻着古怪的符文,既邪异又精美。

"这似乎是道门作品?"楚元缜同样在观察干尸,不过他看的那具干尸,手里拄着一柄锈迹斑斑的青铜剑。

金莲道长看完四具干尸,观察过它们身上的甲胄,沉吟道:"确实有道门痕迹,不过,这种上古符文我只能猜测一二,西边那具主金,南北东分别主火、水、木。"

"土呢?"许七安问。

金莲道长没有回答,而是看向摆在中央的青铜棺椁。

"中央主土!"楚元缜低声道,"这样的格局代表什么?"

"是不是往生?"野生术士公羊宿,望向了钟璃。

钟璃点点头,道:"天地万物皆为五行幻化,古代人相信,人死后葬于墓,墓在土,若能在墓中摆下五行阵,死者终有一天,会从土中转生。"

众人听得津津有味,许七安却忽然脊背一凉,道:"这不对啊,道长,你不是说死于天劫,灰飞烟灭?什么都没有了,那如何转生?这五行阵又有何用?"

金莲道长先是一愣,继而瞳孔微微收缩,沉声道:"走吧,主墓探索过了,没必要多逗留。"

许七安点点头,正要宣布撤退,突然听见了青铜棺椁里传来叹息声:"你来啦……"

一股凉意从尾椎骨生起,直蹿头皮,许七安咕噜一声吞咽了口吐沫,霍然扭头看向众人,却发现他们脸色虽然严肃,却并没有惶恐。

金莲道长察觉到许七安无比难看的脸色,问道:"你怎么了?"

"我听见,棺材里……"许七安嘴唇嗫嚅几下,从牙缝里一字一句吐出,"有—人—说—话。"

一股凉意从众人尾椎骨蹿起,头皮瞬间发麻,钟璃缓缓打了个寒战,差点儿背不住丽娜。

楚元缜脸色铁青,声音又低又急促:"走,离开主墓,快点离开!"

这一刻,所有人都展现出了强烈的求生欲,没有废话,扭头就走。

这时,众人听见了生涩且沉重的摩擦声,从身后传来——那是青铜棺椁揭开的声音。

第 309 章

惊！墓穴主人现身

青铜棺椁揭开的刹那，一股阴邪之气弥漫，主墓内气温骤降，火把剧烈摇晃。正欲转身离去的众人，浑身僵硬地停留在原地，不是他们想留，而是浑身血液宛如凝结，阴冷之气笼罩，仿佛身处极寒的环境里，躯干和血液都被冰封了。

如果金莲道长是猫身的话，他现在已经炸毛了。

哐当！身后传来棺盖落地的巨响，同一时间，背对着高台的众人，看见下方的台阶上，那一尊尊覆甲的干尸守卫，齐齐扭动脖子，违背骨骼结构地转动一百八十度，正脸扭到了后背，无声无息地凝视着众人。

这一幕过于惊悚诡异，巨大的恐惧在内心爆炸，后土帮的盗墓贼们露出了极度惊恐的表情。

咔嚓咔嚓……许七安听见身旁不远处，传来骨骼爆豆的声响，伫立在高台四角的甲人也复苏了。

许七安缓缓转动眼眶，去看同伴们的表情：楚元缜微微睁大眼睛，额头沁出豆大的汗珠，他后背的长剑时不时震颤几下，似乎想出鞘，但被无形的力量压制着；恒远大师脸部肌肉抽动，咀嚼肌凸起，铆足了劲想冲破无形力量的压制，恢复自由身；金莲道长胸部一起一伏，似在做某种吐纳，他最沉稳，最冷静，眼里却有着决然之色。

道长在憋大招吗，准备断尾求生，还是牺牲自己保护我们……许七安心里想着，眼珠子在眼眶中转动，看向了钟璃。

她背上的丽娜兀自昏迷，反而是在场最"轻松"的一个，至于倒霉的钟璃，麻布长袍下的娇躯微微发抖。

也不知道是她的锅，还是我的锅，或许两者皆有！许七安苦中作乐地想。

这时，他脑海里自动浮现一幅画面，一只长满绿毛的手，从青铜棺里探了出来，撑按在棺材边缘。棺椁里的人缓缓起身，是一个身穿黄袍的干尸，头顶戴着纯金打造的皇冠，脸部皮肤紧贴着骨骼，鼻子腐烂，只剩两个孔洞。眼球嵌在眼眶里，仿佛随时会掉落下来。

神觉捕捉到这具干尸的刹那，许七安大脑宛如嵌入钢钉，疼得险些昏厥，画面随之破碎。

棺材里躺着的果然是那位道人，渡劫失败的二品，难怪这么强大……许七安头皮有些麻。

静默了几秒，第一声脚步声传来，那具干尸离开了青铜棺，正缓步朝众人走来。

嗡嗡嗡……楚元缜背后的长剑剧烈抖动起来，却始终无法出鞘。

啪嗒……状元郎额头的汗珠终于滚落。

恒远双目暴突，脸颊、额头青筋一根根凸起，浑身肌肉剧烈痉挛。可就算这样，他依旧没能冲破无形力量的压制。

钟璃像一只鹌鹑，浑身发抖，头越埋越低。

臊臭味扑鼻而来，前头几个后土帮的成员吓得小便失禁了。但这并不怪他们，身处数千年前的古墓，邪物从棺材里出来，正缓缓从身后靠近他们……光想一想就让人脊背发凉，更何况，这是真实发生的事。

金莲道长闭了闭眼，重新睁开时，眼里一片清明，似乎已经下定了决心。

就在这时，脚步声停止了，嘶哑低沉的声音传遍主墓的每一个空间，每一处角落。

"恭迎主公回归！"

甲片碰撞声连成一片，高台四角的干尸，以及台阶上的干尸，竟齐齐跪了下来，膜拜着人群中的某个人。那股阴邪可怕的气息迅速收敛，宛如退潮。

众人愕然发现，自身恢复了行动能力。

"别轻举妄动！"金莲道长传音给众人，包括那些盗墓贼。

咕噜……吞咽口水的声音不停响起，盗墓贼们双脚发颤，但没有失了理智，以往的经历起到了至关重要的作用，让他们不至于像普通人一样，心态崩溃，不管不顾地只想着逃跑，让事情更加糟糕。

同时，他们心里闪过一个念头：主公？

主公是谁，看那具干尸的姿态，似乎那位主公就在我们之间？

盗墓贼们你看看我，我看看你，竭力在人群里寻找"主公"，能成为干尸的主公，这得是什么样的人物。而那人，就在我们之中？

病夫帮主下意识地看向了金莲道长，根据壁画的内容，这座墓穴的主人是一位道人，在场恰好有一位地宗的高人。结论就很简单了，这位老道长，便是干尸的主公。

"他，他竟有此等身份，这么说来，这位地宗高人此番下墓，并不是专程援救我等。嗯，高手行事，岂是我这等江湖匹夫可以猜测。"

病夫帮主战战兢兢。

野生术士公羊宿，惊疑不定地审视着金莲道长。察觉到两位首领异常的后土帮众人，立刻看向最符合高人风范的金莲道长，就觉得无比安心。

天地会众人站得很近，因此一时间分不清这具穿黄袍的干尸跪的是谁。

楚元缜出于思维惯性，先看了一眼金莲道长，金莲道长微微摇头。

恒远是武僧，不是道门中人，自身天赋虽好，却没有太古怪之处。丽娜是南疆蛊族的人，与这座墓并无干系。司天监的钟姑娘可以直接排除……难道？！

楚元缜霍然扭头，死死盯着许七安。他想起了队伍来到主墓的原因，正是许七安接连三次的"巧合"，他们才进了主墓。原来一切都不是偶然，是有缘由的，许宁宴是这座大墓主人的主公？

这个猜测在楚元缜脑海里浮现，一阵惊惧，身体竟莫名地战栗起来。

它在跪我？喊我主公？当事人的许七安能直观地察觉出干尸口中的"主公"是自己，巨大的错愕和茫然充斥了大脑，让他一时间不知该如何应对。

有那么一瞬间，他差点脱口而出：为什么说我是主公？但理智让他闭嘴，因为眼前的情况无外乎两种：一、他真的是黄袍干尸的主公，身份可怕到难以想象；二、干尸因为某些原因，认错了人。

第一种可能性先不管，如果是第二种，是干尸认错了人，那么他贸然询问，身份必定会被揭破。到时候迎接他们的是团灭。想到这里，许七安强行压住了翻涌不息的情绪，面无表情地凝视着黄袍干尸，沉声道："做得不错。"

干尸脑袋埋得愈发低。

见到这一幕的病夫帮主，几乎呆住了，他缓缓瞪大眼睛，原来……原来干尸口中的"主公"是那个六品武夫，而不是地宗的道长？

这，这……他只是一个武夫啊！

公羊宿亦是难掩心中的震撼，此刻他无比庆幸，接触了这几位"援兵"后，他没有悄然开启望气术，否则，自己恐怕当场死于非命，死因是看见了不该看的东西。

后土帮的成员们屏住呼吸，傻傻地看着许七安。

低着脑袋的干尸，再次发出低沉的声音，带着些许疑惑："主公为何没有成仙？"

成，成仙？！

这句话像是一道惊雷，在所有人耳边炸响，实力低微的盗墓贼、修为高深的金莲道长，当然也包括许七安，内心同时掀起惊涛骇浪。只不过相比起失去表情管理能力的盗墓贼，许七安等人比较镇定，没有做出表情。

许七安面无表情地盯着干尸，内心戏却在这一刻爆炸了。

成，成仙？按照我的理解，成仙就是超越品级了吧，是和佛陀、蛊神、巫神一个等级的存在。这个黄袍干尸的主公，到底是什么人物？

自神魔之后，超越品级的存在总共也就那么几个，这座大墓的年代在两千年以上，两千多年里，有人成仙了？不，也可能是成仙失败了，但干尸不知道。

下个墓，也能碰到这种级别的存在，是钟璃的锅吧，一定是她的锅！我该怎么办，我该怎么回答？

干尸低垂着脑袋，那双随时要掉出眼眶的眼球动了动，似乎在审视着许七安。

察觉到干尸打量的许七安，眸光骤然犀利，缓缓道："你在教我做事？"

干尸惶恐地低下脑袋，身体微微发抖："主公恕罪，主公恕罪。"说着，它解开黄袍，露出内里干瘪的肉身，胸口塌陷，肋骨轮廓一根根呈现在薄薄的皮肉下。

此外，许七安注意到，这具干尸的身体，似乎曾经受过灼烧。

噗！突然，干尸做了一个谁都没想到的动作，它抬起手掌刺入自己的胸膛，从里面挖出一个物件，不是心脏，而是一块色泽剔透的玉玺。

"主公可是为了这件玉玺而来？您当年把它留在我体内，嘱托我好生温养。我，我一直都妥善保管着，如今，奉还给主公。"干尸双手奉上玉玺，嘶哑低沉地开口，"而今，而今是何年岁？"

"如今的中原王朝叫大奉。"许七安淡淡道。

"大奉……"干尸喃喃低语，谦卑问道，"我，我沉睡了多少年？"

我怎么知道，不如你先跟我走，我把你上交国家，让研究人员告诉你答案！许七安心里疯狂吐槽。他脑子高速运转，并不主动回答干尸的问题，淡淡道："时光于我等而言，并无意义，不是吗。"

漂亮的回答！金莲道长心里振奋地鼓励了一句，许宁宴是真的稳。他隐晦地给了许七安一个眼神，告诉他差不多了，想办法脱身。

许七安Get到了，边伸手拾取玉玺，边说道："回去沉睡。"

没有太多的话，一来是害怕多说多错，二来是他现在"凹人设"，身为主公，取回自己的东西，并不需要对下属解释。其实他并不想要玉玺，但看干尸的态度，这枚玉玺似乎很重要。不拿，可能会让干尸起疑。

玉玺质地坚硬，触感宛如暖玉，许七安不动声色地翻转玉玺，看见了底下刻着的字，只来得及记下寥寥几字，突然，玉玺化作了白色的沙粒，从他指缝间流逝。一股难以描述、难以言喻、宛如海潮的力量，通过手臂，窜入许七安体内。

他觉得体内的血液疯狂涌入大脑，造成强烈的眩晕，身体里仿佛有什么东西觉醒了。

"你不是主公！"干尸霍然抬头，眼球里，血光一点点迸射，嘶哑低沉的声音在墓室里回荡，夹杂着强烈愤怒和杀意。

"走！"金莲道长反应最快，大袖一挥，荡起一股狂风，将后土帮的盗墓贼和楚元缜等人送下高台，飞向主墓的大门。与此同时，他抓住了许七安的肩膀，试图将许七安丢下去，自己留下来，承受干尸的怒火。

可是，许七安抖动肩膀，震开了他的手，并将手掌按在他胸膛，低声道："道长，带他们出去，我留下。"

砰！许七安掌心气机骤然爆发，金莲道长炮弹般地飞射出去。

抛飞的过程中，金莲道长看见干尸掐住了许七安的脖颈，将他高高提起。高台四角的甲士，挥舞着兵刃冲上去，要将这个假冒主公的蝼蚁碎尸万段。

"许七安……"金莲道长喃喃道。

第 310 章

不灭之躯

金莲道长没再多看,落地后,一脚踢回准备回身救人的恒远,喝道:"楚元缜,带恒远走!其余人迅速撤出主墓。"

说罢,他回身荡起一阵狂风,将投掷而来的长矛震开,那些裹挟着阴气的长矛炸开,侵蚀着金莲道长的肉身。他脸色陡然一白,肉身险些当场转化成阴物。

趁着这个间隙,后土帮的成员们随着楚元缜和钟璃逃出了主墓,恒远被楚元缜偷袭封住经络,强行带走。

金莲道长不再恋战,拖曳出一道残影,瞬间逃离。

砰!主墓石门闭拢。

"你不是主公,安敢攫取主公气运?"

黄袍干尸高举双臂,将许七安提在半空,黑紫色的口腔里喷吐出森森阴气。

整个墓室的气温骤降,高台、石阶布满了寒霜,咔咔的声响里,通道两侧的水坑也凝结成冰。

许七安眉心亮起金漆,迅速覆盖脸庞,并往下游走,但脖颈处被干尸掐着,阻断了金漆,让它无法覆盖体表,发动金刚不败之躯。

"卑微的蝼蚁,你敢窃取主公的气运,我要让你永世不得超生,吞你血肉,嚼你骨头,再将你的魂魄镇压在墓中,生生世世,永受煎熬!"黄袍干尸大怒,嘴角血肉裂开,露出一口尖锐交错的獠牙,接着,一口咬在许七安的脖颈。

当!凿击钢铁的声音传出,能轻易咬碎精钢的牙齿没有刺穿许七安的血肉,不知何时,金漆突破了干尸手掌的桎梏,将许七安的脖颈染成灿灿金色。金漆迅速游走,覆盖着许七安的全身。一尊璀璨的、宛如骄阳的金身出现,金色光辉照亮主墓每一处角落,宛如天神降临。

"小小邪物,也敢在贫僧面前放肆。"前半句话是许七安的声音,后半句话,声线有了改变,明显出自另一人。

宛如化身天神的许七安伸出手,一点点掰开黄袍干尸的手指,他完全可以用暴力打开,却选择用这种缓慢的、示威般的手段。

黄袍干尸的手臂微微颤抖,以它的力量,竟不足以与对方角力。

当!黄袍干尸的另一只手刺在许七安的胸膛,依旧无法突破金身防御,它手掌骤然握拳,改刺为打,在震耳欲聋的气机爆炸中,将许七安震飞出去。

吼!黄袍干尸张开血盆大口,化作永远填不满的深沉旋涡,高台上的四名干尸被气旋扯住,跌跌撞撞地投入血盆大口,接着是台阶上的两列阴兵,一个个拔空而起,或被迫或自愿投入干尸嘴中。

在咔嚓咔嚓的咀嚼中,黄袍干尸漆黑的指甲伸长,干瘪的血肉膨胀,体型也随之膨胀,一块块宛如甲胄的角质凸起,覆盖周身,头顶长出深绿色的硬鬃,它变成了一个身高一丈的人形怪物。

形貌大变的黄袍干尸站在高台,抬头看着浮于半空的灿灿金身,瓮声瓮气地道:"一个卑微的蝼蚁竟能攫取气运,原来体内藏着一位武夫。看来我沉睡得太久了,世间竟出现这等强大的肉身。"

"是佛门金身。"神殊和尚回答。

"佛门?"那怪物歪了歪头,凶厉的眸光审视着金身。

"哦,你不知道佛门,看来存在的年代过于久远。"神殊和尚淡淡地道,"很巧,我也讨厌佛门。"

半空中,金色气浪一炸,他宛如陨石般砸了下来。

砰！双方手掌互抵，于高台角力，这座屹立了无尽岁月的高台，不断发出清脆的崩裂声，一道道裂缝蔓延，游走，终于轰隆一声，高台彻底坍塌。

金身与干尸同时下坠，后者一个头锤撞在金身额头，撞得金光如碎屑般溅射，撞得金身头晕目眩。

砰砰砰砰！干尸出拳快到出现残影，不断击打金身的胸膛、额头，打出一片片碎屑般的金光。

金身钳住干尸的双手手腕，发出痛苦的声音："疼，疼死我了，大师……"接着，他自问自答，"嗯，这阴物颇为厉害，我开始反击。"

话音方落，干尸一个飞踢，将他踢上半空。

金光化作一线远去，紧接着，传来轰隆的撞击声，金身应该是撞到了墓室的穹顶，一块块碎石崩裂，掉落。

干尸站在废墟中，昂头望着穹顶，双膝下沉，摆出蓄力姿态。

咻！凄厉的尖啸声里，金色陨石再次砸了下来。早做好准备的黄袍干尸朝天打出一拳，与俯冲的金身撞在一起。电光石火的沉寂后，地面的碎石和浊水逆卷上空，拳劲化作涟漪状的劲风，冲撞在墓室的四面石壁，石壁炸开一道又一道裂缝，巨石滚滚而落。

黄袍干尸双脚深深陷入地底，金身趁机出拳，在闷雷般的拳劲里，把干尸砸进坚硬的岩石里。

"大师，把它脑袋摘下来！"许七安大声说。

金身正欲上前，干尸血盆大嘴突然裂开，化作吞噬一切的旋涡，一缕缕金漆被它摄入口中，灿灿金身瞬间黯淡。紧要关头，金身招了招手，浑浊的污水中，黑金长刀破水而出，叮一声击撞在干尸的侧脸，撞得它脑袋微晃。金身趁机脱离了旋涡的覆盖范围，一个后旋踢击打后脑勺，金光碎屑溅射，干尸后脑的角质甲胄崩裂。

砰砰砰！鞭腿化作残影，不断击打干尸的后脑勺，打得气浪爆炸，角质不断瓦解、崩裂。就在这时，许七安脑海里浮现一个画面，水中冲出一柄锈迹斑斑的古剑，袭击他的后心。没有犹豫，他当即收回了踢出的鞭腿，朝侧面一个翻滚。

下一刻，厉啸声响起，袭击落空的古剑被干尸握在手里。它依旧锈迹斑斑，但剑身散发的阴邪之气却让金身眉心剧跳。

"这是主公留下来的法器，在墓中吸收了无数年的阴气，最适合破你至刚至阳的护体神功。"干尸声音低沉嘶哑。说话的同时，浑浊的污水里，溢散出一缕缕漆黑的阴气，汇入它的身体，修复了崩裂的角质。

怎么办，这座大墓建在风水宝地上，等于是天生的阵法，干尸占尽了地利。许七安的身体完全交给了神殊和尚，但他的意识无比清晰，下意识地分析起来，思考如果是自己，该如何对付此邪物。

神殊和尚双手合十，大慈大悲的声音响起："放下屠刀，回头是岸。"声音里蕴含着某种无法抗拒的力量，干尸握剑的手忽然颤抖，似乎拿不稳武器，它改为双手握剑，双臂颤抖。

趁着对方抗拒的间隙里，金身腾空而去，飘浮于干尸上空，双手飞快结印。一道充满金属质感的"卍"字，在金身头顶凝聚，更多的"卍"字凝聚而出，呈圆形阵列，中央是灿灿金身。金身闭上眼睛，双手结印还在继续，手势快得只看见残影。相应的，"卍"字愈发璀璨，发出刺目的金色佛光，将墓室染上一层亮金色的光晕。

突然，一切手印停止，归于合十。

轰！空气发出沉闷的巨响，一道金色的光柱从"卍"字阵列中爆射而出，笼罩黄袍干尸。

嗞嗞！仿佛水倒在沸腾的油锅里，黑色的青烟冒出，深陷金光的干尸发出了凄厉的咆哮声。

金光散去之前，神殊和尚悠然道："戒嗔，戒怒，止干戈。"

金色光柱散去，干尸浑身遍布灼烧痕迹，角质崩裂，露出漆黑血肉，但它却没有丝毫愤怒和杀意，甚至不想再继续动手，只想息事宁人，和气生财。

神殊和尚就没有这种念头，从天而降给了它一招摸头杀。掌心按在它头顶，在气机砰的爆炸声里，干尸头顶的硬鬃炸碎，角质炸碎，露出了黑色的宛如心脏般搏动的大脑。

这一瞬间，干尸眼里恢复了清明，摆脱施加在身的禁锢，咔咔……

头骨在极短时间内再生,它伸手一握,握住了破水而出的青铜剑。

剑势反撩。

噗……这把据说是干尸主公遗留的青铜剑,轻易斩破了神殊的金刚不坏,于胸口处留下入骨伤痕,流淌出来的不是金色或红色的鲜血,而是漆黑如墨的液体。

中毒了?!许七安心里一沉,感觉大脑一阵阵眩晕。

两具强大的肉身在空旷的墓室里厮杀,打得碎石滚滚,打得浊浪排空,打得整座墓穴都在摇晃,在颤抖。

过程中,神殊和尚以佛法消耗干尸的阴气,而干尸则以青铜剑侵蚀神殊和尚的金身。

不同的是,这里是干尸的主场,阴气浓重的地底墓穴,而神殊和尚则是空中楼阁的状态,得不到补充。

"你不是我的对手,为何不逃?"干尸一剑刺入金身胸膛,发出闷雷般的说话声。

"你既已经苏醒,不杀你,周边生灵无法幸免。"神殊和尚回答。

"我不愿毁了这座墓,还主公气运,我便放你们走。"

"还不了。"神殊和尚遗憾摇头。

"那就去死吧!"正要绞碎眼前敌人的五脏六腑,突然,空旷的墓室里传来了擂鼓声。

砰砰,砰砰,砰砰!擂鼓声越来越剧烈,频率越来越快,越来越快。

干尸忽然感觉到了手臂的颤抖,原来那剧烈跳动的是对手的心脏。当心跳达到某个节点时,一道火焰般的魔纹从眉心浮现,燃烧起漆黑的火焰。

许七安身躯开始膨胀,健康的古铜色肌肤转化为深黑色,一条条可怕的青色血管凸出,似乎要撑爆皮肤。短短几秒,他从一个人类,变成了类人型的怪物。这个怪物缓缓舒展身姿,体内发出咔咔的声响,他扬起脸,露出陶醉之色:"舒服啊!"

他抬起漆黑的手,握住剑身,轻轻捏碎。

我都快忘记神殊和尚的原身了,见到这一幕的许七安心里一凛。

一直以来,神殊和尚在他面前都是温和的高僧形象,渐渐地,他都忘记当初恒慧被附身时,宛如恶魔的形象,忘记了那只漆黑可怕的断手充满了邪异和恐怖。

"其实,我并不想现出不灭之躯,那样对我来说,消耗实在太大,需要不停地吞食生灵血肉来弥补自身。但我讨厌杀戮,无比地讨厌。"神殊和尚淡淡地道。他目光冷淡地看着干尸,眼里饱含威严,仿佛远古的君王苏醒了,冷漠,自信,睥睨天下。

"你到底是什么人,不,你是什么怪物?"见到这一幕的干尸,露出了极其惊恐的表情,色厉内荏地咆哮。

回答它的是神殊和尚的手掌,缓缓按向它头顶,干尸迅速暴退,不甘心束手待毙。但神殊和尚仿佛无视了距离,手掌依旧缓慢,却不可阻止地按在了它长满粗硬鬃毛的头顶,无声吐力。

砰!气机的闷响里,干尸双眼一瞬间呆滞,邪异的身躯绵软,似乎失去骨骼的支撑,颓然倒地。

"主,主公……我不能再等你了。"干尸艰难开口,充满了不甘。

神殊和尚指尖逼出一粒精血,俯身,在干尸额头画了一个逆向的"卍"字,金光一闪而逝,沉淀入干尸体内,让它再无法动弹。

感受到体内的变化,知道自己被封印的干尸,露出茫然之色,低沉喝问:"为何不杀我?"

神殊和尚再难维持不灭之躯,火焰魔纹消散,漆黑褪去,恢复了许七安的模样,整个过程只有短短十余秒。神殊和尚温和道:"杀你有什么难,你只是一具遗蜕罢了。你的主公,是谁?"

冲出墓室,穿过甬道,重返迷宫。身后没有阴兵追来的动静,这让众人如释重负,楚元缜心情沉重地解开了恒远的经络。

砰!魁梧和尚砂锅大的拳头砸在楚元缜脸上,揍完人,他一声不吭地转身,打算返回主墓。

金莲道长拦住他,沉声道:"回去送死?"

恒远面无表情,低声说:"让开!"

金莲道长脸色惨白如死人,眼神浑浊,状态很不对劲,摇头道:"我们已经进入迷宫,你走不回去了。"

恒远用力握拳,手背的青筋凸起,涩声道:"为什么要带我出来,我欠他一条命,我欠他一条命啊!"他的声音渐渐从艰涩到哽咽,谁都没有想到,这个硬汉风格的武僧,竟然眼圈通红。

"道长,你不应该带他来的。"恒远缓缓摇头,"加入天地会时,我们答应过你,要互帮互助。可是,这和许大人没有关系,他不是我们天地会的人,你不应该找他帮忙。

"他总是这样,紧要关头,永远都是先顾及别人,舍己为人。但你不能把他的善良当成义务。现在伍号找到了,天地会的成员一个没少,可是,我们又有什么脸面回去呢。

"金莲道长,我对你很失望,非常失望。"

在京城时,通过地书碎片得知许七安战死在云州,恒远当时正手捻佛珠打坐,捏碎了陪伴他十几年的佛珠。可那次毕竟是远在云州的事,除了悲伤,他无能为力。这一次不同,他亲身参与了此事,目睹了大家抛弃许七安逃命,巨大的悲伤和愤怒充斥了他的胸膛,让恒远产生了自我怀疑,对同伴产生了怀疑。

金莲道长欲言又止,有心辩解,但想到许七安最后推自己那一掌,他保持了沉默。

楚元缜颓然地看着争执的两人,青衫仗剑走江湖的意气荡然无存,更像一条丧家之犬。许七安独自留在墓中断后的画面,在他脑海里不断闪过。虽然与许七安相识不久,但他非常欣赏这个银锣,早在认识他之前,便在天地会内部的传书中,对此人有了颇深的了解。

恒远说他是心地善良的人,壹号说他是风流好色之人,李妙真说他是小节不顾、大节不失的侠士。而在楚元缜自己看来,许七安是一个值得结交的好友,他的品性和道德值得肯定。

楚元缜觉得此次回京,最大的收获就是结识了许七安,一个既有趣又值得欣赏的朋友。这样一个人,为了救大家,义无反顾地留了下来。

真像是你会做出的事啊,你让我们怎么向叁号交代?楚元缜眼眶发热,视线渐渐模糊。

"他对我有救命之恩,我说过要报答他……"说着说着,恒远面目忽然狰狞起来,喃喃自语,"我还有什么脸活下去,我还有什么脸活下去!"

"不好,他佛心要崩了。"金莲脸色微变,指尖点在恒远眉心,为他抚平狂躁的意念,让元神得以平静。

恒远的眼神恢复几分清明,他粗暴地打开了金莲道长的手。

"恒远,事情不是你想的那样。"金莲道长喝道,"其实许七安他是……"他正要告诉恒远,许宁宴就是叁号,是地书碎片持有者,是天地会成员。

就在这时,整座地宫忽然颤抖起来,穹顶不断砸下大石。金莲道长声音戛然而止,皱眉抬头:"地宫要塌陷了。"

整座地宫不知为何,处在随时坍塌的边缘。

钟璃忽然说:"地宫出了问题,阵法自行破解,我,我们可以出去了。"接着,她把背上的丽娜交给恒远说,"你帮我背她,带她出去。"

又一块巨石滚落下来,笔直地砸向钟璃和丽娜。

"小心!"救人的念头压过了悲伤情绪,恒远把两个姑娘拉拽开,顺势接过伍号,低声道,"好,我会带她离开。"钟姑娘厄运缠身,在地宫坍塌的情况下,确实不宜再背着伍号。

众人一路奔逃,果然没有再迷失方向,于石块不断坠落的环境中,回到了连接盗洞的那间墓室。

感觉完成了任务的恒远吐出一口气,停下脚步,回身一看,发现钟璃没有跟上来。

她,她回去了……恒远僵在原地,突然感到一股锥心般的难受。

第 311 章

信息量太大,脑子宕机了

遗蜕?!

听到神殊和尚的话,许七安愣了愣,旋即想到诸多细节。

从壁画来看,这座墓的主人分明是那位道人,可青铜棺椁里出来的却是一位以下属自居的黄袍干尸。

黄袍加身?一个下属怎么敢穿黄袍呢,这一点就很可疑。另外,干尸身上多有烧灼的痕迹,符合遭雷劈的经历。

以上种种细节,在神殊和尚道破干尸身份后,通通得到了解释。

这具尸体是那位道长渡劫失败后遗留下来的旧身躯?那他本人呢,本人是渡劫成功,踏入一品境界,还是夺舍了其他身躯?许七安思绪不可遏制地转移到道长本身。

他旋即想到一个不对劲的地方,金莲道长说过,二品渡劫期,成功了便是陆地神仙,失败了化作飞灰,而这道人能留下躯壳,是通过某种办法规避了灰飞烟灭的结局?还是金莲道长段位太低,知识有限,把天劫夸张化。

"你想套取我主公的信息?"干尸狰狞丑陋的面庞露出不屑的表情。

干尸的语言和如今的大奉官话很像,细微处的发音又有所区别。人族自古占据中原,历史虽有断层,但人族一直存在,语言变化不是太大。

这家伙对自己的前身很忠心啊！也是，毕竟是一个肉体的前任和现任。许七安心说。

神殊和尚温和道："道门中人，剑修，需要借气运修行，即使你不说，贫僧也能猜到那个道人的根脚。"

人宗！那道长是人宗出身……我说怎么壁画内容有那么强的即视感，这就能解释道人为何要杀皇帝篡位。唉，可惜洛玉衡不是男儿身，不然，危·元景帝·危！许七安颇为遗憾地想。

干尸沉默了一下，没有反驳："以你的位格，确实不难看出。"

神殊和尚点点头："你不是想知道自己主公的下落吗？我们可以交换一下信息。"

这一次干尸没有犹豫："好！"

谈判的技巧，就是要抓住对方想要的东西，只要有需求，就有谈判的余地……许七安一边丰富自己的内心戏，一边聆听两位大佬的交谈。

"他是什么朝代的人物？"神殊和尚问道。

"大梁王朝。"

"大梁王朝。你知道吗？"神殊和尚皱了皱眉，最后一句是问许七安的。

接着，他自问自答，口中传来许七安的声音："大师，我只是个粗鄙的武夫，不是儒家弟子。我连大奉的史书都没看过……"

我只是个武夫，你不能让我承受这个体系不该有的压力。许七安幽默地吐了个槽。

"看你们的样子，我沉睡的时间似乎过于久远。"干尸喉咙里吐出嘶哑低沉的声音，让人觉得它的声线也已经腐烂，"大梁王朝时期，是神魔绝迹后数万年，那时诸国割据中原。神魔残留的血裔仍在九州大地肆虐，不过已是余烬之势，难成大器。除了人族之外，妖族势力也不容小觑，不过正如人族群雄割据，妖族同样以部落、族群为核心，彼此虽有联合，总体却是一盘散沙。只有在与人族展开大战之时，妖族各部才会团结。"

神魔之后,是人族与妖族争霸……这段历史维持了多久?我怎么感觉这个世界的历史乱七八糟的,有太多无法考证的过去。楚元缜这样的状元,也不认识壁画上的服饰。

这个世界需要一个司马迁啊……许七安于心底嘀咕。

"神魔是怎么陨落的?"许七安强势占线,把"账号"的所有权暂时夺了回来。

干尸摇摇头。

好吧,历史断层太多,没有形成完善的文化体系,这些破事估计永远也不会浮出水面,嗯,除非去南疆的极渊里问一问蛊神。许七安继续问道:"神魔是什么品级?"

"品级?"干尸反问。

哦哦,现在的九品到一品,是儒家圣人提出的概念并亲自划分的品级,这座墓穴的主人存在于更早之前的年代。许七安恍然,改口道:"什么实力?"

"你这个问题太含糊了,我无法回答。每一尊神魔战力都不同,无法一概而论。最强大的神魔,永生不死,足以毁天灭地。"干尸摇头。

那我是不是可以理解为,最强大的神魔拥有超越品级的实力?许七安陷入沉思,没有说话。

神殊和尚顺势接管"账号",问道:"你存在的年代里,具备最巅峰神魔位格的强者有多少?"

"神魔绝迹之后,再无人能达到巅峰神魔的位格,唯一幸存下来的蛊神便是当时至强者。"干尸回答。

闻言,许七安愣了一下,这么看来,神魔绝迹的原因是个大坑啊,并非人族和妖族灭了神魔。

另外,那位道人生存在超越品级的强者"断代"的岁月。

神殊和尚皱了皱眉头:"道尊呢?"

听到这句话,许七安旋即意识到不对劲,怎么会没有其他超越品级的存在呢,干尸不知道佛门,说明他存在的年代里,佛陀还没证道,巫神也是同样的道理。可是,既然有了篡位的道人,那肯定在道尊之后,毕竟道尊是道门的开创者。道尊不就是超越品级的存在吗,怎么可能只有蛊神一位超越品级的生灵。

"什么道尊?"干尸语气茫然。

这……许七安一时间说不出话来,脑子处在蒙圈的状态。

他竟不知道尊,他竟不知道尊?!修道之人,竟连道尊都不知道,这怎么可能。

"道门的开宗祖师你都不认识?"许七安声音低沉地问出这个问题。

"道门?"干尸想了想,说道,"我并没有听说过,应该是大梁之后出现的势力吧。"

没听说过道门,但壁画里那位道人却是真实存在。也就是说,当时很可能还没有道门这个概念?但连道尊都没听说过,这就很不合理。

许七安旋即想到了魏渊关于武夫体系的描述,它并不是一蹴而就,从无到有,而是一代代修力的武者,靠自身的智慧和天赋,不断摸索,不断开创,无尽岁月后,才形成了如今的武夫体系。

那有没有可能,道尊并不是道门的开创者,当时有一个笼统的体系,大家都在走这条路,最后是道尊成为集大成者,成功超越品级,成为仙神级别,之后才有了道门?

我记得以前在案牍库查阅道门三宗的典籍时,上面记载过,道尊出生年代不详,无法考证。这符合历史断层现象。

可惜啊,当时没有儒家,没人会修书,关于道尊集大成者的假设很难验证。许七安遗憾地想着,听见神殊和尚说道:"说说你自己的事。"

"主公渡劫失败后,阳神褪去了旧身,他点化了残留在旧身里的残魂,并采集游历在世间的魂魄,补完了残魂,于是我就诞生了。后来他修了这座大墓,将凝聚大梁国运的玉玺交由我,让我好生看管,有朝一日,他会回来取走。可是无数岁月过去,他再也没有回来,直到你们进入墓穴。"干尸看着许七安,带着些许被欺骗的愤怒,"你身上的气运与当时的主公一模一样,我才将你错认成了他。"

"难道不是每一位帝王都身负气运?"许七安问道。

干尸冷笑道:"我若知道,便不会错认。"

许七安口中发出神殊和尚的声音:"帝王身负气运,然气运并不属于他,而是属于王朝。因此,帝王可以更换。你不一样,你身负的是被炼化过的气运,独属于你。那位道人想必也是如此,因此它才将你认成道人。"

被炼化过的气运……许七安心里一沉。

回答完许七安的问题,神殊继续道:"而今人族正统是大奉王朝,距离你那个年代,恐怕有万年以上。至于你主公的下落,贫僧可以告诉你,大梁之后,具备巅峰神魔位格的存在,有蛊神、巫神、佛陀、道尊、儒家圣人。其中儒家圣人陨落,道尊一气化三清后,下落不明。其他几位,呵,都出了点问题。"

这里面又涉及我始终想不明白的一个点,儒家圣人怎么可能只活八十二岁?还有,什么叫其他几位都出了点问题。

这句话细思极恐啊……许七安感觉自己大脑有点不堪重负,吸收的信息太多太杂,太高端了,强行去分析,脑壳就很疼。

"这其中有没有你的主公,你自己去想,如果没有,那他要么已经陨落,要么还在蓄力。如果有,他为何不回来找你,呵,这些贫僧也不知道。"

干尸盯着他,问道:"这其中,难道就没有你吗?"

神殊和尚摇头,而后说道:"贫僧给你两个选择。一、我现在便灭了你;二、你留在墓中继续等待,而这一次,你无法再沉睡,将忍受着孤独和寂寞,没有尽头。"

"我……我选择继续等待,这是我的使命。"干尸低声道,"也是我存在的意义。"

真是一个好八公啊。许七安都有些感动了,然后就听神殊和尚说:"十年之内,他会回来还你气运。"

"好。"干尸点头。

许七安的脸色陡然僵住。这时,他耳郭一动,听见了奇怪的脚步声,那脚步声落地的轻重不同,来的人似乎是个瘸子。

"来人了，"神殊和尚皱了皱眉，沉声道，"我要继续沉睡了，否则无法控制自己吞食的欲望。别担心我，你吸食的气运越多，对我也有好处。"

声音渐不可闻，消失不见。

一轻一重的脚步声靠近，早已化作废墟的主墓口，慢慢探出一个披头散发的脑袋，小心翼翼地往里边打量。

"看什么看！"许七安大喝一声。

她顿时吓了一跳，脑袋缩得飞快，躲了回去。过了几秒，脑瓜又探出来，很小心谨慎。

这一次，许七安直接就在她面前了。

钟璃吓得一屁股坐在地上。

许七安知道她不敢用望气术窥探，于是故意吓唬她，阴恻恻地道："正好饿了，小丫头细皮嫩肉，嘿嘿嘿……"

钟璃一哆嗦，拖着一条腿往后爬，像是受惊的小兔。

"你的腿怎么了？"许七安皱眉，用正常语调问道。

钟璃仰起头，藏在秀发里的眸子盯着他片刻："你，你没死呀，没被夺舍……"语气里有些雀跃。

"我有大气运护身，死不掉。"许七安盯着她的腿，"你回来干吗？"

"回来找你。"钟璃说完，委屈地低下头，"路上被石头砸断腿了。"

"……"我还能说什么呢，这是预言师的基本操作了！默然几秒，许七安又道，"行吧，那我们一起回去。"

钟璃松了口气，没挨骂。于是她一瘸一拐地跟在许七安身后，与他一起返回，她的腿有些扭曲，裤管里沁出殷红的鲜血。为了追上许七安，她只能努力地蹦跳，这愈发加重了伤势。

前头的许七安突然停下来，问道："痛不痛？"

"嗯……"她小声地应了一下。

"这就是没脑子的代价。"许七安骂了一声，折返回来，蹲在地上，"我背你出去吧。"

钟璃挪了过来，张开双手正要扑上去，许七安突然站了起来，脑袋砰一声顶在钟璃的下颌,顶得她惨叫一声,仰头摔倒。

绝了……许七安心说。他把可怜的五师姐打横抱起,边往外走,边愧疚解释:"我,我刚才想的是,如果背你的话,可能头顶又会砸石头,把你脑袋砸烂。"

钟璃舌头破了,说话含糊不清:"系我倒没……"

许七安点点头:"所以刚才突然起身,打算抱你。"

钟璃:"系我到霉……"

许七安嗤笑:"你是真倒霉。"

钟璃羞愧地把脸埋在他的臂弯里。

"墓穴的干尸被我解决了,我敢留下,自然是有后招的。我有数,但你就没有了,自己多倒霉不清楚吗?"许七安把话题拉回来,告诫道,"下次再有这种事,只管自己逃。别到时候我没死,你先死了。"

"我,我不放心你。"她说。

"滚,你又不是我媳妇,咸吃萝卜淡操心。"许七安呸道。心说,我可是要当驸马的人。

第 312 章

真乃神人也

黄昏,夕阳西下。

盗洞里,钻出一个又一个后土帮的成员,总共十三人,加上天地会成员,是十六人。

"终于出来了!"

"恍如隔世,差一点以为要死在里面。可惜,捞上来的东西有限。"

盗墓贼们心情激动,有的虚脱般地坐在地上,享受着劫后余生的喜悦;有的则清点墓中带出的财物,感慨这次行动的性价比过低。

天地会众人心情沉重,脸上没有笑容。

恒远把丽娜轻轻放在地上,木然地望着盗洞,低声说:"贫僧连一个女子都不如。"他寂然坐了几秒,双手合十,悲恸大哭,伤心程度,竟不比一手带大的恒慧死去时弱。

恒远怕是要留心结了,往后到了高品,这就是他心境最大的破绽……楚元缜张了张嘴,本想安慰,却说不出话来。他也需要静一静,需要一点时间来平复悲伤。恒远屡受许宁宴大恩,偏在这种生死关头"胆怯"逃脱,此事对恒远的打击难以想象。他虽然不曾受许宁宴恩情,却将他视作可以交心的朋友,许宁宴卒于地底墓穴,他心里悲恸万分。

不应该的,不应该的……他是身负大气运之人,不应该陨落在这里。金莲道长罕见地露出颓废之色,与他向来保持的高人形象对比鲜明。心里虽这么想,但他也知道所谓大气运之人,并非真的不死不灭,尤其在触及高品级的情况下。

这样一位身负气运之人折损在这里,是在预示着我必将身死道消么……金莲道长怅然若失。

"道长!"这时,后土帮的病夫帮主走了过来,他显得愈发憔悴,眼眶深陷,气血虚浮,一双浑浊的眸子迸发出亮光,"请道长告诉我们恩人的大名。后土帮虽然是掘墓的窃贼,江湖下九流,但我们一样懂得知恩图报。恩人已经逝去,我们这辈子都无法报答,只想为他立长生碑,从今往后,后土帮所有成员,一定日日祭拜,永志不忘。"

钱友热泪盈眶,抹着眼睛,哭道:"求道长告知恩人大名。"

"求道长告知恩人大名。"后土帮众成员激动道。

"许七安,他叫许七安,是京城打更人衙门的银锣。"金莲道长叹息道,而后告诉他们名字怎么写。

许七安……后土帮众人默默记下这个名字。

就在这时,金莲道长、恒远、楚元缜突然僵住,他们捕捉到了极细微的脚步声从盗口里传出来。有个几秒的沉默,然后,恒远抓起丽娜甩向后土帮众人,低声咆哮:"走,快走!"

金莲道长和楚元缜后退一段距离,与恒远形成"品"字形,面朝盗洞。

老道士沉声道:"迅速离开,能走多远走多远,墓穴里的怪物……出来了。"

恒远毫不畏惧,反而露出了解脱般的神色,用无比轻松的语气道:"阿弥陀佛,这一次,贫僧不会再走了。"

我还没参与天人之争呢……楚元缜嘀咕一声,手伸到背后,握住了那柄从未出鞘过的剑。

后土帮众脸色大变,吓得魂飞魄散,连滚带爬地逃窜。

一时间,竟没人去管昏迷的丽娜。

这群狗东西!病夫帮主心里怒骂,忍着强烈的恐惧折返,试图带走丽娜。他抓住丽娜的双手,一边俯身把她往肩上扛,一边抬头看向盗口,祈祷着那个可怕的阴尸千万不要此时出来,然后,他看见了一颗光秃秃的大卤蛋。

这颗大卤蛋低垂着,缓缓走了出来,背上趴着一个披头散发的麻布长袍姑娘。两者形成鲜明对比,让人忍不住去想:为什么不把头发分他一点。

病夫帮主愣住了,保持着俯身的姿势,手里还拽着丽娜的手腕,呆呆地看着出来的一男一女。

直面盗洞的三人也如他一般,呆若木鸡,场面一时间陷入死寂。

楚元缜喃喃道:"是他本人吗?"

"福缘"变得更加浑厚了,监正屏蔽天机的法术失效了?他,他是怎么从干尸手中逃脱的……各种念头在金莲道长脑海里闪过,表情却颇为木讷地说道:"应该是他。"

这时,许七安扬起一个笑脸:"大家都出来了啊,真好。"

边说着,边托了托钟璃的臀,把她往上颠。甬道狭窄,无法提供公主抱需要的空间,只能换成背。

"许大人……"沐浴在黄昏的阳光里,恒远只觉得世间是如此的美好,善有善报,佛法无量。他极力克制自己的情绪,微微颤抖的双手合十,眼眶通红,低头念诵佛号。

"恩公,恩公……原来你没死,真是太好了。"脚底抹油的钱友,看见许七安安然无恙地出来,顿时狂喜,脚底再一抹油,狂奔回来。

这人虽然谨慎小心又怕死,但秉性还行。

"恩公福大命大,太好了,真是太好了。"后土帮的成员随之返回,满脸喜悦。

许七安被他们夸得有些不好意思,心说要不是受到气运刺激,神殊和尚醒过来,我当时可能就真的逃走了……

玉玺化作白沙,气运贯入他体内,那时许七安察觉体内有什么在苏醒,那是神殊和尚的断手。原本沉寂的断手,首次真切地让许七安感觉到它的存在。有了底气,他才敢留下来断后,否则,就只能祈祷跑得比队友快。毕竟在遇到"熊"的时候,和你竞争的不是熊,而是你队友。

城外,距离南边山脉极远的山谷里,溪流边,许七安接过钱友递来的水。

他是从溪流里填装的水,也不知道喝了会不会拉肚子,全是细菌……许七安心里想着,咚咚咚地一口喝光。探索古墓花了一整天,最后与BOSS大战,体力耗损巨大,急需补充水分。

丽娜被丢在一旁,呼呼大睡。

钟璃孤零零地坐在溪边,处理自己的伤口。术士体系不擅长战斗,体魄无法与武夫这种完善自身的体系相比,好在术士人人都是大国手,悬壶救世牛气冲天。这点伤钟璃自己就能搞定,不影响许七安在旁吹牛皮。

"当时我啥都没想,只想着大家赶紧走,一切危险由我来挡……"许七安说得唾沫飞溅,让一众后土帮成员感动到无以复加,再回想自己怕死逃命的行为,一个个羞愧得无地自容。

私底下,许七安告诉金莲道长等人,传音解释:"监正在我体内留了后手,至于是什么,我不能说。"

监正竟在他身上留了后手……果然,我预料得没错,许七安是监正的重要棋子。如今看来,这颗棋子的重要性,非同寻常啊。金莲道长恍然且释然地颔首。

难怪,难怪司天监的钟璃姑娘会跟着他……楚元缜看了眼远处钟璃瘦削的背影,露出了恍然之色。

此外,他联想到了更多的细节,比如监正为何钦点他为代表,与佛门斗法。又比如金莲道长为何对许七安如此看重且厚爱。还有刚才在迷宫带路时,展现出的细节。一切种种,都预示着许七安此人绝不简单,背后隐藏着难以想象的秘密。

恒远念头相对纯粹,在他看来,许七安是好人,许七安没有死,所以世界暂时还是美好的。

"可惜我没机会修行金刚不败,距离三品遥遥无期。"恒远心里感慨。

吹完牛皮，许七安目光挪向后土帮里的那位野生术士，头发花白、年约五旬、穿着肮脏长袍的老者。

"这位前辈如何称呼？"

"不敢当'前辈'二字，老朽复姓公羊，单名宿。"野生老术士摆摆手。

"前辈是怎么发现这座墓的？"许七安问道。

根据钱友所说，南山底下这座大墓是精通风水的术士兼副帮主公羊宿发现。这就很奇怪，这座墓埋在那里数千年，不，上万年，怎么偏偏在这个时候被发掘？

"那座墓并不是我发现的，而是我老师发现的。我们这一脉的术士，几乎断绝了晋升的可能，大部分止于五品，至于原因……"公羊宿摇头道，"体系里的隐秘，不便透露。"

不就是需要依附朝廷吗，我早就知道了……许七安暗暗撇嘴，没打断他，继续听着。

"人总得吃饭嘛，谋生的手段就那么几种，最挣钱的行当，嘿嘿，无外乎发死人财。我自幼跟着老师游历九州，足迹踏遍天下河山，每遇到一个风水宝地，我们就会记录下来，将来寻机会挖掘。有墓就发一笔横财，没墓，就介绍给富户。这座墓是我老师年轻时发现的，便记录了下来。

"不过我老师不热衷掘墓，说此事有违天和，迟早遭天谴。谁承想，还真给这老东西说中了，这次要没恩公出手，老朽怕是永眠地底了。"

我也没能力判断你说的是真是假，作为术士，望气术对你根本没用。这件事的契机是伍号，不是我，知道我是天地会成员的存在寥寥无几，而且，还得满足一个条件，那就是知道伍号行踪，这就排除了人为安排的可能……唉，我都快得监正应激障碍症了。

许七安心里感慨，而后联想到云州遇到的神秘术士，忍不住暗骂一声：术士真是全员老狐狸。

嗯,高品术士。

褚采薇这种脑子不太聪明的女子,绝对是选错体系了,钟璃也是。不过这么说对钟璃有点不尊重,毕竟她虽然倒霉、可怜、没啥主见,但智商明显要比采薇高一个层次。

收拢思绪,他故作好奇地问:"公羊前辈,你们这一脉的术士,祖师爷是谁?"

公羊宿定定地看着他,摇头道:"不知道。"

这就是谎话了,表情特征太明显……许七安佯装茫然,疑惑道:"难道不是初代监正吗?"

公羊宿面色如常,道:"术士起源便是初代监正,至于我这一脉的祖师是谁,老朽便不知了。"

"应该是五百年前脱离司天监的某一派吧。"许七安云淡风轻地道。

公羊宿脸色狂变,他张了张嘴,喉结滚动:"许公子,借一步说话。"

许七安微笑着起身,顺着细流往下走,公羊宿沉默地跟上。脚底踩着鹅卵石,一直走出百米开外,许七安才停下来,因为这个距离可以确保他们的谈话不被金莲道长等人"偷听"。

大家朋友归朋友,我不能把术士体系的秘密透露给你们,除非你给钱。

跟在身后的脚步声停下来,公羊宿死死盯着许七安,脸色严肃,试探道:"许公子,还知道些什么?"

"我还知道当年武宗皇帝能篡位成功,是因为与佛门结盟,佛门助他杀掉了初代监正。"许七安回过身,目光灼灼地望着他。

"……你竟连这也知道,你究竟是什么人?身边跟着一位预言师,又能从古墓邪尸手中脱身。"

"我是谁你不必知道,我只问你,如今的监正,在当年扮演了什么角色?"许七安开门见山,问出困扰自己已久的疑惑。

"呵,这不是很明显的事情吗。若没有高品术士里应外合,佛门想杀一品的术士,岂有那么简单。"公羊宿冷笑道。他的眼神和表情里带着不屑和鄙夷,许七安知道那不是针对佛门,而是当代监正。

我猜得没错,监正当年确实做了二五仔,所以才换来了如今的地位……许七安叹息一声,心里很不舒服。他没有道德洁癖,但对于这种弑师的行为,本能地感到厌恶,无法接受。

"所以,如今流落江湖的术士,都是当年初代监正死后分裂出去的?"许七安没有露出表情破绽,沉稳地问道。

"当年从司天监分裂出去的术士共有六支,分别是初代监正的六位弟子。我这一脉的祖师爷是初代监正的四弟子,品级为四品阵法师。"

许七安忙问道:"你和其他五支术士流派还有联络吗?他们现在如何?"

公羊宿摇摇头:"各奔天涯,哪还有什么联络,再说,为什么要联络?难道是组成秘密组织,对抗司天监?"他苦笑一声,"术士体系需要依附王朝,越到高品越是如此,这也是为什么我们这六支术士会没落的原因。"

这不对啊,我在云州遇到的绝对是一位高品术士,他不属于司天监,而六支派系又无法晋升高品……逻辑出问题了。

许七安沉声道:"我曾经在云州遇到过一位高品术士,最少是天机师,他不是司天监的人。"

公羊宿一愣,眉头紧锁:"这不应该。"

许七安沉吟道:"有没有这样的可能,他投靠了某个势力,就如同司天监依附大奉。"

公羊宿思索道:"这么说的话,佛门、巫神教两者都是有可能的。至于南疆蛮族和北方蛮族,呵,你可能不知道,他们无法凝聚气运。"

不,我知道,院长赵守都告诉我了。

只有佛门和巫神教吗……那术士助我挫败巫神教的阴谋,他对我肯定是抱着恶意的,因为我怀疑税银案背后的术士就是这群人,当然这个猜测有待考证。但是,不管他对我是善意还是恶意,他跟巫神教都不是一路人。

"那么,就只剩佛门了?!"

"我就知道西方的那帮和尚有问题……严谨严谨,现在还是假设,没有证据。许七安深吸一口气,清晰深刻地认识到九州各大势力之间的暗潮汹涌。

"最后一个问题想请教公羊前辈。"许七安道。

"你对我有救命之恩,只要是老朽知道的,知无不言,言无不尽。"公羊宿颔首。

"你可知道监正屏蔽了关于初代监正的一切信息。"

公羊宿"呵"了一声:"预料之中,自古帝王还知晓修改史书呢。"

许七安语气困惑:"可问题是,知晓初代监正存在的人不在少数,比如你我。"

公羊宿略作沉吟,目光望向湍急的细流,斟酌道:"许公子认为,何为屏蔽天机?"

"抹去与某人相关的一切,或者,屏蔽某人身上的特殊?"许七安基于自己的理解,给出回答。

公羊宿收回目光,望着许七安:"那,什么叫抹去相关的一切呢?"

没等许七安回答,他低头,脚尖在地上划了一道,指着痕迹说:"抹去这条印记很简单,任谁都不可能知道我在这里划过一条道。但是,如果这条道扩大无数倍,变成一条沟壑,甚至是峡谷呢?更进一步说,如果这条峡谷横贯在京城呢?"

许七安恍然道:"我明白了,初代监正就是这座峡谷,即使被屏蔽了天机,可它因为影响太大,太醒目,以至于留下的痕迹不可能被抹除得一干二净。"

公羊宿颔首,接着说道:"另外,如果许公子最亲近的人,比如父母,被抹去了存在过的痕迹,那么,许公子会觉得自己是石头里蹦出来的?其他人也会认为许公子是石头里蹦出来的吗?屏蔽天机的法术,也得遵循天地规则,大道至理。如果是最亲近的人,他们会在脑海里留下一个模糊的概念,却记不起相应的细节。"

原来如此,难怪魏渊说,他老是忘记有初代监正这号人,只有回忆司天监的信息时,才会从历史的割裂中记起有一位初代监正!

许七安似有所指道:"你知道的可真多。"

公羊宿问心无愧地笑起来:"不是我知道的多,是我这一脉只知道这些。既然话说到这份儿上,我就再跟你说一些术士体系的隐秘。术士一品和二品非常神秘,即使是我那位祖师,也不知道这两个品级的名称,以及对应的手段。"

许七安缓缓点头:"多谢提醒。"

结束谈话,许七安缓步靠近溪边的钟璃,她正在清洗自己的伤口,并用一块褐色的软膏不停地擦拭着臃肿充血的腿部,直到腿部臃肿略有退去,她取出两根准备好的木棍,撕下一截布条,打算给自己正骨。

许七安突然在她身后大吼一声,钟璃吓得一哆嗦,一根木棍脱手,顺着溪水漂走。

许七安叉着腰,得意扬扬地看着。

"你……"钟璃有些生气,咬着牙碎碎念,"我下次不会去找你了。"

"行了行了,破棍子有什么好可惜的。等回京城,给你换一条银棍。"许七安拉着她起身,把倒霉的五师姐背好,扬声道,"道长,该回京城了。"

俄顷,飞剑和纸鹤御风而去,蹿入高空,消失不见。

背对着夕阳,许七安双手托着钟璃,纵声高歌。

后土帮成员们抬头,目送着高人们离开,心荡神摇。

夕阳的余晖里,后土帮的成员赶到襄城城门口,距离关城门恰好只剩一刻钟。

"快点快点,赶紧找个客栈歇下来,再晚便宵禁了。"病夫帮主催促帮众加快脚步。回头一看,发现钱友没有跟上,而是停在城门处的告示墙边,呆呆地看着上面的官府告示。

"钱友,钱友,你发什么愣,墙上有女人不成,让你这般挪不动脚步。"病夫帮主恼火地大吼。

钱友转过头来,表情复杂得无法用语言形容,结结巴巴道:"帮,帮主,你,你过来一下……"

病夫帮主怒气冲冲地过去,骂道:"墙上要是没有女人,老子就把你剥光了糊在墙上。"他一边怒骂,一边顺着钱友的手,看向墙上的告示。

然后,两人一起愣在了墙边。

"帮主,你俩咋了?"其他成员见状,跟着走过来,心说这墙上也没有绝色美女啊,这两人是怎么回事。

定睛一看,原来墙上贴着一张官府告示:

辛丑年,三月十八日,佛门使团抵京,欲与司天监斗法。打更人衙门银锣许七安出战,破法阵、斩金身、辩佛法,力挫佛门,扬大奉国威。

钱友结结巴巴地说道:"我,我记得恩公的名字,是叫许七安?!"

咕噜!一位后土帮成员喉结滚动。

咕噜……

吞咽口水的声音接连响起。

代表司天监斗法,力挫佛门……公羊宿瞳孔剧烈收缩,他有察觉那位姓许的年轻人身份不一般,可他没料到对方竟是此等人物。

病夫帮主喃喃道:"我错了,错了……我竟天真地以为他是地位最低的武夫,原来,原来他才是真正的大人物。破法阵,斩金身,辩佛法……真乃神人也。"

第 313 章

情报换丹药

夜，星月黯淡，浓雾笼罩。

许七安背着钟璃，在高空俯瞰京城，这座天下第一大城静静地蛰伏在黑暗中。城墙的马道上每隔二十步设立一个高架火堆，用来照明，再加上皇宫、皇城、内城等地的烛火，竟颇为璀璨。

"真漂亮。"趴在他背上的钟璃喃喃道。

"司天监的八卦台，看不到这样的夜景？"许七安笑道。

"没有这么漂亮，而且，老师夜里要观天象，这个时间一般不允许我们上八卦台，采薇除外。"钟璃遗憾地道。

"为什么采薇可以？"许七安诧异。

"也许是因为她最小最笨，所以老师格外偏爱。"钟璃猜测道。

"……"你在说采薇的坏话？没想到你是这样的钟璃。呃，但以这位倒霉五师姐的性格，说的应该是实话。看来采薇脑瓜不太聪明是司天监公认的。

心里想着，许七安转移话题，低声道："我梦里看过一个城市，每逢夜里，便有一盏盏灯在街边点亮，迤逦盘绕在城市的每一个角落；遍布着观星楼这样的高耸建筑，散发着颜色各异的光芒；会发光的马车在街上穿梭，整座城市璀璨又炫目，烛光彻夜不熄，直到天明。"

钟璃听得有些痴了，喃喃道："那一定是仙境。"

许七安没有回答，笑了笑，笑容里有着眷恋和怅然。

飞剑和纸鹤没有立刻降落，而是在外城空中盘旋了片刻，这类似于敲门，给司天监的术士或京中高手反应的机会，让他们知道来者不是敌人，而是自己人。倘若咋咋呼呼地降落，不打招呼，那么京城高手很可能会应激出手。

飞剑和纸鹤在距离城门口不远的僻静小巷降落，众人拱手告别。

昏迷中的丽娜被金莲道长带走了，暂时由他来看护，毕竟金莲是天地会的扛把子，这个责任理当由他来担。

许七安背着钟璃走向城门口的守卫，那里拴着一匹身形矫健、曲线曼妙的骏马。昨夜与金莲道长等人一起出城，他把小马也带上了，途中转交给巡逻的御刀卫，让他们帮忙寄放在城门口，由守城的士卒看管。

"小马，你的主人回来了。"

许七安摸了摸小马的脖颈，解开缰绳，与钟璃骑马返回内城。

从外城门到内城许府，走路得走到半夜，还是骑马比较快，许七安庆幸自己有先见之明。使用自己银锣的特权打开内城的城门，返回许府已经是深夜，钟璃简单地洗漱了一下，用许七安给的木棍给自己正骨。

"很抱歉，都是我的错，你本来可以不受这个苦。"许七安愧疚道。

"明日带我回一趟司天监，老师会替我治好腿伤。"钟璃低着头，揉着腿，小声说，"我要借你的气运规避厄运，自然也得给予回馈，用你的话说，这是等价交换，炼金术不变的法则。"

"钟师姐通情达理，真是太让人感动了……嗯，钟师姐困吗？"

钟璃摇摇头。

啪！许七安把一本空白的册子放在她面前，道："不困的话就帮我码字吧，我把师姐你从襄城背回京城，很累的。等价交换，炼金术不变的原则。"

钟璃蒙了。

许七安一边倒水研墨，一边催促道："快点，我答应过公主，要给她送话本。我都已经鸽了她一天了。"

"哦……"钟璃弱弱地应一声,一瘸一拐地走到桌边坐下,挺直腰杆,握住许七安递来的毛笔。

次日,许七安穿戴整齐,挂好佩刀,送钟璃回娘家。

目送钟璃进了观星楼,许七安忽然听见身后传来冗长的吟诵声:

"海到尽头天作岸,术道绝顶我为峰。"

杨师兄换口头禅了?不是,你在观星楼底下说这样的话,有考虑过监正的感受吗?许七安扬起热情的笑容,回身说道:"杨师兄,找我有什么事?"

"你昨晚似乎出了些问题,需要我帮忙处理一下吗?"杨千幻幽幽道。

许七安有种脊背一凛的感觉,眯了眯眼,瞳光锐利地盯着杨千幻的背影。

他这话是什么意思?他指的是我昨日在古墓中攫取的气运?不可能,杨千幻怎么可能发现我的古怪气运。

惊疑不定之际,只见杨千幻负手而立,说道:"我只是帮老师传话。告诉我你的想法,我去回复。"

我的想法就是揍你一顿!许七安嘴角一抽。

"不出意料,也许我昨晚回京时,监正就在八卦台看出我的异常,不用怀疑,一个登高望远的一品术士,不可能直到现在才发觉。

"监正让杨师兄给我带话,也就是说,他为我屏蔽的天机已经失效?是昨日受了气运冲击的缘故?那我肯定拒绝啊,度厄罗汉回西域去了,我还有什么理由去承受被屏蔽的惩治?这段时间我每去一次勾栏,心里都在滴血。"

想到这里,许七安给出自己的答复:"不用了,替我谢过监正。"

两腿一夹小马,小马哒哒哒地跑开。

赶往衙门的路上,沐浴着清晨朝阳的许七安,突然看见前方一辆马车失控,拉车的马匹似乎受到了刺激,狂性大发,横冲直撞。车夫竭力阻拦,猛拉缰绳,始终无法阻止马匹。马车失控地冲向路边的一位稚童,他正蹲在路边玩耍,母亲在旁边的摊子挑廉价首饰。异变突发,谁都没能反应过来,年轻的母亲听见路人的惊呼,一扭头,看见一辆马车直冲儿子而去,当即发出惊惧的尖叫声。

就在这时,一位穿打更人差服的年轻人鬼魅般闪现,探出手按在马匹的额头。

唏律律……马匹嘶吼着,前蹄跪倒,而那位穿打更人差服的年轻人纹丝不动。

"多谢大人相助,多谢大人相助。"年轻的母亲抱住儿子,喜极而泣,不停地躬身致谢。

看见这一幕的行人,爆发出一片叫好声。

"这不是许大人吗?这不是咱们大奉的英雄吗?"有人认出了他,惊喜地喊道。闻言,又有围观过斗法的路人百姓认出了许七安,高呼道:"没错,是许大人,是许大人!"

这下子,没看过斗法的百姓也知道这位出手救人的俊俏银锣,便是斗法中出尽风头,打压佛门嚣张气焰的英雄。

原来我已经这么受欢迎了吗,这么受京城百姓爱戴了……许七安唏嘘着,拱手示意,骑上小马离开。

身后,高呼"许大人"的声音遥遥传来,经久不息。

但接下来,他又遇到了一起稚童走丢事件,为防止遇到人贩,他在原地等待孩童家人找来,收获了满满的感谢和路人的称赞。

还有一起老奶奶过马路摔倒无人搀扶事件。许七安作为五好青年,遇到这样的事情自然责无旁贷,收获了老奶奶的感谢和路人的称赞。

而后,许七安意识到了不对劲:"为什么我走到哪里,帅就耍到哪里,这不科学啊。扶老奶奶过完马路,是不是还要帮秋家小姐捶李复?"

念头闪过,果然看见街边冲出来一个披头散发的妇人,哭唧唧的,身后追出来一个汉子,扬起巴掌就打,嘴上怒斥:"打死你这个不要脸的女人,打死你这个不要脸的女人,老子这就写休书……"

不对劲！许七安掉转马头，一抽小马的屁股，哒哒哒地往司天监方向赶。

路上，他沉下心来想了想，有了一个较为合理的猜测。原本体内的古怪气运，随着他的修为提升，缓慢苏醒，这是一个循序渐进的过程，因此外在的体现是捡银子，从一钱到五钱。

现在，攫取了玉玺中的气运，宛如拔苗助长，气运失控了。

"钟璃厄运缠身，时刻要防备突如其来的意外。而我是气运缠身，所以我要时刻防备突如其来的各种事件。这可不是好事啊。而且，我不确定这些意外事件是本来就会发生，还是因为我的出现才刻意发生，目的就是为了让我获取声望？"

想到这里，许七安心里自嘲了一声，以后我可以写一本书，叫《我真没想要装》。

快马加鞭地返回司天监，还未下马，身后传来亢长的吟诵声："大鹏一日同风起，扶摇直上九万里。手握明月摘星辰，世间无我这般人。"

余音中，一块紫玉飞到许七安面前，悬空不动。

杨千幻道："老师让我交给你的，他说你会有些小麻烦，这块玉佩可以解决。"

这块玉佩能屏蔽我的气运？接过玉佩审视，此玉状如圆盘，许铃音手掌那么大，触手温润。许七安心悦诚服："监正真乃神人也，他早知道我会回来。"

杨千幻听了，摇摇头："不，是之前就交给我的。"

"……"许七安的表情凝在脸上，"那你刚才为何没交给我？"

杨千幻理所当然地说道："最重要的东西，自然要留到后面出场。正如英雄总是出现在危急关头。"

我受不了了，监正快帮我打死这家伙……许七安心里问候了一百遍杨千幻的祖宗十八代，黑着脸，扬鞭而去。

德馨苑。

许七安和怀庆公主列案而坐,手里捧着热茶,袅袅蒸汽铺在俊朗的脸庞,许七安说道:"听说殿下通读史书,才华不输儿郎。"

怀庆双手交叉叠在小腹,腰背挺直,清清冷冷地反问:"不输儿郎?"那双秋水般清澈明丽的眸子,审视了许七安几秒。

"是卑职形容得不够恰当,不输状元郎。"许七安笑道。

怀庆没再说话,伸出广袖中的玉手,捧着茶杯喝了一口,道:"有何事请教?"

和聪明人说话就是轻松。许七安道:"殿下可知大梁王朝?"

襄城外的古墓探索,属于天地会内部的帮派任务,身为魏渊安插在天地会内部的二五仔,许七安理当向上峰汇报此事,但因为玉玺气运的事,他打算隐瞒。

"以'大梁'为名的王朝有三个,最早的距今大概有三千多年,最近的,则是大奉立国后,前朝余孽在巫神教的扶持下,建立了一个短暂的大梁。十八年后被高祖皇帝所灭。"怀庆想都没想,直接给出答案。

"还有没有更早的?"许七安皱眉。

怀庆摇头。

看来官方史书里确实没有壁画所处年代的记载,这个答案虽在意料之中,许七安依旧有些失望。

儒家出现之前,人族虽也有记载历史的习惯,但多绘于壁画,壁画不易保存,一场战争下来,可能会毁于一旦。真正把修书当作传统,是在儒家出现以后,读书人开始呕心沥血地修书,修史,并将之当成毕生的光荣事业。

"许大人还有什么事吗?"怀庆提醒道。

"没有了。"心里思考着,许七安下意识地摇头。

"没有了?"怀庆的声调微微拔高。

"瞧我这记性,说好要给殿下送话本的。"许七安一拍脑袋,从怀里取出册子,放在案上,道,"昨日家中有事,因此耽搁了。殿下等急了吧。"

怀庆看都不看话本,淡淡道:"几个婢子想看罢了,本宫何来'等急'之说?"

"那没什么事,卑职就先告退了。"许七安还惦记着去临安府约会。

女人真是麻烦,我都没时间好好修炼了……想起临安妩媚多情的容颜,许七安有些迫不及待。

"不送。"

等许七安离开厅里,怀庆提着裙摆起身,径直走到桌边,有些急促地拿起册子,哗啦啦扫了一眼,确认量大管饱,她盈盈眼波里闪过欣慰。

灵宝观。

一只橘猫轻盈地跃上围墙,扫了一眼幽静的小院,从墙头扑了下来。它翘着尾巴,穿过鹅卵石铺设的小径,来到静室门口,抬起爪子,敲了敲门。

格子门自动敞开,洛玉衡清冷的声线传出:"你又来我灵宝观做甚?"

"唉!"橘猫叹息一声,震荡空气,传出沧桑的声音,"师妹,江湖救急,我肉身快不行了。"

"我觉得你挺喜欢现在的肉身。"洛玉衡揶揄道。

"师妹莫要信口雌黄。"橘猫有些生气,义正词严道,"我辈人士,行事不拘小节。"

"废话少说,什么事?"洛玉衡不耐烦了。

橘猫脸上露出人性化的笑容,厚着脸皮说:"想向师妹讨要两粒血胎丸。"

洛玉衡叹息一声:"我只是一个蛊惑君王修道,祸乱朝纲的红颜祸水,我的丹药,都是民脂民膏。师兄不怕吃了以后,业火灼身,身死道消?"

这小气又记仇的女人……金莲道长沉声道:"师妹此言差矣,元景帝欲修道,与你何干?换了心术不正之人做国师,那才是真正的祸乱朝纲。师妹这是心系天下苍生,才接了国师之任,亲自盯着元景帝。不然,朝廷早乱了。"

洛玉衡幽幽叹息："要是天下人都如师兄这般看得清,看得明,那该多好。其实你说得对,既然借了朝廷气运修行,遭口诛笔伐也是应该。"

"那,那血胎丸……"

"一颗血胎丸,三十八两黄金。念在同门之情,我便为师兄抹去零头,给个七十两黄金吧。"

贫道要是有那么多银子,找你干吗！金莲道长猫脸僵硬。

沉吟片刻,金莲道长翻过门槛,进入静室,看着盘坐在蒲团上的绝色美人,商量道："我用情报,换取血胎丸。"

洛玉衡没有睁眼,五心朝上,精致的脸蛋如玉雕,红唇轻启："师兄情报虽多,可我不感兴趣。"

橘猫碧瞳幽幽地盯着她,道："如果是许七安的呢？"

洛玉衡立刻睁开眸子。

第 314 章

许新年会作诗？

"他的事，我并不关心。"洛玉衡眉间轻蹙，不悦道，"你没必要时常用他来刺激我，与谁双修，我自有决断，不劳烦师兄操心。"

她这个样子，就像是不满被长辈强行安排婚姻……橘猫心里轻笑，自然而然地抬起爪子……看了一眼，然后放下来。

"看来师妹对许七安也不是真的不屑一顾，或者，至少他不会让你觉得厌恶？反正我知道你很不喜欢元景帝。"

"没有女子会喜欢一个整天要求与你双修的男人。"洛玉衡淡淡道。

那完蛋，许七安也是这样的人。橘猫心里腹诽，表面稳如老猫，笑道："师妹想和谁双修，无人能替你决定。不过，双修道侣并非小事，不能轻易决定，自当多多观察。我这里有一个关乎许七安的重要信息，或许对你有用。"

洛玉衡态度果然好转，颔首道："师兄请说。"

"其实这个情报，不仅事关许七安，还牵扯到上古人宗的隐秘。"金莲道长说完，措辞片刻道，"伍号是蛊族的小姑娘，这件事你应该知道。前段时间她离开南疆，来大奉历练……"

橘猫爪子动了动，以莫大决心压制住本能，继续说道："但她在襄城附近失联。前天夜里，我召集了叁号、肆号、陆号，一同去寻她，几经探索，在襄城外南山底下的一座大墓里发现了她。那座大墓的主人是人宗的一位前辈，根据壁画记载的信息判断，他出生在神魔后裔活跃的年代，为了借气运修行，斩杀国君，篡位称帝。"

篡位称帝……洛玉衡眉头紧皱："他也是二品？"

橘猫摇摇头道："我原本也是这样认为，后来，他渡劫失败，身死道消。在地底修建了一座大墓。"

"是后人为他修建的吧。"洛玉衡边说着，边倒了杯水，推到橘猫面前。

橘猫低头，伸出粉嫩舌头，呲溜呲溜舔了几口茶水，感慨道："猫的舌头和人差别真大，茶喝起来寡淡无味，浪费了，浪费了。"接着切回正题，沉声道，"问题就出在这里，那道人渡劫失败，肉身却没湮灭，一直沉睡在地宫中。我们进入主墓后，惊醒了他。"

许七安能看见的细节，金莲道长这样的老江湖，怎么可能忽略？那干尸身上的焦痕，以及肉身强度，金莲道长当场就意识到那具干尸就是道人，老狐狸只是假装不知道。

"这不可能！"洛玉衡脸色严肃。

天劫毁灭一切，道门二品若是不能渡劫成功，元神连同肉身会被一同摧毁，不会留下任何东西，上一代人宗道首便是如此。

"我最先也惊讶，但事实就是如此。"橘猫说。

他其实对天地会的成员隐瞒了一件事，地宗道首并非渡劫失败入魔，而是为了应对渡劫，走了歪路，一时不慎堕入魔道。若是渡劫失败，地宗道首早就化作飞灰。

"那干尸出现后，误将许七安认作了主公，并奉上守护多年的传国玉玺……"

"且慢！"洛玉衡抬了抬手，皱着精致的眉梢，"你说他唤许七安为主公？"

金莲道长肯定地点头。

丰腴美艳，似人间尤物，又似清冷仙子的洛玉衡不再说话，花了十几秒消化掉这句话里蕴含的庞大信息，而后缓缓道："你说干尸是那个道人，却又称许七安为主公。他主公是谁，又为何错把许七安认作主公?"女子国师美眸一眨不眨地盯着金莲道长,神情特别专注,收敛了之前云淡风轻的姿态。显然,她无比在乎这几件事,或者,从这几件事里发现了什么端倪。

金莲道长分析道:"我的猜测是,那具干尸是一具遗蜕,真正的道人脱离了躯壳,重塑了新的肉身。"

这里就要涉及道门的修行体系了。

道门三品,阳神!

阳神在道门的称呼里又叫"法身",是法相的雏形。天地人三宗,走的路子不同,但核心是一样的。归纳起来,修行步骤是:先修阴神,再凝炼金丹。阴神与金丹融合,就会诞出元婴。元婴成长之后,就是阳神。阳神大成,就是法相。所以说阳神是法相雏形,又被称为法身。

道门修士到了三品阳神境,已经可以初步摆脱肉身的桎梏,阳神遨游天地,无拘无束,纵使肉身湮灭,只需要花费一定的代价,便可重塑肉身。当然,这不代表肉身不重要,恰恰相反,肉身是踏入一品陆地神仙的关键。阳神进一步蜕变,就是法相,这个时候法相要和肉身融合,重新归一,然后渡过天劫,完成质变,陆地神仙便诞生了。

"既然能留下遗蜕,那说明道人不是一品陆地神仙,既然如此,他如何在渡劫失败后脱身?"洛玉衡眉头紧皱。

"所以只是猜测,看来师妹也不知晓原因。"橘猫惋惜摇头。

"我若知晓原因,父亲便不会湮灭在天劫里。"洛玉衡撇撇小嘴。

"有道理。"橘猫点点头,露出人性化的微笑,"这件事暂且揭过,我们说一说下一个情报。道人渡劫失败后,为自己修建了大墓,命令遗蜕守护一方传国玉玺,里面凝聚着他收集起来的气运。道人告诉遗蜕,他日会回来取走玉玺。那具遗蜕将许七安错认成了道人,双手奉上玉玺。你猜猜后面发生了什么?"

洛玉衡的芳心怦怦狂跳了几下,美眸晶晶闪亮,追问道:"许七安得了传国玉玺?这可真是个好消息,师兄,你这个情报是无价的。"

倘若能从许七安手里交换到传国玉玺,借助里面的气运修行,踏入一品指日可待。她也不用烦恼和臭男人双修的事。晋升一品,逍遥天地间,寿元漫长,她再不用当什么国师,再不用应付元景帝,再不用困在京城。

一念及此,洛玉衡心跳愈发剧烈,呼吸急促。

自人宗成立以来,历史长河中,二品多如牛毛,一品却凤毛麟角。天劫挡住了多少人杰。

"玉玺没了。"金莲道长遗憾道。

洛玉衡神情倏然僵硬,呼吸一滞,尖声道:"玉玺没了?那它在哪儿,留在了墓里,没有带出来?襄城外的山脉是吧,哪座山脉,确切位置告诉我!"她霍然起身,招来飞剑和拂尘,让它们悬于身后。接着,一边往外走,一边朝橘猫探出手掌,摄入掌心。

洛玉衡坐不住了。

"师妹。"金莲道长脖颈被拎着,四肢下垂,一副"你随便折腾我懒得动"的姿态,道,"玉玺不在墓中,你去了也寻不到。"

洛玉衡顿住脚步,睁大美眸,娇斥道:"你这老道,不会一口气把话说清楚。快说,玉玺何在?"说着大袖一挥,把橘猫打了一个跟头。

"玉玺毁了……"橘猫赶在洛玉衡发怒之前,补充道,"内蕴的气运尽数被许七安攫取。"

听到这句话的洛玉衡,当场呆若木鸡。

过了好一会儿,洛玉衡沉默地返回蒲团,盘坐下来,喃喃道:"气运全被他攫取了……"

"如果之前,你认为他的气运不足,那么现在,助你踏入一品应该是板上钉钉的事。当然,与谁双修,要不要双修,是师妹你自己的事。"橘猫温和道。它蹲了片刻,见洛玉衡愣愣出神,忍不住咳嗽一声,提醒道,"不知道这两个情报,值不值两粒血胎丸?"

话音落下,便见洛玉衡袖中飞出两枚瓷瓶,瓷白剔透。橘猫张开嘴,将两枚瓷瓶吞入腹中收好,笑道:"多谢师妹。"它轻盈地跃下桌案,竖着尾巴,摇着猫屁股,欢快地蹿进花圃,离开灵宝观。

洛玉衡宛如一尊雕塑,盘坐了许久,突然,长而翘的睫毛颤了颤,玉美人便活了过来。她抬起胳膊,袖子滑落,白皙玲珑的玉手捻住道簪,轻轻一抽,莲花冠滚落,柔顺的青丝失去束缚,如水般倾泻而下。

国色天香。

"国师,国师……"

这时,提着裙摆,蒙着面纱的女子,小跑着冲了进来,她迈过门槛,看见青丝如瀑,妩媚绝色的洛玉衡,顿时一愣。

蒙面女子呆了片刻,指着洛玉衡,"哦哦哦"地叫道:"你终于想通了,要和元景帝双修了?"说着,还挤眉弄眼,一副看破一切的姿态。

洛玉衡素白的脸蛋微微一红,兰花指捻着道簪,在发丝里轻轻一旋,变戏法似的缠好了发髻,对滚落在地的莲花冠弃之不顾。

"找我什么事?"洛玉衡不动声色道。

蒙面纱女子没有回答,径直走到桌边,翻开一个倒扣的茶杯,给自己倒了杯温茶,咕嘟咕嘟地喝光,舒服地打了个饱嗝。

"王府收到边关传来的信,信上说镇北王已经趋于三品大圆满,最迟明年初,最早今年,就能到三品巅峰。"蒙面纱女子在静室里来回踱步,"大事不妙,大事不妙。"

洛玉衡蹙眉道:"这么快?"她沉吟过后,笑道,"有什么不妙,他晋升二品,你这个镇北王妃的地位,那可就只在皇后之下。宫中的妃子和贵妃,见你也得低一头。"

"谁在乎那些东西呢。"蒙面纱女子说着,忽然蹙眉,"对了,送信回来的是他的副将,那粗鄙的武夫副将还向我询问了佛门斗法之事。"

皇城。

许七安在临安府用过午膳才告辞离开,骑上心爱的小马,思忖着在临安府中的收获。

"果然,象棋对她来说还是太难了,她不怎么喜欢,但却很珍惜我们一起制作的棋盘和棋子……

"龙傲天和紫霞的话本她也喜欢,不过似乎对这一期的内容有点失望?问她哪里写得不好,她也不说,吞吞吐吐。

"今天和临安牵了两次手,一次是教她下棋,另一次是在后池乘船时拉的她,实验证明,只要我不是太赤裸裸地占便宜,她可以适当接受与我有肢体触碰。好兆头啊,友达以上恋爱未满。稳住,稳住,当下,爱情就像马车,临安在里面,我在外面。不久的将来,爱情就像一张床,临安在左面,我在右面。"

很快,打更人衙门在望。

这时,衙门口传来熟悉的呼喊声:"大郎,大郎……"

许七安脸色一僵,循声看去,是门房老张的儿子。

"跟你说过多少遍,在外头要喊我公子。"许七安恼怒地批评了一句,继而问道,"你来衙门做甚?"

外城带过来的下人,依旧保持着过去的习惯,喊他大郎,喊许新年二郎。这让许七安想起了前世,明明早就成年了,父母还喊他的乳名,特别丢人,尤其外人在场的时候。

"府里来了一位姑娘,说是找您的。问她和您什么关系,她也不说。就是一口咬定是找您。夫人让我过来喊您回府。"门房老张的儿子解释道,"但衙门的侍卫不让我进去,又说您今天还没点卯,不在衙门,我只能在门口等着。"

姑娘?许七安回顾了一下诸多女性,首先排除褚采薇,她是许府的老顾客了,隔三岔五地过来玩。

浮香也不可能,无缘无故的,她不会登门拜访,而且婶婶认得浮香。不会是钟璃吧……许七安心里想着,问道:"那姑娘外貌有何特征?"

内城一家酒楼里,云鹿书院的学子朱退之,正与同窗好友喝酒。席上除了云鹿书院的学子,还有几位国子监的学子。

虽然云鹿书院和国子监有道统之争,两边的学子确实存在相互敌视鄙夷的现象,不过也仅限于此。真要说有什么不可化解的矛盾,其实没有,毕竟道统之争对普通学子而言过于遥远。再说,大部分学子连当官的机会都没有,或者只能做个小官。倘若有一方主动结交或者讨好,那么坐在一起把酒言欢还是很容易的。

朱退之近日心情极差,他春闱落榜了,这对心高气傲的朱退之来说,无疑是巨大的打击。尤其是一直以来的竞争对手许新年,竟高中

"会元",愈发凸显出两人的差距。春闱放榜之后,朱退之便与同窗整日流连青楼、教坊司、酒楼,借酒浇愁。

许新年何时有这等诗才?

这个疑惑始终困扰着朱退之,身为同窗兼竞争对手,许新年几斤几两,他还不知?策问和经义确实堪称一流,但诗词写得平平无奇,朱退之自信,论诗词,十个许新年也不如自己。

"想不到啊,今年春闱的会元,竟被你们云鹿书院的许新年夺了去。"一位国子监的学子感慨道,"这对我们国子监来说简直是奇耻大辱,若是换成以前,那还不闹翻天去。可是,如果是许新年,那大家都服气。"

另一位国子监学子直接摇头吟诵:"行路难,行路难,多歧路,今安在?长风破浪会有时,直挂云帆济沧海。每次回味这首诗,都让人内心激荡起万丈豪情,任何艰难险阻,不过尔尔。哈哈哈,喝酒喝酒!"

云鹿书院的学子露出了得意的笑容,许新年高中"会元",他们身为云鹿书院的学子,脸上倍感光荣。

唯有朱退之沉默不语,闷头喝酒。

这时,国子监一位没有说话的年轻学子,瞥了眼朱退之,笑道:"朱兄似乎不太高兴?"

朱退之看了他一眼,此人姓刘,单名一个珏字,很擅长交际,并不因为自身是国子监的学生,而对云鹿书院的学生恶语相向,在京城年轻学子里,人脉极广。此人与自己一样,春闱落榜了。

朱退之不答,摆摆手,继续喝酒。

刘珏不以为意,铁了心要把朱退之拉进话题里,问道:"许会元有此等诗才,为何之前平平无奇,从未听说啊?纵使佳句天成,但能偶得此等传世佳作,自身的诗词造诣也不会太低,可我却从未听说京城诗坛里有一位许新年。"

朱退之嗤笑一声,把杯中的酒一饮而尽,神情不屑道:"别说你没听说,我这个云鹿书院的学子,也没听说过。"

此言一出,国子监学子来了兴趣,顿时看了过来。

刘珏眯了眯眼,语气未变,随口问道:"朱兄此言何意?"

第 315 章

科举舞弊

"许新年会写个屁的诗,我随随便便写几句,就能让他无地自容。当日若非替他堂哥许七安赠诗,紫阳居士的那块玉佩就应该是我的。"朱退之想起当日的过节,骂骂咧咧。

"会不会是科举舞弊?"刘珏试探道。

"胡说八道!"云鹿书院的学子闻言大怒,一个个用眼睛瞪他。

"科举舞弊"这个词在朱退之脑海里浮现,像是瞬间贯通了所有疑问,合理地解释了许新年能写出传世名作,高中"会元"的原因。

旋即,朱退之摇头:"不可能,诗词不是文章,提前得知考题,便能有时间充分准备。刘兄,我让你以《春景》为题,给你三日时间,你能写出一首传世之作?"

刘珏摇头:"在下汗颜,给我三年恐怕也写不出来。"他喝了口小酒,露出饱含深意的笑容,压低声音,"可是,朱兄想一想,如果替他写诗的人,是银锣许七安呢?"

席上气氛一静,不管云鹿书院的学子,还是国子监的学子,都没有立刻反驳,而是在脑海里仔细忖了一下。

是啊,如果是许诗魁的话,若能提前知道考题,别说三日,恐怕一日就能写出来。送别诗和咏梅诗,以及那首在云州"牺牲"前引吭高歌的半首词,都是临阵而作。

云鹿书院的学子更是联想到了张贴在书院功名墙上的《劝学诗》，据书院大儒透露，许宁宴十息成诗，惊才绝艳。

"哼，银锣许七安又如何得知考题？"心里虽然那么想，但嘴上是不会承认的，云鹿书院的学子质问道。

"不知不知，"刘珏摆摆手，笑道，"本就是醉话，瞎猜而已。不过那许七安是银锣，官场流传，此人深受魏渊信任……"

他没继续往下说。

有了这段插曲，云鹿书院的学子没了饮酒的心情，坐了片刻，就起身告辞。擅长交际的刘珏亲自送朱退之等人下楼，然后主动结账，众人在酒楼外各自散去。

一刻钟后，刘珏去而复返，钻进停在酒楼外的一辆马车里。

马车里坐着一位富家翁打扮的中年人，大拇指套着玉扳指，一只手里盘着核桃，另一只手端着茶杯。

"赵管事！"刘珏恭敬地作揖。

中年人颔首，放下茶杯，翻开倒扣在小茶几上的茶盏，倒了杯茶，皱眉道："一身酒味，喝口茶吧。"

"多谢赵管事。"刘珏双手捧着茶盏，呲溜一口喝完，徐徐道，"打听出一些事情了，根据那几个云鹿书院的学子说，许辞旧根本不会作诗，水平稀烂。那首《行路难》十有八九是别人捉刀代笔。当然，我也没有证据。"

中年人闻言，露出了满意的笑容，哂笑道："不需要证据，有这个就够了。"

外城，种着杨柳的院子里。

刚吞服了血胎丸的金莲道长，沐浴在春日融融的阳光里，感觉身体不再阴冷，不再往阴物方面转化，体内虽残留些许阴气，但靠另一颗血胎丸足以消弭。

"这具肉身与我元神并不契合，用不了太长时间，好在造化金莲成熟在即，莲子可以为我重塑肉身，我也该离京了，希望到时候不会出意外。"

金莲道长在心里祈祷。

"大郎,那,那姑娘好像不是大奉人士。"门房老张的儿子想了想,形容道,"是个黑皮的丑姑娘,眼睛还是蓝色的。头发也难看,带着卷儿。"

伍号?!她来我家干吗,金莲道长让她来的?那她知不知道我是叁号的事?

金莲道长请他帮忙寻找伍号,而不是请叁号,尚可以用"叁号品级太低"来掩盖。毕竟儒家的言出法随越到后期,实力越恐怖,但前期的品级里,九品到七品都是垃圾,到六品儒生境,可以抄录别人的技能,才具备相当可观的战力。在楚元缜和恒远看来,虽然叁号许新年聪明绝顶,但真正有需要的时候,还是战力彪悍的堂哥许七安更靠谱。

看来今天只有旷班了……许七安颔首道:"我知道了,待我请假过后,再与你一同回府。"

请假之后,许七安坐在马背,小跑着往许府方向去,门房老张的儿子小张,小跑着跟在一旁。两刻钟后,抵达了距离衙门不远的许府,许七安把马缰交给小张,径直入府。

刚进外院,就看见厨娘们端着一碟碟的热菜和馒头、米饭,往内院走去。

"大郎回来啦。"厨娘们松了口气,边说着,边把目光投向内院,"府上来了个姑娘,说是找你的,问和你什么关系,她自己也说不清楚,叽里咕噜的,十句话里九句听不清。"

十句话里九句听不清,伍号的南疆口音有点重啊。许七安吐槽着,与厨娘一起进了内院,远远听见内厅传来许玲月温柔的声音:"丽娜姑娘从南疆远道而来,找我大哥何事?"

"不是来找你大哥的,是来找几位朋友,顺便历练……"一个口音很重的声音响起,说着半吊子的大奉官话,不过声音宛如银铃,清脆悦耳,甚是好听。

"就是说你不认识我大哥?"

"不认识。"

三言两语就摸清底细了,这个姑娘不太聪明的样子,和大哥也没关系……许玲月热情地招待丽娜。

婶婶坐在不远处的椅子上,眉头轻蹙,目光略带敌意地审视着丽娜。这个外族女人真能吃啊,半个时辰里,吃掉了家里三天的口粮,兑换成银子的话,都,都好几两了吧?这还是特意让厨娘准备一些米面馒头和素菜,要是大鱼大肉的话,得吃掉多少银子?谁家养得起这种姑娘。

"丽娜姑娘,你来我府上做甚?"

许七安踏入门槛,一脸诧异地审视着南疆来的小蛮妞。相比起昨日受伤的苍白脸色,她现在气色红润,眸子明亮,似乎伤势已经痊愈。

"金莲道长让我来找你,说在京这段时间,我便住在你这里了。多谢许大人救命之恩。"丽娜赶忙放下筷子,咽下食物,大大方方地端详着许七安。

她原以为自己来了京城,接待她的要么是金莲道长,要么是叁号,或者是肆号、陆号。谁想,最终居然住进了一个陌生男子家中。

昨天的事,金莲道长已经告诉她,丽娜知道这位皮相极佳的年轻银锣是自己的救命恩人。既然是道长信赖的朋友,那丽娜也就十分信任他。

她喊我许大人,而不是叁号……许七安盯着丽娜看了片刻,无法从那双澄澈无邪的碧眸中看出端倪。

金莲道长为什么要把她安排在我身边?这有何深意?

老狐狸做这件事之前没与我商量,按照我与老狐狸们打交道的经验判断,事先商量,则没有某种谋划。事先没商量,则必有深意。

于是,许七安问道:"道长还与你说了什么?"

丽娜啃了口馒头,含糊地说道:"金莲道长说你是他在京城结识的挚友,让我安心待在府上便成。"咽下馒头,她有些气愤和委屈地说道,"道长说我太能吃,养不起我。"

啊……许七安脸色呆滞,原来金莲道长把她送到我这里的原因,是因为太能吃养不起?这还真是个无懈可击的理由,同样的道理,住养老院的陆号和吃住都靠故友接济的肆号,也养不起南疆小蛮妞。

该死,被当成狗大户的感觉好不爽!许七安叹息一声:"原来如此。"

咳咳!婶婶用力咳嗽一声,彰显出她当家主母的存在感。

但许七安不搭理她,自顾自地道:"行吧,我马上让人给你安排房间。"

"许宁宴!"婶婶气得嗷嗷叫,从椅子上起身,掐着小腰,怒目相视,"我是你婶婶,你,你难道没想过和我商量一下?"说着,目光频频瞟向杯盘狼藉的餐桌,告诉倒霉侄儿,这姑娘是个无底洞。

这……许七安顿时犹豫,婶婶考虑得很有道理,京城物价贵,这姑娘这么能吃,委实太耗银子。而且,我最近的气运发生变化,不再捡银子了,改成积累声望,然后,魏渊又扣了我的工资。

"大哥你忘了鸡精吗?"这时,许玲月开口了,她给许七安算了一笔账,"京城的盐运衙门去年开出去盐票两千斤,获利五千两,其中大哥占一成,得五百两。这银子您还没从司天监要回来呢。我问了盐运衙门的吏员,朝廷打算在今年开设至少十座作坊来制作鸡精,等今年年尾结算时,这将是一笔难以想象的巨额财富。所以,咱们家已经不缺银子啦。"

许玲月说的"盐票",单指鸡精。现在鸡精和盐一样,成了朝廷的重要战略物资。去年鸡精横空出世,还无法大规模生产,但今年扩大生产规模后,其中利润无法估量。

你不说我还真忘了……肯定是监正那个糟老头子屏蔽了鸡精,让我想不起来,他想坑我银子。

丽娜完全没听懂,但觉得很厉害的样子,她从南疆千里迢迢来京城,知道一个铜板能买什么,一钱银子能买什么。同时,也知道赚取银子是何等困难的事。下意识地,她看向了这位"许大人",眼里流露出纯粹的崇拜,就像小姑娘看见邻居家的哥哥烫着泡面头,穿着牛仔裤,腰上悬一条装饰铁链,在自家院子里跳街舞。"

"我怎么不知道这事儿。"婶婶狐疑道。

"婶婶不知道吗,我让玲月告诉你了。"许七安顺势看向妹妹。

许玲月一脸茫然:"娘许是忘记了吧。"

婶婶张了张嘴,说不出话来,她不确定自己是不是忘了,对这么大一块"利润"毫无印象。

这时,丽娜带着崇拜的语气问道:"请问许大人高姓大名?"这样的问话方式是她在大奉浪迹江湖时学会的。

"许七安!"

"许,许七安?"丽娜歪着头,想了半天,忽然一声尖叫,"你就是许七安,你不是死在云州了吗?"

婶婶和许玲月狐疑地看了过来。这位外族姑娘自称认识许七安,却又不知道他死而复生的事,那,她来府上做甚?

"借一步说话。"许七安拉着丽娜走出偏厅,行到花圃边停下,解释道,"我并没有死,是李妙真弄错了。嗯,其实我是天地会的外围成员,虽然没有相应的地书碎片,但对你们的事了如指掌。"

"难怪金莲道长让我来找你呢。"丽娜露出开心的笑容,很轻易就相信了许七安的话,没有任何质疑。

真好骗……许七安严肃道:"这是个秘密,你不能对外泄露,哪怕是天地会内部也不行。"

"好!"丽娜嫣然一笑,用力点头,她笑起来时很明媚。南疆炎热,丽娜的肤色是健康的小麦色,但按照崇尚肤白貌美的大奉审美观看来,这就是个小黑皮。

"吃饭去吧。"

如果世上人人都像伍号这样单纯天真,该多好……许七安望着丽娜蹦跳活泼的背影,由衷感慨。

他还有很多事情要问伍号,比如她是如何知晓捡银子的是叁号自身,而不是无中生"友"。

不急,性格单纯的人通常比较执拗,说保密就肯定会保密。但吃人嘴软,等她在家里多吃几天,但凡她有点良心,就知道白吃是不对的。

内阁。

穿绯袍的王贞文伏案批阅折子,他已经坐了两个时辰,中途上过几次茅厕,其余时间全部投身在公务上。

内阁相当于皇帝的私人秘书,权力极大,远高于六部。朝廷大大小小的奏章,甚至百姓给皇帝提出的建议,都由通政使司汇总,司礼监呈报皇帝过目,再交到内阁。内阁负责草拟处理意见,再由司礼监把意见呈报皇上,皇上决定如何处理,最后由六部校对下发。

到了元景帝这一朝,通政使司直接把奏折转交内阁,内阁草拟处理意见,最后再转交给元景帝,中间省略了一道流程。

这是因为元景帝认为,中间多出来的流程妨碍他修道。

恰恰是中间省略的这一道流程,猫腻最多。因为这样一来,元景帝看到的,就只是内阁让他看到的折子。

当然,元景帝虽然不是好皇帝,但他是个擅用权术的皇帝。为了扼制文官权力过大,架空皇权,他想了一个两全其美的办法。

这个办法名叫"魏渊"。

从大格局来说,各党派与魏渊党势如水火。从小格局来说,各党派之间厮杀惨烈。元景帝稳坐钓鱼台,负责维系平衡,安心修道。

王贞文打开最后一份奏折,看完上面的内容后,他沉吟着,静坐许久。然后,取出一张纸条,写下自己的建议,贴在奏折上。

做完这一切,恰好黄昏散值。

到了晚上,许府餐桌上多了一位许铃音的生死大敌。

对于这位横空出世的姐姐,许铃音又爱又恨,爱是因为"姐姐"来了之后,家里的饭菜多了数倍。恨是因为,这个大姐姐吃得实在太多了,自己根本吃不过她。

许二叔沉着脸,审视着丽娜,扭头问侄儿:"她是不是南疆蛊族的人,力蛊部的?"

丽娜从碗里抬起脸，嘴角沾着饭粒，脆声道："我是力蛊部的，许二叔怎么知道？"

谁是你二叔！许平志冷哼一声。

当年山海关战役，他亲身经历了大战，见识过力蛊部族人的可怕膂力，他们的特点就是能吃。一位精壮的力蛊部族人，一天吃下一头牛也是常事。

当年魏渊从来不俘虏力蛊部的族人，都是直接杀的，节省粮草。

"大哥，与你说件事。"许新年突然开口。

"早知道你有事，眉头没松过。说说看。"许七安一边跟丽娜抢肉吃，一边回复堂弟。

"王家大小姐明日约我游湖。"许新年警惕地道。

"你怎么看？"许七安沉吟道。

许新年呵一声，放下筷子，不屑地道："无非是两个原因，要么出于私仇，想为那刑部尚书的侄女找回场子，要么是王首辅不想放过我，又暗中憋坏。"

"那你觉得是哪一种可能？"许平志接过话茬儿。

许新年想了想，遗憾道："虽然我将来或许会成为王首辅的心腹大患，但不至于被他这般惦记，我觉得是王小姐想使坏。"

闻言，许玲月放下筷子，小脸严肃："二哥，你不擅长对付女人，我随你去。"她连忙看了一眼许七安，又改口道，"虽然人家也不会那些乱七八糟的争斗，但女人还是最懂女人的。"

许新年对大妹妹的智商发出嘲笑："谁说我一定要去的？是王小姐邀请我游湖，不是王首辅，既然如此，男未婚女未嫁，一起游湖有失体统，我拒绝便是。兵法云，敌进我退，势弱，不可撄其锋。"

不错，处理得还行。许七安颔首："你都决定了，还问我做甚。"

一家人边吃边说，气氛融洽。

次日，元景帝结束打坐，研读经书半个时辰，服饵，然后养神一炷香，早课就算结束了。这个时候，他才会抽出点时间批阅奏折，不会耽误太长时间,因为内阁已经做好"票拟",他只需要批红就可以。

他打开第一份折子,是新任的左都御史的奏折,内容是弹劾东阁大学士赵庭芳收受贿赂,向云鹿书院学子许新年泄题。折子里还举证说,乡试时,该学子诗词属四等(最低五等),又怎么可能写出《行路难》这样的传世之作。看到这里,元景帝本来没在意,诗词不是文章,文章泄题的话,性质非常严重。诗词要轻一些,即使你知道考题,却发现找一位诗才比得到考题还难。

但随后,奏折里提到,此学子有一位堂兄,是打更人衙门的银锣,叫许七安。而众所周知,许七安是大奉诗魁。

看完奏折,元景帝瞳孔锐利了起来,但他没发表意见,随后揭下内阁的"票拟",上面写着内阁的建议:"科举为朝廷选士寻贤,自古以来,便是重中之重。科举舞弊不可容忍,望陛下严查。"

元景帝沉吟片刻,提笔,批红。

第 316 章

办法

元景帝把批红后的折子,轻轻丢给老太监,笑道:"大伴,你给朕说说,这会元许新年,到底有没有舞弊?"

老太监接过折子,飞快扫了一眼,然后说:"老奴愚钝,不过老奴觉得,此事确实有蹊跷。"

元景帝盯着他看了几秒,吩咐道:"责令府衙和刑部处理此案,务必查个水落石出。"等老太监领命退下,元景帝坐在龙椅上,望着御书房外的蓝天,忽然一笑,"一箭三雕。"

蟒袍老太监离开御书房,低头疾走,行出百米,他心惊肉跳地拍了拍胸膛,脸色阴沉:"批红了还问我。魏渊啊魏渊,不是咱家不帮你,咱家的命最重要。"

不久后,宫中的谕令分别传到了刑部和府衙。

刑部孙尚书似乎早有预料,接到谕令后,立刻遣人捉拿许新年。

陈府尹收到宫里传来的谕令,叹息摇头:"长风破浪会有时……就怕一个大浪打过来,打得你船毁人亡啊。"他当即喊来少尹,沉声道,"立刻派人捉拿许新年,带回衙门审问,务必要抢在刑部之前拿人,派人去通知一下许银锣。"

许府。

春日和煦，许新年让人把书桌摆在树荫下，阳光透过枝叶，斑驳地晃动在桌上、书上，以及他俊美无俦的脸上，手边还有茶盏和糕点。

婶婶带着许玲月和许铃音姐妹俩，以及借宿在家里的丽娜，正准备出门去玩。丽娜看见树下的许新年，大方地称赞道："许二郎长得真俊俏，要是在我们部落，婆娘们会为了抢他打得头破血流。"

婶婶瞬间警惕起来，像是看到了一头企图拱自己家白菜的母猪。这个南疆的小黑皮是在暗示吗，她对二郎有意？呸，痴心妄想，癞蛤蟆想吃天鹅肉。婶婶美眸剜了丽娜一下，催促道："时间不早了，早些出门吧。"

这次出行不带扈从，一百个扈从也抵不过一个南疆小黑皮，小黑皮的实力，是得到许二叔和许大郎认证的。婶婶也目睹了小黑皮把一块拳头大的石头，轻而易举地捏成齑粉。

丽娜顿时把俊俏的许二郎抛之脑后，兴冲冲地往外走，她迫不及待地想逛一逛大奉京城，以前在南疆时，便时常听部落里的长辈们说起大奉京城——世上最繁华的城市。

死丫头吃得多，还对我家二郎起歪念，我得想办法把她赶走……婶婶暗暗心想。这个从天而降的外族女子，激起了婶婶的排外念头。

她正谋划着怎么赶走外族女子，视线里，看见一伙官兵冲了进来，把门房老张推倒在地，直奔内院而来。

为首的一位捕头，手里拿着画像，对照了一下，指着树荫下看书的许新年，喝道："此人便是许新年，拿下！"

"你们是什么人？凭什么抓我家二郎！"婶婶大惊失色，出于护犊心理，她没作犹豫，竖着眉头挡在官兵面前。

"刑部拿人，你敢阻拦？一并带走！"那捕头大手一挥，吩咐手下缉拿婶婶。

两名官差当即上前，取出绳索就往婶婶头上套。

砰！丽娜上前一步，轻轻推在两名官差的胸口。

"啊！"两声惨叫里，官差飞了出去，摔得七荤八素。

锵！官差们纷纷抽出了兵刃，刀口指着丽娜，南疆的小蛮妞舔了舔嘴唇,有些兴奋,这些人她能在十息内全部杀死。

婶婶惊魂未定般躲到丽娜身后,忽然发现这个小黑皮竟如此可靠,值得依赖。

"住手。"许新年呵斥一声,放下书卷走过来,目光冷冽地扫过众官差,沉声道,"我是会元,有功名在身,你们擅闯我府邸,妄动刀刃,这是大罪。"

这时,两名被打飞的官差揉着胸口站了起来,捕头见他们并无异常,略作沉吟,收了刀,取出一份牌票,道:"我们是奉了刑部的命令,带许会元回衙门问话。"

许新年皱眉道:"许某犯了何事?"

"许会元随我们走一趟就知道了。"捕头大手一挥,喝道,"带走!"

丽娜刚想出手,但被许新年制止,他迎上刑部的官差:"我跟你们走。"

婶婶和许玲月一直追到府外,直到官差押着许新年消失在街口。

丽娜小声说:"许二郎也抢银子啦?"她知道抢银子是要被官兵捉拿的。

这个时候,门房老张牵来了许新年的马,道:"夫人,小姐,老奴这就让人去通知老爷。"

婶婶和许玲月同时转身,叫道:"去找大郎(大哥)!"

"什么?刑部的官差来府上捉拿二郎?"打更人衙门里,收到消息的许七安愣住了,有些猝不及防。

"大郎,您快想想办法,夫人和小姐急得都哭了。"门房老张的儿子神色焦虑。

"为何捉拿?"

老张的儿子摇头,说:"突然就冲进来一批官兵,还把我爹推了个跟头,抓了二郎就走。"

"我知道了,你先回去。"许七安吩咐道,"告诉婶婶和玲月,让她们别急,我会处理这件事。"

"大郎,您得亲自回去和她们说呀。"门房老张的儿子说道。

许七安点点头,挥手把他打发走,坐在桌案边,沉吟片刻,他起身离开一刀堂,打算走一趟刑部,先弄清楚刑部为何要捉拿许二郎。

总不会是刑部尚书为了给侄女出气,刻意找碴儿吧?如果是这样,那反而好解决。二郎有功名在身,一般的小事奈何不了他,但根据朝堂大佬们的行事风格,就算是为侄女出气,也不会毫无道理地抓人,必然是抓住了把柄,有把握一击必中,这才出手的。所以,二郎必定惹上了什么事,只不过我还不知道。

心里想着,他出了院子,正要转头去马棚牵马,便看见府衙的总捕头吕青带着两名快手,步伐匆匆地进了院子。

"许大人。"双方迎面碰到,吕青面露喜色,继而被焦急代替,连声道,"府尹让我来通知你,许会元有难。"

"我知道,他不久前已被刑部的人带走。"许七安沉稳地点头。

"看来还是刑部的人快了一步。"吕青叹口气。

"吕捕头里边请,正有事要请教。"许七安打消了去马棚的念头,引着吕青返回一刀堂。

吕青接过吏员奉上的茶水,象征性地抿了一口,开门见山道:"陛下降旨,要查许会元科举舞弊。"

"科举舞弊"四个字,让许七安眉心一跳。

二郎那首《行路难》确实是我给他的,但这算不算科举舞弊?考题是我押中的,押题这种事,朝廷不支持,但也从未禁止,儒林里常有押题的习俗,严格来说,不算舞弊。

不,问题本身不是舞弊。

许七安嗅到了阴谋的气息,沉声道:"是陛下要查?"

吕青看了眼堂内的吏员,低声道:"本官不知,许大人也莫要妄加揣测。"

"是我失言了。"

但这一点很重要啊,如果是元景帝想搞二郎,那就不好处理了,二郎的前程几乎毁于一旦。货与帝王家,帝王家不要,读书人就废了。许七安心说。

"多谢吕捕头提醒,本官急于处理此事,不便留你。"

"许大人送一送我吧。"吕青意有所指。

两人离开一刀堂,并肩往府外走,吕青压低声音,说道:"许大人最好去一趟刑部,人到了刑部手里,就任人拿捏了。迟了,恐怕什么都招了。言尽于此。"吕青自幼习武,在府衙任职多年,类似的案件见过不少,对官场上的猫腻一清二楚。

送走吕青,许七安扭头进了浩气楼,求助魏渊。

直觉告诉他,这件事没有那么简单,官场上的钩心斗角,门门道道,他缺乏经验,段位也不够,好在有一条大粗腿可以抱。

进了浩气楼,茶室里,许七安把事情告诉魏渊,求助道:"请魏公教我。"

魏渊握着茶杯,沉吟道:"我没有收到宫里来的通知,这意味着陛下不想让我知道,至少不想让我即刻知道。"

许七安脸色一变:"是陛下要搞我?"

"搞这个字何其粗俗。"魏渊嫌弃道,随后摇头,"你们许家兄弟,还不够格让陛下亲自下场,应该是遭人弹劾。

"至于目的,首先,按照历届科举舞弊案的例子,既然是舞弊,那必定有考官泄题。本次春闱三名主考官,分别是东阁大学士赵庭芳、右都御史刘洪,以及武英殿大学士钱青书。其余小杂鱼暂且不顾。三位可能泄题的主考官中,钱青书先排除在外。"

许七安皱眉:"为何?"

魏渊回答:"弹劾奏章要先过内阁,内阁是王贞文的地盘,而钱青书是王贞文的人,懂了吗?"

王首辅没有把奏章打回去,那说明此事与钱青书无关……许七安点头:"懂了。"

魏渊继续道:"其次,你堂弟许新年是云鹿书院的人,朝堂虽党派林立,但共同压制云鹿书院的士子,是所有文官心照不宣的默契。这,就是本次科举舞弊的主要原因。"

"云鹿书院的大儒,没有提醒我啊?"许七安皱眉。

"遭遇压制是必然的,但未必会以科举舞弊为由,即使许新年中了状元,依旧可以把他扫到犄角旮旯。招无定式,方法太多,如何防备呢?"魏渊摇头。

"最后,许新年是你堂弟,你是我的心腹,遇到关乎前程的大事,你会不会向我求助?我若是不应,我们之间必生嫌隙。我若是应了,后续的招儿就来了。"魏渊冷笑道,"咱们这个陛下,乐意看到我和文官们争斗,所以宫中的消息没有传出来。"

一箭双雕……不,如果还有那位泄题的考官,背后的人,是一箭三雕。至于二郎,牵扯到科举舞弊案,无外乎三种结局:一、证据确凿,流放或斩首;二、证据确凿,但罪责较轻,革除功名,终生不得录用;三、查后无罪,但错过殿试,名声尽毁。

许七安深吸一口气,头大如斗。

读书人真恶心啊,有什么矛盾,咱们拔刀拼一场,一决雌雄,多干脆利索,尽搞这些鬼祟阴毒伎俩。

"魏公,我该怎么做?"许七安虚心求教,论破案,他信心十足。论官场争斗,那他就是一个白银直面一群王者。

幸好我身后也有一位王者巅峰级的大佬啊。

"我可以下场,但这样一来,许新年就是我的人了,身上的标签这辈子都洗不掉。"魏渊喝着茶,目光温润地看着他。

这件事很麻烦,即使魏公出手,帮二郎脱身,恐怕也要伤筋动骨吧,毕竟对面不是一个党派,很可能是多个党派之间的默契。而且,二郎如果跟我一样成了阉党,那还不如让他背井离乡,离开京城。

许七安眉头紧皱,静坐许久,涩声道:"魏公,还有没有其他办法?"

"有!"

这个回答让许七安既惊喜又意外。

但魏渊话锋一转,摇头道:"但你办不到。"

第 317 章

如何破局

两刻钟后,许七安踏出浩气楼,站在楼底,闭目凝神片刻,毅然离开。

离开衙门,骑乘小马,沿着宽敞到难以想象的内城主干道,快马加鞭地奔向刑部衙门。

主干道宽一百多米,直达皇城,是皇帝出行时走的路。这种宽度主要是为了防止刺客埋伏在路边,一旦遭遇冷箭和刺杀,如此宽敞的道路便能为禁军提供充足的缓冲时间。

不多时,抵达刑部衙门。

许七安远远地看见许二叔的身影,他披甲持锐,应该是巡街的时候收到消息,便立刻赶来。

许二叔被刑部衙门的守卫拦在了大门外。两名守卫大声呵斥,其中一个伸手猛推了许二叔一下,许二叔也不敢还手,踉跄后退。

"怎么,一个小小的御刀卫百户,敢强闯刑部衙门?"一名守卫指着许平志的鼻子骂,"再不滚别怪老子动粗。"

炼气境的许平志硬忍着,憋屈地握紧拳头,沉声道:"我是许新年的父亲,我有权利探监。"

另一个守卫嘲讽道:"科举舞弊重犯,不得探视,这是一直以来的规矩。你这个不识字的匹夫,懂个球。"

许平志确实不知道,科举舞弊相关的案子离他过于遥远,接触不到。

"那你们还向我要三十两?"许平志眉毛扬起,怒火如沸。

"就坑你怎么了,这里是刑部衙门,你还敢动手不成。你动一个试试。"守卫冷笑道。

"呸。"另一个更干脆,一口唾沫吐向许平志。

许平志急忙避开,两名守卫猖狂大笑。

呼……许二叔缓缓吐出一口气,看了眼衙门里走出来的两列士卒,显然,只要他敢在刑部衙门口闹事,今儿就吃不了兜着走,白白将把柄送到人家手里。

"滚!"守卫睥睨着,呵斥道。

哒哒哒……突然,急促的马蹄声传来,循声看去,一匹矫健的骏马疾冲而来,悍然冲撞刑部衙门,撞向横眉竖目的两名守卫。

砰!其中一个守卫避之不及,被小马撞中胸口,重重摔飞出去,挣扎了片刻,缓缓倒地,受伤不能再起。

竟然真有人敢在刑部衙门口行凶?

"宁宴。"许平志见到侄儿,如释重负。

锵……拔刀声连成一片,衙门里的守卫听到动静,纷纷持刀奔出,要把敢在刑部衙门闹事的家伙千刀万剐。

可他们看清马背上高坐的银锣是许七安后,一个个哑火了。为首的守卫收回刀,抱拳沉声道:"许大人,这里是刑部衙门。您要知道,冲撞刑部,打伤守卫,轻则入狱、流放,重则斩首。"

许七安不理,翻身下马,一脚踹翻那名腿脚利索,避开小马冲撞的守卫。

"哎哟……"那守卫惨叫一声,翻滚在地。

许七安摘下腰后的佩刀,拎在手里就是一顿抽打,刀鞘抽打皮肉发出的闷声,让人心惊肉跳。

守卫惨叫连连。

"许大人!"

"叫我子爵大人。"

守卫头目噎了一下,假装没听见,大喝道:"你真当刑部没有高手,真不怕陛下降罪,不怕大奉律法吗?"

"你尽管放马过来,这点破事摆不平,我许七安在京城就白混了。"许七安冷笑一声,挥舞刀鞘继续抽打。

那守卫最开始还能躲避或抬手抵挡,被抽了十几下后,双眼开始翻白,奄奄一息。

守卫头目咬紧牙关,握刀的手背青筋绽跳,却不敢真与狂妄的银锣动手。

当日斗法的景象历历在目,许七安的声势还没散去,这个节骨眼上,等闲人不敢与他硬碰硬。最关键的是,此人有免死金牌护身,纵然在刑部衙门口大杀一通,最后也不过是罢官革职,性命无忧。

见守卫还剩一口气,许七安罢手,把佩刀挂回后腰,淡淡道:"三十两银子,就当是两位请大夫的诊金,以及汤药费。"出完气,他盯着守卫头目,道,"进去通传,我要见许新年。"

闻言,侍卫头目没有拒绝,也没回应,用眼神示意手下把两名伤者抬进衙门治疗,深深看了眼许七安,退回了衙门内部。

俄顷,侍卫头目返回,道:"孙尚书有请。"

许七安把缰绳拴在衙门口的石狮子上,回头招呼:"二叔,我们一起进去。"

许平志沉默地跟上,两人进了衙门,穿过前院、回廊,许二叔张了张嘴,想说点什么,但选择了沉默。守卫带着叔侄俩进了偏厅,偏厅的主位上,坐着穿绯袍的孙尚书,此时脸色严肃,面无表情地等待着。

"见过孙尚书。"许七安抱拳。

孙尚书目不斜视,眼里似乎没有许七安,淡淡道:"少了两个字。"

盯着孙尚书看了几秒,许七安弯曲了脊椎,以下级面见上级的语气,抱拳道:"卑职见过孙尚书。卑职想见一见许新年。"

见到这一幕,许平志的眼睛突然有些发酸。

孙尚书露出满意的笑容,道:"科举舞弊是大罪,家属探视乃人之常情。"突然,话锋一转,"不行。"

"……"许平志咬牙切齿。

说完,孙尚书不再看叔侄俩,端起了茶盏。在官场上,话说到一半,主人端茶却不喝,代表着送客。

"不打扰孙尚书了。"许七安转身离开。

望着叔侄俩的背影,孙尚书淡淡道:"院子里有几根荆条,听说许大人修成佛门金身,有没有兴趣试试。"

许七安头也不回地走人。

许平志边走出刑部衙门,边骂道:"这浑蛋尚书,还想让你背荆条请罪,老子就是拔刀砍了他,也不会答应。"

"二叔怎么来得这么快?"许七安问道。

"是你来得太慢了,我收到消息后,便立刻回家安抚你婶婶和玲月,结果完全没用……"许二叔头疼道,"就知道哭哭哭,唉,宁宴,这事如何是好?"

许平志虽是粗鄙的武夫,但国子监和云鹿书院的"过节",他是知道的。来的路上,努力分析了一波,觉得二郎入狱,十有八九和这事有关。

"这件事非常复杂,二叔你先回去,我还有事办。"

许七安不想浪费时间,跨上小马,哒哒哒地顺着街道跑远。他的脑海里,浮现出魏渊的话:第一步,你要阻止刑部屈打成招,府衙的陈府尹为官油滑,左右逢源,一旦此事坐实,他多半不愿得罪孙尚书。

"孙尚书对我恨之入骨,科举舞弊案正好给了他报复的机会,甚至,这就是他推动的。再不济,也是参与者之一,想让他善待二郎,几乎是不可能的事。"

小马跑出一层细汗,气喘吁吁,终于在外城一座院子停了下来。

"道长,道长,江湖救急。"许七安推开院门,直奔里屋,看见金莲道长安详地躺在床上,像是睡着了一般。火急火燎的他,见到这一幕,嘴角忍不住抽搐。

有过上一次小马爱的后踹,以及有求于人的目的,许七安没有用物理方式唤醒金莲道长,坐在桌边默默等待,三分钟不到,门口出现了一道纤细的影子。

"什么事?"金莲道长蹲在门槛,声音温和平静,似乎已经习惯用这副模样交谈。

"我堂弟许新年被卷入科举舞弊案……"许七安简单地讲述了事情的来龙去脉,而后说道,"道长,我需要你的帮助。"

橘猫琥珀色的瞳孔幽幽地凝望,震动空气,说道:"我对大奉官场了解不够,无法给你提出有效建议,这件事你不该找我,魏渊才是政斗高手。如果政斗分品级的话,魏渊是二品。"

本来很焦急的许七安听到这个话题,忍不住接了下去:"只是二品,那谁是一品?"

橘猫笑呵呵道:"自然是元景帝,论帝王心术,元景帝已经登峰造极。魏渊和王贞文都有望政斗一品,但他们理念不合,政见不同。元景帝特意把两头猛虎放在朝堂上,自身真正地坐山观虎斗。"

有道理啊……等等,你不是说对朝堂情况了解不多吗?许七安心里骂着,嘴上则问:"那道长觉得,政斗有超越品级的存在吗?"

"当然有,"金莲道长抬起爪子,舔了舔,说道,"政斗的最高境界,就是武力压服一切,一言九鼎,无人敢违逆。每一任开国皇帝都是如此。"

道长好像渐渐被猫的习性影响了……果然,任何生物,其实是身体控制着大脑,身体分泌的激素决定了你要做的事。饿了要吃饭,困了要睡觉,渴了要喝水……

这时,橘猫叹息一声,放下爪子,幽幽道:"你似乎很喜欢在生与死的边缘徘徊。"

并反复横跳?许七安脑海下意识闪过这句话,然后连忙把话题转回来,说道:"道长,我想请你帮个忙……"

顺着京城外的运河,往南,在城郊十里处,有一片湖,烟波浩渺。两岸青山环绕,湖中荷花成片,景色极为秀丽。湖边还有炊烟袅袅的农家、茶馆和酒楼。因为此地就在京郊,乘船便能到达,快捷方便,因此每年春季,便有无数乘船游湖的年轻公子和富家千金,甚是热闹。

一艘精巧的绣船停泊在岸边,王思慕今天可谓是盛装打扮,穿着时下流行的广袖轻纱裙,花纹颜色与底色相同,既显繁复精美,又低调内敛。她妆容精致,梳着好看的发髻,乌黑秀发间点缀金钗玉簪,完全是按约会的标准来的。

可是一个时辰过去了,人家游湖游了一个来回,王小姐的船还停在原地,心情就很不美丽。

"小姐,算了,咱们回去吧。"丫鬟小声劝道,"许会元不会来了。"

"是不是你们消息没送到?"王思慕不接受这个现实,轻轻瞪一眼丫鬟,试图给许新年甩锅。

"哪敢啊,肯定是送到了的。"丫鬟委屈道。

王思慕呆坐许久,明眸中难掩失落,轻声道:"罢了,回去吧。"

"哎。"丫鬟轻快地应了一声,小步离开船舱,去船尾通知船夫返航。

船夫们把锚从水里拉上来,合力划动船桨,绣船徐徐行进,沿着运河返回京城。

回了京城码头,王思慕进入等候在路边的马车,吩咐道:"兰儿,你现在即刻去许府,就说我要去找玲月小姐玩儿。我在这里等半个时辰再出发。"

"小姐,这是为何啊?"丫鬟皱紧小眉头。

"纵使他对我无意,我也要知道得明明白白。"王小姐非常坚定。

春闱会元许新年,因涉嫌舞弊,被刑部缉拿,押入大牢。这件注定将震动整个京城的大案,从府衙和刑部流传了出去,再通过六部,悄然蔓延整个京城官场。再经几日发酵,传播,届时就全民皆知了。

午休时,相熟的官员、吏员们聚在酒楼茶馆等地方,讨论科举舞弊案。

"我就知道,云鹿书院的学子取得会元,朝堂诸公们会答应?这不就来了吗。"

"这你就只知其一不知其二,此事绝对没那么简单,那许新年是许七安的堂弟,许七安是大奉诗魁,《行路难》此等佳作,要说没猫腻,我是不信的。"

"屁话,这世间莫非就一个许七安会作诗?我们读书人就不能灵光一现,妙手偶得?"

"行了,争执这个没有意义。许会元这次栽定了,不管有没有舞弊,前途尽毁。我记得元景十二年,有过一起舞弊案,三名学子牵扯其中,案子查了两年,最后倒是给放了,但名声尽毁,学业荒废。"

"元景二十年也发生过类似的案子,不过那次是证据确凿,涉案的学子和主考官都被陛下给斩了。"

"此案要是坐实,以许新年云鹿书院学子的身份……嘶,左思右想,毫无转机,你们说魏公会不会出手?"

"极有可能,那许七安是魏公的心腹,必定求魏公出手。"

"那魏公要是束手旁观呢?"

"魏公不出手,那还有谁能救许会元,指望许七安那个武夫吗?破案、杀敌,他或许是一把好手。官场上的门道,岂是区区武夫能琢磨透彻的!"

借宿在故友家中的楚元缜,午膳时间,也从衙门归来的好友口中得知了此事。

叁号陷入科举舞弊案中了……叁号虽然绝顶聪明,但云鹿书院和国子监的争斗属不可逆的大势,非聪明能弥补。最好的结局就是革除功名,叁号不能为官,这是朝廷的损失……

"我听说此事由新任的右都御史上书弹劾而起,但估摸着,嗯,各党派或旁观,或暗中助力,许新年危矣。"好友说道。

楚元缜叹口气,沉声道:"我便是厌倦了党争,才离开庙堂。自古党争伤国力,帝王修道伤气运。"

好友脸色大变:"元缜,慎言!"

"怕什么,我早就是一介白衣,逍遥自在。"楚元缜哂笑一声,继而叹息,"我方才思考了许久,竟无法破局。除非魏渊下场厮杀,以许宁宴的潜力,魏渊应该会做出决定。不过,这或许正是那群人希望看到的。唉,还是无法破局。"

皇宫。

德馨苑,穿着素色宫裙的怀庆坐在桌案后,朝屋内的侍卫长颔首:"本宫知道了,你退下吧。"

待侍卫长离开,怀庆起身,走到窗边,蹙眉沉吟:"如果是我,我该如何破局?"

思考许久,摇头叹息。

然后,她突然又想,如果是许宁宴,他会怎么做呢?

内城一家酒楼,孙耀月订了一个雅间,邀请国子监的同窗好友们饮酒,主要目的是分享一则即将震动京城儒林的大事。

"春闱的会元许新年,今晨被我爹派人缉拿了,据说是因为科举舞弊,贿赂考官。"

"消息属实?"国子监的学子震惊不已。

"自然属实,我亲自去衙门确认过,问了我父亲,虽然被他赶出衙门,但朱侍郎已经与我透露了。那许新年就在牢中,等待提审。"孙耀月扫视众好友,得意扬扬地说。

孙耀月是孙尚书唯一的嫡子,学业颇为不错,比大部分纨绔子弟要强,不过有个毛病,特别爱八卦。对于云鹿书院学子许新年高中会元,孙耀月既嫉妒又愤怒,而今许新年因科举舞弊入狱,他别提有多开心。

"那银锣许七安不当人子,仗着魏阉狗的庇护,在京城耀武扬威,写诗辱骂我父亲,真该千刀万剐!"孙耀月猛地一拍桌子,肆意大笑,"剐不了他,就剐他的堂弟。哈哈哈,喝酒喝酒。"

国子监学子们听到这个消息,又诧异又解气,就是嘛,春闱的会元让一个云鹿书院的学子得了去,他们这些国子监的读书人,尊严何在?

肯定是舞弊,绝对是舞弊,不接受其他理由。

"孙兄,独乐乐不如众乐乐,此等大快人心的事,咱们要让它广为流传才是啊。"

"有道理,就这么办,今晚教坊司见。"

酒足饭饱,孙耀月醉醺醺地离开酒楼,进了停在酒楼外的马车,在扈从的搀扶中,爬上马车。正打算小睡片刻的他,看见垫着虎皮的软榻上,蹲坐着一只体态修长的橘猫,琥珀色的瞳孔,幽幽地望着他。

没有任何动静,马车继续前行,车窗忽然敞开,跃出橘猫,它竖着尾巴,小猫步迈得极快,消失在熙熙攘攘的人流中。

刑部。

孙尚书招来吏员,问道:"去狱中问问,许新年招供了没有?"

吏员领命退走,几分钟后,返回复命:"尚书大人,那许新年骨头硬得很,怎么打都不肯招供。"

"那是打得不够,"孙尚书冷哼一声,道,"刑部酷刑多的是,给他一一尝个遍,石头也让它开出花来,嗯,留口气就行了。"

"是。"

吏员退下,前脚刚走,后脚就急惶惶地冲进来一人,做富家翁打扮,头发花白,过门槛的时候还给绊了一下。

"你来衙门做甚?"孙尚书皱眉问道。

此人正是孙府的管家,跟了孙尚书几十年的老奴。

"老爷,大事不妙啊!"老管家哭丧着脸,颤声道,"少爷他,他不见了。"

"什么叫少爷不见了?"孙尚书脸色微变,起身走过来,盯着老管家,沉声重复,"什么叫少爷不见了!"

"跟随少爷外出的下人,不久前回府汇报,今日少爷在酒楼宴请同窗,吃过酒,进了马车……然后就不见了,马车回了府才发现车里根本没有人。"老管家抓耳挠腮,焦急中带着茫然,小心翼翼道,"府上客卿说,许,许是老爷近期得罪了人?"

大奉官场有一套约定俗成的潜规则,政斗归政斗,绝不祸及家人。

倒不是道德底线有多高,而是你做初一,别人也可以做十五。还会因此被视作不懂规矩,遭整个阶层排斥。

这条潜规则的权威性很高,甚至朝廷也认同它,不明文规定出来是因为它上不得台面。但大奉有一条制度,任何官员,一旦入京为官,那么父母或妻儿就得一同入京。这条制度存在的意义在哪里?一条制度,为一个潜规则铺路,可见这个潜规则的权威性有多高。

得罪了什么人……孙尚书喃喃自语,脑海里自然而然地浮现出许七安这个贱人。

"愚蠢!"孙尚书大喝一声,须发戟张,怒不可遏,咆哮道,"自以为绑架我儿,便能让本官屈服?黄毛小儿,自毁长城。我儿若有任何闪失,整个京城都没你立锥之地。不,你全家都得死!"怒吼之后,他把桌案上的折子统统扫落在地,茶杯摔了个粉碎,笔墨纸砚散落一地。

老管家噤若寒蝉,大气不敢出,老爷为官多年,早已养成宠辱不惊的城府。这般气急败坏的模样,却发生过两次,前一次是那首极具羞辱性的诗,两次都是因为这个叫许七安的黄毛小儿。

孙尚书突然提起官袍下摆,以不符合他这个年龄的矫健身子,狂奔出屋子。

"老爷,您有什么吩咐只管让老奴去做……"老管家追出来,大声说。

孙尚书置之不理,咆哮道:"来人,来人,速去监牢,不得动刑,不得动刑!"

刑部衙门的天空,回荡着孙尚书的"不得动刑(破音)"。

一刻钟后,此时,已经初步冷静的孙尚书气喘吁吁地返回堂内,接过老管家奉上的热茶,喝了一大口。

"黄毛小儿,敢要挟本官,无知,愚蠢!"骂完,孙尚书话锋一转,吩咐管家,"你即刻去一趟打更人衙门,让那天杀的狗贼来见我。"

尽管对方坏了规矩,但孙尚书现在也硬气不起来,能谈当然最好,先保住嫡子无恙,再与姓许的狗贼秋后算账。

管家点头应是，转身正要离开，便见一位守卫跨过门槛，抱拳道："尚书大人，那许七安又来了。"

来得正好！

孙尚书双眸射出精光，瞬间挺直腰杆："让他进来。"

俄顷，守卫带着穿银锣差服的许七安入内，姓许的狗贼一副笑眯眯的表情，闲庭信步，不像上午求见时，沉着脸，压抑怒气。

而孙尚书此刻的表情，恰似那时的许七安。

"我儿孙耀月在何处，许七安，速速放他归家，本官可以当作这件事没发生过。"孙尚书目不斜视，好似眼里根本没有许七安。

"什么意思？本官听不懂啊。"许七安一脸无辜，想了想，忽然脸色大变，"好啊，孙尚书不但冤枉我堂弟科举舞弊，竟连我也想栽赃陷害，世间竟有如此卑鄙无耻之人。"

"你……"孙尚书终于移动目光，死死盯着许七安，他没开口，而是挥退了堂内的吏员，而后，一字一句道，"本官念你年轻，不懂规矩，愿意给你一个机会。你若还想在京城官场待下去，就乖乖放人。"

许七安摇头道："孙尚书一定弄错了，本官不知道你在说什么。"顿了顿，他恍然大悟，关切道，"听孙尚书话中的意思，难道贵公子出事了？遭贼人绑架？你跟我说啊，我这人最急公好义，破案无人能及。只要孙尚书开口，我保证，一天之内，就能将他给你找回来。"

跟我装傻……孙尚书怒从心头起，恶狠狠道："许七安，别忘了你也有家人。"

许七安叹口气，面露哀色："尚书大人，您对我看来不了解。我自幼父母双亡，二叔将我养大。然，婶婶欺我辱我，百般羞辱，十五岁时，便将我赶出家门，让我住了狗窝。可惜我没有一个十万军队簇拥，并且会歪嘴的父亲……"

"许七安！"孙尚书怒喝着打断，盯着他看了许久，低声道，"你究竟想如何？科举舞弊案是陛下要查，刑部与府衙主审，满朝文武盯着，非我一人说了算。你若想以我儿为要挟，本官只能同你鱼死网破。别天真了！"

这年头啊,谁更横谁就能占便宜……堂弟的重要性自然是不如儿子的,我能"狠心",他却不行……许七安睐了睐眼,走到孙尚书面前,附耳低语:"我只有一个要求,许新年入狱期间,不得动刑,别想屈打成招。他少一根手指,我便断你儿一根手指,他身上有多少伤口,我就在你儿身上留多少伤口。科举舞弊案结束后,不管许新年能不能脱罪,我都依言放你儿子。"

"许七安!"

孙尚书正要呵斥,许七安忽然黑化,脸色狰狞,厉声道:"叫我子爵大人。"

"……"孙尚书服软了,沉声道,"子爵大人,我凭什么信你。"

许七安缓步走到桌边,拾起一块糕点吃起来,淡淡道:"孙尚书有的选吗?信或不信,你都要依照我的意思去办,除非你不想要嫡子。我没让你帮许新年脱罪,只是要你别做多余的事,这件事不难。"他走到孙尚书面前,在那身绯袍上擦了擦,沉声道,"正如你所言,我也有家人。"

这一步,是魏渊教他的,但办法和计划,是他自己想的,魏渊没有出主意。什么都不做,寄希望对手心怀仁慈,那只能是痴人说梦,今早在刑部遭遇的戏耍和冷遇就是正好的证明。

想要击倒敌人,就要抓住对方的弱点。而大部分的弱点,就是骨肉至亲。不过,祸及家人是大忌,其中的尺度,许七安要自己去斟酌和把控。所以,他没异想天开地认为,仅凭一个孙耀月就能救二郎脱身。只拿孙耀月与孙尚书做笔交易,这样一来,难度就大大降低,性质也轻一些。

至于孙尚书不同意,非要对许二郎用刑,那许七安也说到做到,甚至让孙尚书白发人送黑发人。

目前为止,一切都在他的预料之中,归功于尺度把握得好。

孙尚书吐出一口气:"本官信你一回,我不会对许二郎用刑,也希望我儿回府时也是全须全尾,安然无恙,否则,后果自负。"

"这是自然。"许七安哼道。

"不过我对你也不放心,我要去见一见许新年。你让人安排一下。"说着,他迈着六亲不认的步伐走到门口,突然回身,笑道,"对了,子爵大人……叫得不错。"

孙尚书脸色阴沉,气得胡须发抖。

哗啦啦……锁链滑动的声音里,狱卒打开了通往大牢的门,潮湿腐朽的气息扑面而来。在狱卒的带领下,许七安走过昏暗的通道,来到关押许新年的牢房前。

许新年闭着眼睛,背靠着墙壁休憩,他穿着狱服,脸色苍白,身上血迹斑斑。

见到小老弟的凄惨模样,许七安脸色陡然一沉,终究是来晚了一步,二郎在狱中吃了些苦头。他低估了孙尚书迫不及待报复自己的决心。

许七安轻声道:"二郎,二郎。"

许二郎愣了愣,怀疑自己听错了,愕然睁开眼睛。

第 318 章

姊姊和王小姐的隔空交手

阴暗的通道上，在栅栏外，穿着打更人差服的大哥就站在那里，眯着眼审视他。许二郎眼睛顿时一亮，从草席上站起，镣铐随着走动哗啦作响。

"你怎么进来了？孙尚书能让你进来？"许新年既意外又惊喜。

许七安见状，安心地收回打量的目光，吐出一口气："看来只是皮外伤。"而后，他扫了一眼狱卒，冷冷道，"退下。"

狱卒识趣地离开。

许新年啐了一口，道："这群狗东西，鞭子抽得可疼了。"

二郎是在向我告状吗……许七安颔首："你放心，大哥会想办法救你出去。"

他刚说完，许新年摆摆手打断他，强调道："大哥，你或许不太清楚，这件事的根本不在于科举舞弊，而是国子监和云鹿书院的冲突。"

不，我知道得一清二楚……许七安心说。

但许二郎没给他说话的机会，喋喋不休地讲述着，说话声中气十足，确实只是受了些皮外伤。

"其实我早就有预感，云鹿书院的学子高中会元，哪有这么简单轻松？但我不怕，书院想要重返朝堂扩充势力，就需要有人打头阵，有人为后来者铺路。"许新年沉声道，"而我，就是那个打通道路的人。"

许七安嗯了一声："你继续说。"

"其实我在狱中已经想出解决之策，呵，毕竟家里还是我最精通朝堂上的钩心斗角。"许新年骄傲地抬了抬下巴，接着说，"书院的大儒无法以白衣之身插足朝堂，但是魏渊可以。你去求一下魏渊，我不要求他即刻帮我脱罪，那样太难，必定伤筋动骨，因为这等同于和诸位文官开战。我的要求是革除功名，但保留科举的权利，或者将我关到殿试之后，我三年后再考一次会试。国子监出身的文官们，主要目的是打压云鹿书院，并不是我。"

言罢，见大哥愣愣出神，许二郎叹息道："是，对大哥来说，这些确实有些难懂，你只需按我说的做便可以。我虽身在狱中，一样可以运筹帷幄。"

二郎啊，你以为你在十八层，其实你在地球表面……许七安咳嗽一声，道："大哥这里有不同的看法。"

许新年一愣，"谦虚"地点头："你说。"

当下，许七安把魏渊分析的"一箭三雕"说给许二郎听，之后，牢房里陷入了长久的沉寂。

"原来如此，原来此案背后竟有如此复杂的脉络，我，我完了？"许二郎一副大受打击的样子。

不知道是因为脱身无望，还是因为自己的分析过于肤浅，这与他自认为的王者段位不相符。

"放心，大哥会努力救你出来的。"许七安这样安慰。此处是刑部地牢，不适合说太多。

许新年惨笑一声。

告别许新年，许七安离开刑部衙门，打算回家去安抚妹妹和婶婶。大半天过去，他一直在外奔波，家里两位女眷恐怕担惊受怕到现在。

远远地，听见厅内传来婶婶的哭声："大郎怎么还没回来？二郎被关进刑部，不知道要受多少苦，好歹给个准信儿。"

许玲月安慰道："娘，大哥肯定在奔走，疏通关系。你别急，等黄昏散值了,大哥回来会告诉您的。"

"那还要等多久,娘现在每过一刻钟,都是煎熬。"婶婶嘤嘤嘤地哭起来,"你没听你爹说吗,大郎去刑部求人,非但没见到二郎,还被羞辱了一番。"

接着,是许平志的叹息声。

婶婶虽然小心眼儿,一把年纪还自以为是小可爱,但没在这时候辱骂二叔无能,救不了儿子,这大概就是二叔那么宠婶婶的原因了……许七安突然发现了这个以前没注意到的细节。

咳咳!许七安一边进入内庭,一边咳嗽,吸引家人注意。

明明刚才还很镇定的许玲月,眼里瞬间蓄满泪水,望着许七安,无语凝噎。

见状,许七安只好先安抚她,拍拍她的香肩:"别担心。"

许玲月柔柔地喊:"大哥!"

然后就被婶婶高分贝的声音遮盖住,她眼睛霍然亮起,拽住许七安的袖子,期待又紧张地看着他,哭道:"宁宴,二郎他,他怎么样了?你快想办法救救他,家里只有你能救他。"

许平志唉声叹气:"刑部尚书铁了心要报复,你让大郎怎么办,再被他羞辱一次?"

婶婶眼里的亮光顿时黯淡,泪水夺眶而出。

许七安拍拍婶婶的小手,又拍拍妹子的小手,安慰道:"我见到二郎了,他很好,没受什么伤。"

婶婶不信,明艳的眼波凝视着侄儿,抽了抽鼻子:"大郎,你可不要骗我。"

许玲月既期待又忐忑,看着大哥,那是一个妹妹对她崇拜的大哥的希冀。

许七安扫过家人,道:"我请了魏公和公主向孙尚书施压。他不敢对二郎动刑,放心吧。"

如果魏公和公主出手,那二郎在牢里确实不会遭受巨大折磨。大郎是魏公的心腹,这点不奇怪,不过竟能让公主插手此案……没想到大郎竟与长公主有这般深厚的交情。许平志内心感慨，不知不觉间，侄儿的人脉关系已经庞大到让他仰望。

有宁宴在真是太好了，总是让人安心……婶婶心里的大石缓缓落下。

许玲月抿了抿嘴，眸子亮晶晶的，大哥从未让她失望过。

其实我是绑架了孙尚书的儿子，不过他没证据，拿我没辙。我只是让他不得动刑，对于孙尚书来说，这是可以做到的小事。而相比鱼死网破，他更在乎嫡子的性命。

虽然是坏了规矩，但尺度把握得好，就能让事情影响降到最低。

况且，孙尚书确实没证据，人又不是他许七安抓的。司天监的望气术更不怕。平阳郡主案里，誉王就是没有证据，女儿无故失踪，誉王连敌人是谁都不知道。当然，事发之后，梁党付出的代价是满门抄斩。

只要效果好，就算是写在大奉律法里的规矩，也有人铤而走险，更何况是潜规则呢！

念头到此，许七安看向没心没肺坐在一旁吃糕点的丽娜和许铃音，说道："今日你们别出门了。丽娜，白日里，府上女眷的安危就靠你了。"

"好的！"丽娜一口答应。

这小黑皮虽然不大聪明，但是她能打啊，许七安对她颇为放心。

至于被官场孤立，且不说孙尚书会不会把这件事传出去，即使传出去，他也不怕。身为魏渊的心腹，他的敌人太多了，还怕被孤立？许七安可不是要走仕途的读书人，他是打更人，两者性质不同。前者需要名声，需要官场认可。而打更人，并不需要。

魏渊在，他就在，魏渊倒，他就倒。

许平志张了张嘴，没发表意见，内心怅然且欣慰。欣慰的是侄儿成长了，不再是以前那个任他拍后脑勺的小子了；怅然的则是再也拍不到这小子的后脑勺了。

婶婶喜极而泣，拉着许七安的手不放："大郎，家里还是你最有出息，不枉费婶婶辛苦培养你长大。"

不是,婶婶你说这话,良心真的不会痛?许七安疑惑。

心情一下子明媚的婶婶,有闲情拿许铃音出气了,青葱玉指用力戳她脑门,怒道:"就知道吃吃吃,生你有什么用,还不如生个耗子。"

"娘,我肚子饿嘛。"许铃音仰着小脸,委屈地说。

"你肚子什么时候饱过?"婶婶恨铁不成钢,"你亲哥都大难临头了,你还在这里吃。没心没肺的东西。"

许铃音看了眼许七安:"大锅不是好好的嘛,娘就是不想给我吃东西,然后自己一个人藏起来偷吃。"

婶婶气得身子一晃。

许七安、许玲月和许平志有些尴尬。

丽娜捅了捅吃伴的小腰,低声说:"你还有一个哥哥的。"

许铃音想了想,发现自己确实还有一个哥哥的,顿时嗷地哭了起来,嘴里的糕点往下掉。她一边把掉在衣服上、腿上的糕点捡起来塞回嘴里,一边哭着:"二哥是不是也死了,我不要二哥死,嗷嗷嗷。"

这时,门房老张进来,说道:"外面有一个姑娘,说要见玲月小姐。"

一家人顿时看向许玲月。

后者眉头微皱,问道:"哪家的姑娘,找我何事?"

门房老张摇头。

"请她进来吧。"许玲月道。

俄顷,门房老张领着一位穿粉色襦裙的俏丽姑娘进来,她梳着丫鬟发髻,穿的衣衫面料却比普通富家小姐还好。

"是你?"许玲月认出她了,神色愕然。

"婢子叫兰儿,小姐今日想来拜访玲月小姐,不知玲月小姐今日可有空闲?"自称兰儿的娇俏婢子行礼。

"这是王首辅千金,王思慕小姐身边的丫鬟。"许玲月解释道。她相信以大哥的智慧,定能听出弦外之音。

王贞文女儿的丫鬟?她派人来府上做甚,来冷嘲热讽?因为受到二郎的影响,许七安也觉得王思慕是幸灾乐祸,落井下石来了,顿时有些恼火。

区区一个女子竟如此嚣张……我可是坚决贯彻男女平等思想的新时代人类,撕绿茶可不会手软。许七安心底冷哼。

"今日有事,改日我定登门拜访。"许玲月淡淡道,目光倏然锐利,"请回去转告王姐姐,我可喜欢她了,届时定要与她交流一番。"但在下一刻,目光中的锐利收敛,又变成了柔弱无力的妹妹,含泪道,"大哥,你还有事就先去忙吧,二哥的事就拜托你了。"

许七安正要点头,就看兰儿姑娘露出紧张之色,问道:"许会元怎么了?"

兄妹俩都不搭理她,冷着脸。

婶婶忽然开口道:"你家小姐是王首辅的千金?那可真是太好了,我家二郎不知道被哪个天杀的狗贼污蔑科举舞弊,人被关押到刑部大牢里了。姑娘,能不能替我求求你家小姐,帮帮二郎。"

许七安和许玲月脸色僵硬地看着婶婶,这娘(婶)真一点脑子都没有的吗?病急乱投医也不能投到敌人面前啊,还嫌死得不够快,要让别人再补一刀?

许七安黑着脸,冷冷道:"兰儿姑娘,不送。"

兰儿姑娘满腹疑惑,神态焦急地告辞。

王思慕坐在宽敞马车的软榻,时而掀起车窗的帘子看一眼外头,时而关注一下舔舐茶壶底部的橘红炭火,充分体现出王小姐内心的焦虑。

半个多时辰过去,兰儿那死丫头还没回来,等的人才是最难受的。

如果许家小姐拒绝她的拜访,那多半就代表了许家的意思,也代表了许新年的意思。那我还要继续登门吗?还是知难而退?

后者让她不太甘心,前者的话……她毕竟是未出阁的女子,首辅千金,怎么也要脸面和名声的,不好意思再继续登门。

念头闪烁间,她挑起帘子一看,惊喜地发现了兰儿的小马车。

小马车缓缓停靠,丫鬟兰儿灵活地跳下车,小跑着过来,爬上这辆高大的马车,推开车门进来。

"死丫头,这么晚才回来,都什么时辰了?"心烦意乱的王思慕迁怒道。接着,她深吸一口气,问道,"许家小姐怎么说?"

兰儿摇头。

王思慕脸色顿时垮了下去,眼里的亮光瞬间黯淡。

这时,她看见兰儿吞了吞口水,喘息一下,说道:"小姐,大事不好,许会元因科举舞弊被刑部缉拿了。"

"什么?"听到这个消息的王思慕,心里五味杂陈,最先涌来的是愕然和担忧,担忧许新年的前程和安危。随后竟有一丝丝的喜悦,原来他不曾赴约,并非对我无意,而是被刑部缉拿,无法脱身。是我错怪他了。

当下,兰儿把许府的见闻,原原本本转述给王小姐,包括许七安冷冰冰的态度,以及许玲月疏离的姿态。

刑部孙尚书与我爹是同党,他们认为这是我爹在幕后主导?倘若真是爹暗中推动,那,那我岂不是……王思慕心里一阵苦涩。

兰儿气愤道:"哼,态度那么差劲,还想要您救许会元,许家人真不要脸!"

王思慕皱了皱眉:"好好说话。"顿了顿,她脸色严肃,问道,"是那许七安的要求?"

不对啊,我与许会元只见过一面,说过几句话而已。那许七安是个聪明人,怎么可能让我这个首辅千金帮忙?他不可能知道我的心思,连爹都不知道。聪慧的王小姐立刻品出端倪。

兰儿摇头:"是许家的当家主母说的,便是那天我们瞧见的,颇为美艳的妇人。"

许家主母的要求……王思慕的脸色又一次严肃起来,积极开动脑筋,沉吟,分析……她是许会元的娘,遇到这种事,对我,对王家的观感必定极差,那为何又要求我帮忙?能教出一个心机深沉的女儿,一个气概无双的侄儿,一个才华横溢的儿子,这样的女人绝非泛泛之辈。我要好好想想,好好想想,不能粗心大意……

"兰儿,那位主母,有……有骂我,或我爹吗?她是何态度?"王思慕问道。

"全家就数她态度最好,请求时,特别诚恳。"兰儿说。

这……王思慕一下子睁大眼睛，心里有了相应的猜测。

我第一次以爹的名义邀请许会元参加文会，这本身没有问题，可我又在极短的时间里邀请许会元游湖。而游湖这种事，粗心大意的男子或许不会想太多，但身为女子，且是一个智慧过人的女子，她不可能一点都察觉不到。纵使不确认我的心意，多少也能有所猜测……所以，这是一个试探和机会？

她对我的态度是不反感，没有因为我是王家千金就敌视、嫌弃。她是在表明自己的态度给我看。

然后，许家主母通过兰儿提出这个要求，是在向我暗示。

果然，这许家主母是个有大智慧的人，全家只有她看穿了我的心意。王思慕握紧秀拳，娇躯竟有些战栗，同时也有棋逢对手的振奋。

"兰儿，去皇城，我要到衙门找我爹。"王思慕一字一句道。

第319章

浮出水面的幕后黑手

王贞文是文渊阁大学士,因此文渊阁理所应当成了大学士等官员的入值办事之所。

堂内,穿着绯袍,头发花白的王贞文伏案办公,其余文官、吏员各自忙活自己的差事,偶尔有小声讨论,但总体安静和谐。

遇到意见不合的,文官们会到偏厅大吵一架,分出胜负。不过,读书人吵架,通常是谁都说服不了谁,最后还得让上级做出裁定。

"首辅大人,思慕小姐来了,说要见您。"一位门外值守的吏员,轻手轻脚地进来,说话声也压得很低。

王首辅游走的笔锋一顿,墨汁顿时在纸页洇开,化作一团墨迹。

她怎么进的皇宫?她来内阁做什么?两个疑惑先后浮现在王首辅脑海。

文渊阁在皇宫的东侧,不过并不在皇宫高墙之内,但在规划中,它就是属于皇宫,外头重兵把守,闲杂人等进不来。

首辅的千金也在"闲杂人等"里头。

"不见……让她进来吧,从后门进,我在偏厅等她。"王首辅搁下笔,一手负背,一手置于腹部,沉稳地离开内堂,转去偏厅。

在偏厅等了几分钟,气质文静大方的王思慕拎着食盒进来,轻轻放在桌上,甜甜地叫道:"爹!"

王首辅板着脸嗯了一声，不悦道："你不是与闺中密友游湖去了吗？来内阁做甚？谁带你进的皇宫？"

　　王思慕笑了笑，不疾不徐地打开食盒，捧出一碗鲜香四溢的鱼汤，声音轻柔："女儿游湖时，见湖中鲤鱼肥美，便让人捕捞几条上来，趁着它最鲜活时带回府，亲手为爹熬了鱼汤。爹公务繁忙，也要注意身子，多喝一些滋补的汤。"

　　王首辅脸色稍转柔和，嗅着令人食指大动的鲜香，尝了一小口，顿时露出享受神色，称赞道："鱼汤中掺入鸡精，果真是人间美味。司天监研制出此物，乃大奉百姓的口福。"

　　司天监研制的鸡精流入市场后，立刻获得了各阶层的追捧，而今京城的达官显贵，以及商贾富户，家中饮食已离不开鸡精。平民人家，偶尔也会奢侈地在菜肴里撒一些，提升口味。

　　王贞文已经很多年没见过司天监研制出这种好东西了。

　　王思慕顺势说道："我之前听到一个小道消息，这鸡精其实不是司天监研制，而是另有其人。"

　　王贞文一愣："另有其人？"

　　王思慕笑道："听临安殿下说，鸡精真正的研制者是银锣许七安，司天监不过是改进一番。"

　　这种小事，王贞文倒是没有关注，听女儿这么说，一时间愣住了，好半天都没有喝一口。

　　"此子绝顶聪明，惊才绝艳。"王贞文感慨着，摇了摇头，继续喝鱼汤。

　　王思慕继续闲聊着："本来是想让羽林卫代劳，给您把鱼汤送过来的，谁知在路上遇到临安殿下，便随她入宫来了。"

　　到此，王贞文的两个问题回答完毕。

　　王思慕没等王贞文喝完鱼汤，起身告辞："爹，您慢些喝，散值了记得把碗带回来。文渊阁内禁止女子进入，女儿就不多留了。"

　　最后一个问题，也回答完——来文渊阁就是给老父亲送鱼汤的。

　　王贞文随之露出笑容，语气温和："回吧，慕儿的孝心，爹知道了。"

爹这个老狐狸,太难对付了,和他耍心眼儿真累……王思慕心里暗暗松口气,嫣然一笑,转身离开偏厅,但她没有真的离开文渊阁,而是朝着外头等待的丫鬟招招手。

丫鬟提着另一个食盒疾步过来,然后,主仆两人去了另一位大学士的办公堂。

另一间偏厅,王思慕把食盒放在桌案,捧出鲜香的鱼汤,笑道:"钱叔叔,我今日游湖,见湖中鱼儿甚是肥美,便让人捕捞了几条,给您和父亲熬了鱼汤。"

钱青书是个高瘦的老者,与威严沉稳的王贞文不同,他气质更温和随意,让人感觉是个极好相处的长者。

钱青书和王贞文是同窗好友,更是同一届的进士,说起成绩,钱青书当年是一甲探花。王贞文是二甲,后选入翰林院,成为庶吉士。

"上求材,臣残木;上求鱼,臣干谷……自古美味啊。"钱青书尝了一口,眼睛微亮,"嗯,好喝。"公务繁忙之际,能歇下来喝一碗鱼汤,享受!

"侄女最近听到一则消息,听说春闱的许会元因科举舞弊入狱了?"王思慕故作好奇。

钱青书表情顿了顿,缓缓点头:"新任的左都御史弹劾东阁大学士赵庭芳收受贿赂,泄题给许新年。而那许新年的《行路难》也不是自己所写,是堂兄许七安代笔。"

许会元的诗是许七安代笔?此事竟还牵扯到东阁大学士赵庭芳?王思慕脸色微变,各种念头闪过。她很快收敛了表情,问道:"钱叔叔慢些喝,与侄女说说此中门道呗。"

钱青书皱了皱眉,犹豫了好一会儿,叹道:"果然是吃人嘴软啊,不过你得保证,这里听到的话,一丝一毫都不得泄露出去。"

王思慕飞快地点头:"这是自然,我最守信用了。"

许府。

书房,许七安坐在书桌后,思考着下一步的计划。

　　搞定一个刑部尚书不算什么,让二郎免除刑罚只是计划的第一步,接下来他要从文官里找出真正的敌人。

　　知己知彼,才能百战百胜。

　　怀庆贵为公主,但朝堂诸公们的谋划,她只能看着,无法插手。毕竟是个没有实权的公主,不过她应该有隐藏的心腹……

　　魏公对这件事的态度不是很积极,更多的是在考验我的能力。如果我处理不了,去找他帮忙,虽然魏公肯定会帮我,但心里也会失望,在所难免的。

　　我该怎么样搞到一些内幕消息?张巡抚是个好人选,可他是魏渊的人,会被敌对阵营的文臣警惕,未必知道太多。

　　思忖之际,他耳郭一动,听见了脚步声。

　　咚咚……脚步声在门外停下,敲了敲门,继而传来声音:"大郎,有一位姑娘找您。"

　　姑娘,谁啊?呃,我认识的姑娘太多了,根本没法猜。许七安回应道:"请她去内厅,我马上过来。"

　　他把被打断的思路接续,又思考了几分钟,端起茶杯润了润嗓子,这才起身出门。

　　来到内厅,看见一个穿荷色襦裙的娇俏丫鬟站在厅里,小豆丁围绕着她转圈,很自来熟地说:"姐姐我们来玩呀,我们来玩呀,我请你吃马蹄糕。"

　　娇俏丫鬟强颜欢笑地应对着,似乎不太习惯和稚童相处。

　　"兰儿姑娘?"许七安踏入门槛,一个时辰前,这丫鬟刚来过。

　　"许大人。"兰儿施礼,而后从袖中取出折叠好的纸条,递给许七安,低声道,"我家小姐让我送来的。奴婢不打扰了,告退。"不给许七安挽留以及打开纸条的机会,她匆匆离开。

　　许七安坐在椅子上,展开纸条,飞快扫了一眼,满脸错愕。

　　这……他的表情渐渐变得严肃,因为纸条上的信息太重要了,几乎把本次科举舞弊案的内幕写得清清楚楚。

上书弹劾"科举舞弊"的是新任左都御史袁雄,此人接替魏渊,执掌都察院后,便与右都御史为首的"阉党余孽"展开了激烈的争斗。按理说,右都御史刘洪也是主考官之一,正是袁雄的目标。可本次科举舞弊案,泄题的却是东阁大学士赵庭芳。

原因在于,袁雄若是直接弹劾右都御史刘洪,那么,与他正面交锋的就是魏渊。纵使打着打压云鹿书院的旗帜,各党派多半也只是冷眼旁观,能给予的帮助有限。毕竟就算让许新年参加殿试,入朝为官,朝堂诸公一样有法子打压、雪藏。

所以,此案背后的第二个幕后推手出现了——兵部侍郎秦元道。

原兵部尚书因为平阳郡主案,满门抄斩,原本兵部侍郎秦元道是兵部尚书的第一顺位继承人,但元景帝安排了一个小党派的头目接任兵部尚书。升级无望的秦元道换了个思路,他打算入内阁,挤掉没有靠山、自身势力不强的东阁大学士赵庭芳。

对于左都御史袁雄来说,打压之人许新年,不但是云鹿书院的学子,更是银锣许七安的堂弟。那许七安若不想堂弟身败名裂,势必求魏渊出手,只要把魏渊拖下水,何愁解决不掉右都御史刘洪。

此外,王思慕提供的纸条上还提到,曹国公宋善长也在其中推波助澜。

表面上看,是左都御史袁雄和兵部侍郎秦元道联手,最多加上他们的党羽。实际上,撇开二郎云鹿书院学子的身份,单凭他是我堂弟,之前在桑泊案、平阳郡主案、云州案中得罪的人,势必会抓住机会报复我,孙尚书就是例子。而加上云鹿书院学子的身份……局势不妙。

另外,曹国公是几个意思?文官找碴儿可以理解,你一个粗鄙的勋贵武夫也来凑热闹,动机是什么?

还有,我凭什么相信王贞文的闺女,她提供的信息我能信?但她骗我的意义何在?从旁观者角度看,二郎这次完了,她理当在一旁偷乐,没必要做多余的事。那丫鬟也显得鬼祟,给完条子就跑,这不是心虚吗?

要么这位王家大小姐是蠢货,要么她认为我是蠢货……可听二郎和玲月的分析,这位大小姐也不蠢啊,难道她当我是蠢货?

遇事不决找魏渊。

嗯,我就说这些是我自己打探到的,然后找他求证,还能让魏渊对我刮目相看。若是被骗,也不碍事,说明我小心谨慎,没有轻信于人。

午后,从浩气楼出来的许七安,脑海里回荡着魏渊的话:曹国公和镇北王是穿一条裤子的。

昨日黄昏,收到王思慕的"密信",他独自思考了许久,觉得可信度很高,但没有轻率相信。今日午膳过后,找了魏渊验证,得到了肯定的答复。

镇北王与我八竿子打不到一处,这应该是曹国公自己的想法,可我与曹国公同样不熟,他针对我做什么?

金刚神功……许七安脑海里闪过这个念头。

返回一刀堂的途中,遇到了一位吏员,正巧是来寻他的,道:"许大人,外头有人找您。"

"谁?"许七安目光微闪。

"淮王府上的人。"吏员回答。

淮王府……许七安吐出一口浊气:"知道了。"他当即转身,往衙门外走去,到了衙门口,看见一辆奢华的马车停靠在路边,两列披坚执锐的甲士守卫在马车边。

见许七安出来,立刻就有守卫过来传话:"可是许银锣?"

许七安点点头。

"褚将军在车里等您。"侍卫道。

沉吟几秒,许七安随着侍卫来到马车边,听见里面传来男子浑厚的嗓音:"进来说话。"声音里带着一股久居上位的语气,更像是在命令。

许七安登上马车,进入车厢。

宽敞的车厢里,端坐着一位络腮胡男子,他穿着浅紫色的袍子,国字脸,皮肤黝黑,目光流转如电,锐气逼人。络腮胡男人做了一个"请"的手势,示意许七安入座,用浑厚的嗓音说道:"听说许银锣的堂弟卷入了科举舞弊案中。"

许七安盯着他,试探道:"将军是……?"

络腮胡男人言简意赅地回复:"褚相龙,镇北王的副将。"

镇北王的副将?许七安顿时眯起了眼:"将军不应该镇守北方吗,怎么回京了?"

"这不是你一个银锣该问的。"络腮胡男人淡淡道。停顿了一下,他继续说,"本将军找你,是做一笔交易。"

"将军请说。"

"交出金刚神功的修行之法,本将军帮你把人从牢里捞出来。"褚相龙目光灼灼地盯着他。

果然是为了金刚神功,也是,哪有武夫会不惦记这门护体神功的。神殊和尚的不灭之躯里,就有金刚神功,即使是高品武夫,也眼馋这门功法。这么说来,曹国公和此人在谋划我的金刚神功,趁火打劫,从我这里攫取好处。

"佛门的金刚不败,非等闲人能学,得有大机缘。"许七安提醒道。

"不需要你提醒我,你既已学会金刚神功,说明已明悟其中奥义。将金刚神功的奥义刻录出来,能不能修成,这是本将军自己的事。"褚相龙发出一颗定心丸,"只要你刻录出神功奥义,本将军自有办法捞人。"

你这不只是想从我这里敲骨吸髓,你顺带还想玩弄一下我的智商?许七安心里冷笑,问道:"敢问将军,如何捞人?"

"我自有办法。"褚相龙沉稳回答。

"此案背后牵扯极广,错综复杂,那些文官可不会听你的。将军不要当我是三岁小孩。"许七安不客气地冷笑。

"我只说捞人,没说为他脱罪。"褚相龙那双锋芒毕露的眼睛盯着许七安,道,"他不过是个小人物,没人真的会对他死缠不放。我有把握让他从轻处罚,最多拖三年,就能重新参加科举。以云鹿书院在青州的苦心经营,那会是他最好的去处。"

许七安目光一闪,道:"好!不过,我的要求是,先救人。"

褚相龙点头:"可以。"

结束谈话,离开马车,许七安面无表情地站在街边,到现在,他可以确认曹国公在背后推波助澜的真正目的。

"这群人早惦记我的金刚神功,之前我声势正隆,他们有所忌惮,而今趁着科举舞弊案打压二郎,好让我乖乖就范,交出金刚神功。可以,看老子怎么坑你们。"

等马车消失在视线里,他没有返回打更人衙门,很快消失在长街尽头。

经过一天一夜的发酵、传播,以及有心人的推动,科举舞弊案的流言于次日爆发。上至贵族,下至平民,都在议论此事,作为茶余饭后的谈资。

议论最激烈的当数儒林,有人不相信许会元作弊,但更多的读书人选择相信,并拍案叫好,夸赞朝廷做得漂亮,就应该严惩科举舞弊之人,给全天下的读书人一个交代。

许新年的名誉急转而下,从被夸赞、佩服的会元,成了千夫所指的小人。而身在狱中的许新年,对此一概不知,他正迎来刑部和府衙的第一次审讯。

哐哐,狱卒用棍子敲打着栅栏,呵斥道:"许新年,跟我出来,大人们要审问你。"

另一头,审讯室内,刑部侍郎和府衙的少尹坐在桌后,边喝茶,边讨论案情。

"侍郎大人,为何不得用刑?"少尹提出疑惑。

"孙尚书的命令。"侍郎解释了一句,随后不屑地道,"那许新年不过是个毛头小子,待会儿本官先给他当头棒喝,让他失了方寸,随后再慢慢审问。到时,得劳烦少尹大人扮一扮红脸。"

府衙的少尹颔首:"也可以用刑法威胁。现在的学子,嘴皮子利索,但一见血,准吓得面无血色。"

众官员露出笑容,他们都是经验丰富的审讯官,对付一个年轻学子,信手拈来。

狱卒带着许新年离开牢房,来到审讯室,朝着室内的几名官员躬身说道:"诸位大人,人犯许新年带到。"说完,识趣地退了出去。

许新年站在门口位置,扫了一眼审讯室内的景象,主桌后坐着两位绯袍官员,分别是刑部侍郎和府衙的少尹。两侧则有多位陪同审讯的官员、做笔录的吏员,还有一位司天监的白衣术士。

啪!刑部侍郎抓起惊堂木拍桌,沉声道:"许新年,有人举报你买通主考官赵庭芳,参与科举舞弊,是否属实?"

许新年摇头:"一派胡言。"

刑部侍郎冷笑一声,继续说道:"你通过赵庭芳的管家,向其贿赂三百两纹银,以管家为媒介,提前得到了考题。赵庭芳的管家朱右已经招供,这是他的供词,你自己看看。"说着,从袖中取出一份供词,让吏员递交给许新年。

许新年接过,仔细看完,供词写得非常详细,甚至精确到了双方"交易"的时间,几乎没有漏洞。

"不愧是刑部的人,连我这个当事人都看不出破绽。不过,我这里也有一份证明,几位大人想不想看?"许新年问道。

"什么证明?"刑部侍郎问道。

"拿笔墨纸砚。"许二郎淡淡地道。

当即,吏员搬来小桌,摆上笔墨纸砚。

许新年戴着手铐脚镣,站在桌边,提笔蘸墨,奋笔疾书。

俄顷,蝇头小字写满了纸张,许新年用拇指蘸了墨,在纸上按了手印,把笔一掷,道:"请大人过目。"

刑部侍郎命人取来,定睛一看,他脸色倏然凝固,而后呼吸渐渐粗重,突然撕毁了纸,指着许新年,气急败坏地吼道:"动刑,给本官动刑!"

少尹愣了愣,这和刚才说的不一样啊,难道人犯还没失方寸,侍郎大人先失了方寸?

在场的官员下意识地看向撕成碎片的纸,猜测许新年写了什么,竟让堂堂侍郎如此愤怒,如此歇斯底里。

"看,侍郎大人也觉得学生在信口开河?"许新年摊了摊手,不屑地嗤笑一声,"如果写明时间、地点、人物,以及具体过程,再按个手印,就能证明我收买了什么管家。那么,侍郎大人,哦不,吾儿,唤一声爹来听听。爹和你娘做过的事,都写得清清楚楚,明明白白。"

众官员再次看向碎纸片,似乎知道上面写了什么。

"用刑,给我用刑,本官要让这狂生求生不得,求死不能!"刑部侍郎目眦欲裂。

区区一个学子,竟敢侮辱他的亡母。区区一个贡士,竟敢当众羞辱他这个正四品的侍郎。

刑部侍郎的血气瞬间涌到脸上,怒火如沸。

"侍郎大人息怒,尚书大人有命,不得动刑。"刑部的一位官员急忙上去安抚,附耳低语。

"哼!"刑部侍郎喝一口茶,强迫自己制怒,但也不再说话。

府衙的少尹咳嗽一声,接过审讯的担子,问道:"许新年,你可有舞弊?"

许新年义正词严:"没有,许某行事光明磊落,绝不曾舞弊。"

少尹闻言,看向司天监的白衣术士。

此人是许公子的堂弟,许公子今晨早已来司天监告诫过,但凡许新年说的话,都是真话……白衣术士点头:"没有说谎。"

少尹又问道:"那首《行路难》,是你所作?"

许新年挺了挺胸膛:"不才,正是学生所作。"

白衣术士机械似的回答:"没有说谎。"

少尹和刑部侍郎相视一眼,前者沉吟道:"此案盘根错节,颇为复杂,不如,择日再审?"

刑部侍郎点头:"好。"

两人出了监牢,进入偏厅,喝茶交谈。

"不出所料,司天监果然在偏帮许新年。"刑部侍郎沉声道。

府衙的少尹笑呵呵的,不说话,在"科举舞弊案"里,府衙采取的是静观其变,随波逐流的态度。

"不必请司天监术士了。"刑部侍郎道。

"可以。"少尹颔首。

第二日,府衙的少尹来到刑部,参与审讯人犯许新年,却被吏员引着去见了孙尚书。

"少尹大人请坐。"孙尚书坐在大椅上,笑着招呼。

"卑职见过尚书大人。"少尹拱手行礼,随后入座。

孙尚书喝一口热茶,捧着茶杯感慨道:"陛下对此案极为重视,三令五申,让我们尽早查明真相。而今赵庭芳的管家已经认罪,只需撬开许新年的嘴,此案就算了结。你说对吗?"

少尹挺着腰杆,略有些拘谨地说:"这……尚书大人不肯用刑,那许新年岂会认罪。"

孙尚书笑眯眯地道:"让人认罪,不是非用刑不可。"

少尹心领神会,露出为难之色。

孙尚书的笑容温和:"不急不急,你且回去问一问陈府尹,再做决定。"

少尹回到府衙,把孙尚书的话转告给陈府尹。

陈府尹没有半分迟疑:"可以,就按照孙尚书说的办。"

少尹为难道:"大人,此事不合规矩。倘若那许新年是无辜的……"

陈府尹坐在桌案后,嗤笑道:"许新年无辜与否,不重要,他只是个小角色。那些人想要的是'罪证',不是真相。有了罪证,他们才能在朝堂上厮杀;有了罪证,他们才能占理,陛下也会觉得他们有理。明日朝堂之上,有戏看了。我们若是不同意,这案就卡在这里,到时候,你头上这顶帽子,扛不住的。"

少尹还能说什么,拱手道:"大人高见。"

陈府尹摇摇头:"魏公竟然没有出手,奇怪,奇怪……你派吕青去一趟打更人衙门,把这件事隐晦地透露给许七安。"

少尹出了府衙,来到刑部,依旧没有审讯人犯,只是把陈府尹的回复转告给孙尚书。

孙尚书满意微笑:"少尹大人,此案结束后,本官在府中设宴,届时一定要光临。有几位大人想与你认识认识。"

次日,天蒙蒙亮。

文武百官保持缄默,井然有序地穿过午门,参加朝会。

又过一刻钟,穿打更人差服的许七安缓步而来,他的左边是穿素色宫裙的怀庆,清冷如画中仙子。右边是红裙似火的临安,妩媚多情,眼神勾人。

"你有几成把握?"怀庆侧了侧头,看向身边的许宁宴。

许七安朝天边拜了拜,喃喃道:"五五开保佑。"

第 320 章

一人挡群臣

"五五开？"临安眨巴一下眼睛，诧异道，"狗奴才你把握还挺大呀。"然后，那双妩媚的桃花眸子扫了一眼怀庆，哼道，"你想进宫，找我便好啦，何必再带一些无关紧要的人呢。"

"近来胆子大了不少。"怀庆点点头，朝她走过去。

按照以往的情况，这时候临安肯定吓一跳，小兔子似的蹦一蹦，然后溜走，但这一次她没走，反而骄傲地挺起小胸脯，掐着腰，竟选择硬刚怀庆，脆声嚷嚷："怎么的，本宫说得有错？"

许七安不动声色地挡在两人中间，苦笑道："两位殿下别闹，周遭都是外人，莫要让人笑话了。"

难道你就不是外人？怀庆轻轻瞥他一眼。

身材曼妙、气质却宛如冰山神女的怀庆微蹙蛾眉，她意识到，银锣许七安和临安的关系在短时间内飞速升温。比如许七安横插她们之间，是背对临安，面朝她，这是下意识保护临安的举动；再比如结伴而来时，临安与许七安离得很近，已经超过臣子和公主之间的礼仪范围。

显而易见，许宁宴已经渐渐向临安靠拢，这个发现让怀庆心里莫名烦躁，很不舒服。

"殿下之前不是问我，打算如何处理此案吗，我当时没有说，是因为把握不大。现在，该做的都做了，谋事在人成事在天。"许七安引导话题，不给两位公主争吵的机会，见果然吸引了怀庆和临安的注意，他笑着继续往下说，"最开始，我苦恼的是如何证明二郎的清白，证明他没有舞弊，为此绞尽脑汁。但后来发现，他有没有舞弊根本不重要。"

许新年只是文官们展开政治博弈的由头，一个理由，或者，一把刀而已。用通俗的话说，许二郎是政治斗争的牺牲品。

因此，问题的症结，破局的关键是"政治斗争"四个字，只有打赢了这一战，二郎才能得到公正的审理。否则，一个在朝堂没有靠山的家伙，清白不清白，很重要吗？

怀庆微微颔首，说道："你要做的是给他找帮手，能打赢朝堂局势的帮手。难度就在这里。

"云鹿书院学子的身份，让他注定是无根的浮萍，诸公们不落井下石就是万幸，不可能偏帮他。魏公如果出手，那么，那些中立的文官也会下场。没有人希望看到魏公和云鹿书院结盟，王首辅恐怕也不会视而不见了。"

里头的这些玄机，怀庆自己看得明白，困扰她的是"帮手"二字。

没有了魏渊，许七安如何在朝堂中找出可以抗衡左都御史、孙尚书、曹国公、兵部侍郎等人的势力？他的所有底气，无非就是魏渊而已。

在这场博弈里，元景帝只是裁判，只要他不主动搞二郎，我还是能试一试的……许七安心说。

诸公进入金銮殿，保持缄默，静等了一刻钟，元景帝姗姗来迟。乌发转生的老皇帝，穿着朴素道袍，双袖飘飘，像道士而非皇帝。

正常奏对后，刑部孙尚书突然出列，朗声道："微臣有事启奏。"

刹那间，一道道目光看向绯袍官服在身的背影，略显死寂的朝廷氛围，在这一刻，像是激荡起汹涌的暗流。一股股旋涡在朝堂诸公之间传递，汹涌。

前戏结束，大幕正徐徐拉开。

谋划此事的左都御史袁雄、兵部侍郎秦元道，悄然挺直腰杆，展露出强烈的斗志，以及信心。

参与此事的大理寺卿等党派，嘴角一挑，既等待好戏开幕，又有些迫不及待地要展开对许七安、魏渊的报复。

大学士赵庭芳一派，势单力孤，眉头紧锁。换成平时，倒也不惧党派之间的挑衅，不惧那兵部侍郎。只是，如今兵部侍郎携"大势"而来，将东阁大学士与云鹿书院学子捆绑在一起。要为东阁大学士洗刷冤屈，相当于为许新年洗刷冤屈，那敌人就太多了。

殿内殿外，其余中立的党派，默契地看热闹，静观其变。若说立场，自然是偏向刑部尚书，不可能偏向云鹿书院。

"爱卿请讲。"元景帝高坐龙椅，气态沛然。

"臣奉旨调查东阁大学士赵庭芳收受贿赂，向考生许新年泄题一案，而今已真相大白，水落石出。涉案人员有三人，分别是云鹿书院学子许新年、东阁大学士赵庭芳及其作为中间人的管家。另外，根据许新年交代，他是通过其兄许七安，结识的东阁大学士。"

孙尚书奏报完毕。相应的供词，早就先一步呈给皇帝过目，但凡是朝会上讨论的事，都是提前一天就递交奏章的。

左都御史袁雄，侧了侧身，面无表情地看了魏渊一眼。

其余官员也随之看向魏渊，等待他的应对和反击，孙尚书这一步，是强行把魏渊拖下水，不给他袖手旁观的机会。

"陛下容禀，微臣有话要说。"

这时，一位头发花白的老御史出列，正是在云州立下汗马功劳的张行英。

元景帝的回答没变，沉声道："爱卿请说。"

张行英用余光瞥了一下孙尚书，扬声道："臣要状告刑部尚书孙敏，滥用职权，屈打成招。请陛下下令三司会审，再查科举舞弊案。"

这是官场常用的一招：拖字诀！

此招的效果如何，最终得看皇帝的意思。

就这？孙尚书冷笑，反唇相讥："此案是陛下亲自下达谕令，刑部与府衙共同审理，相互监督，何来屈打成招一说。那三个人犯在牢里羁押着，是否屈打成招，陛下派人一探便知。"

元景帝缓缓点头,不再看张御史,问道:"各位,觉得该如何处理此案?"

张行英失望地站在那里。

孙尚书回瞥张巡抚一眼,目光中带着轻微的不屑,如此绵软无力的反击,这是打算放弃了?同时,孙尚书也难免泛起失望情绪,陛下的态度很明确,拖字诀无用,但也没有立刻将此案定性。

陛下在给魏渊和赵庭芳党羽反击的机会。

一直想着要把魏渊拖下水的左都御史袁雄眼睛一亮,当即出列,作揖道:"陛下,微臣觉得,此案性质极为严重,经多日发酵,京城上下尽人皆知,学子怨念滔天,百姓义愤填膺,不严办,不足以平民愤。"

这时,大理寺卿出列,摇头道:"那许七安代表司天监斗法,新立大功,不可处置。"

大理寺卿此乃诛心之言,给元景帝以及殿内诸公塑造了一个"许七安挟功自傲"的嚣张形象。这话说出口,元景帝就不得不处置他,否则便验证了"挟功自傲"的说法,树立一个极差的样板。

赵庭芳的党羽纷纷出列反驳。

朝堂诸公等待片刻,愕然发现,魏渊居然没有说话,手底下的御史竟也偃旗息鼓。

这……他要割舍心腹许七安?

各种念头在殿内官员心里闪过,风向悄悄改变,吏部都给事中出列,试探性地发言:"大理寺卿所言极是,此案一定要严办,决不可姑息,否则朝廷威严全无,陛下威信全无。"

一时间,六科给事中纷纷出列,支持大理寺卿的看法。

作为推动者之一,却没有说话的兵部侍郎,扭头看向曹国公。

现在,文官表态了,贵为一等公爵的曹国公再来添把火,殿内便能形成一股强大的力量,陛下没有理由,也不会为了一个大学士,与这股力量针尖对麦芒地抗争。

曹国公面无表情地出列,牵动着周遭大臣和勋贵的目光。

曹国公也在"科举舞弊案"中推波助澜,他若代表勋贵出面,失了先机的魏渊再难扭转局势。于魏渊而言,那许新年或许并不重要,但,这却会让他与心腹许七安产生无法弥补的嫌隙。诸公心想。

曹国公出列后,与孙尚书并肩,作揖道:"陛下,臣觉得,刑部和府衙处理此案,过于轻率。东阁大学士赵庭芳素来清廉,名声极佳,怎么会收受贿赂?此外,许新年虽然只是一位学子,但云鹿书院多年来未有'会元'出现,如此轻率定案,书院的大儒们岂会善罢甘休。"

曹国公的话,提炼出来其实很简单:许新年是云鹿书院重点培养的学子,处理他时,要考虑书院的态度,不能过重。

孙尚书僵硬着脖子,一点点地扭过头来,难以置信地盯着曹国公。

左都御史和兵部侍郎脸色微变,上书弹劾之前,两人有过一番密谋。而后,曹国公主动推波助澜,联合勋贵,欲支持两人。多方默契地形成同盟,共同发力。此时此刻,袁雄和秦元道有种"革命"遭遇背叛的愤怒。

这是怎么回事?!

殿内诸公难掩愕然之色,曹国公调转阵营了?那他此前推波助澜的意义何在……

突然,诸公悚然一惊,看向了魏渊。

是什么时候,魏渊说服的曹国公,许诺了什么利益?就在诸公纷纷猜测的时候,魏渊回过神,颇为意外地看一眼曹国公,似乎极为诧异。

他也不知情吗?这个细节落入众人眼里,让大臣们越发不解。

一时间,朝堂局势忽然诡谲起来。

众臣陷入了沉默,没有立刻跳出来反驳,选择了旁观局势发展。

兵部侍郎却无法保持沉默,跨前三步,沉声道:"陛下,曹国公此言诛心。试想,若是因为许新年是云鹿书院学子,便从轻处置,国子监会作何感想?天下读书人作何感想?

"当年文祖皇帝设立国子监,将云鹿书院的读书人扫出朝堂,为的什么?便是因为云鹿书院的读书人目无君上,以文乱法。程亚圣在云鹿书院立碑刻文,'仗义死节报君恩,流芳百世万古名',就是要告诉后世之人,如何忠君爱国。诸位难道要让当年文祖皇帝的无奈重演吗?"

元景帝瞬间眯起了眼，不复淡泊气态，切换成了手握大权的君王。

厉害！

孙尚书和大理寺卿嘴角微挑，这招偷换概念用得妙极，宛如在朝堂上划了一道线，一边是国子监出身的读书人，一边是云鹿书院。

道统之争，如何抉择？

再有文官要为许新年说话，就得考虑自身的立场，考虑会不会因为不当的言论，让自己背离朝堂，背离众臣。

左都御史袁雄险些要抚须大笑，如此一来，魏渊就不得不下场，因为有些话，读书人不好说，但他这个阉党领袖可以，他并不是科举出身的读书人。

魏渊下场的话，王首辅会做何表态呢？其余旁观中立的文官又会做何反应？

把魏渊拖下水，再携大势击败他，让他妥协，退让出都察院的掌控，这是左都御史近期的重要谋划。

"哼！"这时，一道饱含滔天怒火的冷哼声，在殿内响起。

众人循声侧头，竟是一直以来的小透明誉王，这位穿暗黄盘龙服的亲王跨步而出，脸色铁青，他的两鬓霜白，眼角鱼尾纹深刻，显得无比苍老。

见到他出列，方才还慷慨激昂的兵部侍郎秦元道，心里陡然一沉。

"往前推两百年，本王从未听说过云鹿书院的读书人做出过暗害郡主之事。这就是你们国子监读书人所谓的忠君爱国？"誉王大声喝骂，"虚伪！"

而后，他朝向元景帝，作揖道："陛下，科举舞弊案真相如何，臣弟并不在乎。臣弟只是觉得，刑部众官尸位素餐，昏聩无能。他们若是会办案，我可怜的平阳又怎会含冤而死，若非打更人银锣许七安彻查此案，恐怕今日依然不能沉冤得雪。科举舞弊案事关重大，希望陛下能重审此案，由三司联合打更人一同审理。"

元景帝皱了皱眉，踌躇不语。

誉王立刻大哭："陛下，我那可怜的平阳……"

无耻!

孙尚书、大理寺卿、左都御史、兵部侍郎等人脸色大变,平阳郡主案是文官和元景帝之间的一根刺。

兵部侍郎告诉元景帝,云鹿书院的读书人无法驾驭。而现在,誉王则在告诉元景帝,国子监的读书人同样有谋害宗室之心,且会付诸行动。

魏渊心里暗笑,那小子能求誉王相助,在他预料之中,但曹国公为何临阵倒戈,他心里有大致的猜测,不过现在无法验证。许七安虽不擅长党争,但悟性极高,看待局势一针见血。

这时,曹国公和其余勋贵纷纷附和,隐隐与文官形成对抗之势。

王首辅冷眼旁观,内心却颇为诧异,眼下勋贵与文臣对抗的局面是连他都没有想到的。曹国公和誉王不是一路人,而这两者与魏渊也不是一路人,但双方联手却是不争的事实。是谁在幕后操纵着这一切?

这位幕后操纵之人,清晰明确地知道自己的敌人是谁,并由此施展策略,寻找能与"敌手"抗衡的势力。

誉王……平阳郡主案……是他?!

王首辅心里闪过一个猜测,他的表情微微一顿,继而恢复如常。

形势急转而下,孙尚书等人心头一凛。此案若是重审,打更人衙门也来掺和一脚,那一切谋划将尽数落空,最终会形成多方扯皮的僵持局面。

许新年虽然因此无法参加殿试,但,谁会在乎一个会元能不能参加殿试?

身为王党重要骨干的孙尚书,频频给王首辅使眼色。

老大哥你怎么回事?我们在前头浴血奋战,你在后方半句话不说?

王首辅察觉到了孙尚书的眼神,眉头微皱,从他的立场看,此案谁胜谁负都无所谓。一来魏渊没有下场;二来许新年无法代表整个云鹿书院,真要看不顺眼,回头找个理由打发到犄角旮旯便是。可是,作为王党骨干的孙尚书冲锋陷阵,他此时若是袖手旁观,会寒了人心。党派的弊端便在于此。

很多时候，身不由己。

"陛下，臣倒是有个办法，可以迅速了结此案。"王首辅出列作揖，缓缓道，"东阁大学士赵庭芳有没有泄题，只需试一试许新年就行。陛下可传唤他入殿，由您亲自出题考校，让他当着诸公的面作诗。那首《行路难》是否由他人代笔，一试便知。至于经义策论，殿试在即，许新年是否有真才实学，陛下看过文章后，亲自定夺。若真是个草包，说明泄题是真，舞弊是真，严惩不贷。"

元景帝盯着王首辅看了片刻，笑道："此言有理，便依爱卿所言。"

孙尚书等人面露喜色，王首辅一番话，乍一看是和稀泥，其实偏向很明显。由陛下亲自出题，考校诗词，让许新年在殿内作诗。整个大奉，能做到的只有诗魁许七安。这关过不了，谈何殿试？

誉王立刻说道："陛下，此法过于轻率了，诗词佳作，岂是等闲人能信手拈来？"

张行英立刻附和。

左都御史袁雄笑道："考场之上，时间同样有限，这位许会元既能作一首，为何不能作第二首？"

"誉王此言差矣，许新年能作出传世佳作，说明极擅诗词之道。等他再作一首，两相对比，自然就明明白白。"

"陛下，此法甚妙。"

六科给事中率先力挺，其余文官纷纷赞同。曹国公袖手旁观，他只答应助许新年从轻发落，并不打算让他脱罪。

誉王脸色一沉，正要继续劝说，元景帝摆摆手，淡淡道："朕主意已定，誉王不必再说。"

一炷香的时间后，披坚执锐的大内侍卫进入金銮殿，恭声道："陛下，许新年带到。"

原本凝滞的气氛，一下子活跃起来，朝堂诸公瞬间精神抖擞。

元景帝颔首，声音威严："带进来。"

大内侍卫告退，几分钟后，穿着囚服、五官俊美的春闱会元许新年到场。他缓缓穿过铺设猩红地毯的通道,穿过两边的群臣,来到元景帝面前。

这,这里就是传说中的金銮殿?!

这里就是朝堂诸公上朝的地方?!

为什么要把我提到金銮殿……许新年脑子里闪过一连串的问号,内心激动,手脚竟有些不受控地颤抖。

他以极低的声音,给自己施加了一个增强:"山崩于前面不改色!"

刹那间,许二郎内心平静如井水,波澜不惊,眼神清亮,似乎不把两边的诸公放在眼里,作揖道:"学生许新年,见过陛下。"

大内侍卫当即道:"陛下,已验明正身。"

元景帝审视着皮囊好到无法无天的年轻人,微微颔首,沉声道:"朕问你,东阁大学士可有收受贿赂,泄题给你?"

许新年高呼道:"陛下,学生冤枉!"

没人理会他的辩白,元景帝淡淡打断他:"朕给你一个机会,若想自证清白,便在这金銮殿内赋诗一首,由朕亲自出题,许新年,你可敢?"

我不敢,我不敢……许新年脸色微微发白。

他没想到自己被带到金銮殿内,面对的是这样一个处境。《行路难》是大哥代笔,并非他所作,虽然他改过两个词,可以拍着胸脯说:这首诗就是我作的。可是,要让他再写一首,且是临时作诗,他根本办不到。

能做到这件事,除非圣人附身……许新年内心一片绝望,他甚至产生坦白一切,祈求朝廷从轻处罚的想法。但理智告诉他,一旦承认《行路难》不是自己所作,那么等待他的则是滑向深渊的结局,没人会在乎这是大哥押对了题。

我该怎么办,我该怎么办?没想到我许新年第一次来金銮殿,却也是最后一次。他深切体会到了官场的艰难和危险。

大哥,我该怎么办……

许新年的表情、脸色,都被众臣看在眼里,被元景帝看在眼里。

孙尚书眼里闪过快意,许七安当初作诗,将他钉在耻辱柱上,而今风水轮流转,该是他做十五了。

兵部侍郎秦元道无声吐气,只觉得大局已定。扳倒赵庭芳后,他下一步就是谋划东阁大学士的位置。而内阁是王首辅的地盘,孙尚书又是王党骨干,这几乎是板上钉钉的事了。

左都御史袁雄看向了魏渊,他心情极差,因为魏渊始终没有出手,如此一来,他的算盘便落空了。不过,能让魏渊失去一名得力干将,也不亏。

果然还是走到这一步,魏渊无声叹息,最初得知许新年卷入科举舞弊案,魏渊觉得此事不难,而后许七安坦白代笔作诗之事,魏渊给他的建议是:争取从轻发落。

这是致命的破绽。

许宁宴似乎另有依仗,他没说,但我能感觉出来……曹国公的临阵倒戈魏渊心里有大致的猜测,但作诗这件事如何解决,魏渊就彻底没有头绪了。

元景帝居高临下地俯视许新年,声音威严低沉:"不敢?"

咕噜,许新年咽了口唾沫,伸头缩头都是一刀,咬牙道:"陛下请出题。"

元景帝笑了笑,悠然道:"仗义死节报君恩,嗯,便以'忠君报国'为题,赋诗一首。给你一炷香的时间。"

听到元景帝出的题,孙尚书等人忍不住暗笑。陛下明知许新年是云鹿书院的学子,却出这样的考题,是刻意而为。

而且,自古以来,忠君报国的传世诗词,大多是在国破家亡之际。太平盛世极少有以此为题的佳作。

此题甚难!

以忠君报国为题……许新年浑身僵硬,愣在了原地。

当日,大哥抓阄,抓出两个考题,一是咏志,二是爱国。咏志诗已经在春闱中发挥了作用,助他成为当朝会元。那么,剩下的爱国诗,自然便无用武之地。他万万没想到,元景帝给出的题目,偏偏是一首以忠君报国为题的诗。

莫，莫非……陛下早与大哥沆瀣一气？否则，如何解释此等巧合。

元景帝面无表情地看着殿内的春闱会元，察言观色是一位帝王在皇子时期就炉火纯青的技能。这位许会元的种种表情、眼神，都在阐述他内心的恐慌和绝望，以至于呆若木鸡。

同样是皇子时代走过来的誉王，咳嗽一声，沉声道："陛下……"

"誉王！"兵部侍郎扬声打断，道，"一炷香时间有限，你可别打扰到许会元作诗，朝堂诸公都等着呢。"

誉王脸色一沉。

对此，大臣们神色各异，有的担忧，有的快意，有的面带冷笑，有的冷眼旁观。

在一片静默中，许新年高声道："不需要一炷香时间，学生多谢陛下开恩，给予机会。我大哥许七安乃大奉诗魁，作诗信手拈来。我自然不能给他丢脸。"

嗯？忽然间如此自信！

朝堂诸公，誉王以及元景帝同时一愣。

紧接着，抑扬顿挫的声音在内殿响起："黑云压城城欲摧，甲光向日金鳞开。"

简短的一句，于众人心中勾勒出一幅栩栩如生的攻城图。敌人滚滚而来，宛如黑云压顶。城墙上，守军的铠甲闪烁着光亮，严阵以待。

许新年回首，目光徐徐扫过诸公，吟诵道："角声满天秋色里，塞上燕脂凝夜紫。"

满朝勋贵愕然望来，这书生从未上过战场，为何却将战场的景象，形容得如此贴切，如此深入人心？

"半卷红旗临易水，霜重鼓寒声不起。"

"好一个霜重鼓寒声不起，本侯仿佛又回到了当年，马革裹尸，戍守边关的岁月。"威海伯如痴如醉，大声赞叹。

其余勋贵同样沉浸在诗词的魅力中。

文官则皱着眉头，不悦地扫了眼粗鄙的武夫，厌恶他们突然出声打断。

孙尚书看了一眼左都御史袁雄,袁雄茫然地看向兵部侍郎秦元道,秦元道则脸色铁青地看向大理寺卿。四个人无声交换眼神,心里一沉。

大理寺卿沉声道:"此诗固然不错,但与忠君何干?你写的不过是沙场戎马,堂堂会元,竟连诗题都无法契合。不是舞弊是什么?"

"正是!"秦元道大声说。

许新年充耳不闻,霍然转身,朝着元景帝低头,作揖,声音越发高亢,响彻殿内:"报君黄金台上意,提携玉龙为君死。"

大理寺卿呼吸一滞,怔怔地看着许新年,只觉得脸被无形的巴掌狠狠扇了一下,一股急火涌上心头。

孙尚书等人同样脸色铁青,额头青筋绽放。

报君黄金台上意,提携玉龙为君死……元景帝悠然回味,继而露出笑容,龙颜大悦:"好诗,好诗。不愧是会元,不愧是能写出《行路难》的才子。"

那语气和神态,任谁都能看出,陛下心情极佳。

顿了顿,元景帝问道:"不过,这黄金台是何意?"

黄金台应该是黄金浇铸的高台。许新年躬身作揖,给出自己的理解:"为陛下效忠,为陛下赴死,莫说是黄金浇铸的高台,便是玉台,也将唾手可得。"

元景帝缓缓颔首,脸上笑容越发深刻:"不错,朝廷向来赏罚分明,绝不亏待功臣。朕也如此。"他接着说道,"许会元诗才不输兄长,《行路难》自是你所作。至于经义和策论,殿试之时,朕会亲自阅读,莫要让朕失望。只要你能进入二甲,朕可以许诺,让你进翰林院,做一名庶吉士。"

翰林院又称储相之所,庶吉士虽比不上一甲,但也具备了进内阁的资格,是当朝一等一的清贵。

魏渊和王首辅,一个向左侧头,一个向右侧头,同时看了一眼许新年。

许新年如释重负,压住内心的喜悦:"多谢陛下。"

元景帝道:"朕乏了,退朝。"

结束了,科举舞弊案,到此,几乎盖棺论定。

除非许新年在殿试上发挥失常,文章写得稀烂。这种概率微乎其微,身为云鹿书院的学子,当朝会元,他的才华绝对是贡士中拔尖的。

最关键的是,陛下似乎颇为赏识此子,这才是至关重要的。

朝堂诸公脸色怪异,没想到此案竟以这样的结局告终。

偷鸡不成蚀把米……孙尚书脸色难看,待殿试之后,科举舞弊案结束,必定会有人趁机攻讦,指责他滥用职权,栽赃陷害。

六科给事中,以及其余三品大员,心里都是一阵失望和不满。这种不满,在听到元景帝承诺让许新年进翰林院后,几乎达到巅峰。一个云鹿书院的学子,有何资格进翰林院。国子监创立两百年来,从未有过这样的事。

殿内诸公,以及殿外群臣,怀着复杂的心情散去。穿过大广场时,他们看见了一位挂刀而立的银锣,面朝午门,面朝群臣。

怀庆和临安两位公主站在远处,并没有和许七安并肩。

一方是衣冠禽兽数百人,手握实权的京官。

一方是茕茕孑立的粗鄙武夫,打更人银锣。

一人挡住了大奉权力最大的一批人。

群臣们注意到了这个做出拦路姿态的小银锣,也认出了他的身份,京官里没人不认识他。

他想干什么?这粗鄙武夫,是扬扬得意地来耀武扬威的?

六部尚书、侍郎、六科给事中、宗室、勋贵……一双双眼睛落在许七安的身上,审视着他。

区区武夫,竟敢挡我们的道?

一人一刀站午门,独挡群臣。许七安迎着群臣,缓缓扫过所有人,突然一声冷笑,气沉丹田,缓缓道:"尔曹身与名俱灭,不废江河万古流……呸!"

他狠狠地啐了一口唾沫,提着刀,缓步离去。

群嘲!

午门内外,霎时间一片死寂。

第 321 章

收徒

午门内外一片死寂,数百名官员宛如集体失声,耳边回荡着这句讽刺意味极重的诗。

只有读书人,才能真切地听懂,这句诗里夹带的讽刺,是何其的尖锐。

读书人不怕被骂,也不怕吵架,甚至有将吵架视作论道者而沾沾自喜。地位低的,喜欢找地位高的吵架。盛名已久的,喜欢找同级别的吵架,甚至喜欢找皇帝吵架。一旦皇帝气急败坏,他们还会指着皇帝说:他急了他急了……

给事中就是此中翘楚。

但,读书人,尤其是身居高位的读书人,他们害怕被三种东西骂。

一、史书。二、文章。三、诗词。

因为此三者涉及读书人最在意的名声——身前身后的名声。

尔曹身与名俱灭,不废江河万古流……此乃诛心之言,没有任何读书人能忍受这句诗词的嘲讽,太犀利了。

数百名京官,此时此刻,竟有种血气冲到脸上的感觉,真切感受到了巨大的侮辱。

不仅是诗词本身,还因为羞辱他们这群读书人的,是一个粗鄙的武夫。

直到那个身负短披风的挺拔身影越行越远，才有一位官员颤抖着声音说：“狂徒，竖子，粗鲁匹夫……竟敢如此欺辱吾等。诸位大人，是可忍孰不可忍，速速发兵斩了这狗贼！”

说话的是左都御史袁雄，一切谋划落空，他心情陷入低谷，整个人犹如火药桶，这个时候，许七安刻意等在午门踩一脚的行为，气得他心肝剧痛。袁雄觉得，许七安这句诗是在嘲讽自己，是要把自己钉在耻辱柱上。

第二个暴走的是兵部侍郎秦元道，他狂怒地前冲几步，厉声喝道：“侍卫，侍卫何在，给我拦住那狗贼，羞辱朝堂诸公，大不敬。给本官拦住他！”

可惜大内侍卫只听从元景帝的命令，就连公主和皇子都无权调动。

孙尚书心情颇为复杂，愤怒是不可避免，但不知道为何，心里松了口气，许七安没有点名道姓。他把大家都钉在耻辱柱上，均摊一下，每个人受到的耻辱就没那么尖锐了。孙尚书觉得自己的心态有点问题，但又总结不出来，饱读诗书的孙尚书没看过周树人写的书。

"魏公真是培养了一个得力下属啊。"王首辅嘴角抽搐，阴阳怪气地道。就算是城府深不可测的王首辅也被气到了，这句诗的杀伤力可见一斑。

众官员气急败坏地看向魏渊，以眼神质问他。

魏渊似乎才回过神来，神态自若地反问道："诸位这是做甚啊，莫非通通对号入座了？"

"……"众官员神色一滞，感觉被魏渊轻飘飘的话反将了一军。

"那，那今日这事，史书上该如何写啊？"一位年轻的翰林院侍讲，沉声问道。

话音方落，便见一位位官员扭过头来，幽幽地看着他，那眼神仿佛在说：你读书把脑子读傻了？

翰林院侍讲缩了缩脑袋，道："此等小事，不足以载入史册。"

魏渊淡淡道："朝会已毕，诸公不宜群聚午门，尽早散了吧。"说罢，率先离开，走出一段路后，魏渊再难掩饰嘴角泛起的笑意，幸灾乐祸地

"嘿"了一声。

离开宫门,进入车厢,心情极佳的魏渊把午门发生的事,告诉了驾车的南宫倩柔。

气质阴柔的义子"呵"了一声,道:"义父,您当时不也在诸公之中吗?"

魏渊脸上的笑意一点点退去。

午门外,怀庆和临安依旧停留原地,望着文武百官散去的身影。

尔曹身与名俱灭,不废江河万古流……怀庆心里喃喃自语,她瞳孔里映着诸公的背影,心里却只有那个穿着打更人差服提刀而去的挺拔身影。许七安与寻常武夫不同,他懂得如何攻人七寸,如何用最犀利的攻击报复敌人,却又不危及自身。以诗词诛心,痛击文人七寸,这是许七安独一无二的能力。

"真威风呀!"临安喃喃道。她眼里只有一个场景:狗奴才轻飘飘的一句诗,便让文武百官暴跳如雷,却又无可奈何。在她的心里,这是父皇都做不到的事。父皇虽然可以以权势压人,但做不到许七安这般轻描淡写。她妩媚的桃花眸子晶晶闪亮,有些骄傲地挺了挺胸脯。

寝宫里,结束早朝,手里握着道经的元景帝,沉默地听完了老太监的禀告,知晓了午门发生的一切。

"好胆色。"元景帝笑了笑,分不清是赞扬还是讥笑。

不过,老太监有一点能确认,那就是元景帝得知此事,得知许七安狂妄的行为,没有降罪的意思。他隐约能猜到元景帝的心思,许七安的所作所为,是在把自己往孤臣的方向靠拢,在走魏渊的老路。

而孤臣,往往是最让皇帝放心的。

一个有能力有天赋有才华的年轻人,相比起他左右逢源,四处结党,当然是当一个孤臣更符合陛下的心意。

"尔曹身与名俱灭,不废江河万古流!"元景帝哈哈大笑,一脸戏谑表情,"好诗,好诗啊,咱们这位大奉诗魁,当之无愧。大伴,传朕口谕,命翰林院将此事载入史册,朕要亲自过目。"

这是陛下对翰林院那帮书呆子的报复……许家兄弟的两首诗,都让陛下龙颜大悦。老太监领命退去。

尔曹身与名俱灭,不废江河万古流!

元景帝再次吟诵这句诗,脸上的快意渐渐退去,长生的渴望越发炽烈。

午膳时,楚元缜在饭桌上听故友说起朝堂发生的事,以及最后许七安一人一刀挡百官,以诗词嘲讽群臣的画面。

这,竟然是这样的方式破局!以勋贵对抗文臣,主意倒是不错,不过本身难度极高,许七安和叁号是怎么做到的……叁号和许七安不愧是兄弟,诗词天赋皆是惊才绝艳。

可惜的是,叁号现在羽翼未丰,品级尚低,与他堂兄许七安差得太远。否则当日下墓的人里,必定有叁号。当然,儒家体系衰弱已久,叁号品级低也可以理解。

对于叁号在朝堂之上作的诗,楚元缜赞叹了一句,便不再多言。诗是好诗,可惜最后一句不得他心。反倒是许七安嘲讽群臣的诗,楚元缜听得热血沸腾,当场连喝三杯。

"我早就想这么骂那些尸位素餐的人了,可惜诗词非我所长。许宁宴不愧是大奉诗魁,入木三分。"楚元缜大笑道。

他浑身畅快,有种即刻去寻许七安,一起把酒言欢,大醉一场的冲动。但考虑到对方刚解决堂弟科举舞弊案,后续还有一些琐事要处理,便忍住了。

王府。

密切关注此案的王思慕,通过自己经营的渠道,打听到了今日发生在朝堂的激烈争锋,以及午门的那首讽刺诗。

"我就知道,许会元才华无双,怎么可能科举舞弊。嗯,这件事,他堂兄许七安更是厉害,从中斡旋,竟能让曹国公和誉王为许会元说话,让朝堂勋贵为他们说话。这份人脉关系，不同寻常。

"最让我惊喜的是，魏渊没有出手，自始至终，他都袖手旁观。如此一来，许会元就不会被打上阉党的烙印，这对他来说，是影响深远的好事。"当然，对我来说也是好事……王小姐嫣然一笑。

丫鬟兰儿在旁，假装很认真地听，其实满脑子雾水。

"兰儿，你再去许府，替我约许会元……不，这样会显得不够矜持，显得我在邀功。"王小姐摇头，打消了念头。心道，这个时候，沉默反而能凸显我的气度和格局，如果迫不及待地前去邀功，反而会让许家那位主母小觑。

聪明人之间不需要把事做得太明显，心照不宣便好。

司天监。

杨千幻经过七楼炼丹房时，听见里头的师弟们在讨论早朝发生的事，他原本对这些朝堂之事不屑一顾，懒得去听。但听见"许七安"三个字，杨千幻脚步慢了下来，本能告诉他，或许，又是一个增加知识点的机会。

"许公子那首诗，简直大快人心，我觉得，堪称千古第一讽刺诗。"

"瞧你说的，过于夸张，不过确实很爽，尤其是当着文武百官的面，堵在午门里，这么来一句……"

诗，什么诗？

杨千幻无声无息地靠近，沉声道："你们在说什么？"

白衣炼金术师们吓了一跳，盯着他的后脑勺，抱怨道："杨师兄，你每次都这般，吓死人了。"

杨千幻不理，追问道："许七安又做了什么事，一个人在午门挡住文武百官？何为千古第一讽刺诗？"

白衣炼金术师便将今日之事，说给杨千幻听。

杨千幻如遭雷击，他脑海里浮现一幅画面：散朝后，文武百官缓缓走出午门，突然看见一个背对众生的白衣身影站在那里，挡住了群臣的道路。诸公大怒，呵斥白衣术士不知天高地厚，竟敢挡吾等去路。白衣术士对满天的叫骂置之不理,突然,发出冗长的吟诵,"尔曹身与名俱灭,不废江河万古流"。文武百官呆若木鸡,当场震惊。

想到这里,杨千幻感觉身躯如同电流游走,竟不受控制地战栗,鸡皮疙瘩从脖颈、手臂凸显。

为什么,为什么许七安总是能做出一桩桩、一件件令人艳羡的事。云州独挡四百叛军、万众瞩目之下与佛门斗法……太不公平了,太不公平了!

"下一次朝会是何时?我,我也要去午门,必须去。"

午后,教坊司。

许七安和浮香对坐饮茶,谈笑间,将今日朝堂之事告诉浮香,并附带了许新年"作"的爱国诗,以及自己在午门的那半句诗。

浮香是爱诗之人,听得心旌摇曳,尤其对许七安独挡百官的事迹,充满了崇拜,妙目盈盈,似要滴出水来。

"拜托你一件事,把今日朝堂之事,传播出去。"说罢,许七安提出了自己的要求。教坊司是传播信息最迅速、最便捷的中转站。

"那,许郎打算给人家什么报酬?"浮香当然不会拒绝,秋水明眸,直勾勾地望着许七安,喜欢一个人是藏不住的。

半个时辰后,许七安又去见了明砚、小雅等几位相熟的花魁,请求她们在打茶围时,散播今日朝堂发生的事。

然后骑着小马回府。

科举舞弊案对许新年来说,是一场名誉上的致命打击,尤其经过有心人的传播,京城士林、坊间都知道许新年是靠作弊考取的会元。这个印象,会在后续的时间里,慢慢沉淀。一旦形成烙印,即使将来朝廷为许新年证明了清白,一时间也很难扭转其形象。

而且,科举舞弊案还没结束,再过五日便是殿试,许七安得防备孙尚书等人孤注一掷,在殿试前夕搞事,比如煽动国子监学生闹事。

如果能在短时间内,把舆论扭转过来,那么国子监的学生便出师无名,难成大事。当所有人都知道许新年是被冤枉的,你即使假装视而不见,也得不到大众的认可和支持。

古人不管是打仗还是谋事,都很注重师出有名。

"誉王那里的人情算是用掉了,也不亏,幸好誉王早已无心争名夺利,否则未必会替我出头……曹国公那边,我许诺的利益还没给,以公爵和镇北王副将的势力,我出尔反尔,必遭反噬……

"镇北王大概率不知道此事,是副将和曹国公的谋划,不过,我只是个小银锣,即使镇北王知道了,也不会怪罪副将。而且,佛门的金刚不败,即使是高品武者也会动心。毕竟能增强防御,修到高深境界,甚至会让战力迎来一个突破,他没道理不动心。

"所以,许诺的利益还是得给。但,我可以把九阴真经倒着写……"

黄昏后,许家的餐桌上笼罩着喜悦的气氛,婶婶一边热情地给许新年夹菜,一边给许七安夹菜,仿佛两个都是她的亲生儿子。

虽然这种态度不会长久,在今后某次被侄儿气得嗷嗷叫的时候,婶婶又会记起当年的旧恨,然后关系恢复原样。

但此刻婶婶的感激如24K纯金般真挚。

许玲月对这样的家庭氛围很喜欢,愈发崇拜大哥,灵动的美眸一直挂在许七安身上。

"那个,我有件事想说。"丽娜咽下食物,以一种罕见的严肃态度,看向许七安和许二叔。

"什么事?"许七安边吃饭,边问道。

许二叔则端起酒杯,饮一口酒,用余光看向南疆的小黑皮。

丽娜小脸严肃,看了一下许铃音,说:"我想收铃音为徒。"

噗……许七安喷饭。

噗……许二叔喷酒。

一家人猝不及防。

许新年一脸嫌弃地抖掉身上的饭粒,离大哥远了点,而后看向丽娜:"说说你的理由。"

第322章

兑现承诺

"铃音是天才，罕见的天才，我不想浪费这样一块璞玉。"丽娜那双仿佛藏着蓝色海洋的眸子，仔细盯着许铃音，像是盯着瑰宝。

天才？

许平志和侄儿对视一眼，摇摇头："我这闺女没天赋，筋骨韧性不行，就一股子的力气。"

当初许七安练武，许新年读书，是许平志做出的决定。因为许新年没有习武天赋，却聪慧过人，而许七安恰好相反。

许铃音出生后，许平志也摸过骨，加上多年观察，他无比确信，自己这个幼女不但笨，而且筋骨也不行。至少炼精境这一关，她就很难过。

许七安也摇摇头，他如今的眼光比许二叔更毒辣，许铃音若是习武天才，许七安已经开始培养大奉的花骨朵了。

至于读书，许新年在幼妹四岁时就放弃了，他的评价是：目光涣散，注意力无法集中，读个锤子的书。许铃音果然没让二哥失望，每一位教过她的先生，都会被气得怀疑人生。

如果非要说小豆丁有什么天赋，大概是……吃？

对于许二叔的话，丽娜反驳道："但是她能吃啊。"

你在消遣我们吗……一家人斜着眼睛看南疆小黑皮。

丽娜见众人眼神怪异，惊讶道："难道你们一直没发现她是个天才?"

许新年等人闻言,扭头看了眼正在剥鸡蛋的许铃音。她把鸡蛋的一头在桌面敲了敲,然后小手掌按住鸡蛋,在桌面一顿猛搓,鸡蛋壳一碰就掉。

整套过程行云流水。

在她这个年龄,确实堪称天才……一家人忍不住想捂脸。

许七安咳嗽一声,委婉地提醒丽娜不要乱开玩笑:"吃或许是一种天赋,但不至于骄傲到要收徒,你能教她什么?如何在三息内剥掉蛋壳?如何让自己每天都能多吃一碗饭?"

丽娜小麦色的健康肤色倏地涨红,摆手辩解:"我不是要教她吃饭,我是要教她蛊术。"

许平志脸色一变,眼睛铜铃似的瞪着许铃音:"你是不是抓虫子吃了?"

许铃音露出向往之色,试探道:"虫子能吃吗?"

"不能吃不能吃。"许新年和许二叔动作整齐地摆手。

听说你要教她蛊术,我的第一反应竟然也是:小豆丁吃虫子了?!许七安心里吐槽着,若有所思地问道:"你的意思是,她是修蛊术的天才。"

丽娜点点头,然后纠正道:"准确地说,是修力蛊的天才。铃音骨壮气足,气血浑厚,这在我们力蛊部是几十年都遇不到的天才。你们不觉得奇怪吗,小小的一个孩子,饭量却这么大。"

难道不是因为她贪吃吗……许家众人心想,随后有了些许领悟,按照许铃音的吃法,换成别的孩子,早撑死了,她却活蹦乱跳。

丽娜压住了进食的欲望,娓娓道来:"我们力蛊部的修行方式,是在年幼时,挑选一只力蛊吞服,让它寄宿在体内。最初几年,力蛊会吸收宿主的精血和能量,体魄不够好的孩子,会变得非常虚弱,而因为力蛊与宿主一体同命,不会将宿主榨干,只会与宿主一起衰弱,这就会造成先天不足。"

说着,她目光灼灼地望着许铃音:"但她不会,她会为力蛊提供一个绝佳的温床,在年幼时便打下扎实的基础。而且,铃音骨壮力大,即使不修心,力量也远胜同龄人,一旦得到良好的栽培,她会一飞冲天的。"

一家人面面相觑。

婶婶沉吟一会儿,试探道:"那她会不会变得跟你一样能吃?"

丽娜摆摆手:"不会不会。"

婶婶刚松了口气,便听小黑皮谦虚地说:"她会变得比我还能吃。"

婶婶想都没想,否决道:"我不同意,老爷你呢?"

许平志看向儿子和侄儿,征求意见:"你俩觉得呢?"

许七安评价道:"反正读书没出息,练武又不是那块料,不如就试试吧。"

婶婶把桌子拍得砰砰响,感觉自己被冒犯了,气得直抖:"许宁宴你怎么说话呢,铃音难道不是你妹妹吗!"

看来不需要今后,今天就能记起旧恨,婶婶和侄儿的母子之情宣告结束。

许玲月低声说:"娘,大哥说的也没错。"

愤怒中的婶婶猝不及防,遭了女儿一记背刺。

许新年说道:"收徒可以,但有件事我想问问你,力蛊修行,何时才能出师?"

丽娜想也没想,道:"短则五年,长则二十年,看个人天赋。"

许新年点点头,看了眼铃音,说:"那丽娜姑娘能在京城待五年,或二十年?"

丽娜嘴巴比脑子动得快:"只要你们给口饭,我就能一直待下去。"

"不行!"许家众人异口同声。

"……"小黑皮一脸委屈,不就是吃你们家几口大米嘛,太小气啦。

最后,一家之主许平志做出决定,道:"就有劳丽娜教导小女了。"

许新年和许七安投以困惑的眼神,难不成还真要让丽娜在京城住五年,甚至二十年?那束脩费也太高昂了吧。

对此,许平志笑呵呵地说道:"铃音只是个女孩儿,又不争做天下第一高手。能学一点是一点,就算无法出师,也不打紧。

"你们两个啊,就是心气太高,事事都要争做头部。"

许七安和许新年没话说了,觉得此话有道理。

丽娜摸了摸许铃音的头:"你要是跟我回南疆,我爹肯定收你做亲传弟子。最多十年,你就能搬起一座山。"

许七安脑海里浮现相应画面,十年后,长大的许铃音扛着一座大山,每一步都造成地震般的效果,开心地说:"大锅,我回来啦,送一座山给你,接好哦!"

许家有女初长成,力拔山兮气盖世……许七安打了个寒战。

黎明前夕,天色青冥。

一只橘猫迈着优雅的步伐,穿梭在空旷寂静的街道,来到了孙府大门外。它轻盈地跃上临街一栋房子的屋脊,四处眺望,然后跃下屋脊,快速蹿到孙府大门口。接着,橘猫喉咙滚动,凸显出一个圆形轮廓,慢慢挤出喉咙。那是一面小巧的玉石镜。玉石镜被吐出后,未曾落地,而是悬浮于空,镜面光华一闪,抖落出一位昏迷不醒的公子哥儿。

橘猫张开嘴,将玉石小镜纳回腹内,翘着尾巴,快速离去。

又过了一刻钟,打着哈欠的老门房打开大门,看见了躺在地上的华服公子哥儿,他吓了一跳,看清公子哥儿的容貌后,激动地跑进府里。俄顷,几个仆人匆忙而来,抬着华服公子哥儿进府。

孙尚书闻讯赶来,见儿子躺在锦榻昏迷不醒,一颗心瞬间提起。

"老爷,少爷他只是昏迷,没有受太重的伤。"站在床边的老管家说道。

"什么叫没有受太重的伤?"孙尚书眉毛扬起。

"少爷……被抽了几十鞭,皮开肉绽。所幸都是皮外伤,敷药后已经没有大碍。"老管家低下头。

"混账!言而无信!"孙尚书脸色铁青,又心疼又愤怒,但随后,似乎想到了什么,沸腾的怒火忽然散去。

沉默了片刻,孙尚书叹道:"回来就好。"

浩气楼,茶室。

"誉王早已没有争名夺利的心思,所以能还我人情,倘若他还是当初那个誉王,恐怕不会轻易答应我。至于曹国公,他和镇北王的副将联合,谋划我的金刚不败。我记得魏公说过,朝堂之争就是利益之争,要学会妥协,于是我就答应了他的要求。"

许七安捧着茶,坐在采光通透的茶室里,扭头,看向在瞭望台上晒着太阳眺望风景的魏渊。

"不错,你悟性是有的,可惜脾性难改,不适合朝堂。"魏渊领首。

"主要是魏公教得好。"许七安谦虚道。

魏渊笑了笑,双手按在护栏上,望着春和日丽的景色,许久后,道:"为了科举舞弊案,你四处奔波,连衙门都没怎么待,辛苦了。"

"但也学到了很多。"许七安回应,呲溜喝一口茶水。

魏渊笑呵呵道:"领会我的要点。"

许七安愣了一下,有种不好的预感:"辛苦?"

魏渊摇头,没有转身,语气温和地说:"没怎么在衙门待。"然后又顺势说,"所以,这个月的月俸没了。"

许七安目光呆滞,呆呆地看着魏青衣的背影,哭丧着脸:"魏公,我这个月的俸禄早就没了。"

"是吗?"魏渊一怔,缓缓点头,"那下个月的也没了。"

"???"

我是不是哪里惹他不高兴了?聪明的许七安没有纠缠这个话题,永远不要和领导较劲儿,那样做只会自讨没趣。

"魏公,那镇北王的副将怎么回京了?"

"北边局势紧张,缺了粮饷,回来要银子的。"魏渊道。

"镇北王是个什么样的人?"

"霸道的人。"

霸道的人往往不能讲理,且因为亲王的身份,可以一定程度地漠视规矩……许七安心里判断。

告别魏渊,他骑上小马,在马鞍处挂了一个沉甸甸的布袋,哒哒哒地奔向淮王府。现在,他要履行承诺,去找镇北王副将。

"很奇怪啊,褚相龙让我在事情完结后,去镇北王府找他。这说明他回京这段时间,不是住在自己家,而是住在镇北王府,至少,大部分时间是待在镇北王府。而镇北王在边关,府上只有一位第一美人的王妃……"

从镇北王的角度,肯定是不可能让自己小弟和王妃住在一个屋檐下。可褚相龙偏偏这么做了,而且堂而皇之,毫不掩饰,这意味着,褚相龙是得到了镇北王授意。

镇北王为什么要这么做?

他对副将的信任,要远高于王妃……

淮王府,外厅。

轻纱蒙面,穿着华美宫裙的女子,坐在桌案上摆弄茶具。

厅里,浑身覆甲、腰间佩刀的褚相龙昂然而立,目光锐利地盯着王妃,沉声道:"听府上侍卫说,王妃无故失踪了两次?"

轻纱蒙面的女子充耳不闻,低头摆弄茶具,动作轻柔,姿态优雅。

"王妃是怎么瞒过府上侍卫的?又是如何瞒过司天监术士?您近来见了什么人,遇到了什么事?"

"聒噪!"轻纱蒙面的女子轻蹙眉头,声音高冷,"你在质问我?"

"不敢!"褚相龙低头,淡淡道,"卑职这趟返京,除了问陛下讨要军饷,再就是接王妃去北边,与王爷相见,您早做准备。"

顿了顿,他抬起头,盯着女人灵动秀美的眸子,沉声道:"这段时间我都会在王府待着,王妃想出门的话,卑职会全程陪同。"

蒙面女子默然。

这时,一名侍卫步入厅中,抱拳道:"褚将军,银锣许七安求见。"

褚相龙颔首,看了王妃一眼,拱手抱拳,退出了大厅。

许七安,他来王府做什么?蒙面女子低着头,眼睛转动,透着狡黠,不知道在想什么。

第 323 章

坑

待客的大厅里，许七安坐在椅子上，手里捧着婢女沏的茶，脚边立着一个布袋，膝盖那么高。他安静地坐了几分钟，耳郭微动，听见了鳞甲晃动的响声，紧接着，便看见褚相龙跨过门槛，径直入内。

"多谢褚将军和曹国公出手相助。"

许七安这话说得很没诚意，因为他连身都没起，边说着，边喝了口茶。

褚相龙并不在意，审视他一眼，目光随后落在许七安脚边的布袋，道："东西呢？"

许七安放下茶杯，打开布袋，露出一尊石雕的佛像，刀工极差，连初学者还不如。

褚相龙的眼神顿时火热起来，灼灼地盯着佛像，尽管它雕刻得简陋，面目只有一个轮廓，但那股似有似无的佛韵，让人意识到它的不凡。

"金刚神功的奥义我刻录在佛像里了，至于能不能修成，这是将军你的事。"许七安道。

"自然。"褚相龙收回目光，看着许七安满意颔首，"你是个有信誉的人。"

呵，我要是没信誉，你就会说，凭你一个小小银锣也敢出尔反尔，纵使是魏渊也保不了你！许七安心里冷笑，表面不动声色："其实这功法本身就是白赚,褚将军若是有意,五百两银子我就卖了,犯不着那么麻烦。"

褚相龙走过来,用布袋包好佛像,拎在手里,脸色带着揶揄和嘲弄:"略施小计就到手的东西,我觉得不值得花五百两。当然,佛门金身千金难买。许银锣走好,不送。"

佛门金身千金难买,是我不配你花钱呗……许七安丝毫不动怒,笑道:"青山不改,绿水长流。"说完,转身便走。

刚行至庭院,便看到一个婢子匆匆而来,道:"这位可是许七安许银锣?"

"正是在下。"许七安颔首。

"我家王妃想见你。"婢子道。

镇北王妃要见我?大奉第一美人要见我?这个可以有……许七安对那位久负盛名的女子万分好奇。

反正只是见个面,没大碍。许七安笑道:"请姐姐带路。"

婢子带着许七安穿过曲折的回廊,穿过庭院和花园,走了一刻钟才来到目的地。那是一座四面垂下帷幔的亭子,隐约可见一道曼妙的身影,坐在躺椅上,手里握着一卷书。

许七安努力想看清她的容貌,却发现在帷幔后,还有一层面纱。

"你就是许七安?"帷幔里,传来成熟女性的嗓音,清冷中带有磁性。

虽然看不清容貌,但声音很好听……许七安抱拳:"王妃找我何事。"

凉亭里的女人冷哼一声:"听说你在午门外,一人挡百官,作诗嘲讽,可有此事?"

许七安道:"年少轻狂,一时冲动,惭愧惭愧。"

你也会惭愧?呸!凉亭里的女人沉默了片刻,淡淡道:"送客。"

就这?许七安有些茫然地看了眼亭子里的女人,转身,跟在婢女身后。

就在这时,亭子里忽然投出一锭黄澄澄的物件,咚的一声,砸在许七安的背上。

"王妃为何砸我?"许七安回过身来,低头看了一眼地上的黄金,他没有得到神觉对危险的预警,这意味着刚才没有危机,但他有些生气。

亭子里的女人不搭理他。

许七安眼里闪过疑惑,见王妃不解释,他便俯身捡起黄金,面不改色地揣到自己兜里。

"下次王妃要砸我,记得用金砖。"许七安嘲讽了一句,跟着婢子离开。

安静的卧室里,褚相龙关紧门窗,他把石雕佛像摆在桌上,凝神观摩许久,只觉得有股佛韵流转,妙不可言,但不管他如何感悟,始终无法从中汲取功法。

"佛门的金刚神功果然需要一定的机缘,以及佛法的基础。许七安能修成金刚不败,确实有些天赋。不过,再怎么也是个没有根基的小人物,略施小计便让他乖乖就范。"

想到这里,褚相龙冷笑一声,既得意又鄙夷。什么武道天才,什么天资堪比镇北王,若没有监正暗中相助,他凭什么和佛门罗汉斗法。京城那些吹嘘许七安的流言里,褚相龙最反感、最讨厌的就是拿许七安与王爷做比较。一个快手出身的银锣,一个军户出身的低贱之人,他也配?

"除了金刚神功,此子身上能榨取的利益少得可怜。否则科举舞弊案里,一次就榨干他所有价值。"

褚相龙与曹国公谋划金刚神功是有原因的,以他们的身份、地位以及见识,岂会不知金刚神功的玄奥。

褚相龙年少从军,早年随军队围剿流寇时,遇到过一位西域而来的行者。那行者试图用佛法感化饥饿的流寇,却被流寇捆绑起来,欲烹食之。褚相龙救了行者,为报答他的恩情,行者送了他一块青铜护符。此符刻满佛文,佛韵流转,每每佩戴于身,便觉心生平静,戾气全消,进入一种宛如顿悟般的状态。每次战场厮杀过后,褚相龙便会佩戴在身,消弼戾气,感悟玄而又玄的佛法。

吱的一声打开床柜,他取出一只小巧的檀木盒子,揭开盒盖,红绸布包裹着一块巴掌大的青铜符。

我虽不是佛门中人,但此符玄奥神奇,能助我进入某种顿悟状态,说不定可以借此领悟金刚神功的玄妙。一旦我修成金刚不败,战力将提高不止一个层次。关键是,远胜寻常武夫的肉身,能让我在战场上更好地生存。

另外,如果我能借助青铜符修成金刚神功,王爷他肯定也可以,到时候必定重重赏我。

想到这里,褚相龙眼神狂热,恨不得立刻感悟佛像。

他深吸一口气,用了一盏茶的工夫,平复情绪,让内心平静,不起波澜。然后,他握住青铜符,开始冥想。渐渐地,他感受到了一股浩瀚的、温和的气息,头脑因此变得清明,冷静地审视七情六欲,不再被杂念困扰。

进入这种状态后,褚相龙睁开眼,专注地观察石像上的佛韵。这一次,他清晰地看到了佛像在动,变幻出各种各样的姿势,每一种姿势,都伴随着不同的行气方式。

真的可以!褚相龙狂喜,险些维持不住"淡然出世"的状态。

下意识里,他尝试模仿石像上的姿势,模仿那独特的行气方式。眉心一道金漆亮起,迅速覆盖他的半身。

突然,体内气机受到影响,宛如火山喷发,冲击着他的经络和丹田。

噗!褚相龙喷出一口鲜血,体表一道道血管破裂,丹田也被狂暴的气机炸得崩裂,受了重伤。他脸色倏然涨红,豆大的汗珠滚落,低头环顾自身,手臂的金漆一点点退去。

"怎么会这样,青铜符也不行吗?"褚相龙念头闪过,两眼一翻,昏死过去。

过了半个时辰,褚相龙的心腹来寻他,终于发现了昏死过去、奄奄一息的他。

"有刺客,有刺客!"

镇北王妃听完侍卫禀告,压住心里的喜悦,问道:"练功走火入魔?好端端的,怎么就走火入魔了?"

侍卫摇头:"卑职不知。"

镇北王妃喜滋滋地道:"死了吗?"

侍卫又摇头:"性命无虞,不过受了重创,司天监的术士说,需要卧床一月才能恢复。而且,发现得太晚,气机逆行,经脉尽断,很可能落下病根。"

镇北王妃顿时很失望。

"不过,卑职听说,很可能与许银锣送来的佛像有关。"侍卫略作犹豫,说道。

和他有关?这臭小子倒是做了件大快人心的好事!镇北王妃笑眯眯地想。

崎岖的山道,穿着道袍、玉冠束发的李妙真,背着师门赠予的法器长剑,缓步而行。路边野花烂漫,阳光明媚,山清水秀,她一路走,一路看,怡然自得。

一把红艳艳的油纸伞跟在她身侧,伞下是倾国倾城的苏苏,只见她眸如点漆,红唇鲜艳,肌肤雪白,穿着繁复华美的长裙。

李妙真美则美矣,气势却过于凌厉。反观苏苏,完全是一副风华绝代的豪门千金打扮,眼波流转间,媚态天成,有一股说不清道不明的魅惑。

"再有八十里便到京城啦,主人,我们在京城久住一阵可好?"苏苏望着南方,饱含期待。

"司天监我可不熟,许七安已经故去,没了他的面子,宋卿会搭理你才怪。"李妙真撇嘴,毫不留情地打击她。

"那……"苏苏眼珠子一转,狡黠地笑道,"我就说自己是许七安未过门的妻子。"

李妙真冷笑一声:"那正好,说不定他当场就超度了你,让你去陪许七安。"

苏苏气得一转身,站在路边,气呼呼地道:"我不去了,我要回天宗,我要回天宗。"娇嗔的姿态,很能勾起男人怜香惜玉的柔情。

可惜李妙真不是男人,反手就是一巴掌拍在她后脑勺:"走不走?"

挨了揍的苏苏顿时乖了:"哎呀,你别打我头嘛,都被打你瘪了。"

这时,李妙真抽了抽鼻子,脸色一肃:"我闻到了血腥味。"

她四处张望了片刻,锁定前方的草丛。

第 324 章

李妙真入京

　　一人一鬼俩主仆拨开草丛，搜寻一阵，在及膝的杂草里，找到一具尸体。这具尸体穿着黑色劲装，失去了头颅，手里握着一把卷刃的钢刀，脖颈处那道碗口大的疤已经干涸发黑，死亡时间至少超过两个时辰，甚至更久。

　　"肯定是死于江湖仇杀，怨气还不轻呢，咱们把他给埋了吧，免得他曝尸荒野，七日后化作怨灵。"苏苏建议道，身为"魅"的她，嗅到了一股极为浓郁的怨念。这股怨念极有可能让死者在七日后化作怨魂。

　　当然，这类魂魄无法长久存在，短则几个时辰，长则数天便会消散。可是，这条山道并非荒无人烟，如果在怨魂消散之前，有旅人经过，很可能会遭怨魂攻击。轻则大病一场，重则死亡。

　　苏苏认为，应该及时杜绝这类事情发生。

　　"怨念这么深，生前恐怕有什么大事，才让他这么不甘心。我尝试召唤一下他的魂魄，看看是什么事情。"李妙真沉吟道。

　　"不是吧不是吧，主人你真觉得自己是女侠了吗？"苏苏原地蹦了蹦，说道，"你是天宗圣女啊，你将来是要太上忘情的。人世间的生老病死、恩怨情仇，于你而言都是浮云。忘情而至公，不为情绪所动，不为情感所扰。"

　　"女侠只是我们为了伪装身份，给自己制定的一个角色而已。天之至私，用之至公，你何时能冷眼旁观世人的爱恨情仇，不为所动，不阻止不干预，那你就能修成正果。咱们把他埋了就好，何必多惹事端。"

"闭嘴吧你！"李妙真不耐烦道，"天宗的奥义宗旨，需要你来教我！太上忘情是没错，可如果连什么是'情'都不知道，如何忘情？说忘就忘的吗？"

再说，她不觉得行侠仗义有什么错。为何有些人总把世态炎凉挂在嘴边，就是因为好管闲事的人太少了。倘若人人都有一颗行侠仗义、好管闲事的心，世态也就不会炎凉。

李妙真把尸体抬到路边，吩咐苏苏取出三节竹筒，竹筒里分别是黑色的淤泥、黑色的血液、散发寒气的药材。

黑色淤泥的主要成分是乱葬岗挖掘出的尸泥，辅以各种阴性材料。

黑色血液的主要成分是阴时出生的处子的癸水，辅以各种阴性材料。

散发寒气的药材，则是一些生长在极阴之地里的药材。

这具尸体死亡时间过久，无法直接召唤魂魄，而且又是曝尸荒野的状态，强行召唤魂魄，会使魂魄当场消散在太阳之力中。

苏苏熟练地用三种材料调配"墨水"，并取出一杆以指骨为身的毛笔，蘸墨之后，递给李妙真。

李妙真在尸体身上刻画或扭曲张扬、或含蓄内敛的古怪咒文，并念念有词，随着阵法的逐步成型，周遭荡起一股股阴风，太阳都仿佛失去了热量。当最后一笔落下，阴风卷着一道道破碎的魂魄而来，从路边、草丛里、半空中……于尸体上方凝聚，化作一个不够真实的虚影。

那是一个精瘦的汉子，目光呆滞，呆呆地飘浮在尸体上方。

李妙真眉头微皱，道门是玩鬼的行家，只看一眼，她便确认这个鬼魂受损严重，死前有被人针对性地攻击魂魄。但对方应该是个武夫，能力有限，无法彻底湮灭魂魄。

"你是谁？"李妙真问道，同时，抬指渡送出一缕阴气，滋养魂魄。

鬼魂受到阴气的滋补，呆滞的表情有所变化，喃喃道："血屠三千里，血屠三千里，请朝廷派兵讨伐……"

李妙真连续追问数遍,鬼魂翻来覆去就这么一句,再多,他就说不出来了。

"血屠三千里……"李妙真脸色严肃地念叨。

"怎么处理他?"苏苏意识到了事情的严重性。

"他魂魄残缺,想让他说出后续内容,就得养魂,但养魂是漫长的过程,短期内无法指望。"李妙真目光随之落在尸体上,灵机一动,"若能查出此人身份,或许能进一步知晓内幕,知道他想说的是什么事。"

"主人说的有道理。"苏苏乖巧地点头,然后问道,"怎么查?"

我怎么知道……李妙真沉吟不语,不停地思索着,脑海里不由自主地回忆起云州案时,配合许七安查案的经过。她竭力地回想,试图借鉴许七安的思路,来破解这具尸体的谜团,但她失败了。

沉默的气氛中,苏苏低声说:"如果那小子还活着,肯定有办法。"

你也想起他了?李妙真不动声色地点头,道:"他是我见过破案能力最强的人。嗯,把尸体带回京城,交给衙门吧。此人在距离京城不远的荒山被杀害,八成是遭遇了截杀。"

说罢,李妙真取出地书碎片,对准尸体,光华一闪,尸体消失不见。她接着打开腰间的香囊,将残魂收入其中。

因为有了这个插曲,主仆二人不再慢悠悠闲逛,李妙真把苏苏收入香囊,召唤出飞剑,翩然跃上剑脊。飞剑咻一声破空而去。

一刻钟后,李妙真看见了京城巍峨的轮廓,看见了围绕京城而建的星罗棋布的村庄和小镇。她降下飞剑,于城外落地。飞剑有灵,自动归鞘。

唰!她抖了抖玉石小镜,镜面飘出一个栩栩如生的纸人,竹枝为骨,眉目如画。一拍香囊,苏苏化作青烟飘出,袅袅娜娜地进入纸人。纸人顿时活了过来,眉眼变得灵动,纸做的身子化作血肉,长裙飘飘。

主仆二人相视一笑,进入京城。

"主人,我是第一次来京城呢,都说这是大奉首善之城,陆地最繁华的城市。"苏苏雀跃道,穿过城门后,她迫不及待地左顾右盼。

"沉稳些,你的人生和鬼生,加起来好歹也接近四十岁了。"李妙真说着,走向了城墙边的告示栏。

每到一处城市,她就会本能地去看告示栏,上面会有官府张贴的告示,包括朝廷政令、通缉檄文等。

"主人你老毛病又犯啦,京城高手如云,即使有檄文,也轮不到你来替天行道。"苏苏撑着红伞,遮挡太阳。

这时,她看见李妙真身子骤然一僵,眼睛慢慢睁大,盯着墙上的某篇告示,露出难以置信的神色。

主人极少这般失态,她看到了什么?苏苏出于好奇,走过去,与李妙真并肩,看向檄文。

下一刻,苏苏瞪大了杏眼,红润的小嘴微张,像是见了鬼。这个比喻不恰当,像是见了替天行道的道人。不知是过于震惊,还是激动,撑着红伞的手微微发抖。

午后的阳光略显灼人,许七安带着下属铜锣巡街。前阵子,魏渊采纳了他的建议,并在他的基础上,组织起了一支临时的队伍,由江湖人士组成的队伍。让他们负责维护京城的治安,朝廷会给予相当优渥的待遇和酬劳。

这条政策妙在从根本上解决了治安乱象。为何偷盗、抢劫事件屡见不鲜?因为大部分江湖人士都是二混子,没有固定营生,京城物价又贵,不偷不抢,怎么生存?给他们一个挣钱的营生,让他们维护治安,以彼之矛,攻彼之盾。当然,每一支由江湖人士组成的治安队,都会有朝廷的人马监视着,也要防备他们监守自盗。

经过最先几天的严打,拥入城里的江湖人士安分了不少。

所以,许七安打算去勾栏听曲。

温饱思淫欲,可这事一旦满足了,人类就要追求更高层次享受,那就是精神层面的享受。这世界没有电脑,打不成游戏,看不了电影,只有去勾栏看戏听曲来维持体面的生活⋯⋯

许七安领着铜锣们进了勾栏,要一个雅间,喝着茶,吃着瓜果,观赏大堂里的戏曲。

突然,熟悉的心悸感传来。

许七安背过身去,挡住铜锣们的视线,取出地书碎片一看,大惊失色。

贰:许七安还没死?!

贰:为什么没人告诉我许七安还没死,为什么你们不告诉我许七安没死!

两条传书之后,就没了声息。

肆:嗯? 李妙真不知道许七安还活着吗?

楚元缜传书表达疑惑。

壹:云州案后,她便一直四处奔波,不知道许七安死而复生也是正常。不过,随着斗法的消息传来,她知道此事是迟早的。呵,她和许七安在云州结下深厚情谊,如此激动,不奇怪。

我怎么感觉壹号在幸灾乐祸?许七安心里一沉。

陆:贰号怎么不说话了。

恒远也参与讨论。

许七安想了想,斟酌着发出传书:

贰号,我有些话想对你说。

这条传书还没发出去,地书聊天群的众人便看见了金莲道长的传书:

李妙真已经抵达京城。

随后,众人再也没有收到传书。

街边,浑身发抖的李妙真握着地书碎片,手指颤抖地输入传书:

许七安,你这个王八蛋,你还想骗我们到什么时候?

传书出去,半天没有回应。

李妙真越发生气,传书道:

莫非,你们都知道他是叁号,联合起来骗我?

只有这样才能解释大家为什么不提许七安没死的消息,也能解释为何众人此刻沉默。

玖:妙真,他们并不知道许七安的身份。至于他为何复活,说来话长,我给你一个地址,你来此处寻我。

这时,李妙真收到了金莲道长的传书。

李妙真盯着金莲道长的传书,心情复杂,分不清自己是怒还是喜,或者,是羞耻。

"主人,那小子真的没死?"传书结束,苏苏迫不及待地追问。她绝美的容颜露出了紧张和窃喜,似乎那个男人的死活,对她来说非常重要。

李妙真压抑火气,嗯了一声。想起自己这段时间,时常与身边的"魅"感慨天妒英才,许七安死得可惜,她就有种捂住面孔找地缝钻的羞耻感。

苏苏同样有这样的心理感受,所以,主仆对视一眼,默契地挪开目光。

玖:李妙真已经进城,你要不要见一见她?我虽然屏蔽了她,没让她说太多,但该来的还是要来。

勾栏里,许七安收到了金莲道长的传书。

道长,干得漂亮!许七安眉梢一扬,面露喜色,传书回应:

我可以见她。

玖:来我住处吧。

许七安收好地书碎片,丢下几粒碎银,道:"本官还有要事处理,你们喝完酒,继续巡街。"

"是,头儿。"

外城,某座种植柳树的小院门口。

穿着道衣的李妙真,轻轻叩响了院门。几息后,院门自动敞开,传来金莲道长温和的声音:"请进。"

李妙真带着鬼仆苏苏入内,穿过小院,跨过门槛,在屋子里见到了盘膝而坐的金莲道长。只见他头发花白,垂下一缕缕发丝,形象一如既往地邋遢随性。

"很好,不愧是天宗最有天赋的弟子之一,你已经踏入元婴境。"金莲道长称赞道。

道门四品,元婴!

"楚元缜剑法精湛,不踏入四品,我恐怕很难战胜他。"李妙真道。

"我记得你师兄早已是四品元婴,他还是没有下落吗?"金莲道长问道。

"谁知道呢,也许死于某个女人的报复,也许被哪个老相好囚禁起来,当作禁脔。他的事我懒得管。"李妙真无所谓地说。

金莲道长沉吟道:"说实话,我并不希望你和楚元缜死斗,甚至不想看到你俩交手。"

李妙真淡淡地道:"这是道门的宿命,天人两宗斗了无数年,一直未分胜负。而今掌教踏入一品,终于可以为这场道统之争做一个了结。"

金莲道长笑了笑,没有继续这个话题。

李妙真深吸一口气,咬牙切齿道:"许七安是怎么回事?"

"他并没有死,当日服用了司天监的脱胎丸,假死而已……"金莲道长简单解释了其中缘由。

"为何要一直隐瞒我们?"苏苏气鼓鼓地问。

"这个问题,你们自己去问他。"金莲道长笑着看向院子。

哒哒哒的马蹄声传来,许七安骑着马,停在院外。他把小马拴好,进入院子,步入房间,朝李妙真露出一个尴尬而不失礼貌的笑容:"许久不见,李将军怎么换了身装扮?"

然后看一眼纸片人,调侃道:"苏苏姑娘,你决定好了吗,要不要做我的小妾?"

"哼!"苏苏瞪他一眼,别过脸去,一副很嫌弃的样子。

"我是天宗弟子,天人之争,自是这般打扮。"李妙真面无表情地说完,哼道,"我要把你是叁号的事,公布给所有地书碎片的持有者。"

第 325 章

苏苏：小朋友,我是鬼

许七安笑了笑,一点都不怵,在桌边坐下,给自己倒了杯水,边喝边道:"李将军想做什么,我自是无法阻止。不过,正巧我也有很多事,没与他们分享。比如,李将军说,自己是个破案天才……当然,还有更多。"

来啊,互相伤害啊,谁怕谁!

李妙真强撑着不变神色,忍着内心的羞耻感,冷冰冰地道:"我不介意在天人之争前,先教训一下你。"接着小手一拍桌面,后背的飞剑出鞘,在半空绕过一个半弧,戳向许七安的屁股。

苏苏一脸幸灾乐祸。

李妙真用余光审视金莲道长,她认为金莲道长必然会阻止自己,然而,她看见金莲道长抚须而笑,没有阻拦的意思。

哼,看来道长也觉得这家伙可恨,想让我教训他。念头闪过,李妙真便看见那小子头也不回,伸手抓向飞剑。

许七安的手掌迅速染上一层色泽浓郁的金光,叮,掌心传来金石碰撞的锐响。

李妙真霍然起身,美眸睁大,难以置信地盯着许七安的手臂,用一种惊叹般的声音说道:"佛门金身?"

许七安咧嘴道:"没错,斗法时赢来的金刚神功。李将军,你这飞剑有些软啊,加把力道。"

斗法赢来的佛门金身……李妙真愕然,朝廷的告示里可没有写相关内容。

"主人,他看不起你呢。"苏苏立刻拱火,刚才的担忧是发自内心,但现在的拱火,也是真心的。

"正想领教道门飞剑。"许七安扬眉。

"好。"

李妙真操纵飞剑试图挣脱许七安的束缚,嗡嗡嗡,飞剑不停震颤,却无法脱离手掌。

天宗的圣女露出了郑重之色,单手捏诀,飞剑改退为进,一点点挺进。

许七安侧脸咀嚼肌凸起,额头和手掌的青筋暴突,仿佛在与人掰手腕。

手掌与飞剑摩擦出让人牙酸的声音。

无声的角力维持了几秒,只听轰的一声,屋顶被狂暴的气机掀飞,断裂的梁木和瓦片哗啦啦坠落,门窗也在瞬间炸毁。

苏苏不愧是二十年的老鬼,撑起阴气屏障,勉强挡住气机的冲撞。

"点到即止,点到即止……"金莲道长心疼地喊停。

许七安和李妙真对视一眼,一个收剑,一个收手。

短短数月,他的修为竟精进到此等境界。李妙真颇为复杂地望着许七安,云州相见时,他是一个冲击炼神境的八品武者。在当时五品的李妙真看来,这样的修为还算不错。谁想两三个月后,他居然已经强大到此等地步。要知道自己的修为精进并不慢,她现在是道门四品的元婴,今非昔比了。可现在,李妙真有种自己天赋不过如此的无力感。

咳咳!金莲道长咳嗽一声,笑道:"你以飞剑攻他肉身,是以己之短攻彼之长。小小切磋一下,不必当真。"

李妙真是四品高手,天宗的手段还没施展,飞剑术要斩六品铜皮铁骨倒是没问题,但对上佛门金刚,就有些无力了。

这小子的金刚神功为何精进如此神速!金莲道长瞄一眼许七安,

心里闪过疑惑。

"真打起来,我不是你的对手,不过你要攻破我的金刚不败,也得花费些力气。"许七安谦虚说道,而后在心里补充一句:最多七日,我吸收完神殊和尚的精血,就能将金刚神功提升到小成境界。

神殊和尚遗留给他的精血,真正的效果是提升金刚神功的修行速度。因为神殊本身就是金刚神功的大成者。他的精血完美契合金刚神功,许七安只要修行此功时,吸收精血,便能提升金刚神功的境界。

李妙真哼一声,别过头去。出剑后,她心里憋着的火气消散了部分,不像刚才那样难受。同时,许七安的"威胁"让她产生了犹豫。

公布许七安身份的话,她当初在云州的一言一行,也会被公布在天地会内部……这种损人损己的做法,不符合她天宗圣女的作风。

她算是明白许七安执意隐瞒自己身份的原因了。

当初他吹过的牛,可比她更甚百倍,这要是公布出来,便没法做人了。

"妙真如果不想住客栈,可以借宿在许七安府上,伍号也在那里。许府在内城,是三进的大宅,极为气派。"金莲道长说道。

你又来?我家什么时候成为天地会孤儿收容所了……许七安嘴角一抽。

苏苏眼睛一亮,比起住客栈,当然是住在大院里更舒坦。而且,她也想趁着晚上勾搭这个男人,让他带自己去司天监。

李妙真则想到了那具无头尸体,她正烦恼破案能力有限,交给衙门的话,她的朝廷信任危机使她打心底抗拒,害怕那些尸位素餐的家伙不重视。正好可以把这件事交给许七安处理,还能从他身边学到一些有用的破案技巧。

于是,李妙真点点头,道:"好,我也想见见伍号,她这一路北上,千里迢迢,肯定吃过不少苦头。"

总觉得金莲道长还有什么话想跟我说……许七安敏锐地察觉到金莲道长频频审视自己的眼神,他表面不动声色,甚至面带微笑:"李将军,随我回府?"

金莲道长目送两人一鬼离开，沉吟道："等天人之争结束，我便离开京城，在此之前，得想办法搅乱这场争斗。"

"妙真……"

马背上，许七安刚开口，就被李妙真纠正，天宗圣女哼道："你还是叫我李将军吧。"

"那多生分啊，咱们都这么熟了。"许七安厚着脸皮笑道，"关于天人之争，我有个疑惑。"

李妙真目视前方，不疾不徐地跟在小马身边，对他的问题不加理会。

她心里还有火气，不想理我……许七安念头转动，用不经意的语气说道："我们应该还没说过，当日在襄城寻找伍号的经过。"

闻言，李妙真侧头看了过来，咬牙道："道长一直在屏蔽我的地书碎片，我早该想到的，他是为了掩饰你复活的消息。"

金莲道长帮助许七安"欺骗"她这件事，李妙真现在还耿耿于怀。

"这些都不重要，重要的是，我们发现的那座墓，年代久远得难以想象，是道门前辈的大墓，并极有可能是人宗的道人。"许七安抛出了鱼饵。

"人宗？"李妙真看着他，眼里充斥着好奇。

"是的，是篡位登基的人宗道人。"许七安脸上笑容愈发浓郁。当即，他把大墓里的经历，原原本本告诉李妙真，就像说故事一样，天花乱坠。当然，这其中不包括神殊和尚和干尸的问答。

李妙真听得津津有味，再不复高冷姿态，颇为热情地与他讨论起来。

"这让我想起了师尊以前说过的话。他说'天地人'三宗里，人宗最蠢，因为他们主动靠拢人间气运；地宗其次，修功德酿福缘，然世间之事，有因有果，岂是'行善事'三个字便能解释一切，所以地宗的人，二品时，往往因果缠身，容易堕入魔道。"

地宗道首就是例子……为什么主动靠拢人间气运的人宗最蠢？人

间气运不能触碰还是怎么的……嘶,所以那位人宗的前辈,最后退去了旧身躯? 许七安点头:"那天宗呢?"

"天宗自然是走的大道,太上忘情,天人合一,此乃天道。"李妙真昂起尖俏的下巴。

"天宗讲究太上忘情,最高境界是天人合一。按照这个理念,不应该对万事万物都淡泊冷漠吗,为什么如此执着于天人之争,如此执着于道统?"许七安顺势问出了自己刚才的疑惑。

李妙真有些诧异地看他一眼:"你能想到这一点,倒是难得。"顿了顿,她摇头说,"我不知道,正如你所言,如此执着于争斗,确实不符合天宗理念。但师门有师门的原因,我曾问过,却没有得到答案。"

也就是说,天人之争表面上是理念和道统之争,其实背后还有一个更深层次的原因。而这个原因,身为天宗的圣女也不知道……道门的水很深啊。

半个时辰后,他们抵达许府。

苏苏跟在许七安身后,左顾右盼,对许府的格局和布置很是满意:"不错嘛,在京城住这样的大宅,你是不是贪污了很多银两?"

"对啊,所以只要跟着我,以后肯定吃香喝辣的。"许七安随口调笑。

行至内院,他们看见丽娜带着许铃音坐在门槛上,两人膝盖上各放着一碟马蹄糕。

丽娜很生气地说:"扎马步呀,不扎马步不能吃糕点。"

小豆丁回答说:"我累了嘛,我把马蹄糕分你一半,那我今天马步就扎一半,好不好?"

丽娜赶紧回道:"好呀好呀。"

"大锅!"小豆丁看见许七安回来,惊喜地喊了一声,迈着小短腿,一个恶龙冲撞,撞到许七安的怀里。

"她就是伍号?"李妙真审视着丽娜。

很漂亮的一个少女,披肩的黑发,末梢带着微卷,皮肤是健康的小麦色,眼睛宛如蔚蓝的大海,清澈干净。

丽娜也注意到了李妙真,但没有说话,默默地望着她。

许七安招了招手,道:"丽娜,她就是贰号,天宗圣女李妙真。"

丽娜一听,脸蛋上顿时扬起热情的笑容,拎着马蹄糕,蹦蹦跳跳地跑过来。

"呀,你就是贰号……吃马蹄糕吗?"

果然不太聪明的样子。李妙真摇摇头,问道:"从南疆到京城,路途遥远,没少吃苦头吧。"

"嗯嗯。"丽娜用力点头,说起了自己北漂的艰苦历程,被人骗过银子;被骗去干过苦力;为了一顿饭给人任劳任怨地干活儿;还被觊觎她美色的江湖人士用下三烂的迷烟偷袭,好在她是蛊族人,极渊都去过,等闲的毒药对她不起作用。她认为最轻松、最愉快的职业就是乞丐,什么都不用做,拎个破碗在街上一坐,就有善良的人打赏铜钱。

李妙真听完,久久说不出话来。

"姐姐你好美啊。"小豆丁走到苏苏身边,仰着小脸,羡慕地看着她。

苏苏觉得这个孩子呆头呆脑,很好玩的样子,于是做狰狞状,龇牙咧嘴:"小朋友,我是鬼……"

小豆丁惊呆了,愣愣地看着她,突然咕噜一声,吞了吞口水。

李妙真心里充满了同情和怜悯,安抚丽娜几句,扭头看向许七安:"我来京城的路上,发现一具尸体,他似乎是被人灭口的。我召唤了残魂询问,发现一件大事。"

大事?许七安皱了皱眉,说道:"去书房说。"

当即领着李妙真向书房行去,苏苏撑着红伞,跟在两人身后,走了一段距离,她回头看去。

小豆丁还在看着她,那眼神,充满了渴望和侵略性。

第 326 章

尸体身份

"臭男人,你家的这个孩子,是不是脑壳有病?"苏苏小跑着进入书房,那种芒刺在背的感觉才消失,真奇怪,她竟然被一个五六岁的稚童盯得浑身不自在。

"你才有病呢,你全家都有病。哦,忘记你家人早就没了。"许七安毫不留情地回怼,他已经忘记当初婶婶的一句戏言,认为苏苏是在埋汰小豆丁。

吱,许七安关上书房的门,本想给李妙真倒一杯茶,考虑到接下来可能要验尸,不是喝茶的时机,就没有给客人奉茶。

李妙真也不废话,掏出地书碎片,轻轻一抖,一道黑影落下,啪嗒摔在书房的地面上。

五感敏锐的许七安,嗅到了一股浓重的血腥味。他盯着无头尸体看了片刻,问道:"他的魂魄呢?"仅凭一具无头尸体说明不了什么,李妙真既然说是大事,那肯定是利用道门手段召唤了魂魄。

李妙真一拍香囊,一缕青烟袅袅娜娜,在半空化作目光呆滞、面目模糊的中年汉子,喃喃道:"血屠三千里,血屠三千里,请朝廷派兵讨伐……"

天宗圣女脸色沉重:"他的魂魄有损,想知道后续的内容,只有养魂,根据魂魄的残缺程度,最少得两个月。"

许七安看她一眼,呵了一声:"两个月后,黄花菜都凉了。"

李妙真瞪眼:"那你说该怎么办?"她确实不知道该怎么办,只有这么一个线索,没头又没尾,怎么探究真相?

苏苏黑白分明的美眸,款款凝视着许七安,她知道以许七安的破案能力,肯定不会像主人这样一头雾水。对此,苏苏又期待又好奇,想知道他会从什么角度来剖析。

许七安略作沉思,俯身除去尸体身上的衣物,一番审视后,说道:"不出意外,他应该是北方人。"

李妙真眸子瞬间亮起,追问道:"依据呢?"

她旁观无耻的叁号检查尸体的全过程,却没有得出与他相同的结论。

"一方水土养一方人,从外貌和皮肤能够看出死者是何方人士。没了头,鬼魂的脸过于模糊……因此想要判断这具无头尸体是哪里人,就得从身体细节来验证。"许七安抬起尸体的右手,道,"你们看,此人除了掌心的老茧,食指也有一层厚厚的茧,使刀和使剑都不会产生这种茧。"

苏苏和李妙真定睛一看,果然如此。

绝色女鬼眨了眨美眸,娇声道:"那使的是什么武器?莫要卖关子嘛。"

李妙真则露出恍然之色:"是弓。"

不愧是在军营里待过的女将军,反应很快。许七安点头:"没错,此人擅射。"

苏苏歪了歪头,反驳道:"就凭这个如何说明他是北方人,我感觉你在胡诌。擅射之人多的是,就不能是军队里的人?"

李妙真点头赞同。

"对,苏苏姑娘说得有理。比如,你身边就有一个擅射之人,不也不是军队的。"许七安挤眉弄眼了一下,手上动作不停,分开无头尸体的双腿,说道,"你们仔细看,他大腿根部没有茧子,如果是长期骑马的军伍人士,大腿处肯定会有茧子的。不是军队里的人,又擅射,这符合北方人的特征。大奉其他各地的江湖人士,不擅长使弓。"

北方人擅弓箭,即使是普通的成年男子,也能开弓。据许七安的了解,北方几个州的江湖人士,出门的标配是刀和弓。有时候,甚至可以没有刀,用匕首和短刃代替,但不能没有弓。

这时,苏苏又想出了一个反驳的说辞,道:"或者,是弓兵呢?"

许七安嗤笑一声:"谁会派弓兵来传信?没猜错的话,这人多半是北方的江湖人士。至于他想传达的到底是什么意思,受了何人委派,又是遭谁的毒手,我就不知道了。"

李妙真无声地吐出一口浊气,欣慰地道:"那他的事就交给你去处理,身为打更人的银锣,理当处理这些事。"

苏苏也跟着松了口气,觉得这个臭男人虽然好色又讨厌,但本事真不赖。一番分析有理有据,她还是很服气的。自己和主人一头雾水,根本不知道该如何往下查,但交给这个男人后,立刻便有了线索。

尽管苏苏时常埋怨李妙真多管闲事,尽管她喜欢吸取男人精气,但她知道自己是一个善良的女鬼。无头尸体的事,若不能妥善处理,她和李妙真都会有心理负担。因此,这就凸显出许七安的好。

给李妙真和苏苏安排了客房,再吩咐厨娘准备一些点心,许七安返回书房,把尸体收入地书碎片,讨要来了残魂,然后骑着小马,前往衙门。

"我记得魏公说过,北方战事频繁,大奉接连打了败仗,文官上书弹劾镇北王,却被元景帝强行甩锅给魏渊,摘了他左都御史的帽子。

"血屠三千里啊,不敢想象,这种大事……为什么我之前没听说过?事关重大,要及时禀告魏公。"

骑着小马狂奔着来到衙门,许七安把马缰递给门口值守的吏员,匆匆赶往浩气楼。

"许银锣,魏公刚下令准备马车,要进宫呢。"楼下的守卫回复。

要进宫啊,进宫也是和元景帝还有文官们扯皮,浪费时间……许七安板着脸:"废话不要多,进去通传。"

"是。"守卫识趣地跑进楼里。

得到侍卫的确定答复后,许七安单手按刀,登上台阶,看见魏渊端坐在桌案后,蕴含着岁月洗涤出的沧桑的眸子,温和平静地看着自己。他还是一袭青衣,但上面绣着繁复的云纹,胸口是一条青色蛟龙。这是魏渊上朝,或进宫面圣时穿的朝服。

"你只有一盏茶的时间,有事快说。"魏渊和心腹说话,语气不怎么客气。

"既然魏公这么赶时间,我就长话短说了。"许七安心情也不好,直接掏出玉石碎片,轻轻一抖。

啪嗒,无头尸体坠落在干净整洁的茶室里,污染了洁净的地板。

魏渊有些被惊到了,眼角轻微抽搐,沉声道:"怎么回事?"

"李妙真今日抵达京城,目前借宿在我府上。"许七安道。

"嗯!"魏渊颔首,对此并不关心,盯着无头尸体看,淡淡道,"但和这具尸体有什么关系?"

许七安咧嘴:"关系大了,这具尸体是她在距离京城八十里外发现的,被人一刀斩去首级,干脆利索。李妙真这个人呢,又好管闲事,于是召唤死者残魂,问明情况,谁知……"他刻意顿了顿,想卖个关子,但见魏渊脸色不太好看,心里一突,害怕自己下下下个月的工资会因为出门先迈左脚而被扣除,当即说道,"魂魄说了一句话,嗯,魏公您自己看吧。"

他取下李妙真给的香囊,解开红绳,一股青烟袅袅浮出,于半空化作一位面目模糊、眼神呆滞的汉子,喃喃重复道:"血屠三千里,血屠三千里,请朝廷派兵讨伐……"

魏渊瞳孔倏然收缩,紧盯着残魂,目光锐利无比。他沉默几秒,道:"你有什么线索。"

这不是疑问句,是肯定句,似乎笃定许七安必定有所发现。

果然,他赏识的小银锣从未让他失望,许七安汇报道:"卑职初步断定他是北方人,进京报信的途中遭遇杀害。"

许七安把自己的推测详细地说了一遍。

"大奉近来并无战事,除了北边。魏公,北方的局势恐怕比我们想象中的更糟糕。可朝廷却没有收到相应的塘报?"

"没有。"魏渊摇头,眉头微皱,"你怀疑镇北王谎报军情?"

许七安看了眼魏渊:"这并不奇怪,卑职奇怪的是,如果镇北王谎报军情,为什么衙门没有收到情报?"打更人的暗子遍布九州,血屠三千里这样的大事,怎么会完全没有消息?

"年初时,我把大部分的暗子都调配到东北去了,留在北方的极少,消息难免堵滞。"魏渊无奈道。

暗子都调派到东北了?魏公想干吗,打巫神教吗……许七安恍然,不再追问:"那魏公觉得,此事怎么处理?"

魏渊看一眼屋角摆放的水漏,道:"我先进宫面圣,尸体和魂魄由我带走,此事你不必理会。"等许七安点头,他又道,"李妙真既已来了京城,那么天人之约很快就会结束,京城的治安会好很多。这段时间不知道混进来多少打探情报的谍子,好在有监正盯着,翻不起什么风浪。你让李妙真注意些,非常时期,不要随意出城,不要惹是生非,防备可能会有的危险。"

"可能会有的危险?"许七安反问。

魏渊再次看了眼水漏,语速极快地说道:"我只告诉你她可能遭遇的危险。一、危险来自朝廷;二、危险来自别国谍子。原因你自己想,我必须进宫了。"

他劈手夺过许七安手里的香囊,快步离开茶室,边走边吩咐吏员:"带上尸体,与我一同入宫。"

御书房。

除元景帝外,首辅王贞文、户部尚书以及其他三品大员,公爵勋贵和都给事中,总共十六人齐聚。

脸色苍白的褚相龙站在群臣之间,微微低头,默然不语。他服用过司天监术士给的药丸,很快就能下床行走,但经脉俱断的内伤,短期内无法恢复。不过,只要不运气动武,好生调养,月余就能恢复。

元景帝皱眉道:"魏渊还没来,不必等了!"

而后,他扫过诸公,道:"镇北王向朝廷讨要三十万两军饷,粮草、饲料二十五万石。诸位爱卿是何意?"

户部尚书第一个跳出来反对,道:"元景三十六年,江州大水、荆州大旱、益州闹了蝗灾,朝廷数次拨粮赈灾。豫州、漳州两座大奉粮仓所剩余粮不多,凑不出来了。"

元景帝沉吟道:"从各州调配呢?"

户部尚书回答:"即使有漕运,从各州募集粮草,耗时耗力,人吃马嚼的,等运到楚州边关,恐怕剩不下一半,此非良策。"

正说着,宦官走到御书房门口停下来,元景帝抬了抬手,打断户部尚书的话,望向门口的宦官:"何事?"

"魏公来了。"宦官道。

元景帝喜怒不形于色:"让他进来。"

宦官退下,十几秒后,魏渊跨入御书房,照例站在属于自己的位置,没有发出一丝一毫的声音。

元景帝不悦道:"这也不行,那也不行,众卿只会反驳朕吗?"

左都御史袁雄心里一动,抓住机会,跨步而出,道:"臣有一策。"

元景帝颔首:"袁爱卿请说。"

袁雄道:"朝廷可以临时添加一项徭役,叫运粮役,责令百姓负责押运粮草。"

元景帝眼睛微亮,这确实是一个妙策。

所谓徭役,是朝廷无偿征调各阶层民众从事的劳务活动,如果让百姓负责押运粮草,官兵监督,那么朝廷只需要承担官兵的吃用,而百姓的口粮自己解决。如此一来,不但能保证粮草运到边关时不耗损,还能节省一大笔的运粮费用。

"此为良策!"元景帝笑道。

袁雄松了口气,只要陛下采纳他的计策,龙心大悦,那么在科举舞弊案中的后遗症,就会减到最轻。殿试过后,一旦许新年取得良好成绩,可以想象,必然迎来东阁大学士赵庭芳的反扑,魏渊的落井下石,他这个左都御史的位置还没坐稳,说不定就要被撸下去。得自救。

王首辅跨步而出,作揖道:"此计祸国殃民,袁雄当诛!陛下,时值春耕,百姓农忙之时,不可再添徭役。自古民以食为天,任何事,都不能在春耕时打扰百姓。另外,去年天灾连连,百姓余粮不多,此计无异于火上浇油,把人往死路上逼。"

左都御史袁雄眉头一挑,正要反驳,便听褚相龙冷笑道:"王首辅爱民如子,末将佩服。只是,难道楚州各地的百姓,就不是大奉子民了吗?王首辅对他们的生死,视若无睹吗?"

王首辅淡淡道:"朝廷在北地屯军八万六千户,每户给上田六亩,军田多达五千顷,每年……边关久无战事,楚州各地历年来风调雨顺,即使没有粮草征调,按照楚州的粮食储备,也能撑数月,怎么突然间就缺钱缺粮了?怕是那些军田,都被某些人给侵占了吧。"

楚州是大奉最北边的州,紧邻着北方蛮族的领地。

褚相龙仗着亲王撑腰,毫不畏惧,冷哼道:"读书人除了动嘴皮子,打过仗吗,领过兵吗?尔等在京城享受,却不知道边关将士有多苦。陛下,此次蛮族来势汹汹,早在去年尾就已发生过数起大战。王爷神勇无敌,屡战屡胜,若是因为粮草紧缺,后勤无法补给,耽误了战机,后果不堪设想啊。"

元景帝颔首:"淮王神勇,朕自然知晓,而今北方战事如何?"

褚相龙抱拳道:"王爷用兵如神,骁勇无双,那些蛮族吃过几次败仗后,根本不敢与我军正面对抗,只能仗着骑军快捷,四处劫掠。我军虽然占尽优势,却疲惫不堪。请陛下发放军饷粮草,也好让将士们知道,朝廷没有忘记他们的功劳。"

王首辅皱了皱眉。

自去年年尾指责镇北王守城不出的弹劾后,北边发来的塘报确实说镇北王屡打胜仗,蛮族对边关的侵略得到了遏制。

曹国公当即道:"镇北王劳苦功高,吾等自不能拖他后腿。陛下,运粮役是两全其美之策。再者,若是军饷发不出来,恐怕会引起军队哗变,因小失大。即使有不妥之处,也该秋后再算,不该在此时扣押粮草和军饷。"

几位勋贵纷纷表示赞同。战场之事,他们是行家,比文官更有发言权。

王首辅沉声道:"陛下,此事得从长计议。"

元景帝不理他,道:"诸位爱卿觉得呢?"

见状,诸公纷纷松口,回禀道:"自当全力支持镇北王。"

陛下的倾向很明显,他们多说无益。

王党的几名骨干悄悄给王首辅使眼色,让他谨言,陛下对镇北王有多信任,朝堂上下是有目共睹的。不然,当年也不会赐予镇北王镇国宝剑。

元景帝看向魏渊:"魏爱卿,你是军法大家,你有何看法?"

王首辅立刻看向魏渊。

第 327 章

苏家往事

魏渊出列作揖,朗声道:"无战时,军户耕种军田可自给自足。一旦战事开启,需朝廷调配粮草等军需,此乃至理。"

王首辅眯了眯眼,目光深沉地看着魏渊。

褚相龙闻言,露出了笑容,在战事方面,这群只会动嘴皮子的读书人,说一百句,也不如魏渊说一句。讨要来粮草和军饷,他此行回京的任务就完成了一半。

左都御史袁雄松了口气,有些意外魏渊竟会支持他的计策,要知道如此一来,他就能避过科举舞弊案的风波,置身事外。

转念一想,此事符合陛下心意,内有勋贵助阵,外有蛮族大军"施压",属于大势所趋,就算是反对此事的诸公也看明白了形势。

岂料,魏渊话锋一转,说道:"不过,在此之前,微臣有件事要启奏陛下。"

众人循声看了过来。

魏渊表情不变,对诸公的视线不加理会。

元景帝道:"说。"

"手底下的铜锣在京城郊外发现一伙江湖人士死斗,便上前喝止,谁知道人多一方非但没有罢手,反而将围杀之人斩首,逃之夭夭。"魏渊说得掷地有声,仿佛事情真相就是他口中所言,"死者临终前,高呼一声'北方有变'。"

听到魏渊的话,在场诸公,包括元景帝,脸色一变。

褚相龙猛地扭过头来,盯着魏渊,旋即又收回视线,不敢冒犯,梗着脖子道:"北方自然有变,蛮族四处劫掠,挑起战端……"

魏渊脸色平静:"所以,蛮族在北方血屠三千里,褚将军一句烧杀劫掠便搪塞过去?"

这一句话,让在场的所有人大惊失色,元景帝更是从大椅上起身,直勾勾地凝视着堂下的青衣:"魏渊,你把话说清楚,何为血屠三千里……啊?!"

褚相龙忙道:"陛下,绝对没有的事。"

"你闭嘴!"元景帝抬手打断,冷冰冰地看了他一眼,转而望向魏渊,"你有何凭证。"

魏渊伸手在怀里摸出香囊,解开红绳,一道青烟袅袅娜娜地浮出,在半空扭曲变化成一个面目模糊、目光呆滞的汉子,喃喃道:"血屠三千里,血屠三千里,请朝廷派兵讨伐……"

魏渊继续道:"此人的尸体微臣已经带来,就在宫门外,陛下可以派人验尸,此人为北地人士!"

御书房内,一片寂静。

元景帝缓缓起身,脸色阴沉似水,一字一字道:"验尸!"

老太监低着头,脚步匆匆地回去传令,像是在逃跑,大气都不敢出。

元景帝高居龙椅,神色阴沉,一句话都不说。下方诸公无声交流眼神,褚相龙也脸色铁青,用余光瞪着魏渊。

煎熬地等待了一刻钟,老太监返回,在元景帝耳边低语。

元景帝沉默许久,缓缓道:"着司天监术士进宫问话,朕乏了,诸位爱卿也去偏殿休息片刻吧。"他盯着褚相龙,沉声说道,"你留在这里。"

说罢,他率先起身,离开御书房。

诸公在宦官的带领下,去了偏殿休息。

偏殿内。

户部尚书捧着茶，抿了一口，侧头看向面无表情的魏渊，试探道："魏公，此事当真？"

众官员顿时看向魏渊，后者脸色严肃，回了户部尚书一个冷淡的眼神："赵大人觉得，本座是在开玩笑？"

"不敢不敢。"户部尚书叹息一声，"血屠三千里，如果此事当真，北境得死多少人？打更人衙门暗子遍布，为何没有收到消息？"

对于户部尚书的试探，魏渊不作回应。

王首辅眯着眼，手指轻敲桌案，不知道在想什么。

两炷香的工夫过去，老太监进入偏殿，恭声道："陛下请诸公返回御书房。"

接下来，从司天监传唤过来的白衣术士对褚相龙进行了问话，答案出乎预料，褚相龙所言句句属实。镇北王在北方大胜蛮族，但北方蛮族的游击战术，确实给镇北王带来了巨大的麻烦，让北方边军疲惫不堪。蛮族大军被挡在边关之外，血屠三千里自然就不存在了。

御书房里，气氛霍然一松，所有人都吐了一口气。

"哼！"褚相龙冷哼道，"不知魏公是哪里得来的消息，险些让陛下和诸公误会王爷。末将寻思着，王爷也没得罪魏公吧。"

魏渊不理，跨步而出，朗声道："此事关乎极大，此人所言或许属实，但不代表北方情况真是如此。"

褚相龙竖起眉头，正要反驳，却见王首辅出列附和："陛下，微臣觉得魏公此言有理。事关重大，不能疏忽大意。必须彻查。"

在王首辅和魏渊的带动下，诸公纷纷响应。

元景帝沉吟道："诸位爱卿认为，此事怎么查？"

王首辅道："陛下可继续征集粮草、军饷，运往楚州。同时再派一支钦差队伍随行，前往北境彻查此案。"

魏渊道："臣附议。"

元景帝点头："就这么办。"

许府。

苏苏撑着遮挡阳气的红伞,坐在屋檐上,看着院子里扎马步的小豆丁。

隔壁的厅里,李妙真正与许家的主母、小姐说话。

婶婶和许玲月一听又有客人借宿家中,心情就很不美丽。前者是觉得,再这么下去,家里就变成善堂了。后者觉得,这个女人过于漂亮,对自己产生了威胁。

除了穿道袍的女子,外头那个白衣如雪的女子,让许玲月简直芒刺在背,感觉仅靠容貌,自己不但毫无胜算,甚至还略有不如。

那个撑着红伞的女子,有一股难言的魅力,特别勾人。

不过,在听说李妙真是许七安的救命恩人后,婶婶和许玲月立刻改变态度,多了几分发自肺腑的感激和欢迎。

"许家不愧是武者世家,我看那小姐儿年纪尚小,就要开始打基础习武。"李妙真还是很懂人情世故的,闲聊之余,不忘吹捧一下。

婶婶听了就很伤心,无奈道:"我倒是希望她能读几年书,不说琴棋书画样样精通,至少也要知书达理,可惜是个痴儿。"

那孩子虽然是挺憨的,但怎么会是痴儿?许七安的堂弟是云鹿书院学子,竟不教妹妹读书?李妙真想了想,道:"妙真借宿许府,闲暇之余,可以帮忙给小姐儿启蒙。"

她的想法是,许新年学业繁重,无心教导幼妹读书,而许七安和许平志是武夫,更偏向让许家小姐儿习武。反正就是教孩子一段时间,不耽误自己的事。

婶婶一愣,正要拒绝,谁知许玲月抢先一步答应下来,笑容含蓄:"如此便多谢李道长。"

李妙真对这个笑容温婉的清丽少女极有好感,微笑道:"举手之劳。"

说完,她发现许家主母看自己的眼神里,多了些许怜悯和同情。

"姐姐,姐姐,你真的是鬼吗?"许铃音扎着马步,两条粗短的小腿微微发抖,她昂起头,看着屋檐上的苏苏。

"是啊,我会吃人的,你不怕吗?"苏苏恐吓道。

"怕!"许铃音露出了害怕的表情。

苏苏嘿嘿一笑,有些得意,她嘴里哼着小曲,看着蔚蓝的天空发呆。不知过了多久,院子里的一大一小两个女孩不见了。

"姐姐,姐姐。"

呼喊声从下方传来,苏苏低头看去,小小的女娃儿站在屋檐下,昂起头,黑白分明的眼睛盯着她。

"你能下来吗?"小女孩说。

苏苏轻飘飘地落入院中,俯视着许铃音脑袋上的发旋,没好气地问道:"干吗?"

许铃音不说话,鬼鬼祟祟地招手,示意她跟过来。

苏苏怀着疑惑,跟了上去,一路走到伙房,烟火气扑面而来,小豆丁努力地跨过门槛,回头说:"姐姐你来啊。"

伙房里,南疆的小黑皮正在烧火,锅里热油滚滚,许铃音拉着苏苏到锅边,抬起脸,期待地说:"姐姐你能自己爬进去吗?"

苏苏脸色陡然僵住。

许七安散值回府,把李妙真引见给许二叔,许二叔本来以为是侄儿的朋友,端着长辈的架子点头,沉稳开口:"李道长在何处修行啊?"

"她就是天宗圣女,天人之争的主角之一。"许七安补充道。

"……"许平志差点起身行礼,高喊,"见过圣女阁下。"

"她与我在云州时结识……"许七安简单地解释了一下。

许平志愣愣点头,内心很不平静,思绪起伏。大郎竟然连天宗圣女也认识,他的人脉越来越广,实力也越来越高,而我才刚刚突破到炼神境……真是有出息了啊。

许二叔欣慰地想,又觉得自己和侄儿差距越来越大,心里涌起失落感。

再看一眼儿子,这小子参加殿试后,就是正儿八经的朝廷命官,进步虽然没有宁宴这么夸张,但已是一步登天,人中龙凤。

我算是对得起列祖列宗了……可惜大哥死得早,看不见他儿子和侄子这么有出息……

这时,许新年沉声道:"大哥,王家小姐又约我游湖了。"

王家小姐是不是喜欢上我家二郎了?许七安心里一动,越发肯定自己的猜测。科举舞弊案时,王家小姐给他"通风报信",内容属实,这就很不寻常。此时,联想到两次游湖邀请,几乎可以断定那王家小姐对二郎有意,而且攻势很足。

想到这里,许七安笑道:"那你同意了吗?"

许新年呵一声:"我以殿试在即为由,拒绝了。"

"干得漂亮,二郎……"许七安拍了拍他的肩膀,称赞道,"吾辈楷模。"

大郎阴阳怪气地嘲讽二郎。

吾辈楷模?用词不当,呵,没文化的大哥……二郎也在心里嘲讽大郎。

结束晚餐,许七安来到李妙真的房间外,正要敲门,便听里面传来苏苏的说话声:"主人,这家的小孩儿好可怕,她……她想吃我,还热了一锅油。"

"童言无忌,行事也是如此,不必在意。"李妙真随口敷衍。

"不是啊,我能感觉到她不是开玩笑,那灼灼逼人的眼神……"苏苏说了几句,见李妙真兴致缺如,生气地哼一声,叫道,"臭男人,你妹妹要吃我!"话音方落,房门自动敞开,苏苏掐着小腰,鼓着腮,气鼓鼓地瞪着他。

啊,这……我想起来了,婶婶和她说过,鬼炸一炸很好吃,这蠢小孩不但当真了,还记了这么久?

所以,这份记忆力明明背诵英语单词都绰绰有余,怎么连《三字经》都背不出来?

许七安一边心里吐槽,一边岔开话题:"苏苏,我记得你说过,如果我答应你两个要求,你就给我做妾三年。"

李妙真闻言,狠狠瞪了苏苏一眼。

论起女子韵味,比主人更柔媚更勾人的艳鬼掐着腰,说道:"对呀!你帮我重塑肉身,再替我查明当年父亲因何斩首,我不但给你做妾三年,我还给你生儿子。"

其实做不做妾无所谓,许七安当初答应她,是觉得欺负一个女鬼有些过意不去。现在既然李妙真来了京城,他也不会忘记当初的约定。当然了,苏苏非要报答的话,做妾也是可以的嘛。

许七安默默看向李妙真:"先说说你们知道的一切。"

主仆二人表情严肃起来,李妙真说道:"苏苏生于江州,父亲是江州知府。元景十五年被问罪斩首,原本家中女眷会被充入教坊司。其母性格刚烈,不愿入教坊司为妓,一杯毒酒毒杀了所有女眷,其中包括苏苏。但她当时有一个年幼的弟弟在外求学,侥幸逃脱一劫。这趟赴京,我带着苏苏绕道去了江州,想查一查当年的往事,没想到发现了一件奇怪的事。"

第 328 章

殿试

"怪事?"许七安拉开椅子坐下,吩咐苏苏给自己倒水。

我还不是你小妾呢,就这样使唤人了……艳鬼苏苏嗔他一眼,听话地去倒水,毕竟现在谈的是她家灭门惨案。她要依仗这个男人帮忙,否则光凭她和主人李妙真,查十年也查不出个子丑寅卯。

等许七安喝了一口茶水,李妙真说道:"苏苏的父亲叫苏航,贞德二十九年的进士。元景十四年,不知因何原因,被贬回江州担任知府,次年问斩,罪名是贪污受贿。"

许七安摩挲着茶杯,问道:"有什么问题?"

"有,"李妙真侧头看向苏苏,"她不记得自己曾在京城待过。苏苏的魂魄是完整的,我师尊发现她时,她吸纳乱葬岗的阴气修行,小有成就,只要不离开乱葬岗,她便能一直长存下去。这样修为的怨魂,不会遗漏记忆,除非她生前记忆被抹去。"

苏苏说道:"也许,也许我确实没来过京城呢。"

许七安摇头:"但凡入京为官,家眷都要迁居京城。我更倾向于苏苏生前的记忆出现了问题,嗯,有点意思。"

两人一鬼沉默了片刻,许七安道:"既然是京官,那么吏部就会有他的资料……吏部是王首辅的地盘,他和魏渊是政敌,没有足够的理由,我无权查阅吏部的案牍。所以你们不要急,等待机会吧。"

李妙真和苏苏点头。

许七安抿了抿温热的茶水,道:"你弟弟叫什么名字?当年苏家出现意外时,他多大?"

苏苏歪着头,想了想:"叫苏承志,家里出变故那一年,他大概是十一二岁的样子。"

那现在的年纪大概三十一二岁,这不好找啊,不啻大海捞针……大奉如果有一个发达的公安系统就好了。许七安暗示道:"我会尝试帮你找的,但你不要抱太多希望。"

苏苏嗯了一声,知道寻亲的事过于困难,没有强求。

这件事解决后,许七安提及第二件事,望向李妙真,道:"你打算什么时候开始天人之争?"

李妙真没有犹豫:"先下战书,然后约个时间,七天之内吧。"

许七安缓缓点头,直截了当说出自己的想法:"天人之争结束前,你最好别离开京城。不管收到什么样的信件,接触了什么人,都不要离开。"

李妙真眉毛一扬:"你是说有人会对我不利?"

"这是显而易见的事。"许七安叹息一声,"如果你在京城发生意外,天宗道首会善罢甘休?道门一品的陆地神仙,恐怕不比监正差吧。"

苏苏挺了挺她的纸胸脯,神色傲娇:"知道我们道首是一品,还有人敢对主人不利?"

许七安为女鬼的智商感到惋惜:"你爹好歹是进士,你却完全没有遗传父亲的聪明……正因为妙真是天宗圣女,所以才招人惦记。

"陛下沉迷修道,为了维持权力的稳定,促成了如今朝堂多党混战的局面。对此,早就有人心存不满,天人之争对他们而言,是一个可以利用的良机。另外,此事闹得尽人皆知,江湖人士蜂拥入京,其中必定混杂着别国谍子,这些人恨不得李妙真死在京城。"

苏苏恍然大悟。

"你是道门四品,等闲人不是你的对手,四品以上的外族高手想进京城来杀你,痴心妄想。而朝廷里的高手,更不可能在京城动手,除非他们抱着死志。"

"多谢提醒,我明白了。"李妙真说道,"我会在许府附近安排鬼魂警戒,有可疑人物靠近,会立刻做出示警。到时候我会提前出手,或离开许府,不会殃及你家人,虽然这个可能性并不大。"

然后,她忍不住嘲讽道:"该死的元景帝。"

喂喂你慎言啊!许七安笑着颔首,起身,说道:"那么,我就不打扰两位姑娘的美梦了。"

在李妙真和苏苏略显茫然的目光里,许七安离开了房间。

三月二十七,宜开光,裁衣,出行,婚嫁。

今天是殿试的日子,距离会试结束,正好一个月。

天色朦胧,婶婶就起来了,穿着绣工考究的长裙,秀发略显凌乱,仅用一根金钗挑在脑后。她漂亮的眸子有些呆滞,眼袋浮肿,一副没睡醒的样子。婶婶一边安排厨娘为二郎做早餐,一边带着贴身丫鬟绿娥敲开二郎的房门。

许新年穿着浅白色的袍子,腰间挂着紫阳居士送的紫玉,精神抖擞地来给母亲开门。

"二郎起这么早?"婶婶打着哈欠,说道,"娘让伙房做早膳了,二郎你要不要再睡一刻钟,娘来喊你。"

"不用。"许二郎好歹是八品的儒生,精力远胜寻常之人,宽慰母亲,"娘不用担心,殿试是排名考试,以我会元的身份,不会太低。"

婶婶当下安心,带着绿娥出房间,跨过门槛时,突然尖叫一声。

许二郎大吃一惊,奔出房间,查看情况,看见庭院里,静静地立着一位撑红伞的白衣女子。此时刚过三更不久,天还没亮,那女子撑着猩红的伞,穿着白衣,浑身透着一股诡异。

"许夫人。"苏苏嫣然一笑,盈盈施礼。

婶婶松了口气,心说,这个点儿,她不在房间里睡觉,跑出来做甚,差点以为遇到鬼了呢。

许二郎盯着苏苏看了片刻,不动声色地收回目光,对婶婶说:"娘,你回房休息吧。"

打发走婶婶,许二郎望着庭院里的苏苏,道:"我大哥知道你的身份吗?"

他看出我是魅?不愧是云鹿书院的学子……苏苏笑容浅浅,勾勒出两个梨涡,娇声道:"知道呀,他说要为我重塑肉身,然后当他三年小妾呢。"

"……"这还真是大哥会做出来的事,许新年瞠目结舌,半天说不出话来。

知道今天是殿试,三更刚过,许府就点起了蜡烛,李妙真听说此事,也出来凑热闹。众人用过早膳,送许新年出府。

"二郎,今日不但是关乎前程的殿试,更是你自证清白,彻底洗刷冤屈的契机,一定要考好。"许平志穿着铠甲,抱着头盔,语重心长地叮嘱。

许新年一边往外走,一边颔首:"知道,爹不用担心,我……"

后半句话突然卡在喉咙里,他神色僵硬地看着对面的街道,两位"老熟人"站在那里。一位是魁梧高大的和尚,穿着浆洗得发白的衲衣;一位是青衫剑客,垂下一缕白色额发,年纪不算大,却给人历经沧桑的感觉。

又是这两人,又是这两人!许新年内心在咆哮。

"那是大哥的朋友。"许七安拍了拍他肩膀,抚平小老弟内心的愤怒。

以前是没有与肆号接触,所以让许新年替他背锅,做掩饰。现在许七安的身份渐渐稳固,楚元缜逐渐接受了叁号堂哥的人设。一旦固有观念形成,楚状元就不会刻意去推敲,不会产生"叁号人设有古怪"这样的质疑。

人们总是更容易相信朋友,相信熟悉的人,就是这个原因。

恒远和楚元缜微笑颔首,打过招呼后,目光旋即落在李妙真身上。

这位天宗圣女有着白皙干净的瓜子脸,素面朝天,眼睛宛如黑珍珠一般,清澈而明亮,眉峰锐利,凸显出她身上那股似有似无的凌厉气质。

与其说是天宗圣女,更像是久经沙场的女将军……对了,她在云州参军长达一年。恒远和尚双手合十,朝李妙真微笑。

气息内敛,不泄分毫,看不穿修为……不过她既然来了京城,说明已经踏入四品,嘿,当年与张开泰一战,惨败之后,我已经很多年没有和四品交手了。楚元缜面带笑容,瞳孔里悄然燃烧起斗志。

光头是陆号,背剑的是肆号,嗯,肆号果然如壹号所说,走的不是正统的人宗路子……李妙真颔首,算是打过招呼。

至于伍号丽娜,她还在房间里呼呼大睡,和她的徒弟许铃音一样。

哒哒哒……许家三个男人策马而去,李妙真目送他们离开,耳边传来恒远的声音:"阿弥陀佛,希望叁号能高中一甲。"

楚元缜嗤地一笑:"能得个二甲便不错了,他到底是云鹿书院的学子。不过,叁号身上有大秘密。"

恒远诧异道:"秘密?"

楚元缜笑着点头,高深莫测地说道:"如果我所料不差,云鹿书院亚圣殿清气冲霄的异象,和叁号有关。当然,这些是我的猜测,没什么根据,信不信在你。"

恒远恍然大悟。

李妙真脸色突然变得古怪起来,肆号和陆号并不知道许七安就是叁号,一直以为许新年才是叁号。将来如果知道了真相,他们回忆起今日这番话,会不会如我一般,羞耻得恨不得痛殴许七安,却又不得不替他隐瞒。

因为这样一来,大家都可以当成什么事都没发生。

想到这里,她怜悯地看了眼肆号和陆号。

黎明前的黑暗最为浓重,四百名贡士云集在午门之外,等待着殿试。周遭是两列手持火把的禁军,雕塑般一动不动。

文武百官齐聚,在远处审视着参加殿试的贡士,时而交头接耳几句。

唯有礼部的官员辛苦地维持着现场秩序,第三次核实身份,清点人数。

午门共有五个门洞,三个正门,两个侧门。平时上朝,文武百官都是从侧面进入,只有皇帝和皇后能走正门。当然,状元、榜眼、探花也能享受一次走正门的殊荣。

身为会元的许新年,站在贡士之首,昂首挺立,面无表情。那架势,仿佛在座的各位都是垃圾。

不过,读书人还是很吃这一套的,尤其是一位才华横溢的会元摆出这种姿态,就连远处的官员也在心里赞叹一声:此子不凡。

鼓声响起,三通完毕,文武百官率先进入午门,随后贡士们在礼部官员的带领下也穿过午门,过金水桥,在金銮殿外的广场停下。

许新年眯着眼,眺望远处的金銮殿,只能看见丹陛两侧文武百官,金銮殿内的奏对,无缘得见。

过了许久,文武百官们退朝,接下来才是殿试。即使是许新年,此时也不由紧张起来。

咕噜……贡士里,传来了吞咽口水的声音。

在这样紧张的气氛中,众人忽然听见身后传来嘈杂的声音,有呵斥有怒骂,忍不住回首看去。透过午门的门洞,隐约看见一位白衣术士,挡住了文武百官的去路。那白衣背对着众人,对周遭的呵斥声不闻不问。

儒家八品的许新年,甚至隐约听见了呵斥声。

"杨千幻,你想造反不成?速速滚开!"

"杨千幻你想干什么,这里是午门,今日是殿试,你想捣乱不成。"

怒骂之中,一声低沉的叹息传来,那白衣缓缓道:"尔曹身与名俱灭,不废江河万古流!呸……"

有那么一刹那的寂静,下一刻,文武百官炸锅了,哗然如沸,场面一片混乱。

"发,发生了什么?"一位贡士茫然道。

"这,这不是银锣许七安嘲讽诸公的诗吗,那,那白衣似乎是司天监的人?"

"他不见了。"

四百多名贡士,再难保持肃静,交头接耳,不停地回首看向午门。

"肃静!"礼部的官员大声呵斥,道,"没你们的事,安心考试便成,谁若是再交头接耳,逐出午门,回家再等三年!"

贡士们顿时不敢再说话。方才散去的诸公又返回,或脸色阴沉,或神情激动,或义愤填膺地进了金銮殿,然后里面传来争吵声。

一刻钟后,诸公从金銮殿出来,没有再回来。

杨千幻……这名字好生熟悉,似乎在哪里听说过。许二郎心里嘀咕。

"京城云鹿书院中式贡士,许新年。"

这时,礼部官员的声音打断了许新年的思绪,他回过神来,从鸿胪寺序班官员手里接过密封好的试卷,昂首阔步地进了金銮殿。

殿试只考策问,只一天,日暮交卷。

许新年踏着夕阳的余晖,离开皇宫,在皇城门口,看见大哥高居马背,手里牵着另一匹马的缰绳,笑吟吟地等候。

"我与二叔说了,由我来接你。"许七安问道,"考得如何?"

"还行!"许新年淡淡道,"如果我是国子监学子,一甲稳得很。"

许七安满意地点头:"不错,如此才配得上大哥的威名,日后旁人不会说你虎哥犬弟。"

许新年叹口气:"大哥虽然名声在外,终究不是读书人,许府要想在京城站稳脚跟,得人尊重,还得有一位科举出身的读书人。"

许七安嗯了一声:"二郎好好努力,我刚从临安公主府上出来。"

许新年拱了拱手,心想,自己输了,还是装不过大哥。

许七安把马缰丢给许二郎,道:"二郎,你已经从科举之路走出来了,今晚大哥请客,去教坊司庆祝一番。"

"娘和妹子那里……"许新年皱眉。

"我和婶婶说,今日夜巡。而你嘛,殿试结束,与同窗把酒言欢不是很正常的事?"许七安道。

"大哥说得有理。"许新年笑了起来。

第 329 章

战书

次日,清晨。

影梅小阁,宽敞奢华的锦榻,熟睡中的浮香嗯了一声,浓密的卷翘睫毛颤了颤,睁开眼睛。她的视线里,最先出现的是许七安高高的鼻子,轮廓俊美的侧脸。

他已经醒了,静静地望着屋顶。

"早安,许郎。"浮香从被子里探出双臂,勾住许七安的脖颈。

许七安打着哈欠,问道:"几时了?"

浮香也打了个哈欠,脸颊蹭了蹭许七安的脸,撒娇道:"水漏在床脚,许郎自己看呗。"

许七安上半身扑出床外,往床脚看去,下一刻,他从床上蹦了起来:"竟然辰时了,你这个磨人的小妖精,我得立刻去衙门,不然下半年的月俸也没了。"

浮香手臂支着头,痴痴笑道:"倒打一耙,呸。"

许七安离开影梅小阁,去往马棚,牵走自己的小马,不出所料,二郎的马匹不见了,这说明他已经离开教坊司。

他骑乘小马,返回许府,沿途左顾右盼,始终没有看见有卖青橘的。

"钟璃好像还在司天监,我该去接她了。"许七安嘀咕一声,转道往司天监的方向跑。

咔咔咔……许七安拉下闸阀,通往司天监地底的石门打开,他扯着嗓子喊:"钟璃,我来接你了!"

声音在空旷的地底回荡。

过了片刻,那条笔直通往地底的台阶传来脚步声,油灯燃烧,火苗的光晕映照出一个人影轮廓,逐渐清晰。披头散发的钟璃登上台阶,清脆的声音从头发里传来,带着几分雀跃:"你来啦。"

"走吧,随我回家。"许七安转身欲走。

钟璃回过身,朝漆黑的地底高喊:"杨师兄,好好闭门思过,不要再惹老师生气了。"

说完,她拉下把手,关闭石门。

许七安边往外走,边好奇地打听:"杨师兄做错什么事了吗?"

钟璃看了看他,低声说:"杨师兄昨日去了午门,拦住文武百官的去路,念了你的那首诗。

"诸公和陛下大怒,派人谴责老师,要严惩杨师兄。老师把杨师兄吊起来抽了一顿,而后关押进地底,思过一旬。诸公和陛下这才罢休。"

许七安惊呆了,面孔呆滞,难以置信有人竟做到这一步。杨千幻被监正吊起来抽了一顿?我当时没有旁观,真是太可惜了!

心里惋惜着,他也没忘记正事,在大堂里环顾一圈,由于九品医者们跑光了,他只能询问身边的钟璃,道:"有没有掩盖身上气味的药粉?我昨晚喝了些酒,你可能不知道,我婶婶和妹子特别不喜欢我喝酒。"

"噢。"钟璃点点头,乖巧地说,"掩盖脂粉味的方法很简单,你等等,我给你找熏香。"

这就有点尴尬了……许七安嘴角一抽。

回到许府,他在庭院的石桌边,看见丽娜和苏苏在对弈,许铃音在不远处扎马步。

"大锅……"小豆丁假装很开心地迎上来,趁机偷懒休息。

丽娜显然是不称职的师父,此时正全神贯注地盯着棋盘,漂亮的脸庞充满了严肃和思考。

这倒是稀奇,感觉看到两个学渣在讨论微积分……许七安好奇地走过去,定睛一看,原来两人在玩五子棋!

因为路上已经提醒过钟璃,所以司天监的五师姐见到一个鬼坐在院子里下棋,并不觉得奇怪,只是反复看了几眼。

"这是一只魅,很罕见的。"她小声说。

我知道,魅的特点就是漂亮,喜欢在深山老林里勾引路人,然后抽干他们的精气。许七安点点头,表示自己心里清楚。

钟璃见状,便不再多说。

随后,许七安发现李妙真不见了,顿时一惊,跑到院子问苏苏:"你家主人呢?"

苏苏头也不抬,专注地盯着棋盘,娇声回复:"去灵宝观啦。"

皇城门外,穿道袍的李妙真被虎贲卫拦了下来。

她不急不恼,转身往回走了一段路,而后一拍后背,锵的一声,飞剑出鞘。

不远处的虎贲卫见状,以为她要强闯皇城,大惊失色,纷纷拔出兵刃。

李妙真翩然跃上剑脊,飞剑带着她扶摇直上,于二十丈高空停滞。这个高度,已经可以看到极远处的灵宝观。

城头的虎贲卫拉开弓弦,转动床弩、火炮,对准了李妙真,只要长官一声令下,当即就是万箭齐发。

虎贲卫千户没有下令攻击,他眯着眼审视着李妙真,心里灵光一现。道袍、女子,要进皇城……是天宗圣女李妙真?那位天人之争的主角之一?

不过,李妙真如果执意飞剑闯皇城,那么等待她的,必是禁军高手、打更人的反扑。

李妙真当然知道自己被锁定了,但问题不大,她并没有强闯皇城的想法,凝视着远处的灵宝观,气沉丹田,声音清越:"天宗弟子李妙真,奉师命而来,与人宗弟子切磋论道。时间,地点,由人宗来定。"

声音极具穿透力,不震耳欲聋,却传出很远,皇城内外,清晰可闻。

皇城里居住的达官显贵、宗室、衙门的官员,在这一刻,全都听见了李妙真的"战书"。

皇城外,紧邻着红色城墙的内城居民,同样被声音惊动,行人停下脚步,摊主停下吆喝,纷纷扭头,望向皇城方向。

临安府。

穿着红色层叠宫装,正与宫女们踢绣球的临安,忽然停下脚步,侧耳聆听,问道:"你们听见什么声音没?"

几个宫女侧着头,静静地望向皇城方向。

"听见啦,好像是什么天宗弟子李妙真……"宫女回应。

话音方落,清冷悦耳的声音从相反方向传来:"三日之后,卯时三刻,京郊渭河畔,人宗记名弟子楚元缜出战!"

临安微微张大小嘴,心里浮现出许七安与她说的奇闻趣事,其中有一件事——天人之争!

"三日之后,我要去看,我要狗奴才带我去看。"临安心头火热,恨不得立刻让侍卫传唤许七安。

淮王府。

鲜花烂漫的后花园,穿荷色长裙的女子站在花丛中,遥望城门方向,低声道:"三日之后,卯时三刻,京郊渭河畔。"她眉眼弯了弯,喜滋滋地说,"又有好戏看了。"

无风,但满院的花朵轻轻摇曳,似乎在回应着她。

李妙真来京城了,于三日之后的渭河边,与人宗弟子楚元缜决斗。这个消息不胫而走,在短短半天里,几乎传遍了整座京城。

最先沸腾的是那些早早闻讯入京的江湖人士,他们等了足足一个月,终于等来天人之争,等来道门人宗和天宗最杰出弟子的决斗。尽管很多人都面临着盘缠耗尽的尴尬,但没有人埋怨,甚至觉得提前来京城,是一个无比正确且庆幸的决定。因为在天人之争前,他们见到了一场百年罕见的斗法。这一点,从因为晚来而错过斗法的江湖侠客们懊悔的态度里,就可以充分证明。即使没有后续天人之争,对于大部分江湖人士而言,已经是不枉此行。

某座酒楼,销魂手蓉蓉与美妇人,还有柳公子以及柳公子的师父,四人找了个窗边的空位,边用午膳,边说起天人之争。

两位主角理所应当成为焦点。

蓉蓉给美妇人倒酒,却扭头看向中年剑客,脆声道:"我听前辈说过,这楚元缜似乎是元景二十七年的状元郎?"

中年剑客闻言,脸色有些唏嘘:"是,当年我在京城游历,恰逢杏榜之期,看着他成为会元,而后是状元。没想到,他竟已辞官不做,成了人宗的记名弟子。甚至今日,代表人宗出战。"

"师父,我听说那李妙真是一位国色天香的仙子,你说她会是道门几品?"柳公子说这话的时候,注意力全在"国色天香"四个字。

对于徒弟的问题,中年剑客摇头:"那天宗圣女几乎不在江湖走动,名声不显,为师也不知道她是几品。不过,江湖上还有一个传闻,前年横空出世的飞燕女侠,就是天宗圣女。"

"飞燕女侠是天宗圣女?"蓉蓉吃了一惊。

飞燕女侠的大名,她略有耳闻,此女劫富济贫,行侠仗义,不是在做好事,就是在做好事的路上。其事迹深受江湖游侠的传颂与称赞。不过,一年前,她突然绝迹江湖,不知去了何处。

中年剑客笑道:"都是江湖传闻,不知真假。不过飞燕女侠自一年前绝迹,不知去向何处。"

这时,邻桌一位穿蓝袍的江湖人插嘴,嘲讽道:"孤陋寡闻了吧,飞燕女侠是去了云州剿匪,才消失一年的。"

去云州剿匪?

不等中年剑客发问,周遭的江湖人士纷纷看了过来。

"阁下怎么知道飞燕女侠去了云州剿匪?"

"我不但知道飞燕女侠去了云州,我还知道她就是天宗圣女李妙真。"蓝袍江湖客喝一口小酒,侃侃而谈,"我有一个兄弟,青州人士,年初时突然回乡,说这一年身在云州,随飞燕女侠四处剿匪,修为大涨。也是他告诉我,飞燕女侠就是天宗圣女。"

中年剑客目光闪烁,对于蓝袍男子的话,充满了质疑,问道:"既在云州剿匪,怎么又突然返乡?"

蓝袍江湖客嗤笑道:"自然是剿匪结束了,去年年尾,朝廷派了两位金锣,以及一众银锣亲赴云州,将云州的山匪连根拔起。打更人衙门的那位许银锣,当时就在其中,据说差点死在云州。"

当即就有知情的江湖人士开口,说道:"不是差点,是真死了一回。"

"屁话,死了还能复活?"

"嘿,一看就知道你们这些穷酸家伙去不起教坊司。那许银锣是教坊司常客,随便挑一个院子问一问里头的姑娘,就能打听出很多关于许银锣的事。"那个知情的江湖人士说道,"据说,当时云州布政使率兵叛乱,数万兵马围攻了巡抚一行人。就在众人绝望之际,是许银锣一人一刀,挡住了数万叛军,就如他前几日挡住文武百官,杀得天昏地暗,日月无光,最后力竭而亡。但也拖到了援兵到来,逆转局势。"

大堂里哗然,不管是江湖人士,还是普通百姓,都惊呆了。

"一人挡数万人,世上真有此等高手?"

"我觉得有可能,你们没看斗法吗?许银锣天纵之才,连佛门罗汉都甘拜下风。"

"可我怎么听说是监正在帮他。"

"住口!是许银锣凭一己之力战胜佛门,关监正什么事,我不允许你诋毁大奉的英雄!"

灵宝观,幽静小院。

元景帝负手而立,站在池边,凝视着盘坐水池上空、闭目打坐的绝色道姑。

"唉,国师啊,此战过后,短则三月,长则一年,天宗的道首就会入京。届时,国师就危险了。"元景帝叹息一声,"监正多半是不会插手此事的。"

如果监正能出手庇护,再加上洛玉衡自身的实力,对付一个天宗道首是绰绰有余。当然,元景帝知道这是奢望,一品高手之间,没有特殊缘由,几乎是不会动手的。况且,监正对人宗的态度冷淡,指望他出手抵挡天宗道首,概率渺茫。

"国师若不能踏入一品,即使楚元缜胜了,意义也不大。"元景帝摇头。

天人两宗有一个规定,道首争斗之前,先由两宗的弟子较量一番,输的一方,待真正的天人之争时,得让对方三招。但洛玉衡只是二品,与天宗道首相差太大,纵使楚元缜胜出,她有了三招的先机,最后还是一样会输。

"有什么办法,能延期这场天人之争?"元景帝问道。他没有说阻止,因为那不切实际。纵使他是皇帝,也无法左右一位二品,一位一品高手的道统之争。

洛玉衡睁开眸子,灵光闪动,淡淡道:"分不出胜负即可。"

分不出胜负……元景帝咀嚼着这句话,无奈道:"除非李妙真同意。"

洛玉衡沉吟片刻,道:"有一个更简单的办法。"

许府。

在院子里逗弄小豆丁的许大郎,忽然听见一声尖细的猫叫,侧头看去,一只橘猫蹲坐在墙头。

"铃音,你先去找你师父玩,大哥有事要办。"许七安摸了摸妹妹的脑瓜。

"好的,大锅,我晚上要吃桂月楼的菜。"许铃音牵着大哥的手指。

"行吧,待会儿出门给你买,赶紧走吧。"许七安指头戳她脑门。

许铃音蹦蹦跳跳地跑开了。

橘猫顺势跃入院子,迈着优雅的步伐,来到他面前,口吐人言:"李妙真下战书了。"

许七安颔首:"我知道。"

橘猫露出人性化的微笑,说道:"有件事要请你帮忙。"

许七安没回答,默默地看着他。

一人一猫对视许久,许七安低声道:"道长,你是不是又想坑我?"

橘猫摇头:"许大人,贫道何时坑过你。"

这……许七安叹口气:"这个节骨眼你来找我,我有种不祥的预感。"

第 330 章

许七安:没人能薅我羊毛

"作为身怀大气运的人,你这份直觉还是很敏锐的。"橘猫呵呵笑着。

"什么?"许七安惊讶地看着它,此人……此猫竟把臭不要脸的话说得如此光明磊落。他谨慎回答,"道长,你有说话的权利,但永远不要忘了,拒绝是属于我的权利。"

"我想你帮忙阻止天人之争。"橘猫开门见山,毫不拖泥带水,给许七安来了一句"当头棒喝"。

许七安默然几秒,沉稳地点头:"说说你的想法和理由。"

"你知道为什么会有天人之争吗?"橘猫跃上石桌,蹲在那里,琥珀色的瞳孔凝视着许七安。

"道统之争。"许七安回答。

橘猫微微颔首,又摇摇头:"相传,人宗和天宗的两位祖师在一次论道中大打出手,双双重伤,返回宗门不久便羽化,两人同时留下一句遗言,'每隔甲子,天人之争'。

"而后的数千年岁月里,人宗和天宗的道首,每隔一甲子便会进行一场天人之争。有死有伤,也有平手。后来慢慢形成一个传统,道首之间争斗前,由两派杰出弟子各代师门出战。赢的一方,可得三招先机。"

许七安皱着眉头,问道:"我听妙真说,天人之争背后还有隐情,道长你知道吗?"

橘猫斜了他一眼,似笑非笑地说:"我若说不知道,你是不是就不答应了?"

许七安同样以一副似笑非笑的表情说:"我若是不答应,你是不是就不说了。"

"真正的原因,只有天人两宗的道首才知道。但根据过去无数年的蛛丝马迹,其实可以推测出一些东西。"橘猫说到这里,沉默了几秒,开口说道,"大概在两千年前,天宗一位道首闭关修行,错过了天人之争,然后,他消失了。六百年前,天宗一位道首不知因为何事,独闯巫神教总坛,重伤而返,养伤期间错过天人之争,他也消失了。至于人宗,人宗从未出现过一品陆地神仙,但每一位在天人之争中胜出的人宗道首,都会在极短时间内冲击一品。"

错过天人之争,天宗道首会消失……赢了天人之争,人宗道首会立刻冲击一品陆地神仙。这,这到底是怎么回事?许七安越发觉得,道门的水比想象中的还深。

"你还没说你的理由呢。"许七安收回思绪,盯着橘猫。以上是天人之争背后的隐秘,但不是金莲道长请他阻止李妙真和楚元缜的理由。

"我和洛玉衡有过约定,她将来会在地宗清理门户的行动中助我一臂之力,因此我想拖延天人两宗的争斗。在解决地宗道首之前,不希望她出现意外。倘若天人之争如约举行,洛玉衡凶多吉少。"橘猫的眼神里流露出严肃和沉重。

道长真是个合格的地宗弟子,为了清理门户,煞费苦心。许七安心里感慨,有些佩服金莲道长的大义,但他依旧不觉得自己能在这件事上给予帮助。

"可天人之争岂是我一个小银锣能阻止的。"他摊了摊手。

"没让你阻止天人两宗的道首,但你可以阻止楚元缜和李妙真。"金莲道长循循善诱,"许大人想不想扬名立万一次?想不想在云集京城的江湖人士面前,好好露次脸,出个风头?"

我又不是杨千幻,我可不喜欢出风头。许七安质疑道:"你的意思是让我参与天人之争?这并不是个好主意,首先我打不过他们;其次,即使搅乱了三日之后的斗争,那五日之后呢,十日之后呢?道长,你这法子不行的。"

橘猫轻轻摇头,以一种提点晚辈的语气说道:"出招要有章法,行事也是如此。你毫无准备、毫无理由地扎进去,李妙真和楚元缜自然不会搭理你。即使侥幸破坏了战斗,你也不可能破坏后续的战斗。但是,你可以给自己找个理由。"

"理由?"许七安反问。

"比如说,天人两宗在你许大人看来不值一提,两宗的弟子不过尔尔,你见猎心喜,想要与他们交手,并当着群雄的面向他们邀战,与他们赌斗。如果他们能打败你,天人之争就继续,如果不行,那就等到能打败你,再进行天人之争。"

许七安目瞪口呆:"这也行?如此牵强的理由……"

金莲道长呵了一声:"那是你没在江湖上闯荡过,江湖人士下战书,从来都是简单粗暴,不敢应战,就狠狠羞辱,羞辱到答应为止。这还是讲规矩的,不讲规矩的,直接上门砸场踢馆。李妙真和楚元缜都是心高气傲之人,你若是在众目睽睽之下,削他们面子,他们十有八九会应战。而一旦应下来,约定便成了。纵使天宗长辈,也不能说什么,只会催促李妙真尽早解决你。"

天宗长辈真的不会纷纷下山,一人给我一巴掌?许七安道:"如果李妙真始终赢不了我,是不是天人之争就不会进行?"

橘猫又斜他一眼:"贫道最欣赏许大人的一点,就是你过于自信。我说过了,天人之争无法阻止,但可以拖延,你拖延个一年半载就行。当然,这确实会得罪天宗,换成其他人,可能不敢,但你没问题。"

是我没问题,还是你强行说我没问题?许七安黑着脸,道:"为什么?"

橘猫呵呵笑道:"因为你足够年轻,因为你和李妙真有交情。如果是其他人强行参与,天宗长辈或许不会出手,但会责令李妙真斩杀阻拦之人,甚至会赐予相应的法宝和丹药,这一点毋庸置疑,天宗的道士足够冷漠。"

"那我又能从中得到什么?"许七安问道。

"相信我,洛玉衡不死,你将来会得到一份难以想象的馈赠。这也是我找你帮忙的原因之一。"橘猫悠然道。

猫东西,又给我画大饼……许七安沉吟片刻,道:"我要考虑考虑。"

橘猫点点头,耐心十足。

许七安坐在石桌边,思考着参与此事的利弊。

先排除空头支票(难以想象的馈赠)。

仅说楚元缜和李妙真的交手,这不是一场切磋,而是背负师门使命的死斗。尤其是楚元缜,他虽不是真正的人宗弟子,但一身剑法来自人宗,这份香火情他得还,因此,他会拼尽全力为洛玉衡赢下三招先机。李妙真做事一板一眼,让她在天人之争里放水,几乎不可能。除了性格之外,还涉及天宗的颜面。

最好的结局就是一胜一负,两败俱伤。

最差的结果,可能会出现一死一伤?

而如果我能阻止这场天人之争,这样的情况就可以避免。

可我只是一个六品武者,而两位杰出弟子的真实战力,有四品……嗯,得到神殊和尚的精血滋养,我的金刚神功早就超越正常品级。战力方面,我或许比六品武者强,但肯定不是四品,甚至五品武者的对手。可论防御力,四品武者恐怕都不如我。

金莲道长如此笃定我能帮忙,似乎是看穿了我的虚实……那天我和李妙真交手,道长看出端倪了?

"道长,我明白你的意思,楚元缜和李妙真都是天地会内部成员,但碍于宗门命令,不会留手,他们中出现伤亡,这是大家都不愿意看到的。"许七安叹口气。

橘猫露出满意的笑容,点点头,就像成功忽悠了小朋友的大人。

"至于天宗长辈们的反感,我相信问题不大,道长你不至于害我。"

许七安道。

橘猫再次笑着点头。

"所以,我拒绝。"许七安得出结论。

橘猫的笑容倏然凝固。

"为什么?"橘猫语气急切,道,"许七安,互帮互助是天地会的宗旨。"

有事许大人,没事许七安,您真是一只现实的猫……许七安诉说着惨痛经历:"上次我们去找丽娜,差点死在地底,好处没捞到,命却快没了。"

"你吸收了玉玺里的气运。"橘猫抬起前爪,拍了拍桌面。

"那这次呢,这次我能有什么收获?"许七安唉声叹气,"道长啊,你要知道我的名声来之不易,京城百姓都很崇拜我,视我为大奉英雄。楚元缜和李妙真的修为远高于我,你让我去挨揍,有损我一人一刀,独战数千叛军的威名,有损我力挫佛门的威名。"

橘猫叹息一声:"你想要什么?"

许七安露出纯真的笑容:"两个要求。第一,我要一件宝贝,是什么没想好,就当是你欠我的,但以后我一跟你要,你不能反悔。"

橘猫沉思片刻,点头:"但你也不能狮子大开口……唉,第二个要求呢?"

许七安端正脸色,道:"我要一颗青丹。"

橘猫抬起爪子,在桌面用力拍了三下,大声说:"这是不可能的事,青丹和脱胎丸一样,一甲子才炼三颗,脱胎丸是材料难寻,而青丹是炼制手法复杂,材料昂贵,论成本,是脱胎丸的好几倍。"

这小子也不想想,如果他金莲有青丹这样的宝贝,当初用得着让他去灵宝观找洛玉衡求丹药?

地宗什么都不缺,就是缺钱。

许七安搓了搓手,热情地笑着:"道长这话说得多生分,咱们是一个组织的,我还能对你狮子大开口不成。你没有青丹,可人宗有啊,道门里谁不知道人宗是狗大户。"

橘猫犹豫很久,踌躇道:"我去试试,黄昏前给你答复。"

许七安连忙点头:"不急,明日也行,天人之争在三日后。"

橘猫不理他,蹿入花圃,消失不见。

"金莲道长这个老油条,总喜欢薅晚辈的羊毛,太过分!"许七安哼哼唧唧地说。

所谓青丹,是一种洗精伐髓、强筋健骨的丹药,这八个字可以说被用烂了,江湖上卖大力丸的都不屑用这八个字形容自己的药。但青丹的洗精伐髓、强筋健骨,和平时意义上的不同,它能让六品铜皮铁骨境的武夫防御力突飞猛进。

"我的金刚神功达到瓶颈,神殊和尚的精血还剩小部分残余,但怎么都无法化为己用,沉淀在身体里的话,那就浪费了。"

许七安为此特意向魏渊讨教,当然,他只问如何让金刚神功在短期内突飞猛进,魏渊给他指了两条路:实战历练和青丹。

"之前我还在苦恼,如何让金刚神功达到小成境界。今日橘猫道长找我帮忙,突然就打开了思路……换个角度思考,是不是和我强大的气运有关?我需要突破,需要青丹和死斗,李妙真恰好就来京城履行天人之约。"

"什么办法?"元景帝眼睛微亮,望向浮于池中的绝色美人。

洛玉衡红唇轻启,清冷中带着柔媚:"派人阻止这场天人之争即可,得是同辈,且不惧天宗报复。"

元景帝皱了皱眉,沉吟道:"强行干预的话,天宗势必派人兴师问罪。或许,可以以赌约的方式插足。"

洛玉衡点头,随后又摇头,柔声说:"赌约一旦成立,至死方休,代价太大。陛下不必为了此事,折损一位年轻天才。"

这相当于把自己卷入天人之争里,本来是天宗和人宗的约定,而今变成三方约定。天宗与人宗的斗争是有原因的,他们会遵循规矩。可这个强行干预进来的人,在天宗眼里就是个麻烦。

天宗的反应无外乎两种:一、责令李妙真速战速决,对此,天宗会给予一定程度的"帮助";二、师门长辈直接过来,一巴掌拍死坏事的家伙。

这里不存在全身而退的可能,你若想毁约,退出决斗,首先目的没有达到,天人之争如期举行,只不过是延缓了几日。其次,天宗的道士未必肯答应,到时候还是会一巴掌拍死毁约的家伙,拍得还光明正大,有理有据。

元景帝置若罔闻,目光从洛玉衡脸上挪开,遥望司天监方向,道:"因此,司天监的杨千幻,是最佳人选。既不惧天宗报复,又有足够的能力对付楚元缜和李妙真。"

洛玉衡微微点头,元景帝说得没错,杨千幻是最佳人选,没有人比他更合适。

"朕即刻派人与监正商量。"元景帝招手,唤来院外恭候的老太监,吩咐他去司天监请人。

两炷香的工夫后,老太监派出去的侍卫回禀,监正的答复是:杨千幻镇压在观星楼地底,请陛下另选贤能。

这个结果在元景帝和洛玉衡的预料之中,但依旧有些失望。

"监正从来只做'规矩'中的事,此外,没有情分可讲。"元景帝摇摇头,颇为无奈。该做的事,监正一件都不落,不该做的事,哪怕是他这个九五之尊,也使唤不动。

"朕再想想办法吧。"元景帝说完,摆驾回了皇宫。

待元景帝离开,洛玉衡轻轻叹息。

返回皇宫,元景帝坐在御书房沉思一刻钟,抓起笔写了份名单,道:"大伴,去把名单上的人召唤入宫。"

南宫倩柔在宦官的带领下,穿过广场,进入御书房。他扫了一眼,猩红地毯上站着两个穿轻甲的青年,此外,并没有其他人。这两人南宫倩柔认识,他们在禁军中效力,一个出身勋贵世家,一个则是草根武者出人头地。

那两人见到南宫倩柔,眼里闪过诧异。

南宫倩柔与他们并无交情，本身性格又阴冷孤僻，便没有打招呼，默不作声地站在一旁。

不多时，元景帝进来了，边走边审视三人，最后在他们面前停下来，沉声道："知道朕为何召你三人入宫？"

南宫倩柔没有搭理，草根出身的武者微微低头，那个勋贵世家的青年抱拳："请陛下指示。"

元景帝颔首，缓缓道："三日之后便是天人之争，朕希望你们能出手阻止。"他将事情利弊告诉三人，而后问道，"你们之中有谁愿意？不管最后结果如何，官升一级。"

这三人是京城最年轻的四品武者，也是属于朝廷的四品武者。四品武者在外头罕见，大奉十三州，一州之地的四品屈指可数，但京城作为大奉的权力核心，四品高手的数量比想象中的要多得多。

不过三品武者只有镇北王一位，能断肢重生的三品武者，已经脱离凡人范畴，与四品是天壤之别。

南宫倩柔依旧面无表情。

草根出身的武者，眼里隐晦地闪过怒火。

而勋贵出身的武者，却是忌惮和谨慎。

元景帝沉声道："官加二级。"

草根武者眼里怒火愈炽。

勋贵出身的武者，有些意动，最终还是摇头，低声道："陛下恕罪，卑职能力浅薄，无法胜任。"

草根武者跟着抱拳："卑职无法胜任。"

元景帝脸色如常地颔首，道："你俩退下吧，南宫倩柔留下。"

两人松了口气，退出御书房。

元景帝踱步走回御座，等了十几息，开口说道："他们两人，一人是对朕为人宗出头不满，归根结底是对朕修道不满；另一人是惜命，自身已是荣华富贵，不想掺和道门两宗的纷争。"

南宫倩柔平视元景帝："陛下留我，是觉得我会出手？"

元景帝颔首："南宫倩柔，我知道你的身份，也知道你想要什么。"

南宫倩柔瞳孔倏地收缩,迅速恢复如常。

元景帝盯着他:"只要你替朕摆平这件事,我可以借你两万精兵。"

南宫倩柔表情有了动摇,似乎极为意动,但最后他选择了拒绝,摇头道:"陛下,我答应过魏公,他没有还我名字之前,我不会离开他。再者,李妙真和楚元缜,任何一位我都不怵。可两人若是联手,我也无能为力,而为了如期进行天人之约,他们肯定会率先联手,把外人踢出局。非我不愿,能力不及尔。"

元景帝也不强求,挥了挥手。南宫倩柔抱拳,退出御书房。

元景帝沉着脸,吩咐道:"告诉国师,朕无能为力,让她好自为之吧。"

如此倔强的女子,宁愿面对天人之争,也不愿与他双修,既然如此,你就去和天宗道首决一胜负吧。

灵宝观。

年轻的宦官躬身行礼,细声细气道:"国师,陛下也无能为力,京城中,年轻的四品高手都不愿插手天人之争。您知道的,陛下也不好强迫他们。"

洛玉衡没有睁开眼睛,淡淡道:"本座知道了。"

宦官不敢多留,作揖后,飞速离开。

过了一刻钟,小院的围墙上出现一只体态修长的橘猫,琥珀色的竖瞳,幽幽地盯着池上的女子。

"师妹!"

洛玉衡没有抬头,带着几分嫌弃的语气:"你来做什么?"

橘猫略作犹豫,一副商量的语气说:"问件事儿,人宗手里有青丹吗?此丹难炼,价值连城……"

洛玉衡皱眉打断:"既知此丹罕见,还问?你一个地宗道首,要青丹做甚?"

橘猫有些尴尬:"在师妹眼里,贫道就是连吃带拿的穷亲戚吗?青丹我是用不到,我是替人来讨要的。"

洛玉衡呵了一声，讥笑道："你不是穷亲戚，你是没脸没皮的臭道士。我父亲以前炼过一炉青丹，两颗被元景帝取走，我手头有最后一颗。但此丹既难炼又珍贵，我是不会给你的，除非你用地书碎片交换。"

地书碎片怎么可能给你，你人宗又不会用。橘猫心里腹诽，惋惜道："罢了，我本来给师妹找了个帮手，能拖延天人之争的帮手，对方只有一个要求，那就是青丹。既然师妹不同意，那贫道只好回绝。"

洛玉衡霍然起身，喝道："回来！"她霸道地探手一抓，将墙头的橘猫摄入手中，丢在池边的假山上，妙目灼灼凝视，语速飞快地追问，"对方是谁？你有几成把握？你可知道，一旦卷入天人之争，想抽身就难了。"

说话的同时，她的眼睛一眨不眨地紧盯着橘猫，专注而迫切。

"你对他不陌生，甚至考虑过和他双修。"橘猫舔了舔被弄乱的毛，悠悠地道。

洛玉衡眼里的亮光黯淡，愠怒道："他只是六品武者，即使有佛门金刚神功加持，撑死也就五品的战力。而楚元缜和李妙真可不是寻常四品能及。"

橘猫不疾不徐，缓缓道："你别生气，许七安的金刚神功非等闲武者能比，我甚至怀疑，四品武者的肉身也未必比他强。"

洛玉衡冷笑道："你怀疑？"

橘猫点头："因为李妙真全力一剑，未能伤他分毫。"

洛玉衡一愣，只觉得荒唐至极，求证般地反问："李妙真全力一剑，难伤他分毫？"

橘猫点头。

洛玉衡愕然不已。

浩气楼。

魏渊听完南宫倩柔的汇报，赞许地点头："你应对得不错，参与天人之争，有害无益。本就是道门的纠纷，外人强行插手，是自讨没趣。"

杨砚嗯了一声,道:"人宗剑法无匹,天宗道法诡异,单对单的话,倩柔不惧任何人,但以一敌二,必败无疑。"

南宫倩柔淡淡地道:"京城里,没有一位四品能同时应对两人,杨千幻的传送阵法或许能立于不败之地,可一旦交手,他走不过十招。"

战斗非术士所长。

魏渊说道:"三日后的天人之争,你们几个金锣都去看看,当长长见识,道门高品的战斗可不多见。"

黄昏时,许七安听见了尖细的猫叫声,循着声音,在僻静的角落看见了蹲在树枝上的橘猫。橘猫嘴里衔着一只瓷瓶,轻轻张嘴,瓷瓶落在许七安的掌心。

许七安拔开瓷瓶的木塞,凑到鼻端闻了闻,一股难以形容的香味扑入鼻腔。

"洛玉衡说,只要你全力以赴,是成是败,青丹都是你的。"橘猫道。

有了它,加上三日后的战斗,我的不败金身必定更上一层,还能阻止贰号和肆号两败俱伤,一箭双雕……许七安脸上喜色浮动,喟叹道:"国师真是有钱人啊。"

橘猫站在枝头,俯瞰着许七安,道:"知己知彼,百战百胜。楚元缜和李妙真都是高手,我觉得你需要了解一些情报。"

我也是这么想的,我还想晚些时候向李妙真刺探情报呢……许七安道:"道长请说。"

"人宗的剑法你有所了解,楚元缜自创的养剑意,你也掌握,对于他我没什么好说的。主要是李妙真,你对天宗的道法一无所知。"

"格物致知。"许七安说。

"格物致知……呵,形容得很贴切。"橘猫咳嗽一声,继续说道,"李妙真同样擅长飞剑,这是道门七品,食气所带来的神异。

"道门五品金丹,可破一切虚妄,不畏世间浑浊,你的佛门狮子吼对李妙真无效。"

许七安点头。

"此外,还有雷法和五行法术,这些法术需要配合天时地利,决战地点在渭水,你小心水行法术便成。"橘猫说完,露出郑重神色,"天宗的核心法术是天人合一,它具现化的能力,就是赋予世间万物灵性,与它们产生联系,让它们听命于自己。

"简而言之,你的刀可能不是你的刀;你的腰带,可能会拼尽一切勒死你;你脚边的石头,会突然跳起来打你膝盖;甚至你的手,会突然抬起扇你一下。"

嚯,天宗法术这么厉害吗?这就是所谓的,世上无所谓忠诚,只因为没有遇见我。在我眼里,所有东西都是二五仔。

许七安吃了一惊,对天宗花里胡哨的手段,充满了羡慕。

告别金莲道长,他当即返回房间,吞服青丹,炼化药力。

三日之期转瞬而过,天蒙蒙亮,楚元缜醒来,有条不紊地穿戴整齐,背上佩剑,顺便帮当年的同窗好友把被子盖好。昨日两人饮酒到深夜,好友话里话外,都在暗示他放水。

其实楚元缜知道,天人之争对朝堂很多人来说,是铲除"人宗"的大好机会。很多人认为,只要没了人宗,陛下就会勤于政务,不再追求虚无缥缈的长生。

"你不懂,十年前我就看明白了,即使没有人宗,也会有其他道士,会有其他国师。就算这一切都没有,元景帝依旧会修道,他渴望长生,谁都无法阻止。"楚元缜摇摇头,离开房间。

出了府,他看见青冥的夜色里,街边,站着高大魁梧的恒远。

"是许大人把我送进来的,贫僧与你一同前往。"恒远双手合十。

楚元缜沉默颔首,与恒远并肩而行,走了一阵,他侧头,看着中年和尚,道:"你想说什么?"

恒远目光转向楚元缜背上的剑,低声道:"贫僧想请求你,别让此剑出鞘。"

楚元缜没答应。

"这既是对天宗的不尊重,也是对李妙真的不尊重。"他说。

恒远一脸难过。

皇宫,一列禁军护送着两辆奢华的马车离开宫城,穿过皇城,驶向城外。

临安掀开车窗帘子,街道行人稀疏,卖早点的摊子热气腾腾,一股股香味钻进临安的鼻子。她不由有种想尝一尝平民早膳的冲动。

前面的马车里坐着怀庆,临安此次出宫,是蹭了怀庆的光。整个皇宫,只有太子和怀庆能自由出入京城,不受阻碍。其他皇子皇女都没这样的资格。

临安爱看热闹,不想错过天人之争,本来打算让许七安偷偷带她出城,她把自己伪装成平平无奇的小媳妇,跟在他身边去渭水看热闹。谁知许七安把她当成了皮球,一脚踢给怀庆。

好在怀庆还是比较仗义的,愿意带她出城。

"哼,回头看我怎么整治狗奴才。"临安愤愤地想。

淮王府。

府中侍卫倾巢出动,簇拥着金丝楠木制造的豪华马车,驶离皇城。

许府。

许新年早早醒来,牵着马匹,哒哒哒地沿着街道而行,在拐角处看见一辆停靠在路边的豪华马车,十几名府卫守在两侧。

车窗帘子掀开,露出王小姐娇美的脸,她笑吟吟地道:"许大人,上车喝茶。"

殿试已过,许新年现在是翰林院庶吉士,不再是一介白衣。今年的一甲特别没排面,风头全被天人之争给抢了。连京城百姓的关注点也转移到道门的纷争中,百姓们听说天人之争一甲子一次,很多人一辈子只能遇上一次,转念一想,科举三年一次,孰轻孰重一目了然。

王小姐趁机邀请许新年共同观看天人之争,许新年这次没有拒绝。

王小姐高兴坏了。待许新年上车后,她忙吩咐丫鬟倒水,笑着说道:"我听爹说,天人两宗的弟子,都是了不得的大高手。"她想了想,找了个对比,"不比打更人衙门的金锣差。我还听说,天宗圣女貌美如花,是位倾国倾城的大美人。"

许新年平静地点头。

他过于冷淡的态度,让王小姐有些泄气,于是又试探道:"辞旧对天人之争不感兴趣?"

不声不响,辞旧叫上。

许二郎摇头,道:"我知天宗圣女是何许人也,她入京后,一直住在我府上。"

王小姐愕然,瞪大眼睛:"辞旧莫要说笑,天宗圣女怎么会在你府上?你,你与她是旧相识?"

天宗是江湖上鼎鼎有名的宗派,以许府的地位,怎么都不可能"高攀"得上天宗圣女。

第 331 章

他来了

"天宗圣女和大哥是朋友,两人在去年云州案中结识,天宗圣女随我大哥奋勇杀敌,斩叛军剿山匪,患难与共,结下了深厚的情谊。"许新年边解释,边抿了口茶水。

这些话是大哥告诉他的,而娘也说过,这位天宗圣女过去一年里,在云州组建私军剿匪……娘之所以知道,是天宗圣女亲口告诉她的。

天宗圣女与许银锣结下深厚情谊……王思慕恍然,暗暗松了口气,脸庞随之洋溢起温婉的笑容,道:"我听府上的客卿说,天宗圣女李妙真有四品的实力,而楚元缜既与她比斗,实力也不会差。放眼京城,这般年轻就有四品的修为,屈指可数。"

楚元缜可不年轻了……许新年颔首,道:"天人之争的两位主角,的确是人中龙凤。"

王思慕顺势道:"不过,再有个几年,许银锣定能与这两位比肩,斗法之后,京城都在说,许银锣天赋不输镇北王。"

许新年扬了扬下颏,用一种云淡风轻的语气道:"大哥修为还差了些,这些流言蜚语,都是捧杀。"

他似乎很骄傲……果然,恭维许七安很能讨许辞旧欢心。王思慕在心里分析着。

马车缓缓行驶,在内城的城门口,偶遇了怀庆和临安的队伍,两辆金丝楠木制造的马车停在城门口。

"殿下,您看那是不是王家小姐的马车?"掀起窗帘看景色的丫鬟,瞧见了王思慕的马车,喜滋滋地扭头告诉临安。

"真的是思慕妹妹的马车。"临安凑过去一看,眉开眼笑,吩咐道,"去通知一下,请她过来,我要与她同乘。"

丫鬟立刻扯着嗓子喊。

另一头,马车里的王思慕听见呼唤,愕然地掀开帘子,看清了对面金丝楠木马车的黄绸盖上绣着"临安"二字,当即笑着回应:"临安殿下。"

临安推开丫鬟,素手掀着帘子,笑吟吟道:"思慕妹子也去渭水看天人之争?"

王思慕甜甜地嗯一声。

临安一下开心起来,桃花眸弯成月牙儿,招招小手:"来,到本宫这里来。"

王思慕正想说话,忽然眉尖紧蹙,绣帕掩住口鼻,剧烈咳嗽几声。

临安关切地问道:"怎么了?"

王思慕无奈道:"前几日得了风寒,吃过几服药,已经没什么大碍。不过,虽是余烬,传染给殿下就不好了。"

临安一脸惋惜,叮嘱王家小姐好生休息。

王思慕笑着应是,这时,她看见前方的马车,车窗忽然掀起,一双寒潭般清澈的眸子,冷淡地扫了她一眼。刹那间,王思慕感觉自己所有的小心思,所有的念头,都被看得一清二楚。

她勉强一笑,放下了帘子。

待马车行驶出一段路,王思慕如释重负,拍了拍胸脯,望着许新年道:"我最怕和怀庆殿下相处,她太聪明。"

许新年笑了笑。心思坦荡,意志坚定,便能淡然地面对一切。纵使被看出内心想法,也无所谓。这一点,是许二郎经历过数次社会性死亡,锤炼出的城府。

生活,是最好的老师。

两辆金丝楠木马车,在内城门口等待许久,终于等来了八位金锣,领着十几位银锣,三十多名铜锣,队伍整齐地骑马而来。

最后一位金锣这几日在衙门值守,无法离开。

看到打更人的出现,临安露出恍然之色,她一直觉得侍卫太少,无法在鱼龙混杂的环境里保证自己和怀庆的安全。

"有这么多金锣、银锣陪同,就算对面是千军万马,我和怀庆也是安全的。"临安心里顿时无比踏实。

怀庆掀开车窗帘子,在打更人中扫了一眼,蹙眉道:"许七安呢?"

姜律中摇头,笑骂道:"这小子坐堂三天打鱼两天晒网,大部分时候都寻不到人,谁知道他干吗去了。"

怀庆点点头,放下帘子,队伍启动,穿过外城,在官道行驶半个多时辰后,马车缓缓停下来。

"殿下,再往前只能步行。"侍卫长说道。

怀庆和临安各自钻出马车,俱是一身劲装,前者胸脯饱满,前凸后翘,尽显女子丰腴身段。后者用一根云纹缎带勾勒出水蛇腰,行走间,扭得风情万种,明明不曾做出任何勾人举止,却比姐姐怀庆还要显得妩媚诱惑。

在打更人和宫中侍卫的保护下,怀庆和临安离开官道,走入长满杂草的荒地,行了一刻钟,临安的裤管和小棉靴沾满了露水和草末。

"好多人呀。"临安突然停下脚步,发出感慨。

渭水宽二十丈,汛期时,河面宽度甚至会涨到三十丈。此时,渭水两岸黑压压地站满了人,有背刀提剑的江湖人士,也有京里出来看热闹的市井百姓。更有京城里无所事事的纨绔子弟、请假出来观赏天人之争的官员,以及勋贵等贵族阶层。当然,也少不了国子监和云鹿书院的学子,以及王思慕这样的豪门千金。

这些人都带着十几数十名侍卫,蛮横地清场,独占一块地方。

"清场。"挑中一块好地方的怀庆挥了挥手,命令侍卫们干活。

"又有大人物来了。"

"那女子好生漂亮,嘶……身边竟然有这么多金锣护卫!"

被驱赶的江湖人士似乎习惯了,骂骂咧咧地转换阵地,顺带八卦起怀庆的身份。

"她是我们大奉的长公主,封号怀庆。"一个京城人士说道。

"想起来了,当日斗法时,她坐在皇棚里。"

"咱们大奉的公主竟是此等国色天香的美人,可有婚嫁?驸马是谁?"

"皇室的四位公主都没有出嫁,待字闺中。她身边的那位,是二殿下临安。我觉得临安公主……"

本来想点评几句,但想到金锣们耳聪目明,很可能听见这边的议论,当即闭嘴,不敢妄议公主。

临安在人群里左顾右盼,蹙眉道:"狗奴才呢,怀庆,狗奴才在哪儿?"

怀庆不理她。

"走开走开!"这时,一声大喝传来,临安和怀庆回身看去,数十名披坚执锐的甲士,挥舞着刀鞘驱赶人群。甲士们拱卫着一位戴帷帽的女子,帷帽垂下轻纱,内里还有一张面纱,修为再高的武者,也无法透过两层防护看见女子的真容。

"王妃来啦,我们去打个招呼吧。"临安看向怀庆。

怀庆冷淡地转过脸,不屑一顾。

金锣们纷纷扭头,审视着被府卫簇拥的王妃,眼里满是好奇。

镇北王妃被誉为大奉第一美人,但真容极少有人见到,在场的金锣不是第一次看见她,可每次都是做了层层防护,无缘一睹芳容。

"连她也来了,上次斗法都没惊动王妃。"姜律中感慨。

"斗法玄而又玄,有什么好看的,道门的天人之争甲子一次,酝酿了月余,没人不好奇。"张开泰道。

此时,刚到卯时,再有三刻钟,便是天人之争。

渭水河畔聚集了成百上千人,对接下来的战斗翘首企盼,百姓的神色是兴高采烈的,就像赶集一般。人群外,有搭起的凉棚,卖茶水和早食,价格比内城的摊子还贵。

江湖人士的神色是期待且兴奋,天人之争甲子一次,每一次都是大奉江湖的盛世,仅次于十三年一次的武林大会。

"哎,你们看,双刀门的柳芸来了,她身边的那位是不是门主程恨生?"有人叫道。

循声看去,一行穿劲装的江湖人士走来,他们的特点就是背着两把弯刀,皮肤黝黑,眉眼凌厉。其中一个背双刀的小娘,特别美貌,皮肤是小麦色,眸子灵动锐利,宛如矫健的雌豹,极具野性。她跟在一个中年男人身后,那中年男人气息内敛,仿佛不如身后锋芒毕露的门人。

"庐崖剑阁的人也来了,蝴蝶剑蓝彩衣好漂亮,名不虚传。"

"阁主蓝桓现在是什么修为?我记得去年传闻他突破成为四品武者。"

"我看到万花楼的蓉蓉姑娘了,嘿嘿,果然是个勾人的小妖精。"

"那几个和尚是不是青龙寺的?"

随着决战的时间临近,越来越多的江湖门派高手抵达,他们与散修不同,是有地盘、有名号的"大人物"。

庐崖剑阁的阁主,蓝桓挑了一个视野开阔的好位置,而后侧头,审视着不远处的双刀门门主,抱拳道:"都说双刀门门主修为深不可测,今日一见,名不虚传。"

平平无奇的开场白。

皮肤黝黑,不苟言笑的双刀门门主随之看过来,淡淡道:"蓝阁主过誉了,我不如你。"

他还没到四品。

什么?双刀门的门主不如庐崖剑阁的阁主?

周遭的江湖人士眼睛一亮,为吃到一个大瓜而振奋,将来与亲朋好友吹嘘时,就可以用这个"机密"来博眼球。

长相甜美、气质活泼的蝴蝶剑蓝彩衣,看向了小麦色皮肤的双刀门女侠柳芸,双方目光一触,蓝彩衣骄傲地挺起胸脯。

柳芸则眯了眯眼,不屑地瞥开视线。

蓝桓继续说道:"门主,天人两宗比斗,你觉得哪一方胜算更大?"

"天人两宗斗了数千年,互有胜负,咱们不去置喙谁高谁低。不过,楚元缜和李妙真二人,我觉得楚元缜胜算更高。"双刀门门主说道。

"为何?"蓝桓笑着反问。

"楚元缜在六年前,便被魏渊誉为京城第一剑客,而那时,李妙真尚未成年,单凭这份底蕴,就已胜过李妙真。"门主说。

蓝桓却有不同看法,道:"你有所不知,那楚元缜是人宗记名弟子,走的是武夫体系,修的是人宗剑道。路子出了问题,而李妙真是根正苗红的天宗圣女。"

竟还有这些内幕……吃瓜群众听得津津有味。

突然,有京城百姓高声问道:"这两人,比我们的许银锣如何?"

蓝桓闻言,一笑置之,没有回答。双刀门门主嗤笑一声。

"嘿,你们俩匹夫,这算什么意思?"

京城百姓不高兴了。

蝴蝶剑蓝彩衣环顾众人,脆声道:"许银锣虽是天纵之才,资质堪比镇北王,但他只是七品武者。而人宗弟子楚元缜和天宗圣女李妙真,前者在多年前,就能与四品的金锣斗得难解难分,虽然落败,可这么多年过去,实力恐怕不输四品。李妙真敢来京城下战书,自然也是四品。"

京城百姓不懂修行,但简单的品级划分还是懂的,原来他们心目中的大奉英雄许银锣,只是七品武者?天人之争里的两位主角,却是四品。

"你放屁,你敢诋毁许银锣,大伙丢石头砸她!"

"小娘皮长得俊俏,嘴巴却恶臭得很,呸!"

平民百姓非常失望,继而涌起怒火,迁怒到蝴蝶剑蓝彩衣身上。

"哼,狗奴才明明是六品了。"临安啐道。她心里有些不开心,在她的认识里,自家的狗奴才是大英雄,在云州独挡数千叛军,在观星楼前力挫佛门罗汉。这是大人物才能做出的事情。但现在,被人拿出来对比,拿出来分析,冷不丁儿发现许七安的品级才七品。这种巨大的落差感让她很不舒服。

"在大奉京城,年纪轻轻,且有四品修为的,不超过五指之数。"一个裹着黑袍的江湖客,沉声说道。

"嗯,许银锣必定能成为四品武者,但现在的他还太年轻,与楚元缜和李妙真差距很大。"又有江湖人士补充。

砰!一块石头砸过来,在无形气罩上粉碎。

那个江湖人士勃然大怒,却又不敢发作,这里是京城地界,周遭都是达官显贵和官府高手,他要是敢动手伤害平民,必定招来官府强者的严惩。

"胡说八道,许银锣一刀破金身,何等威风,怎么可能只有七品。"

"就是,那什么楚元缜这么厉害,他怎么不去斗法,不去破小和尚的金身。"

"我看京城年轻高手里,只有许银锣最厉害。你们这些匹夫,就是看不得许银锣风光。"

骂声四起,平民百姓反响强烈,义愤填膺。

可骂着骂着,见没有江湖人士为许银锣说话,连官府的人以及打更人都不说话,他们渐渐相信了这个事实,顿时,心里涌起巨大的失望。

就在这时,呼啸的风声从头顶传来,一道人影踏剑飞行,凝于渭水河上空。此人一袭青衣,面容清俊,年岁不大,但也不小,额头垂下的一缕白发诉说着他的沧桑。

"楚元缜!"

下方,人群里响起惊喜的叫声。

话音方落,又一道呼啸声响起,远处,踏着飞剑的女子疾速而来,在楚元缜对面停下。

天宗圣女穿着朴素的道袍,乌木道簪束发,瓜子脸白皙尖俏,眸如点漆,嘴唇纤薄,正如传闻所言,是个让人眼前一亮的美人儿。

见到这一幕,前一刻还恼火的京城百姓,突然失声了。

御剑飞行,凌空而立,这可是只存在于话本和说书人口中的神仙人物。这么一对比的话,经常骑马出行的许银锣,确实排面不够。

"今日一战,倾力而为。"李妙真凝视着对面的青衫剑客。

"好。"楚元缜点头。

道首之间的对决,是道首们的事。现在的天人之争,是他们两人的事。

楚元缜知道,洛玉衡如果无法突破一品,天人之争凶多吉少。此战,他若避而不战,人宗照样会派其他弟子出战。与其输给李妙真,丢人宗颜面,还不如他来。至少能赢下三招先机。也算还了人宗的授剑之恩。

"所有人,退出十丈!"楚元缜大喝。

渭水两岸,围观者哗啦啦地退开。

天人之争,一触即发,无数双眼睛盯着半空中的两人,既紧张又兴奋。

突然,悠扬的琴声响起,极具穿透力,回荡在渭水上空,回荡在晨光熹微的田野间。

这琴声与此时的氛围如此不协调,以致打乱了楚元缜和李妙真的节奏,让两人攀升的气势为之一泄。

楚元缜看见李妙真脸色突然僵硬,忍不住回头看去。紧接着,楚状元的脸色也僵住了。

围观群众循着琴声看去,只见远处飘来乌篷船,船头傲立一位挺拔的年轻男子,只见他挂着刀,目光遥望波澜起伏的河面,神色隽永。

他来了,在专属的背景音乐里,缓缓而来。

第 332 章

神功小成

渭水滔滔,晨曦的天空下,挺拔的身影拄着刀,踏舟而来。背景是曲调婉转,悦耳动听的琴音。

大奉的土著们没有见过自带背景音乐的出场方式,一时间都震惊了。他们努力地眯着眼,想要于光与影交织的黎明中,看清那男子的容貌。

恰好这时,一道晨光照射在船头的男子身上,映照出他阳刚俊朗的脸庞。

终于看清了,距离较近的百姓高呼一声:"许银锣!"

"他也是来观战的吗,不愧是许银锣,出场方式和这群匹夫不同。"

虽然刚才江湖人士的点评让人气愤且失望,但还是有很多百姓没有掉粉。

"狗奴才终于来了。"临安踮着脚尖,昂起下巴,朝远处张望,哼哼唧唧道,"就喜欢出风头,都抢了两位主角的戏了。怀庆,快招呼他过来。"

身为公主,肯定不能扯着嗓子喊,所以临安把这个任务甩给怀庆。

怀庆皱了皱眉,凝视着船头上缓缓而来的许七安,有些疑惑。

许七安这个人,虽然意气张扬,但仅限于他不得不出手的时候。比如科举舞弊案,比如佛门斗法等。这场天人之争的主角是楚元缜和李妙真,没有他什么事,按理说,以他的性格,这会儿应该站在自己和临安身边,或者其他女人身边,笑嘻嘻地看热闹。

"嘿,这小子倒是有新意,踏舟而来,琴音相伴,如此奇特的出场,轻描淡写地就压过楚元缜和李妙真。"姜律中笑着摇头,打趣道,"不知道的还以为他是来参与天人之争呢。"

不知道的还以为他才是天人之争的主角呢。王妃踮着脚尖,遥望河面上傲立船头的男子,心里腹诽。许七安这个人,她很不喜欢,风流好色,且饥不择食,只要是个女人他就喜欢,做事又张扬跋扈,不知中庸内敛。

人群中,许新年脸色略有呆滞,连忙咳嗽一声,低声解释:"我大哥,嗯,他比较喜欢玩儿,童心未泯……"

在他看来,大哥这番高调出场,实在令人觉得尴尬和丢脸。旁观者就该有旁观者的样子,别看这会儿万众瞩目,现在越高调,待会儿灰溜溜汇入人群时,就有多丢人。

就在这时,低沉的吟诵声传遍全场,压过喧嚣的议论声。

"横刀踏舟苍渭河,不为仇雠不为恩。"

咦,许银锣又要念诗了,这是要为天人之争助兴吗?难怪他是踏舟而来。不少人露出恍然之色。

人群里,最激动的莫过于读书人,对啊,甲子一遇的天人之争,岂能没有诗词助兴?许诗魁玲珑心思。

许七安是来赠诗的?倒还不错……身为读书人的楚元缜微微颔首。

念什么破诗,打扰我打架……李妙真心里抱怨,脸上却露出浅笑,知道同为天地会成员的许七安是在为天人之争助兴。

许七安扫视围观群众,继续吟诵:"万战自称不提刃,生来双眼蔑群雄。"

万战自称不提刃,生来双眼蔑群雄。闻言,楚元缜心里呵了一声,许七安这句诗,有拍马屁的嫌疑,但身为读书人的他,觉得很爽,很受用。

李妙真却觉得,这句诗是写给她的,与她在云州剿匪的经历颇为契合。

许诗魁的诗,一如既往地气势凌然啊。

众人想起了斗法中,他一步一诗,踏入佛境的场景,句句都是难得的佳句,让人热血沸腾。

就在大家念头起伏间,许七安突然语调一转,几分义愤,几分傲然,高声道:"忍看小儿成新贵,怒上擂台再出手。"

琴声贴合他的心意,骤然高亢,穿金裂石一般,仿佛是战前的鼓声,是出征的号角。

楚元缜脸色瞬间凝固,睁大眼睛,瞪着许七安。

李妙真文化水平稍低,过了几秒才品出味道,满脸错愕,她怀疑自己听错了,或者许七安念错了。她下意识地扫一眼两岸的观众,发现许多人同样露出错愕、迷茫的表情。

忍看小儿成新贵,怒上擂台再出手……这句诗的意思是:我眼睁睁看着两个黄毛小儿出尽风头,成为众人眼里的新贵,心中不忿,打算出手教训他们。

猖狂!

李妙真心里大气,这家伙不是来助兴的,是来挑衅的。

琴音越发高亢,一点点地攀升到巅峰,在一声刺耳的铮响声中,许七安语气坚定,仿佛有着无与伦比的自信,缓缓道:"一刀劈开生死路,两手压服天与人。"

哗!喧哗声再也压不住,群雄们交头接耳,通过相互议论,来验证自己从诗词里领会的意思。

"许银锣想出手?他想插足天人之争,挑战天人两宗的年轻高手?"

"两手压服天与人……即使是我这样不识字的,也听懂诗里的意思了,再明显不过。"

刹那间,一众江湖人士只觉一股麻意直冲头皮,被这突如其来的变化,刺激得兴奋不已。

"许银锣要上场打架,这下好了,让那些看不起他的江湖人士瞧瞧,我们大奉的英雄是无敌的。"

得知许银锣要参与天人之争,平民百姓先是惊喜,而后充满信心地吆喝起来,支持许银锣参与天人之争,打败道门年轻高手,狠狠打那些不看好他的江湖人士的脸。

除了这些之外,他们也希望许银锣能证明自己,打破他们刚才对许银锣的"怀疑",坚定他们的信念。这种心情很好理解,搁在许七安熟悉的时代,就是饭圈心态。

偶像遭遇质疑,不停地被跳出来的"专家"打脸,京城平民很愤怒却无力反驳,只能口吐芬芳或丢石子。

"爹,您不是说许七安在斗法时展现的威能,是监正暗中相助吗?"蓝彩衣看向父亲,小声询问。

"我只是说疑似,但不管是不是监正出手,仅靠许七安自己是无法在斗法中劈出那两刀的。他只是七品武者,得到金刚不败后,或许有六品修为,与天人之争的两位主角依旧相差巨大。"蓝桓淡淡地道。

这……那他何来的自信要力压天人两宗?是路子走得太平坦,变得目中无人?蝴蝶剑蓝彩衣暗暗猜测。她旋即扫了一眼吆喝的群众,心道:你们现在有多热情,待会儿就有多失望。

狗奴才的扮相真好看,一表人才,不愧是我一手提拔……临安心满意足地看着、听着,直到一首诗念完,她猛地意识到不对。

他这是要插足天人之争,与两位主角争锋?临安眼睛略有睁大,然后快速扭头,征询身边的怀庆:"狗……狗奴才要和他们打架?"

怀庆眼里有惊讶,又有"果然如此"的恍然,淡淡反问:"不然呢?"

"可是,他才六品啊,难道……楚元缜和李妙真其实没有四品?"临安心里一喜,真是这样的话,那许七安未必没有胜算。

"不,殿下,楚元缜和李妙真都是货真价实的四品。"姜律中沉声道。

众金锣点头。

刚才那节节攀升的气势,让他们窥出了两位天人之争主角的水平。

"那，那他……"临安看不懂了，只能征询"专业人士"的意见。

南宫倩柔冷笑一声，最先开口："许七安绝对不可能是他们的对手。"

杨砚缓缓点头："他或许有其他目的。"

其他金锣没有说话，但态度与南宫倩柔一致，他们清晰地记得，许七安属于"特招"人员，加入打更人时，修为是炼精巅峰。

而铜锣的最低标准是炼气境。

这才一年不到，如果许七安能与两位主角一较高下，那说明也能和他们抗衡，这是不可能的事。他将来或许可以，但绝对不是现在。若是真的发生这样的事，他们把脑袋割下来当球踢。

打更人队伍里，李玉春和宋廷风以及朱广孝三人心里涌起不真实的感觉，认为世界是虚幻的，不合理的。当年……去年那个小铜锣，什么时候成长到可以和四品争锋的地步了？

戴着帷帽的王妃，侧头，看向身边的褚相龙，语气平淡地问道："那个许银锣有几分胜算？"

帷帽里，她的表情远没有语气淡定，灵秀的美眸紧盯着褚相龙。

褚相龙嗤笑一声，道："毫无胜算，虽然他修成金刚神功，但自身的品级摆在这里，或许比一般的六品强，甚至比肩五品，可在四品武者眼里，根本不值一提。呵，王妃不必怀疑，五品与四品的差距，隔着一条跨不过的鸿沟。"

王妃相信了他的话，微微颔首。

而这个时候，乌篷船已经漂近，距离两位主角不到三丈。

楚元缜沉声道："许大人，这是我人宗与天宗的纠葛，没你的事。莫要胡乱插手，徒惹是非。"

他在隐晦地警告许七安。

李妙真默不作声，悄然传音："混球，给我滚一边去。这不是你该胡闹的地方，我知道金莲道长怂恿你出手搅局，别的不说，就说你现在的实力，真以为你能参与我和楚元缜之间的交手？不要以为上次和我斗得不相上下，你就真觉得能与我较量，我压根儿没用全力。"

"你怎么知道我就用全力了？"

许七安传音回应，而后不去看李妙真气鼓鼓的表情，朗声道："天人之争是江湖盛事，两位都是同辈中的佼佼者。在下不才，也想参与切磋，磨砺武道。"停顿了一下，他气运丹田，让声音滚滚如惊雷，又道，"许某在此挑战人宗记名弟子楚元缜，天宗圣女李妙真。你俩若是能赢我，可如期举行天人之争。若是赢不了我，呵，不妨回去再修行几年。当然，两位也可以不接受我的挑战，毕竟许某声名远播，胆怯了也是正常。"

楚元缜和李妙真睁大了眼睛，心说这小子疯了不成，竟然打算踩着他们上位。

楚状元扫一眼两岸的群众，传音问道："如何是好？"

话说到这份儿上，但凡爱惜名声之人，都不可能拒绝。何况，他们两人代表的是天人两宗。

"答应他，然后把他踢出局。"李妙真传音回复，哼道，"我正愁没机会教训他呢。"

虽然会让他颜面尽失，可这都是许七安自找的。

商量完毕，两位主角同时领首，朗声回应："好，那就领教许银锣的高招。"

许七安粲然一笑，一踏船头，翩然落于岸边。

三股气息默契地攀升，彼此碰撞，化作一阵阵狂风，扫起远处观众的衣角。

乌篷船远去，三丈、五丈、十丈、二十丈……船舱里，探出浮香漂亮的脸蛋，笑吟吟地挥手再见。

楚元缜突然出手，指尖一点河面，气机牵引，只听轰的一声，渭水炸起十几丈高的水柱。水花没有落下，而是化作一道道细微的小剑，劈头盖脸地射向许七安，犹如千军万马，万箭攒射。

甫一出手，便是神仙手段。

群雄们看得目眩神迷，也心惊肉跳，因为换位而处，他们会在这"万箭齐发"中粉身碎骨。

许七安没有躲,双手合十,高举头顶。

嗡……淡金色的圆形气罩霍然膨胀,密集的剑雨在气罩上撞得粉碎,溅起蒙蒙水雾。

这是许七安的金刚神功接近小成带来的改变。到了这一步,金刚神功可以催生出护体气罩,不再是肉身硬抗攻击。当然,气罩的防御比本体稍弱,等到小成之后,气罩才与肉身等同。

好强大的防御力……

不仅是楚元缜和李妙真,围观的江湖高手以及金锣们,也被许七安展现出的强大金身惊到。尤其是金色气罩,这是当初净思和尚都不具备的神异。

没错,这就是金刚神功,他没骗我,褚相龙忽然激动起来,他认得许七安的姿势,因为他当日修行金刚神功时,在走马灯般闪烁的画面里,见过一模一样的姿势。

褚相龙练功失败,经脉俱断后,怀疑过许七安用假神功骗他。不过褚相龙没有证据,他也没见过金刚神功,无法取得有力的参考。再者,他不相信许七安胆子这么大,连他都敢骗。现在见到熟悉的姿势,他的猜测偏向于金刚神功修行困难,自身没有佛法根基,才遭了神功反噬。

楚元缜伸出手,往下一按,继而缓缓"拔出",汹涌的河面升起一柄三丈长,由水组成的巨剑。巨剑缓慢抬头,剑尖对准许七安。楚元缜青袍一鼓,剑指用力往前一刺,巨剑呼啸而去,狠狠顶在金色气罩上,水声轰隆如闷雷,气罩剧烈晃动。

就在这时,李妙真的瞳孔化作半透明的琉璃,充斥着冷漠。

叮!许七安腰后的佩刀自动出鞘,斩在气罩上,与巨剑里应外合,瞬间破了金刚神功的护体气罩。

巨剑顶着许七安冲出数十丈,许七安翻滚着,摔得狼狈不堪。

两人联手,破了护体气罩。

百姓们傻眼,威风凛凛的许银锣刚一出场,就落得如此狼狈,不由得开始相信江湖人士们说的话,七品的许银锣,与两位天人之争的主角有着不小差距。

"好强的护体金身，竟需两人联手才能破解。"双刀女侠柳芸眯着眼，诧异道。尽管不知道许银锣的佩刀为何"叛变"，但她看得出来，李妙真和楚元缜是联手才破了对方的气罩。

"但还差得远。"双刀门门主摇头。抗揍不算本事，顶多是支撑的时间久些，许银锣缺乏制胜的手段。

临安的目光始终追随着许七安，见他虽然狼狈，但完好无损，顿时松了口气，在心里暗暗为他鼓劲。

半空中，李妙真和楚元缜展开激斗，两人都没有继续尝试打破许七安的金身之躯，因为太困难。破气罩是用了取巧手段，破金身的话，许七安体内可没有一把里应外合的刀。他们的想法是软磨硬泡，交手之余，偶尔输出许七安，一点点打掉他的金身。

"刚才就是天宗的'天人合一'心法？厉害，让人防不胜防。"楚元缜兴趣十足地问了一句。

"人宗剑法也不错。"李妙真淡淡道。

"还有更不错的。"楚元缜低喝一声，抬起手臂，剑指朝天。

刹那间，在场江湖人士感觉自己的兵器开始颤动，并越来越剧烈，突然，它们同时脱离了主人的手掌，冲天而起，成群结队地涌向楚元缜。

数百件兵器浮空，组成阵势，场面蔚为大观。

失去兵器的江湖人士非但不怒，反而露出了兴奋的神色，激动得像个两百斤的孩子。

"呼……差点就失去你了。"柳公子的师父拼尽全力，保住了司天监得来的法器，没有被楚元缜强取豪夺。

"呼……"见状，柳公子也如释重负。

楚元缜剑指划动，操纵着兵器组成的"剑阵"在空中游弋，它们突然急转而下，叮叮叮地撞击着许银锣，打得他再次摔倒，狼狈不堪。

呵，真当我是软柿子？信不信我泄露你的阵法破绽。许七安有些生气，这招他遭遇过，两人曾在洛玉衡的院子里战斗，楚元缜使的便是此阵，破绽就是只需用心剑斩击剑法，就能打乱"节奏"。

不过李妙真并不会人宗心剑，这招破解之法她用不了。

打击了一波许七安,楚元缜操纵飞剑阵法笼罩李妙真,可是,剑阵里出现了二五仔,一部分兵器突然调转锋芒,痛击"队友"。两拨兵器在半空中打得难解难分。

锵!许七安的佩刀出鞘,他冲天而起,一刀斩向楚元缜,凶悍地插入战斗。

这时,两拨飞剑似乎生出默契,同时哗啦啦射向许七安。

砰砰声响里,一件件兵器破碎,而许七安身上也随之溅起金漆,金漆剥落,露出正常的皮肤,但又在瞬间覆盖一层新的金漆。

打得好!许七安一边狼狈招架,一边催动潜力,让金漆源源不绝覆盖身躯。他需要这样的战斗来磨砺金身,就像打铁一样,每一次的重击都会让他更加纯粹。

一刀斩空的许七安,不可避免地下坠,变成了活靶子,数百件兵器尽数碎裂,把他打成了金漆斑驳的古旧佛像。

李妙真抓住机会,瞳孔再次琉璃化,感情退去,冷漠填满。

许七安手里的黑金长刀再次叛变,脱离主人的手,狠狠一刀斩在他胸口,这一刀,终于破了金身,斩出一道入骨的伤痕。

一人一刀同时坠入河中,扑通一声,溅起水花。

"这一刀够他受的了,但不会危及生命。"李妙真开口解释。

"也好,让他吃点教训,总好过天宗下令你击杀他。"楚元缜点点头。

两人再无顾忌,尽展所能,于半空中激烈交手,时而剑气纵横,时而水龙腾空,斗得难解难分。

"许,许银锣败了?"

围观的百姓有些无法接受这个事实,无法接受许七安落败得如此迅速。巨大的失望席卷而来,他们终于意识到自己崇拜的、吹捧的许银锣,真的不是两位天人之争主角的对手。

"他不应该就这样的啊,他在斗法中劈出的两刀多厉害,为什么刚才不施展?"

"听,听说斗法时,是监正在帮他?"

"……"他们面面相觑,一时找不到话来反驳。

"比我想象中的好。"姜律中称赞道。

众金锣颔首,在两位四品高手的倾力攻击中,支撑这么久,已经非常可贵。许七安的肉身防御之强,仅是比他们这些四品差一些。

六品与四品之间,差距实在太大,他已经很厉害了……怀庆望着河面,无声叹息。

"狗奴才不会有事吧?"临安担心地问。

"好歹是六品武者,那点伤不算什么。"怀庆安慰道,想了想,她补充了一句,"这已经很好了,绝大部分的六品都达不到他这个程度。"

"嗯。"临安点头,还是有些小小的失落,谁不希望自己欣赏的男人,是万中无一的英雄。

对于这样的结局,一些修为高深的顶层江湖人士并不意外,比如蝴蝶剑蓝彩衣,双刀女侠柳芸等。

许七安在斗法中一鸣惊人,他的履历、资料,自然会被人打听、搜集,他真正修为到底如何,很容易分析出来,甚至直接打听到。

七品武夫如何对抗两名四品?能坚持到现在,已经很可贵。

他天资很好,再过几年,突破四品是必然之事,但现在,还不足以与天人两宗的杰出弟子抗衡……万花楼的蓉蓉姑娘心里暗想。

"瞎逞强!"王妃啐了一口,用细若蚊吟的声音说道。

褚相龙一愣,皱了皱眉:"您说什么?"

王妃淡淡道:"与你何干。"

褚相龙识趣地不说话。

许新年下意识地往前奔了几步,想去河边打捞大哥,随后理智战胜了情绪,他无奈地吐出一口气。

以大哥的修为,这点伤势不至于威胁生命……真是的,明明实力不够,偏偏喜欢逞威风,斗法里获取的名声,一朝散尽。

许新年暗骂大哥愚蠢,目光紧盯河面,只要大哥一出来,就带他返回京城,到司天监取药。

黑暗的河底,暗流汹涌,许七安在水中调整身形,盘膝打坐,双手扣于丹田。殷红的鲜血从胸口刀伤里溢出,在漆黑的水底晕开。此时,他感觉血液在沸腾,每一根经脉都产生灼痛感,这种感觉在吞服青丹时出现过,而现在,那些散在体内的药力,混淆着神殊和尚的残余精血,一股脑儿地沸腾了。伤口快速愈合,眉心一点金漆亮起,迅速覆盖全身。金漆发出浓郁的光芒,将黑底照亮,许七安仿佛是一尊由纯粹金光凝固的人形。

"好强大的力量,我要出去闪瞎他们的狗眼……"他双脚一蹬,浊水翻涌如墨汁,金光灿灿的许七安如箭矢激射。

外界,战斗正酣的楚元缜和李妙真,同时罢手,两人拉开距离,低头,惊疑不定地望着河面。

"怎么不打了?"

围观群众看得正入神,对两人的突然停手,充满疑惑。

而打更人里的金锣,江湖人士里的蓝桓等强者,似乎感应到了什么,纷纷挪开目光,望向河面。

只见河里亮起一道微弱的金光,并迅速扩大,将河水映照得宛如金汤。

轰!河面炸起冲天水柱,一道金光破水而出,竟比骄阳还要炽烈,晃得人们睁不开眼。那道身影破浪而出,重重砸在河岸,四射的石子宛如暗器。渭水两岸,所有人的目光落在他身上。

金光收敛,许七安舒展腰肢,徐徐道:"待我伸伸懒腰……"

第 333 章

出乎意料的手段

他又回来了？大概有几秒的沉寂，欢呼声最先从普通百姓中响起。

"待我伸伸懒腰，许银锣的意思是，他刚才没认真打？"

"你们看，他胸口的伤不见了……果然是没认真，哈哈，我就说嘛，许银锣只要拿出斗法中一半的实力，这俩人怎么可能是他的对手。"

那句"待我伸伸懒腰"，成功误导了普通百姓，让他们认为许银锣从始至终都没有认真较量，身上伤口痊愈也成了他"热身"的佐证。

这种情况在顶尖高手眼里，震撼程度是普通人无法想象的。他胸口那道刀伤，怎么也见骨了，如何在半炷香的时间内恢复如初？即使是我也做不到……南宫情柔眯了眯眼，忍不住跨前走了几步，似乎想看清许七安胸口的伤到底怎么回事。

血肉重生是三品才有的能力，许七安是怎么做到的？姜律中瞠目结舌，心里隐隐有一个猜测。

是金刚神功自带的神异，一定是金刚神功……竟能让人在低品级时，就拥有血肉重生的能力……褚相龙喉结滚动，吞了一口唾沫，眼里的垂涎都藏不住了。这一刹那，他心里生起赶紧回边关的冲动，他要把石佛献给镇北王。以镇北王三品巅峰的实力，高屋建瓴，纵使不修佛法，也能参悟出一二。若是再加上青铜符，说不定镇北王就能修成金刚神功。到那时，贡献最大的自己，也能得镇北王传授金刚神功。

王妃听见身边臭男人咽口水的声音,心里一凛,藏在帷帽下的眼神,偷偷看了眼褚相龙。

他,他竟对一个男人咽口水?!

心里埋汰他片刻,王妃的注意力重新回到许七安身上,心里嘀咕,这家伙还挺厉害的,就说嘛,在斗法中那么瞩目的男人,怎么可能轻易落败。

"爹,他,他是怎么回事?"蝴蝶剑蓝彩衣愣愣地扭头,望着身侧的父亲。

蓝桓无声摇头。

呼……许新年如释重负,目光不离许七安,开口道:"我大哥做事,向来是有把握的。他既然敢参与天人之争,必定有所依仗。君子当谋而后动,这是我一直教他的道理。"

王思慕嫣然道:"辞旧和许银锣一文一武,不知羡煞多少人呢。"

她看得出,许新年话里有吹嘘的成分,但这有什么关系呢,他长得那么好看,又有才华,性格也不讨人厌……王思慕越来越中意许二郎。

"你的金刚神功突飞猛进,怎么回事?"李妙真睁大眸子,审视着许七安,道,"你刚才隐藏实力了?"

不,不是,问题的根本不是有没有隐藏实力,而是他怎么可能把金刚神功修到这般境界!

这不合理,这不合理……楚元缜内心咆哮。他表面依旧平静,内心却遭遇巨大冲击,掀起惊涛骇浪。

楚元缜曾经与净思和尚打过照面,对金刚神功有些许了解,与现在的许七安相比,当日的净思简直是初出茅庐的小和尚。可是,明明前者才是自幼修行金刚神功,而后者是在斗法时得到这门神功,满打满算,才一个月的时间……见多识广的状元郎,此时此刻,有种身处梦幻的不真实感。

"妙真,不管他有没有隐藏实力,你永远不要忘记一点。"楚元缜望着天宗圣女,一字一句道,"他修行金刚神功,最多一个月。"

此时李妙真也反应过来，瞳孔略有收缩，僵硬着脖子，一寸寸地扭动，看向了许七安。

天宗圣女是骄傲的，从来都只有别人震惊于她的天赋，可今天，她真的被许七安惊到了。

"多谢两位，替我打通奇经八脉，助我金刚神功小成。"许七安拱手。

哦，原来刚才许大人故意挨打，是为了锤炼金刚神功……听到这句话，围观群众恍然大悟。这合理地解释了他方才挨打的原因，并不是天人两宗的杰出弟子有多强，而是许银锣需要他们的攻击。

李妙真和楚元缜对视一眼，再没有看见许七安踏舟而来时的轻视。

两人感觉到了压力。

"不管怎么样，先解决掉他。我们联手尝试破了他的金刚神功，否则到我们气力衰竭，再想磨掉他的金身就难了。届时，真有可能阴沟里翻船。"李妙真传音提议。

"我也是这么想的。"楚元缜脸色凝重地颔首。

两人瞬间变换位置，改成并肩而立，面向许七安。

"哇，他们又要联手对付许银锣。"

"看吧看吧，如果不是许银锣太强大，他们怎么会这样呢。"

围观群众见状，越来越笃定许银锣战力远胜天人之争的两位主角。

原本确信七品，或六品境的许七安不可能战胜天人两宗杰出弟子的江湖人士，此时也露出了惊疑和不确定的神色。

"多谢两位助我踏入小成境界，现在，我要反击了。"许七安咧嘴。

"反击？"李妙真撇嘴，白眼道，"我们只是打算联手揍你这块茅坑里的石头，你能对我们产生什么威胁？"

楚元缜轻笑道："你的天地一刀斩或许有所长进，但一刀过后，你也废了。而你的全力一刀，不可能击败四品。"

两人说话间，许七安沉默地取出一本书，叼在嘴里，呵呵道："是时候让你们见识一下儒家嘴炮的强大与可怕。"

砰！地面塌陷，许七安像是出膛的炮弹，跃上高空，直扑李妙真。

过程中,他右手握拳,狠狠朝后拉开。李妙真深知武夫肉搏的强大,并不与他正面抗衡,驾驭飞剑拔高,避开许七安的拳头。

扑击落空,不会飞行的许七安不可避免地往下坠落,楚元缜果断出手,以指为剑,施展人宗的气剑术。霎时间,一道道无匹的剑意攒射。

刺啦……许七安撕下一页纸张,以气机引燃,悠然道:"我有一双隐形的翅膀。"

话音落下,一对肉眼看不见却真实存在的翅膀出现,许七安振动双翼,漂亮地一个转折,灵活避开剑气袭击。

目标依旧是李妙真。李妙真愕然地看向许七安的化身"游鱼",避开楚元缜的剑气后,一个侧向滑翔,竟杀到自己面前。

她沉着冷静地应对,瞳孔琉璃化,让许七安的衣服纷纷叛变,腰带不顾一切地勒紧,最后绷断了自己;衣领收缩,试图勒死主人;貂帽突然往下一罩,盖住了主人的眼睛。

貂帽立大功了,李妙真趁机拔高身形,这时,她耳边传来许七安宣布的某项命令:"我的速度,激增三倍。"

金身瞬间追上,不用眼睛看,就这么一头撞向李妙真。

砰!李妙真被撞飞出去,喉中腥甜翻涌,手臂骨裂。

儒家的言出法随真好用啊,许七安心想。

被撞飞的李妙真单手捏了个简单的手印,眉心处,光华一闪,一个袖珍版的李妙真飞去,撞入许七安的眉心消失不见,随后又从他后脑勺钻出。

飞翔中的许七安突然僵直,似乎昏了过去,直挺挺地坠落。

叮叮叮……楚元缜趁机斩出一道道剑气,打铁似的撞在许七安身上,撞出密集的火星,遗憾的是,根本无法破开金身防御。不过这些不重要,楚元缜斩出的剑气里,夹杂着心剑术,每一击都带着元神攻击。

这是刚才从李妙真身上得到的启发,他们发现许七安的弱点了——元神不够强大。

正常的武者,不会如此不济,因为他们的元神强度是实打实锤炼出来的。其实以同境界来说,许七安的基础足够扎实,但从整体实力而言,肉身比元神强大太多太多,偏科严重。

"一次性解决掉他。"李妙真感受着双臂的疼痛,有些动怒,手腕一翻,变戏法似的摸出九支令旗,抖手掷出。

嗖嗖……九支令旗布置出九宫阵法,将许七安笼罩在内。接着,她伸手在后腰的一只漆黑香囊拍了一下,一缕缕黑烟冒出,汇入九宫阵,霎时间,鬼哭神嚎,黑烟漫天乱窜,时而幻化出人脸,或咆哮,或恸哭。

见到这一幕的京城百姓,吓得脸色发白。

"这,这么多鬼?!"

"妈呀,这些鬼会不会害人?这个女人好恶毒,竟用如此阴毒的手段对付许银锣。"

王妃吓得连连后退,她最怕鬼了,晚上一个人睡觉,经常幻想床幔边会站着披头散发,满脸是血的女鬼。就算有丫鬟同室陪伴,她也一样害怕。

临安也吓得躲到怀庆身后,长公主蹙眉道:"你是大奉皇女,紫气伴身,等闲的鬼怪近不了身。是鬼怕你,你怕什么?"

临安跳脚:"就怕就怕,狗奴才会不会被鬼吃了?"

蓝彩衣目睹了百姓的惊恐,以及对许银锣的担忧,她觉得很有意思,四品高手他们不怕,偏偏对弱小的鬼怪如此恐惧。

鬼怪出现后,就算是对许银锣充满信心的平民百姓,也动摇了,认为许银锣危矣。

蓝桓看着女儿,提点道:"他们怕的不是鬼,他们的恐惧来源于内心。武夫以力犯禁,目空一切,首先要克服的就是内心的恐惧。"

克服内心的恐惧……蓝彩衣点点头,而后看向百鬼阵,道:"许银锣似乎陷入鬼阵无法脱身,这意味着他无法克服内心恐惧?"

"不,他这是被天宗的阵法困住了,不愧是天宗圣女,已经抓住对方的弱点。"蓝桓道。

"我去年对付地宗的妖道,也见过类似的阵法,非常难缠,针对武夫的元神攻击,若是无法破阵,再顽固的元神也会被慢慢磨灭。"沉默寡言的杨砚,罕见地说了一大段话,可见他对这场战斗非常重视,看得极为专注。

"都说道门擅长养鬼、炼鬼,果不其然。"一位勋贵高声道。

"嘿,许银锣纵使有金刚不败之体,也扛不住百鬼对元神的侵蚀。"又一位被侍卫簇拥的贵族开口,语气颇有些幸灾乐祸。

犹记得,科举舞弊案时,姓许的一人一刀在午门挡住文武百官,作诗羞辱他们。此事过后,不少言官上书弹劾,但都被陛下打回来了。

突然,鬼魂凄厉地尖叫起来,仿佛遇到了天敌。众人视线里,一道道金光穿透阴霾般的黑烟,将它们嗤嗤消融。浓郁的黑烟瞬间淡了下去,无数怨魂消亡在金光中,许七安的身影出现在观众眼里,他傲然而立,头顶浮着一颗灿灿金丹。

道门金丹,号称万法不侵,不畏世间浑浊。

啪!许七安打了一个响指,金丹炸开,骤然爆发的力量消融了剩余的黑烟,八杆令旗或拔起,或折断。

阵法告破。

就在这时,楚元缜如鬼魅般出现在许七安面前,手里握着一柄由细碎石子凝聚而成的剑,悍然斩中许七安的额头。

砰!石剑崩碎,楚元缜却露出了笑容。

这一剑,他用的是心剑,刀斩肉身,心斩灵魂。

可是,楚元缜听见了纸张燃烧的声音,愕然低头,发现许七安手里捏着一张即将燃尽的纸张。

这张纸里记录了什么……念头刚起,楚元缜就知道答案了,因为他的元神遭遇撕裂般的剧痛。

反弹?!不,不只反弹,许七安嘴里默念的是:我能反弹攻击,我的元神强大了十倍。

遭遇元神撕裂的只有楚元缜而已,许七安的元神强大了十倍,一点问题都没有。

抓住这个机会,许七安一个头锤撞在楚元缜额头,撞得他鲜血长流,元神险些飘出体外。

靠着最后的清醒,楚元缜探出手,终于,握住了背后的长剑。

不好,肆号打架打上头了……许七安脸色一变,贴在他耳边,低声说了一句。

楚元缜身躯骤然僵硬,而后缓缓松开握剑的手。

"你输了。"许七安丢下一句话,振动隐形的翅膀,杀向李妙真。

他没时间了,儒家的言出法随有多强大,规则恢复后的反噬就有多可怕。他的元神强大了十倍,事后的反噬会让他痛不欲生。

言出法随的反噬,视效果而论,比如许七安只要了一对隐形的翅膀,法术结束后的反噬,顶多就是肩膀疼痛几天。但他如果说我的实力强大十倍,那么很可能事后变成一个废人,得在床上躺十天半个月。许七安得赶在反噬出现前,制服李妙真,否则一切辛苦都将白费。

言出法随的效果强劲,反噬也可怕,利弊都很明显。

李妙真二话不说,御剑而去,身为天宗圣女,她对儒家的法术不说了如指掌,这些常识还是知道的。她故意贴着河面飞行,瞳孔琉璃化,整条河都受到驱使,听她支配。一道道水柱炸起,阻挠、攻击许七安,尽管无法对金身护体的他造成伤害,但达到了拖延时间的目的。

刺啦,又一张纸撕了下来,许七安正打算燃烧纸张,它突然叛变,把自己分裂成无数细小的碎纸片,随风飘落河水。

呲,火焰从他掌心升起,他紧攥的手心里还藏着一张纸页,先前那张不过是掩人耳目罢了,早防备李妙真这一招。

纸张燃尽,许七安沉声道:"放下屠刀,回头是岸。"

飞行中的李妙真不受控制地折转,竟朝许七安飞来,主动撞入他怀里。

砰!两人撞在一起,翻滚着跌入河中。

整条渭水沸腾了,巨浪掀起数十丈高,一层层地冲刷两岸。没人能看见河底发生的战斗,但明白它足够激烈。整个过程维持了一刻钟,原本清澈的渭水,变成了一条浑浊的"黄河"。

河面缓缓恢复平静,围观的众人心情瞬间绷紧,眼睛一眨不眨地看着河面。

是许银锣赢了吧,肯定是他赢了,他是那么的强大……平民百姓屏住呼吸,沿着河面搜索人影。

打更人的金锣们目光死死地盯着河面。

双刀门门主、庐崖剑阁阁主、万花楼美妇人等诸多江湖高手,无声地、郑重地盯着河面。他们知道,自己很可能将见证一段传奇的诞生,以低品武者,战胜高品道门的传奇。

在场围观者,从平民百姓到江湖人士,再到达官显贵,以及他们的侍卫,密密麻麻近千人,却在此时,默契地保持了沉默,安静得能听到呼吸声。

这是一场精彩至极的战斗,跌宕起伏却又酣畅淋漓。

临安捂住胸口,听见了自己擂鼓般的心跳,一声又一声。

怀庆笼在袖中的手悄然握紧。

王妃脚尖踮呀踮,帷帽下,灵秀的眸子转动,在河面不停地搜索。

这一战如果胜出,大哥斗法结束后,渐渐冷却的声势,将再一次被点燃,他将重返巅峰,成为京城各阶层的焦点。许新年深吸一口气,平复着激动的情绪。

万众瞩目里,趋于平静的河面,先探出一只手背,然后才是脑袋,一个戴着貂帽的脑袋。似乎是怕貂帽掉下来,他不得不用手按住。

人影渐渐上岸,怀里搂着穿道袍的妙龄女子,此时女子昏迷不醒。

第 334 章

复命

他,他竟然真的赢了……南宫倩柔神色复杂,忽然觉得脸庞火辣辣的,被人打脸了一般。

虽然依仗了儒家法术才取得胜利,但他能打败两个四品高手,也意味着能打败我们……众金锣心情复杂,只觉得自己辛苦修行半辈子,可能还打不过一个半年前还是炼精境的小子。打击过于沉重,让金锣们一时间不想说话。

"赢啦赢啦!"临安小声地欢呼起来,如果不是考虑到公主的形象和威仪,她肯定一蹦三尺高,小兔子似的蹦蹦跳跳。

与佛门斗法时,依赖监正撑腰,他赢下佛门不奇怪……可这一次,他是以纯粹的六品武者修为,打败两个四品……怀庆不会像临安这样不顾形象地欢呼,但她的震撼却一点都不少。

"不是说,差距很大吗?这小子为什么赢了?"王妃藏在帷帽里的眼睛,兴师问罪般盯着褚相龙。

褚相龙瞪大眼睛,嘴巴微微张开,本想解释几句,可回忆起刚才的战斗场景,觉得自己的任何反驳都软弱无力。

王妃精致如刻的嘴角微挑,在心里哼了一声。

喝彩声此起彼伏,平民百姓毫不吝啬地将自己的欢呼和赞赏,给那个缓步登岸的年轻男人。

一位勋贵神色复杂,感慨道:"京城有多少年,没出现这样一个深受百姓爱戴的年轻人了。"

百姓欢呼鼓舞,热情四溢的样子,让他们想起了当年山海关战役,大军凯旋,京城百姓夹道欢迎。当年声威正隆时的魏渊,才能做到这一步。

另一位勋贵沉声道:"有没有发现,自佛门斗法之后,他的声望越来越高了。"

"毕竟佛门斗法是可遇不可求的机会,任何人在斗法中胜出,都会声望大涨。"

"嗯,只能说运气太好。"

大哥居然赢了,他用的是我儒家的法术……许新年收获了双份的骄傲,侧头看一眼震惊之色残留脸庞的王家嫡女,带着炫耀且夸赞的语气,道:"我大哥总能做到常人无法做到的壮举。"而我,也会奋勇直追的,许二郎心里补充。

王思慕笑着点头,她喜欢许二郎身上这股傲气,正是因为这股傲气,他才没有在堂兄的光辉之下黯然失色,自怨自艾。

河畔,许七安搂着李妙真,缓缓扫过群情激昂的民众,扫过瞠目结舌的江湖人士,扫过一张张表情各不相同的脸。

他轻轻颔首,而后振动隐形的翅膀,抱着李妙真飞天而去。

楚元缜目送他的背影消失,脑海里兀自回荡着一句诗:今日把示君,谁有不平事。

这是许七安在他耳边说的半首诗。

有那么一刹那,楚元缜如遭雷击,浑身莫名地战栗,于是松开了握剑的手,不再纠结天人之争的胜负。

"今日把示君,谁有不平事……"他喃喃自语。

我养剑数年,剑出之日,必定锋芒毕露,神挡杀神,佛挡杀佛……我原想在天人之争里出鞘,击败李妙真,还人宗授剑之恩……但我错了,错得离谱,李妙真行侠仗义,品行端正,不该死在我的剑下,我为一己之私,杀一个良善之人,将来必成心魔,耿耿于怀一生……许七安这是在救我啊。

他当日刻意不说另一半诗,便是料定会有今日……今日把示君,谁有不平事,这才是我养剑意的初衷啊……楚元缜深吸一口气,内心感慨万千。他朝着许七安远去的背影,深深作揖。

"你们看,楚元缜输得心服口服,都对许银锣行大礼了。"

"许银锣真是天纵奇才啊!"

民众们看见许银锣折服对手很是开心。

赶紧溜,不溜的话大家就会看见我被儒家法术反噬的模样,形象荡然无存……许七安拼命振动隐形的翅膀,朝京城返回。

他在心里回顾这次参与天人之争的利弊:

金刚神功如愿以偿地达到小成境,四品之前,不会再有精进……好处是,我的防御堪比四品武夫,甚至更强,当然真实战力差得太远。

大儒们送我的"魔法书"用了五页,其中记录道门金丹一页,记录佛门戒律一页,记录儒家言出法随两页,嗯,还有一页被李妙真毁了,损失有点惨重啊!我得想办法去一趟云鹿书院,寻机会再找一些,就是不知道这样的道具,大儒们存货有多少?

金莲道长还欠我一件宝贝,等以后向他要。这次强行干预天人之争,人宗那边倒还好,毕竟洛玉衡是既得利者。天宗的话……

想到这里,许七安看向李妙真,拍了拍她的脸蛋,低声笑道:"真漂亮,给我当小妾吧,哈哈……"

话音方落,他肩膀抖啊抖,发现抖不出气流来了,隐形的翅膀消失了。紧接着,大脑撕裂般的疼涌来,眼前一黑,直坠而下。

意识的最后,他抱紧李妙真,搂在怀里,确保这位天宗圣女不被摔死。

灵宝观。

洛玉衡今日无心修道,时而摆弄茶具,时而翻看道经,时而站在庭院里,望着墙外的蔚蓝天空发愣。

元景帝识趣地没来寻她修道吐纳。

观内的弟子噤若寒蝉,小声走路,小声说话,灵宝观笼罩在一种压抑且紧张的气氛里。

直到一个背剑的青衫男子,默然地踏入灵宝观,穿过一座座大殿、花园,走向道观深处。

"楚元缜回来了?"

"天人之争结束了……楚兄,输还是赢?"

"楚兄,你打败李妙真了吗?"

压抑的气氛被打破,人宗道士闻讯而来,围着楚元缜问话。

楚元缜摇摇头,沉声道:"我输了。"

七嘴八舌的声音戛然而止,人宗的道士们面面相觑,如丧考妣。

楚元缜不理会悲观的道士们,径直朝洛玉衡的小院行去,甫进院子,便看见一道清丽如仙子的身影,站在池边。

"国师。"楚元缜作揖行礼。

洛玉衡轻轻颔首:"我已知晓结局,你不出剑,自有你的理由,我不会怪你。人宗借王朝气运修行,却不想气数如此短暂。此乃天定,谁都不能更改。"

我只说输了,但没说李妙真赢了啊……我现在还要不要把事情说清楚,告诉她赢的人是许七安?似乎会被国师一巴掌拍死……楚元缜心里踌躇。

洛玉衡看了过来,见他神色古怪,安慰道:"无须自责,我说过,此事不怪你。"

楚元缜清了清嗓子,道:"国师,我是没赢,但,李妙真也没赢。不知为何,许七安半途杀出,强行干预了天人之争,并打败了我与李妙真。

"天人之争,其实……还没开始。"

第 335 章

问题

洛玉衡一愣,美眸里迸射出亮光,她望着楚元缜,抿了抿唇瓣,道:"许七安干预天人之争,赢了你和李妙真?"

楚元缜点头,苦笑一声:"我不知道他为何突然出手。"

其实他心里有些许猜测,是金莲道长暗中怂恿,理由是避免天地会成员生死相向,但这个猜测他不能告诉洛玉衡。

"仔细说说,他是怎么打败你的。"洛玉衡看了他一眼,随后将目光投向姹紫嫣红的花圃。

楚元缜感觉国师一下子明媚起来,就像院子里争奇斗艳的花,不复方才的沉重。

"其实他打败我和李妙真,借助了外力,他身上有一本儒家的册子,记录着许多法术。不过刀剑和法器也是外物,输了便是输了。"楚元缜豁达地道。

洛玉衡沉吟道:"单凭儒家法术,不足以胜过你和李妙真。"

她的语气很笃定。

听到这里,楚元缜的脸色忽然变得古怪,看着洛玉衡倾国倾城的容颜,低声道:"此事,我正要请教国师……"停顿一下,他用一种无法理解、难以置信的语气说道,"许七安把金刚神功推到小成境界,我不拔剑,根本破不开他的防御。但是国师,他修行金刚神功月余,如何能达到这般程度？"

这种情况，绝不是一句"天纵之才"能形容的，楚元缜左思右想，认为度厄罗汉声称许七安是佛子，或许还有另一层意义，比如佛门高僧的转世之身。

洛玉衡笑了笑，道："前些日子，有一只猫来本座这里，求一颗青丹，说可以帮我拖延天人之争。"

有一只猫……猫妖？不对，妖族进不了皇城，更进不了灵宝观，能以猫的身躯进灵宝观，并与国师聊及天人之争，对方要么是国师故友，要么是道门中人。

楚元缜很聪明，擅长分析，立刻锁定了一个可疑人物：金莲道长。再以此展开联想，许七安强行干预天人之争的原因很好解释，是受了金莲道长的怂恿。

青丹的药效，楚元缜是知道的，不禁想起战斗时，许七安得意扬扬地说，正是自己和李妙真替他锤炼了身躯。

一切豁然开朗，金莲道长与国师达成某种交易，前者帮忙拖延天人之争，后者支付相应的代价。而这个代价，肯定不只是青丹，青丹给了许七安，金莲道长另有所图。所以，许七安金身突飞猛进的原因是服用了青丹。

听说许七安赢了我和李妙真，国师的惊讶不是装的……嗯，说明她对这桩交易信心不足……楚元缜作揖，道："李妙真打破金身之前，不会再挑起天人之争，国师可以放心了。"

洛玉衡颔首。

楚元缜不再久留，告辞离开。

他走后不久，一只橘猫跃上墙头，琥珀色的瞳孔幽幽地望着洛玉衡。

"我没想到他真能做到这一步。"洛玉衡轻叹道。

"这说明我的猜测是真的，他身体里藏着秘密。"橘猫沉声道，"当日从大墓里逃出来，他与我说，能战胜古尸是监正在他体内留了后手。呵呵，他以为我是普通的地宗道士，我便假装信了他的鬼话。那天偶然间见他金身精进神速,越发加深了我的怀疑,于是顺水推舟地怂恿他出手,想看看他的肉身到底强到什么程度。没想到他主动索取青丹,并毫无障碍地吸收药力,把金刚神功推到小成。"

洛玉衡眼波流转,表情认真地凝视着橘猫:"你有什么猜测?"

橘猫沉吟着:"经过我对他的观察,以及监正的布局,我怀疑他体内的秘密与佛门有关。你不觉得监正点名让他参与斗法,是很奇怪的事吗,好像是刻意让他进佛境,修行金刚神功。"

"不算奇怪,但结合你说的这些,林林总总地汇聚起来,那就很奇怪,也很不简单。"洛玉衡望着平静的池面,瞳孔扩大,目光涣散,边沉浸在思考中,边说道,"佛门也来插一手?"

橘猫笑呵呵道:"监正的棋子,佛门的佛子,以及那古怪气运伴身,师妹啊,你现在不做决定,将来人家未必肯跟你双修呢。"

洛玉衡抬头,瞪了橘猫一样,姿态妩媚。

"你似乎很开心。"她说。

"当然,许七安身上秘密越多,意味着他越不是常人,将来助我屠魔的胜算越大。"橘猫悠然道。

洛玉衡嘴角一挑,呵一声:"他身上那些馈赠,都是要支付代价的。师兄你乐观得太早了。"

闻言,橘猫脸色僵硬,继而感慨道:"他身上全是糊涂账,将来清算的时候,希望能安然度过吧。到时候,身为道侣的师妹,你要相助他。"

"我自然……"洛玉衡下意识地说道,然后醒悟过来,怒道,"滚出去!"

皇宫。

老太监小跑着冲进皇帝的寝宫,兴奋地嚷嚷道:"陛下,陛下,大喜事。"

盘膝打坐的元景帝立刻睁眼,没有怪罪老太监的失礼,但也没流露喜色,反而叹息道:"是楚元缜赢了吧,呵!"

赢了又如何,不过是替国师赢来三招先机,二品和一品的差距,不是三招能弥补的。

"不是不是。"老太监兴奋道,"陛下,天人之争没有打起来,被许银锣阻止了。"

元景帝瞳孔略有收缩,被突如其来的消息所震惊,他身体微微前倾,追问道:"怎么回事,如实说来。"

老太监当即把侍卫传来的消息,如实汇报。其中,包括许七安的出场,许七安的尬诗,许七安当着群众的面与李妙真和楚元缜立约,以及战斗过程等。

老太监谄媚地笑着:"如此一来,陛下就不用担心国师的事。哎哟,许银锣真是太厉害了,莫名地让人心安哪。"就像之前的斗法,就像京察之年中出现的桩桩大案,只要许银锣在,总能完美解决。

说完,老太监发现元景帝愣愣发呆,不知在想什么。

"陛下?"

元景帝瞳孔微动,恢复灵光,从沉思中摆脱,他似与老太监说话,似喃喃自语:"朕记得,镇北王当年,都不如他……"

老太监立刻低头,不敢发表意见。

另一边,心情复杂的金锣们返回打更人衙门,姜律中想了想,道:"不如我们一起去见魏公,将此事告知他?"

南宫倩柔冷笑道:"去替许七安邀宠吗?"

表情如雕刻般终年不变的杨砚淡淡道:"聊一聊无妨。"

只有武道相关的事,才能让这个面瘫男人提起兴趣来,对于杨砚来说,如果冰冷的世界里有一个温暖的港湾,绝对不会是令男人向往的博大胸怀,而是"武道"二字。

八位金锣进了浩气楼。茶室里,魏渊握着一卷书,手边摆着茶和糕点,于早晨灿烂的阳光里悠闲看书。

"你们回来了。"魏渊头不抬,接着说道,"让我猜猜谁赢了,嗯,李妙真新晋四品,根基未稳。楚元缜的修行之道是剑走偏锋,两人本该半斤八两,但我听许七安说,楚元缜自创养剑意窍门,三尺青锋藏于鞘中数年不出,如果他出剑……"

听着魏渊自顾自说着,好似运筹帷幄的智者,分析天人之争的结果,杨砚几次三番想开口喊停,告诉义父,您别瞎猜了,事情根本不是您想的那样。

但被姜律中等一干金锣用眼神,或手脚制止。

"所以我觉得……"魏渊察觉到下属们的小动作,见杨砚一脸难受,他皱眉问道,"有事?"

杨砚立刻点头,沉声道:"义父,许七安赢了天人之争。"说出这句话,杨砚如释重负,不用尴尬地看着义父表演。

魏渊少见地愣住,继而愕然道:"你说什么?"

"今晨卯时,许七安强行干预天人之争,一人约战两位道门杰出弟子,与他们约定,欲天人之争;先打败他金身……"南宫倩柔知道杨砚不喜欢长篇大论地说话,接替他把战斗过程告诉魏渊。

"虽然是用了儒家法术才赢下楚元缜和李妙真,但不可否认,许七安的金身已经强大到不输四品武者的肉身。"姜律中感慨道。

其他几位金锣同步发感慨,今日之前,他们议论许七安,还带着俯视的心理。但今日之后,许七安在他们心里,地位从有潜力的晚辈,晋升为比他们稍差,但迟早会追平的人物。

魏渊久久无法平静,而后想起自己刚才的一通分析,解释道:"哦,这是我没有想到的。"

几位金锣心里暗笑,由于受过专业训练,他们轻易不会笑。

魏渊扫过众人,道:"你们先退下吧,本座看书,需静。"

众金锣转身的同时,魏渊提笔,唰唰唰写了好几张条子,然后招来吏员,道:"给几位金锣送去。"

"嘿嘿,难得看到魏公出糗,心里莫名觉得舒坦。"踩着楼梯,姜律中笑哈哈地说。

"都怪杨砚,屁事都憋不住,被魏公察觉了。"张开泰指责杨砚。

南宫倩柔也露出了些许笑容,他也觉得偶尔让义父出糗,是件令人身心愉悦的事。

"哈哈哈……"众金锣同时笑出了声。

"无聊。"杨砚淡淡评价。

姜律中、杨砚等金锣刚下楼,身后传来吏员的呼喊:"几位金锣稍等,魏公有条子给你们。"

金锣们茫然接过,展开条子一看,个个呆若木鸡,愣在原地。

"我,我守夜增加一个月,理由是半夜时常擅自离开衙门……哪里有时常,我就只有一次。"姜律中目瞪口呆。

"我罚俸三月,因为折腾死了一个死刑犯。"南宫倩柔嘴角抽搐。

"我罚俸两月,理由是,楚元缜当年败给了我,现在拥有不输我的战力。魏公认为我修行懈怠……可我已是四品巅峰,没有机缘,不可能晋升三品。"

"我罚俸一月,你这算什么,我的理由是出门先迈左脚,魏公觉得我对他不尊敬……"

然后,金锣们同时看向杨砚,他手头空空如也,没有纸条。

"有趣!"杨砚淡淡评价。

众金锣一时哑语。

茶室。

"堪比四品肉身的金刚神功,堪比四品肉身的金刚神功……"魏渊指头敲击桌面,喃喃自语。

许七安啊许七安。

魏渊轻叹一声,起身,负手走出茶室,道:"备车,本座要去一趟司天监。"

许府。

许七安醒来时,已经过了午膳,他睁开眼,而后被汹涌而来的疼痛填满大脑,忍不住发出呻吟。

"你醒了哦。"苏苏坐在床边,笑吟吟地看着他。

许七安点点头,捂着额头坐起身,呻吟道:"我没睡多久吧……嘶,头疼得要裂开了,不过,儒家法术的后遗症也还好嘛。"

闻言,苏苏嗤笑一声:"你知不知道自己又死过一次了?"

我死过一次了吗,为什么我又死过一次这件事,我自己却不知道……许七安朝女鬼投去茫然的眼神。

"准确地说,是魂魄离体了。七日内如果不能归身,你就真的死了。"苏苏皱了皱鼻子,道,"是我家主人寻回了你的魂魄,以德报怨,多伟大呀!再看看你,她把你当朋友,你却背后捅她刀子,呸,下贱!"

许七安的指头用力往苏苏身上一戳,只听噗的一声,这层纸就被捅穿了。

苏苏大惊失色,捂着身子,嘤嘤嘤地跑出门,叫道:"主人,许七安把我的胸捅破啦,快帮我补补。"

几分钟后,许铃音跑进来,到床边,手里拿着啃过一口的鸡腿,递给许七安,说:"大锅,吃鸡腿。"

"你哪来的鸡腿?"许七安有些嫌弃,"上面都沾了你的口水。"

"我中午留的。"小豆丁蹦了蹦,大声说,"吃过鸡腿你就会好起来,师父告诉我的。"说着,她竖起小眉头,解释说,"但是我太想吃了,就悄悄啃了一口,你就当不知道,好不好?"

见许七安不说话,她又大声说:"好不好?"

许七安这才接过,大口啃起来。

小豆丁站在床边,眼巴巴地看着,咽着口水。

李妙真带着女仆鬼进来时,看见兄妹俩坐在床边,你一口我一口地啃鸡腿,她愣了愣,冷漠的表情略有好转。

她终于换下了道袍,穿着一件浅粉色的对襟长裙,同色的缎带勒住小腰,袖口的云纹繁复,本该是极美的良家少女打扮,但过于凌厉的气质破坏了她的形象。许七安认为,她适合穿轻甲,或者是迷彩服、警服之类的制服。如此,才能凸显出她的凌厉干练的气质。

天宗圣女坐在圆桌边,沉着脸,冷冰冰地说:"我需要理由。"

需要理由吗,需要吗需要吗……许七安脑海里闪过星仔的台词,但不敢说出来,怕皮过头被李妙真打死。

"金莲道长求我帮忙,支付的报酬是青丹。我没理由拒绝。"许七安道。

"你知道天人之争无法阻止,为什么还要蹚浑水?难道青丹比命还重要?"李妙真怒道。

你不懂,我身上有太多秘密,实力是我的底气。许七安笑道:"天宗如果让你杀我,你会杀吗?"

"我不会。"李妙真没有矫情地扯什么师命难违,但很严肃地告诉许七安,"如果我始终赢不了你,宗门的长辈会出手的。相信我,他们不会主动杀人,但杀起人来,没有任何心理负担。别说是杀你,如果有必要的话,屠城他们也不会皱眉头。当然,他们不屑做这种事。"

妈呀,感觉天宗比邪教还可怕,邪教至少知道自己在做坏事,或者有做坏事的理由。天宗是真的莫得感情啊……许七安沉吟道:"你将来,也会变成这样吗?"

李妙真一愣,她从那双疲惫的眼睛里看到了关切,不带其他成分的关切。

沉默地对视了几秒,她颔首:"会的。"

许七安苦笑道:"那真是件让人悲伤的事。"

之后是长达一刻钟的沉默,两人都没有开口说话,许铃音躺在大锅怀里,专心致志地吮吸鸡腿骨。

"宗门那边,我会帮你把控的。真到了逼不得已,你及时认输便是。我们天宗的人从不记仇。"

是因为当场就把仇人的狗脑子打出来了吗……许七安点头:"好。"

待李妙真走后,许七安摸了摸许铃音的脑瓜,柔声道:"帮大哥把丽娜叫过来,我有话问她。"

"噢。"许铃音小屁股一撅,从床边蹦下来,握着鸡骨头,扭着小胖身子跑出去。

不多时,南疆小黑皮脚步轻快地进来。她活泼明媚,眼睛总是弯弯的,未语先笑。

· 321 ·

"找我什么事。"她操着一口地道的南疆口音。

"丽娜,你在我家里住了好些天,有没有什么不满意的地方?"许七安笑容和蔼地问。

丽娜歪着头,想了想,道:"没有。"

这里的饭菜比南疆好吃多了,素菜也能煮得那么鲜美。街道那么宽,房子那么大,床也很舒服……说实话,丽娜都不想回南疆了。只要这家人不赶她走,她可以住到天荒地老。

"你满意就好,我们大奉人很好客的。"许七安说道,停顿了几秒,他看着丽娜的脸,说,"有个问题一直想问你,你怎么知道捡银子的是我?你还知道些什么?谁告诉你的?"

第 336 章

初见端倪

这个困扰已久的疑惑问出口,下一秒许七安就后悔了。

不是因为问题本身有什么不妥,而是他问话的方式不妥,他自曝了。

伍号丽娜不知道他是叁号,许七安告诉她的是,自己是天地会的外围成员。但刚才的问题,毫无疑问,曝光了他的身份。

唔,都怪李妙真,让我产生一种叁号的身份已经曝光的错觉……也和我现在头脑混乱、疼痛的状态有关,不够清醒理智。许七安表情略有僵硬,小心翼翼地看向丽娜。

"不行!"丽娜大叫一声,激动地挥舞双臂,"我答应过天蛊婆婆的,不能把这件事说出去,不能告诉别人消息是从她这里听来的。"

哦,消息是从天蛊婆婆那里得来的,等等,她,还没反应过来我的狼人悍跳?!人才啊……许七安看着丽娜,眼神里充满了敬佩。

"这是你的自由,君子从不强人所难。"许七安颔首,一副不打算强迫的姿态,但在丽娜松了口气之后,他淡淡道,"咱们合计一下你住在许府这段时间的开销。"

他先看了眼丽娜身上漂亮的小裙子,道:"我妹妹给你做了两件衣衫,用的是上好绸缎,御赐的,算十两银子一匹,再加上人工费,两件衣衫合计三十两银子。"

"住宿费三钱银子一晚,你在家里住了好些天,算三两吧。然后是吃,丽娜姑娘,你自己的饭量不需要我赘述吧,这么多天,你总共吃了我四十两银子。

"现在,请你支付开销,总共是一百二十两。"

丽娜呆若木鸡,愣愣地看着他,道:"你真厉害,这么快就能算出银子总数。"

嘿嘿,以上都是我瞎扯淡,忽悠你这种蠢货,难道还要精打细算?反正你也算不出来……不对,我也被她带歪了。许七安拍了拍床沿,大声道:"领会我的重点。"

南疆小黑皮委屈地说:"可我不能失信于人,答应人家的事,就一定要遵守。"

"很好,那请你支付银子,或者从我家滚出去。"许七安凶巴巴道。

"我……"丽娜眼圈一红,感觉自己这个外乡人被欺负了,孤苦无依,跺脚道,"我走就是了,我去找金莲道长。我就算饿死,死外面,流落街头,也不会出卖天蛊婆婆的。"

"等等。"许七安喊住她,做最后的努力,"天蛊婆婆在南疆对吧,我在京城,两地相隔数万里,你不说我不说,怎么能算失信于人呢。"

"是这样吗?"丽娜质疑道。

"当然。"许七安一本正经地点头。

丽娜一愣,想了想,觉得许七安说得有理。

许七安循循善诱:"再说,你身在异乡,孤苦无依,为了生存,牺牲一点信誉算什么呢,没人会怪你的。"

丽娜露出了犹豫之色,有所松动。

许七安给出最后一击:"桂月楼三天伙食,管你吃个够。"

咕噜,丽娜偷偷咽口水,脆声道:"成交,但你发誓,不能告诉别人。"

许七安颔首。

丽娜转身小跑到房门口,打开门,探出脑袋张望片刻,确定没人偷听,这才放心地回到桌边,说道:"就是上次,叁号通过地书碎片问他有个朋友经常捡钱是怎么回事？我们蛊族的天蛊部，上知天文下知地理，上观星辰，下视山河，无所不知。我便去问了天蛊部的领袖天蛊婆婆，她说，那个捡银子的家伙肯定是他本人，而不是朋友……"突然，丽娜话音顿住，她愣愣地看着许七安，一点点睁大眼睛，流露出极度震撼的表情，指着许七安，尖叫道，"你你你……是叁号?!"

你才反应过来？许七安在心里拱了拱手，面无表情地说："是的，我就是叁号，但我答应过金莲道长，不能暴露身份。现在好了，咱们一起失信于人，所以没什么大不了。"

丽娜呆呆地看他半晌，终于接受许七安是叁号的事实，并觉得大家都失信于人，心里的负罪感顿时减轻许多。

"天蛊婆婆说，二十年前，有两个小偷从一个大户人家偷走了很宝贵的东西，那个大户人家，有的已经反应过来，有的至今还无所察觉。天蛊婆婆还问我，你在哪里。我说你在京城，听到这个回答，天蛊婆婆难以置信，似乎认为你绝对不应该在京城。"

"你先等等。"许七安打断丽娜，靠着高枕，沉默了一盏茶的时间，缓缓道，"你继续。"

"后来，我离开南疆前，天蛊婆婆对我说，那两个小偷的其中一位，是她的丈夫。在我们南疆有一个传说，终有一天蛊神会从极渊里苏醒，毁灭世界，让九州天下变成只有蛊的世界。这则传说是天蛊部的先知们，一代又一代推演出来的，是绝对会发生的未来。为了改变未来，阿公想出了一个办法，于是离开南疆，可是他再也没有回来。他留在蛊族的本命蛊枯竭，这预示着他的死亡。天蛊婆婆还告诉我，那东西即将出世，她预见我也会卷入其中，因此让我来京城寻求机缘。"

丽娜说完了，除了七绝蛊的存在没有透露，其他的全部说了出来。

七绝蛊是天蛊婆婆托她赠予有缘人的，丽娜认为，这和许七安无关，所以没必要透露给他。

"我知道了。丽娜，你先出去，我想一个人静静。"许七安嘱咐道，"今天这次谈话，不能泄露给任何人。"

"嗯!"丽娜用力点头，脚步轻快地走到房门口，打开门的同时，回身道,"我先带铃音去桂月楼,晚些时候你记得来结账哦。"

就算是心情如此糟糕的时刻,许七安脑海里依旧浮现了问号。他愕然地看着丽娜:"不是,午膳刚过不久吧?"

"待会儿我带铃音扎马步,肚子不就饿了吗。"丽娜挥挥手,离开房间。

等等,你们俩想一口气吃穷我吗？我能把刚才的承诺撤回吗……许七安张了张嘴,心疼得难以呼吸。

丽娜欢快地跑出房间,心里惦记着桂月楼的菜肴,很快就把失信于人的事抛之脑后。至于许七安是叁号这个真相,她的想法是,叁号是谁都无所谓,和她又没关系,做人开心就好,为什么要想那么多呢。

换成肆号楚元缜,现在肯定处在头脑风暴之中。

路过东厢房,听见许家主母在和大女儿小声私语:"玲月啊,你最近晚上有没有听见奇怪的声音?"

"没有啊。"

"可是娘总觉得到了夜里,窗外就有人在窃窃私语,有时候屋顶还传来瓦片翻动的声音,家里是不是又闹鬼了?"

"娘又在胡说,人家晚上会吓得睡不着的。那我今晚去找大哥,让他在房门口陪我。"

"娘不是胡说,你不知道,铃音每天吃完晚膳,就会一个人到院子里待一会儿,问她在干吗,她说看到好多鬼,想油炸来吃,但是抓不住他们。听说孩子的眼睛能看到不干净的东西。"

"娘,你别疑神疑鬼的。家里有爹,有大哥和二哥,什么鬼敢来我们家作祟。再说,天宗圣女在家里,你怕什么。"

"有道理。"这番话说得有理有据,婶婶信服,随后道,"铃音还跟我说,那个苏苏姑娘是鬼。"

"铃音真不礼貌,会冒犯客人的。"

"对,所以我揍了她一顿。"

丽娜想了想,决定不告诉母女俩真相,省得她们害怕,她在府上转了一圈,找到了藏在花圃里吮吸鸡腿骨的徒儿。

"你躲在这里干什么。"丽娜掐着腰,生气地说,"又想偷懒?"

许铃音看了她一眼,默默地把鸡腿骨丢掉,然后捂着肚子,倒在地上。

"你干吗?"丽娜眨了眨眼。

"我吃了一根来路不明的鸡腿,我现在中毒了,不能扎马步。"许铃音大声宣布。

"胡说,这根鸡腿骨是你午膳时藏起来的。"丽娜机智地拆穿她。

许铃音大吃一惊,没想到自己的谋划被师父看得明明白白,不愧是师父,确实比她聪明,于是灵机一动,恍然大悟地说:"是大哥吃剩的鸡腿,上面有他的口水,大哥的口水有毒,所以我不能扎马步了。"

"你大哥的口水没有毒。"丽娜又拆穿她。

"你又没吃过大哥的口水,你怎么知道他口水没有毒。"许铃音不服气。丽娜一愣,不知道该怎么反驳,于是把许铃音揍了一顿。师父打徒弟,天经地义。这个徒弟有点聪明,现在不打,再过几年自己就驾驭不住了。

房间里,许七安强忍着头疼,坐在书桌边,在宣纸上写了四个字:二十年前。

他本来不想在状态极差的情况下做分析推理,因为这会造成太多错漏,可事关自己身上最大的秘密,许七安一刻都不想等。

揉了揉眉心,深吸一口气,写下第二句话:两个小偷。

又沉吟数秒,写下第三句话:只剩一个。

这一点应该不需要怀疑,天蛊婆婆不可能判断错误,身为天蛊部的现任首领,这位婆婆不会在这种事上出纰漏。当年的那两个小偷,已经有一个陨落。

最后,他在宣纸上写下:蛊神复苏,世界末日!

起身走到圆桌边,倒了杯凉水,慢慢喝着,喝完后,他返回书桌,在"二十年前"后面,写了五个字:山海关战役。

从云州返回京城的官船上,我苏醒时,梦到过山海关战役的景象,见到过年轻时的魏渊……这点很不科学,因为二十年前我刚出生,不可能经历山海关战役,因此也就不可能有相关的记忆片段。

许七安目光一闪,在"两个小偷"后面,写下"气运"二字。

天蛊婆婆一口咬定我就是捡银子的人,并认为我和当年两个小偷有关。而我身上最大的秘密是什么?是气运!所以,当年两个小偷,难道偷走了大奉的气运?古墓里,神殊和尚说过,我身上的气运是被炼化过的……

许七安蘸了蘸墨,在"只剩一个"后面,写下:云州术士?

之所以带问号,是因为不确定。

院长赵守说过,与气运相关的三方势力,分别是儒家、术士、王朝。首先排除王朝,我大概率不是皇室中人。其次排除儒家,儒家体系最强的地方是言出法随,而不是使用气运。唯独术士,是玩弄气运的专家。我怀疑术士一品和二品就是气运相关的职业。

那么是谁窃走了大奉的气运,并将之炼化,藏于自己体内?

许七安以前觉得是监正,因为自己被监正安排得明明白白,但现在他产生了怀疑。监正会是小偷吗?堂堂大奉监正,整个王朝没有人比他更会玩气运,他真想要窃取大奉气运,需要和南疆天蛊部的人合谋,那也太看不起这位一品术士了。

比起监正,我更怀疑是云州出现过的术士,那位至少是三品的神秘术士。他和天蛊部的前任领袖合谋,窃取了大奉的气运。正因为两人合谋,所以短暂地瞒过了监正。二十年前窃走的气运,而二十年前发生的大事,只有山海关战役这一场牵动九州各方势力,投入兵力多达百万的大型战役。我在梦中见到山海关战役也能做出佐证。我虽然没有参与此战,但很可能这不是我的记忆,而是气运复苏带来的画面?这么说来,当年山海关战役不简单啊,查一查导火索是什么,说不定能发现更多线索。

为什么气运会放在我身上呢,我只是个平平无奇的许家大郎,没道理把气运馈赠与我啊……这么重要的东西送给了我,却二十年来不声不响,真就白白送给我了?

突然,许七安身躯一颤,瞳孔剧烈收缩,他雕塑般呆立许久,手臂微微发抖地在宣纸上又写下三个字:税银案!

第 337 章

草蛇灰线

许七安脸色僵住,内心仿佛掀起海啸,受到了巨大冲击。

这一刻,他的大脑仿佛通电了,无数信息沸腾,各式各样的闪过,许多以前没有在意的细节,在此时翻滚不息,浮出水面。

"以前我并不觉得税银案背后有术士参与,只觉得其中有很大的疑点……原来,原来税银案是冲我来的?"许七安有种头皮发麻的感觉。

回顾一下税银案中,许家的处境:许平志护银不利,丢失整整十五万两白银,元景帝的旨意是,许平志斩首示众,其三族男丁流放边陲,女眷充入教坊司。也就是说,如果没有他的穿越,没有他力挽狂澜破解税银案,许七安的结局是流放。

流放边陲,然后取回我体内的气运?以前一直以为气运随着我的品级提升而复苏,九品捡一钱,八品捡三钱,七品捡五钱……现在想想,根本不是这么一回事,我出狱之后就开始捡银子,而那时我依旧是炼精境。可为什么原主许七安没有捡银子?事实是,藏在体内的气运,在那段时间开始复苏,所以幕后黑手制造了税银案,要将我"弄"出京城。

这里有一个逻辑漏洞,想要将我弄出京城,根本不需要这么麻烦,直接掳走我不就成了。监正坐镇京城,幕后黑手不敢入京,因为任何屏蔽气息的法术,对一品术士来说都是无效的。但掳走一个长乐县快手,根本不需要幕后老板亲自出手,派几个杀马特黄毛就能把我带走。除非我的无故失踪,会带来某些不可控的结果。所以,不得不通过税银案,合理地让我离京?

但我一个平平无奇的快手,失踪了便失踪了,谁会在意?还是那个问题,为什么气运会在我身上……许七安灵光一闪,想到了丽娜的话。天蛊婆婆得知我在京城,表现出极大的震惊和不理解,我知道气运为什么在我身上的原因了。

两个小偷窃走了气运,又把他偷偷藏在了京城一个刚出生的婴儿身上,按照正常人的思维,东西失窃,肯定是被带走了。怎么可能还留在家里?这就造成了灯下黑。两个小偷是靠这招,瞒过了一品术士的监正?

许七安捏了捏眉心,在宣纸上做总结:

气运为何藏在我身上,可能是巧合,可能另有目的,存疑。

我气运复苏后,监正注意到了我,于是开始布局,将我视为重要棋子。

云州案出现的术士,十有八九与幕后黑手有关……

写到这里,许七安突然愣住,脑海里闪过一个疑惑:云州案里,我已经离开京城,脱离了监正的视线范围,为何神秘术士没有掳走我?

这又是一个逻辑漏洞。

他按了按发疼的脑袋,不打算继续思考,等元神完全恢复,再仔细斟酌,重新复盘。

许七安把注意力转移到"蛊神复苏,世界末日"这几个字。

天蛊部的先知推演出蛊神终将复苏,把世界变成只有蛊的世界……没道理啊,蛊神虽然是超越品级的存在,但他又不是无敌的。西方有佛陀,东北有巫神,以及一个下落不明的道尊,和一个自称已经逝去的儒圣。后两者不提,单凭佛陀和巫神,打一个蛊神不在话下吧。

但天蛊部的预言不会是假的,这说明其中还有我不知道的隐秘。蛊神是远古时代唯一幸存下来的神魔,我突然发现一个"华点",远古时代,超越品级的神魔肯定不止蛊神一尊,可为什么最后幸存下来的只有蛊神？这可能就是蛊神会带来世界末日的原因？所以，那位天蛊部的前任首领，为了让蛊神继续沉睡，选择了窃取气运，镇压蛊神……

许七安眼睛倏然睁大，耳边仿佛有霹雳炸开，一个已经被遗忘的细节，在脑海里霍然闪现。伍号丽娜曾在地书碎片里说过，蛊族在探索极渊的行动中，发现了儒家圣人的雕塑。

儒圣雕塑疑似镇压蛊神，儒家体系与气运相关……天蛊族的那位首领，正是从极渊里的那座雕塑中汲取灵感，因此图谋大奉气运？这……原来是这么回事。许七安长长吐出一口浊气，觉得自己推理出了当年的部分真相。

天蛊部落的前任首领是为了镇压蛊神，神秘术士团伙又是为了什么？不想了，脑壳疼，果然做个智障才是最快乐的。许七安自嘲道。

元神疼痛的状态下，反而睡不着觉，许七安打算去一趟打更人衙门，查一查山海关战役的导火索，以及前户部侍郎周显平的卷宗。周显平一手主导了税银案，他和来历不明的术士肯定有关联。

出了房间，他看见李妙真手里捧着一个瓷碗，另一只手拿着宣纸，天宗圣女冷哼道："你戳苏苏做甚，幸好她只是个纸人，她要是个正经的良家……"

"那我就得对她负责？"

"不，我会把你爪子给剁了。"

剁我爪子？我爪子可没神殊和尚那么强，断了就接不上了……许七安心里吐槽，突然，他整个人石化了。

神，神殊和尚？我能在云州安全返回，是因为我体内有神殊和尚？这让幕后黑手产生忌惮，不敢直接动手，怕招来神殊和尚的反噬……对，那幕后黑手在云州时，肯定近距离观察过我，发现了我体内神殊和尚的存在。

监正，他早就安排好了？在看穿我身怀气运之后，就开始谋划布局，所以他对万妖国余孽的图谋视而不见，因为知道神殊和尚必将寄生在我体内……这也是他为我选的"保镖"？通过神殊和尚，牢牢把气运稳固在我体内，不让幕后黑手取回去……

"监正太可怕了!"许七安打了个寒战,他真正见识到了什么叫智者布局,草蛇灰线。

来到前厅,看见厅里坐着一袭黄裙,是鹅蛋脸大眼睛的小美人褚采薇。

圆桌上摆着各种各样的糕点、甜点,以及肉食,大概够五六个壮汉饱餐一顿的量。此时坐在桌边对付它们的,是外表看似柔软,实则饭量异于常人的三位女性——褚采薇、丽娜、许铃音。

"采薇姑娘,许久不见啊。"许七安打招呼,这姑娘都多久没出现了。

三位女性同时看过来,眼里藏着动物烙印在基因里的护食本能。

"我常来许府啊,只是你白日在衙门坐堂,见不到我。"褚采薇鼓着腮帮,嚼着食物,含糊不清地回应。

丽娜接着说:"我和采薇姑娘挺投缘的。"

许铃音大声说:"我也是我也是。"

投缘?是智商在同一水平线的投缘,还是吃货属性方面的投缘?许七安心里腹诽,见三位女性对自己如此警戒,识趣地没有进厅里要吃的。

真是的,我午膳只吃了一只鸡腿,还分了许铃音一半……

他离开许府,骑上心爱的小马,哒哒哒地赶往衙门。

抵达打更人衙门,许七安先回了一趟"一刀堂",吩咐手底下的铜锣们去巡街,不要偷懒。

下属铜锣们感慨道:"头儿,你坐堂三天打鱼两天晒网,也没见杨金锣怪罪。换成我们这样,早就被革职了。"

许七安板着脸说:"废话少说,做事去。"

丁级档案库没有前户部侍郎周显平的卷宗,许七安在乙级档案库里找到了相关卷宗。按理说一个贪污倒台的户部侍郎,卷宗级别不应该这么高。

乙级档案是只有金锣才有权限查阅的,只是许七安的地位实在太特殊,除了甲级档案库需要魏渊手书,乙级档案库的资料对他完全开放。

看完周显平的卷宗,许七安终于明白,为什么是乙级档案。

根据衙门调查,前户部侍郎周显平二十年来,贪污白银数额达两百万之多,可抄家时,搜刮出的银子只有数千两,那么多银子,哪里去了?纵使二十年里纵情声色,在这个物价低廉的时代,怎么也花不掉两百万两啊。

户部侍郎周显平死于流放途中,八成是被灭口了。

许七安看着卷宗,久久说不出话。

幕后黑手对朝堂有一定的侵蚀,周侍郎是他的人,这点不用怀疑。除了周侍郎,还有没有别的二五仔?如果有,会是谁?

合上卷宗,精神再一次被压榨的他,疲惫地揉了揉额角,感受到了前所未有的压力。不能再得过且过下去,勾栏听曲把我给听废了。原来一直是监正帮我抵挡了汹涌的暗流,我的真实处境很糟糕。

不管对方是谁,他肯定会取回我体内的气运,我不能坐以待毙。嗯,我体内还有一股玉玺里的气运,这是古墓里那个人宗道人的。他会坐视神秘术士夺走自己的气运吗?不过,不能把希望寄托在一个生死不知的远古人类身上。

先定一个小目标吧,两年之内,把爵位提升至少一个档次,并掌握更大的权力。大奉虽然国力衰弱,但依旧人才济济,有监正,有魏渊,有老阴货的文臣,还有数百万的军队,这都是我能依仗的。

第二个目标,年底前,必须晋升四品。实力才是我最大的依仗,有了实力,才能从棋子变成棋手。

呼……许七安吐出一口气,唤来吏员,道:"把山海关战役的所有卷宗都给我取来。"

吏员取来厚厚的一沓资料。许七安一目十行,用了半个时辰才看完,卷宗里记载山海关战役的导火索是南方蛮族与北方蛮族密谋,试图侵蚀大奉的版图。大奉见形势不妙,连忙呼叫了西方的老大哥,一起联手干翻了南北蛮族。但许七安知道事情没那么简单,因为在山海关战役里,有妖族和巫神教的身影,这是一场席卷九州大陆所有势力的混战。

对手分别是:南北蛮族、北方妖族、万妖国余孽、巫神教。

大奉和西佛2VS5,取得胜利。

这相当于九州版的一战啊,如此庞大规模的战争,绝对不是毫无理由的。呃……好像我上辈子的一战,是莫名其妙地就打起来了?这不是重点……许七安自我吐槽。

"我降智了,这种事,我直接找魏公就好啦,为什么非要一个人在这里钻牛角尖?"

苦思许久的许七安,一拍脑袋,放弃了思考,离开档案库,前往浩气楼。

第338章

密信

浩气楼底,许七安仰头看着这座高楼,檐角飞翘,层层叠叠,宛如宝塔。至二楼起,每一层都有可供瞭望的回廊,此时春光正好,在七楼眺望,景色如画。

他没有即刻上楼,愣愣出神许久,然后才压了压貂帽,没什么表情地看向守卫,沉声道:"通传去。"

待守卫下楼回复后,许七安脚步极快地登楼,沿途偶遇的吏员纷纷躬身行礼,他仅是颔首,嗯一声。进入茶室,踏着芦苇织成的软席,许七安来到茶几边盘坐,面前早有了一杯热茶,以及脸色平静看书的魏渊。

"魏公,卑职有事禀报。"

"说。"

"卑职插手天人之争是有原因的……"当即,他把金莲道长的嘱托,以及青丹的报酬告诉魏渊。

魏渊听后,缓缓点头,面色稍转柔和后道:"猜到了。"

许七安立刻摆出洗耳恭听的姿态:"卑职如此鲁莽,必定会让朝中忠义之士记恨吧。"他若表现出是来找魏渊询问山海关战役这段历史,就显得把上级当作工具人了,这不是一个聪明下属该干的事。换一个顺序,这次来浩气楼,许七安是来禀报的,询问只是顺带。

"不至于。"魏渊摇头,"你虽然拖延了天人之争,但并没有阻止它,那些想看洛玉衡死的人,顶多是对你感到恼怒。"

那魏公你会恼怒我吗……许七安一副松了口气的样子,接着说道:"得益于青丹的药力,卑职金刚神功已是小成。"

魏渊对此并不意外,嗯一声。

许七安等了一下,见他没有开口,当即道:"卑职想知道五品化劲,如何修行?"

魏渊放下书卷,端起茶杯浅啜一口,端正坐姿,望着许七安:"首先你要明白,什么是化劲。嗯,往左打一拳。"

许七安不明白他的意图,遵照吩咐,握拳朝左侧击出。

魏渊抓起书卷,拍了拍他的肩膀和大臂处,笑着说:"这里有明显的颤抖。"

"这……这是必不可少的啊。"许七安回答。

你一个古代人,我就不跟你说什么力的作用是相互的这些高端知识了。出拳的时候,不管有没有击中目标,手臂都有力量走过,这会自然而然地带来肩膀和皮肉的颤抖。如果击中物体,手臂还会承受反作用力。

"化劲不会有颤动,这个境界的武者,可以完美掌握自身的力量,不浪费一丝一毫。"魏渊重新拿起书卷,平静地说道,"各大体系为何恐惧武夫近身,因为他们怕的是五品以上的武夫。怕的是化劲的武夫,明白了吗?"

化劲的武夫可以把任何体系一波带走?可,可这不符合力学定理啊……等等,我想起来了,当初杨砚和姜律中为了争夺我,曾经在衙门的格斗场打过一架。许七安想起了那场战斗,两位金锣的战斗完全没有后摇,没有反作用力,严重违反了力学定理。他当时还啧啧称奇,暗自猜测是武夫体系第几品带来的神异。现在明白了,是五品化劲。

"你已经到了这个境界,便再与你说说武夫体系的一些知识。"魏渊边看书,边说道,"五品之前,天赋的作用只占三成,努力占三成,资源占四成。五品之后,天赋占六成,努力占二成,资源占二成。"

"为何?"许七安疑惑。

"想掌握自身每一分力量,这得靠武者的悟性,外物无法起到作用。在打更人衙门,只有一篇《行脉论》能对你起到触类旁通的作用,但能不能修成化劲,还是得看个人。

"五品之前,只要有功法,有资源,天赋只要不是太差,都可以达到。六品多如牛毛,到五品,数量就开始减少。到了三品……大奉朝廷,只有一位镇北王。"魏渊道。

大奉朝廷只有一位镇北王……许七安敏锐地捕捉到魏渊话中的意思,问道:"江湖上,还有三品?"

"水深王八多,不要小觑了草莽英雄。"魏渊笑道,"不过数量也是凤毛麟角,都比较守规矩,朝廷对他们的态度是安抚,允许他们成为一方豪雄。有机会的话,你可以去剑州走一趟,那是大奉武道最昌盛的地方。"

难怪魏渊一直想让我去江湖,江湖似乎挺有意思啊……许七安收束念头,随口问道:"魏公,卑职近来读史……"

话音方落,便被魏渊以似笑非笑的嘲讽语气打断:"你还会读史书?"

感觉到了来自学霸的鄙视,许七安强行扯起笑容:"卑职偶尔还是会读书的,毕竟也算半个读书人。"想当年他也是九年义务教育杀出来的好汉,只是年纪越大,对书本越不感兴趣。

见魏渊没有反驳,许七安直入正题,好奇地道:"卑职发现,除了佛门与万妖国的'甲子荡妖',山海关战役是九州有史以来罕见的大型战争。这场战争因何而起?史书上语焉不详,卑职想着,魏公您是当初的五军统帅,对此想必一清二楚。"

魏渊沉吟许久,似在回忆,目光透着沧桑,徐徐道:"元景十三年,南方蛮族在蛊族的率领下,忽然进攻大奉南方边关,攻城略地,荼毒数百里。朝廷收到塘报后,立刻组织军队南下驱逐蛮族。就在同年八月,北方蛮族与妖族联手,组织二十万骑兵、妖兵,以狮子搏兔之姿,南下进攻大奉。

"大奉腹背受敌,经过一年的战争,于元景十四年,放弃了西北方两州万里疆土,专心对抗南方蛮族。同年秋,万妖国占了那两州之地,宣布复国。"

魏渊起身,走到立式疆域图边,指头在大奉西北方画了一个大圈,道:"楚州和荆州一旦分裂出去,北方蛮族、妖族、万妖国将成三角之势,不管是南下打大奉,还是西进打佛国,三方都能达成最紧密的阵势,互相驰援。所以,到了元景十五年,西域佛国下场了。战局顿时逆转,佛国和大奉联手,三月之内夺回了楚州和荆州。大奉得以喘息,分出更多兵力南下,痛击蛊族为首的南方蛮族。"

果然,当年的山海关战役里,确实有万妖国余孽参与,九尾天狐的遗孤、那位妖族公主,她的终极目标是复国。山海关战役的失败,让她意识到佛门过于强大,想要复国必须削弱佛门。所以,她开始图谋桑泊底下的神殊?许七安缓缓点头,只要弄清楚对方的目标,很多事情就变得有迹可循,也能从容做出应对。

随后,他又想到一个问题,大成佛法的出现,肯定会在西方掀起轩然大波,理念之争不可避免,佛门到时候出现分裂的话,那位九尾天狐会做何感想?她辛辛苦苦数百年,没能做成的事,大奉的一个小银锣,随便嘴炮几句,就让佛门分裂……

魏渊道:"元景十六年时,南北蛮族、北方妖族、万妖国余孽,以及东北巫神教,在山海关处会师,孤注一掷,欲与西域佛门、大奉决一死战。各方投入兵力超过百万,战争维持半年,最后以大奉和佛国惨胜收场,史称山海战役。"

"魏公,巫神教,怎么突然下场?"许七安问道。

"自然是有利可图,巫神教一直仇视大奉,这关乎大奉开国时的一桩旧事。"魏渊回答。

这个我知道,大奉的开国皇帝"鸽"了巫神教,需要人家时,一口一个小甜甜,等立了国,扭头就喊人家牛夫人,许七安心里吐槽。

"巫神教直接在东北方骚扰大奉不是更好?"许七安疑惑道。

"哪怕是朝廷最艰难的时候,宁愿放弃北方两州,也没放松过对东北方的部署。巫神教若是攻打东北方,一旦久攻不下,山海关战事平息,大奉就有充足的时间和兵力支援东北边境。与其如此,不如从北方蛮族和妖族领域借道,前往山海关,一战定输赢。"

许七安握着茶杯,陷入沉思。

山海关战役的开端是南北蛮族联军,但最开始是蛊族率领南方蛮族进攻大奉边境,随后北方蛮族也南下攻击大奉。这里可以看出,是那位天蛊部的前任首领从中斡旋,鼓动蛊族挑起战争。这符合两个小偷的谋划。

另一个小偷是术士,而术士体系脱胎于巫师体系,当年巫神教插手山海关战役,这位神秘术士肯定曾煽风点火,产生催化作用。

许七安能想象得到,当年两个小偷是如何游说各方,达成结盟,挑起了这场史上罕见的大型战役。

所以万妖国余孽知道我身怀气运,是通过当年的事?不,不对,偷气运是两个小偷私底下的谋划,我气运没觉醒之前,连监正都没发现……那,妖族的公主是通过什么渠道发现我体内的气运?她必然是知道的,否则不会让神殊和尚寄生在我体内。

先不管这个,再定一个长期目标,查明神秘术士窃取气运的原因。天蛊部的首领窃取气运是为了镇压蛊神,神秘术士可能另有目的。

浮想联翩之际,魏渊问道:"还有什么事?"

许七安摇头:"没有了。"

他没有下决定告诉魏渊自己身怀气运的事,虽然监正和金莲道长知晓此事,但这是两位老阴货自己发现的。许七安从未主动告诉别人。不告诉魏渊,是因为许七安心里有一层顾虑,魏渊是国士,在他心里,大奉王朝摆在第一位,或第二位。许七安不认为自己在魏渊心里的分量高于大奉,若是被魏渊知道,大奉国力衰退的原因是气运被窃取,转嫁到自己身上,魏渊会怎么选择?

"他依旧是我最大的靠山,但我不能拿自己的身家性命做赌注。"许七安心想。

"再想想,还有没有别的事?"魏渊凝视着他。

"没有了。"许七安与他对视,摇头道。

昏暗的房间里，一只白皙的手握着毛笔，书写密信。

尊敬的主人：

近来大奉发生了很多事，随着京察的结束，党争渐渐平息，魏渊和王首辅开始联手整治胥吏弊病。我从小道消息得知，他们下一步的目标是彻查军田侵吞和减免赋税。呵，两人联手确实可以横扫朝堂。

但只要元景帝一日不放弃修道，他就像一只不见底的饕餮，蚕食着大奉国力，减免赋税的政策必将受到阻碍。

您放心，未来十年，大奉国力将衰落到谷底，佛国失去这位强有力的盟友，即使再强大，也是孤掌难鸣。若再掀起一次山海战役，战胜的必将是我们。

对了，与您说一件好消息，司天监与佛门斗法过程中，银锣许七安提出了大乘佛法理念，令度厄罗汉醍醐灌顶。奴婢预计，西方今年或有大动乱，这是我们的可乘之机。

他真是一个惊才绝艳的男子，将来前途不可限量，奴婢斗胆问一句，您对他的安排是什么？

……

白皙的手放下笔，望着密信，久久不语。